The Sense *of* Style

THE THINKING PERSON'S GUIDE TO WRITING IN THE 21ST CENTURY

寫作風格的意識
好的英語寫作怎麼寫

二十一世紀最重要的公共知識份子
哈佛大學認知科學暨語言學大師

STEVEN
PINKER

史迪芬・平克——著　　　　　　　　譯——江先聲

Contents

風格，起碼能為世界增添美麗。對兼具文化修養的讀者來說，一個俐落的句子、一段扣人心弦的隱喻、一句幽默的悄悄話，以及一番優雅的措辭，是人生最大樂事之一。而如我們將在第一章所見，這種完全不切實際的功能，正是實際學習良好寫作必須的起點。

逆向工程：好文章是培養「作家耳感」的關鍵

好的作家是熱切的讀者。他們吸收存儲大量字詞、成語、語句結構、比喻和修辭技巧，對於這些元素怎樣協調、怎樣衝突，也有敏銳的觸覺。這就是一位技巧熟練的作家那種難以捉摸的「耳感」——這種默默存在的風格意識，是每一本誠實的寫作風格手冊都承認無法直接傳授的。

古典風格是解毒良藥：矯正學術腔、官腔、企業腔、法律腔以及官樣文章和其他冗贅散文

古典風格的指導性隱喻，就是「觀看世界」。作者看到的一些東西，是讀者還沒注意到的，讀者的視線經作者引導便能看得見了。寫作的目的是呈現，動機是呈現不偏不倚的真相。當語言和真相連成一線，寫作就成功了；而成功的證據，在於清晰和簡單。

文章難以理解的主因：難以想像別人怎麼會不認識你所認識的事物

克服知識的詛咒這種要求，可能是寫作忠告中跟合理的道德勸說最為接近的：總是要嘗試把自己從狹隘的思想框框中抽身出來，看看其他人的思考、其他人的感覺是怎樣的。這或許不能讓你在生活各方面都成為更好的人，卻是善待讀者的一道川流不息的甘泉。

句法是一種程式：它使用詞組的一種樹狀組合，把一個網絡的思想轉化為一列詞語。當感知者聽到或看到這列詞語，便會倒過來操作，把它們嵌進一個樹狀組合，把相關概念的連結還原過來。

具一致性的文章是經過設計的：一個單元裡有樹狀結構般組織起的小單元，一道道一致性圓弧跨越其中，貫串話題、論點、角色和主題，在一項接一項的陳述中用連接詞連繫起來。就像其他經設計的物品，它不是出於偶然，它維繫著的和諧、均衡感覺，是依據著藍圖，著眼於細節的成果。

很多詞語傳達意義的微妙差異，讓人從中瞥見語言歷史，體現優雅的組合原則，或以特殊意象、聲音和節奏令文章生色不少。用心的作者在數以萬計小時的閱讀中，聚焦於詞語的組成和文理，擷取意義的微妙變化。面對這豐富的文化遺產，讀者閱讀時參與其中而獲益，如果他們自己也寫作，就更能幫助保存這份遺產。

序言

　　我愛寫作風格指南。自從我修讀了一堂以史壯克和懷特合著的《英文寫作風格的要素》（*The Elements of Style*）為指定參考書的心理學入門課程，寫作指南便成為我最喜愛的文學體裁之一。這不光是因為對於精進寫作技藝這項畢生的挑戰，我樂於接受指教，也因為令人信服的寫作指南本身也必須寫得好，這些指南最棒的就是完美示範了它們自己的建議。威廉・史壯克（William Strunk）的寫作課程筆記，經他的學生懷特（E. B. White）改寫而成他們所合著的那部著名小書，珠玉紛呈而不解自明，比如說「用名詞和動詞來寫作」，「把強調詞放在句末」，還有最佳的、最基本的指示：「略去不必要的字」。很多傑出的風格大師善用他們的天賦來闡釋這門技藝，包括：金斯利・艾米斯（Kingsley Amis）、雅克・巴贊（Jacques Barzun）、安布羅斯・比爾斯（Ambrose Bierce）、比爾・布萊森（Bill Bryson）、羅伯特・格雷夫斯（Robert Graves）、崔西・季德（Tracy Kidder）、史蒂芬・金（Stephen King）、埃爾莫爾・倫納德（Elmore Leonard）、法蘭克・盧卡斯（Frank Laurence Lucas）、喬治・歐威爾（George Orwell）、威廉・賽斐爾（William Safire）；當然還有懷特本人，這位受人喜愛的、《夏洛特的網》（*Charlotte's Web*）和《一家之鼠》（*Stuart Little*）等書的作者。這位出色的作家是這樣追憶他的老師：

我坐在他課堂上的那些時光，他恪遵不說贅語的原則，而且顯然樂在其中，所以經常讓自己顯得好像少了些什麼——像是個空有時間卻不知道要說什麼的人，也像是走在時間前面的電台先知。史壯克會用個小把戲擺脫這樣的窘境：每個句子都唸三遍。當他對著學生發表簡潔的說詞時，他會傾身靠著講桌，雙手抓著外套衣領，用沙啞又好像要說什麼祕密的語調說：「規則十七，略去不必要的字！略去不必要的字！略去不必要的字！」[1]

我喜歡閱讀風格指南還有另一個原因，和把植物學家引向花園、把化學家引向廚房是同一個原因：它是科學的一種實際應用。我是一個心理語言學家和認知科學家，而所謂的風格，說到底不過是人類互動中字詞的有效運用。對於一個要把這些知識範疇向更廣大讀者解說的人來說，這是件令人著迷的事。我思考著語言如何運作，這樣我更能夠解釋語言是怎樣運作的。

但對語言的專業知識，讓我在閱讀傳統風格指南時，益發感到有些不安。史壯威和懷特儘管對風格有直覺的感悟，對語法的掌握卻嫌薄弱。[2]他們錯誤地界定片語（phrase）、分詞（participle）和關係子句（relative clause）等術語；在引導讀者揚棄被動式動詞而採用主動式及物（transitive）動詞時，他們將雙邊的例子都搞砸了。比方說：「有很多枯葉躺在地上」（There were a great number of dead leaves lying on the ground）不是被動式，「公雞的啼叫隨著破曉來到」（The cock's crow came with dawn）並沒有包含及物動詞。欠缺分析語言的工具，他們把直覺轉化為建議時往往很辛苦，徒勞地訴諸寫作者的「耳朵」。而他們看來也沒有察覺自己的一些建議自相矛盾：「很多平淡的句子……可被

改得生動有力，只要換上一個主動式及物動詞」，這是用一個被動式句子來提醒勿用被動句。喬治・歐威爾在他受到吹捧的〈政治與英語〉（Politics and the English Language）一文中也掉入同樣的陷阱，在不帶諷刺意味下，他嘲笑有些散文「只要有可能，被動式都被用上，取代主動句式」。[3]

撇開自相矛盾不論，今天我們知道，告訴寫作者避免使用被動式，是糟糕的建議。語言學研究顯示，被動結構有其無可取代的功能，因為它以獨特方式引導讀者的注意力和記憶。一個有技巧的寫作者應該認識這些功能，面對一些審稿編輯在語法知識粗淺的指南影響下，把找到的每個被動式都用藍色筆修正為主動式，他們就要不表贊同。

對語言學欠缺認識的風格指南，在論及眾人最有感的寫作層面也難免有所窒礙：那就是正確與不正確的慣用法（usage）。很多指南對待傳統慣用法規則，就像基本教義派對待「十誡」一樣：視之為刻在寶石上顛撲不破的法則，世人務必遵守，否則永不超生。但懷疑論者和自由思想家探索過這些規則的歷史後發現，它們來自民間傳說和神話的口述傳統。基於很多原因，那些輕信傳統規則真確無誤的手冊，對寫作者無甚助益。雖然有些規則有助散文變得更好，但很多規則只會令它更差，寫作者最好是違抗不遵。這些規則往往把語法正確性、邏輯一致性、規範化風格以及標準方言等問題熔為一爐，但一個有技巧的寫作者需要把它們分別開來。正統的寫作風格參考書面對一個無可避免的事實時也力有不逮：語言是隨著時間改變的。語言並不是一個權威機構制訂的協議，而是像網路上的維基百科，由數以百萬計的寫作者和說話者共同致力而成，這些說話的人更不斷因應本身的需要重塑語言，而他們勢必都會經歷衰老、死亡以至於被孩子取代，他們的下一代也會因應調整語言。

可是經典指南的作者在寫作時，彷彿與他們一同成長的語言是亙古不變的，對發生中的轉變無法培養出能調適的耳朵。在二十世紀前、中期寫作的史壯克和懷特，對當時新興的動詞如「個人化」（personalize）、「使完成／定案」（finalize）、「當主人」（host）、「當主席」（chair）及「初露面」（debut）等概加譴責，又提醒寫作者永遠不要用「搞定」（fix）來表示「修理」（repair），或「聲言」（claim）來表示「宣稱」（declare）。更糟的是，他們用可笑的辯證來合理化他們不喜歡的事。他們辯稱，「接觸」（contact）這個動詞是「模糊並以自己為重的」。「不要『接觸』別人；而是跟他們聯繫、拜訪他們、打電話給他們、訪尋他們或跟他們會面。」但事實上「接觸」一詞的模糊性質，正是它獲得採用的原因：有時寫作者不必知道某人用什麼方式跟另一人聯繫，只要是聯繫就好了。又或看看這個莫名其妙的論辯，專門編做來解釋為什麼數詞永遠不能用在「人們」（people）前面，只能用在「人」（person / persons）前面：「要是『六個人（們）』（six people）中有五個跑掉了，還剩下多少？答案：『一個人（們）』（one people）。」基於同樣的邏輯，在不規則複數名詞前面，像 men（男人）、children（孩子）和 teeth（牙齒）等，也要避免使用數詞（「要是『六個孩子〔們〕』〔six children〕中有五個跑掉了……」）。

在懷特生前所印行的最後一版裡，他承認語言有一些轉變，而誘發轉變的是一些「年輕人」，他們「以自創的一套語言來說話：他們以狂放的活力翻新語言，就像要重新打造一個地下公寓。」懷特對這些「年輕人」（今天已屆退休之年）的高傲態度，導致他預言笨蛋（nerd）、感興奮（psyched）、被騙（ripoff）、花花公子（dude）、怪胎（geek）和稀奇古怪（funky）等詞語將曇花一現，殊不知它們全都在語言裡確立

下來。

寫作風格專家那種倚老賣老的心態，不光來自對語言變遷的事實認知不足，也源自對自身心理欠缺自省。隨著年月增長，他們把自身的轉變和世界的轉變混淆起來，又把世界的轉變跟道德的敗壞混為一談，產生今不如昔的幻覺。[4] 因此每一代都相信今天的孩子正在敗壞語言，拖累文明下降[5]：

> 通行的語言正消失中。它慢慢地被壓毀而亡，壓力來自言詞的堆砌，一種矯飾而虛弱的偽語言，每天由數以百萬計來自語法、句法、成語、隱喻、邏輯和常識等方面的錯誤和偏差所造成。……在現代英語的歷史裡，沒有一個時期這種壓垮「語言裡的思想」的現象，是那麼普遍。 —— 1978 年

> 新近的畢業生，包括那些擁有大學學位的，看來對語言完全沒有駕馭能力。他們不管在口頭上或書面上，都不能構建一個簡單的陳述句。他們不能拼出普通的、每天使用的詞語。標點符號顯然已不在講授之列，對幾乎所有的新近畢業生來說，語法完全是個謎。 —— 1961 年

> 國內每一所大專院校都在呼喊：「我們的一年級生不會拼字，不會標點。」每一所高中都陷於傾頹，因為它的學生連最起碼的基礎都那麼無知。 —— 1917 年

> 大部分高中生的詞彙驚人地貧乏。我總是試著用簡單的英語，

可是在一些課堂上講課時，還是有小部分的學生對我講的聽不懂一半。　——1889 年

除非目前的演變過程遭到過止……否則毫無疑問，一個世紀之後，美國人的方言對一個英國人來說，將會完全聽不懂。

——1833 年

我們的語言（我指的是英語）正在迅速退化。……我開始恐懼，這將無法過止。　　　　　　　　　　　——1785 年

有關語言衰落的抱怨，起碼可追溯到印刷術發明的時代。在威廉·卡克斯頓（William Caxton）於 1478 年把首部印刷機引入英國之後不久，他就慨歎：「可以肯定，我們今天使用的語言，跟我出生時所用所講的語言相去甚遠。」事實上，有關語文衰落的道德恐懼，可能跟語文的誕生一樣古老。

Non Sequitur (c) 2011 Wiley Ink, Inc. Dist. by Universal Uclick. 准予轉印。版權所有。

上面的漫畫並沒有怎麼誇張。據英國學者理查德·羅伊德·瓊斯

（Richard Lloyd-Jones）指出，古蘇美語（Sumerian）經解讀的一些黏土板，就包含對年輕人寫作技巧退化的抱怨。[6]

　　我對經典寫作風格指南的不安，促使我感到我們需要一本二十一世紀的寫作指南。這並不表示我有那樣的欲望，更遑論有那種能力，去取代《英文寫作風格的要素》一書。寫作者多閱讀幾本風格指南總會有所收獲，而史壯克與懷特（一般以此逕稱他們那本書）很多內容是超越時間的，一如它很多內容充滿魅力。但它也有很多內容並非如此。史壯克在 1869 年出生，今天的寫作者尋求寫作技巧的忠告，也就不能完全倚賴他，他的風格意識發展形成之際，電話還沒有發明（更不要說網際網路了），現代語言學和認知科學亦尚未發軔，二十世紀後半資訊化浪潮席捲全球也未發生。

　　為新的千禧年編寫的寫作風格手冊，不能只是沿襲早期作品所提出的教條。今天的寫作者都受到科學懷疑論的精神薰陶，也深具質疑權威的氣質。面對「就是該這樣做」或「因為我這樣說」的指示，他們不會買單，而不論什麼年紀的讀者，也不應該被認為只能受人恩惠而已。對於任何加諸他們身上的忠告，他們要求提供理由是合情合理的。

　　今天我們能夠提供理由。我們對語法現象的了解，已遠遠超越了傳統上與拉丁文作粗淺類比的那種分類學式的語法。對於閱讀的心理動態，我們有一整個體系的研究，包括讀者理解一段文字時記憶承載量的增增減減，他們掌握意義時知識的增長，以及使他們偏離正道的死胡同。我們有整個體系的文學史和文學評論，可以分辨出哪些規則使文章更清晰、更優雅和更能引起感情共鳴，哪些規則是建基於迷思和誤解。以理性和證據來取代慣用法的教條，我希望這樣不但能避免提供那種以權威儡人的忠告，更能夠讓所提的忠告比起一系列「應該如此、不應該

如此」的規則更易記憶。透過說明理由，我們還可以讓作者和編輯明智
地應用那些指導原則，了解那些原則為了什麼目的而設立，而不是機械
化地照用如儀。

Sense 的雙重意涵

「風格的意識」（the sense of style）有雙重意義。意識（sense）一
詞，像用於視覺感官（the sense of sight）和幽默感（a sense of humor），
可以指心智的一種機能，以我們的情況來說，就是對一個雕琢佳妙的句
子產生共鳴的那種理解機能。它也可以指好的見解（good sense），也就
是相對於荒謬的見解（nonsense）而言；以我們的情況來說是一種分辨
的能力，區別有助改善文章品質的原則，跟傳統慣用法流傳下來的那些
迷信、盲目信仰、陳腔濫調和入門儀軌等等。

本書不是一部參考手冊，用以查閱有關連字符號（hyphen）和大寫
用法等各種問題的答案。它也不是一本考前大補帖，供那些還未掌握句
子用法的學藝不精的學生使用。就像那些經典指南，它是為那些懂得寫
作而想寫得更好的人而設，包括希望改善論文品質的學生，想開闢一個
部落格、專欄或系列評論的有抱負的評論家和新聞從業員，以及想矯正
他們的學術腔、官僚腔、企業腔、法律腔、醫療專業腔和官樣文章的專
業人士。本書的對象，也包括那些並不是要在寫作上尋求助力的讀者，
但他們對文藝和文學有興趣，並且好奇而希望獲知，心智科學在最佳情
況下怎樣有助洞燭語言的運作。

我的焦點在於非小說類的文章，特別是那些著重清晰度和一致性的
體裁。但跟經典指南的作者不同，我並不把這些美德跟淺白的文字、
簡樸的表述和規範化的風格等同起來[7]。你可以天馬行空而仍然寫得清

晰。雖然我的重點在非小說，但其中的解釋對小說作者也應該有用，因為很多風格的原則，不管你寫的是真實世界還是幻想世界，都同樣適用。我喜歡這樣想，這些原則可能對詩人、演說家和其他創造性的文字工匠也是有用的，他們需要知道平淡的散文有些什麼規則，然後刻意突破框框以達到修辭效果。

人們時常問我，今天還有什麼人關心寫作風格嗎？他們說，網際網路的興起，以及隨之而來的短訊和推特、電郵和聊天室，使得英語面臨新的威脅。無疑寫作這種表情達意的技藝，在智慧型手機和網路問世之前已經開始衰落。你還記得那些日子吧？回溯到 1980 年代，那時青少年說話出口成文，政府官員用淺白英文寫作，而每一篇學術論文都是散文藝術的傑作？（抑或那是在 1970 年代？）「網際網路正在製造文盲」這個理論，它的問題其實在於，每個時代的讀者都受到糟糕的文章所累。史壯克教授在 1918 年就嘗試為此下點工夫，那時年輕的懷特是在康乃爾大學（Cornell University）修讀英語的學生。

今日的悲觀者未能察覺的是，令他們遺憾的那種趨勢，正是在於收音機、電話和電視等口傳媒體被文字媒體取代。而不久之前卻是收音機和電視被指敗壞語言。目前流行的社會和文化生活，前所未見地以書寫為重。而這並不是半文盲在網際網路上誇誇其談嚷叫不休。稍稍瀏覽一下就會發現，很多網路使用者重視清晰、合乎語法、拼寫和標點恰當的語言，不光在印刷書籍或傳統媒體上如此，在網路雜誌、部落格、維基百科條目、消費者評價，甚至很多電郵中也是一樣。調查顯示，當代的大專生較早前時代的大專生更常書寫，而他們每頁寫作中的錯誤並不比前人多。[8] 不同於都市傳說，他們的論文中並未散見笑臉符號和即時短訊的縮寫，像 IMHO（in my humble opinion，依我愚見）和

L8TR（later，稍後）等，一如前人並沒有怎麼因為在電報中省略介系詞（preposition）和冠詞（article）的習慣，而在一般寫作中把這些詞語也忘掉。網路世界的成員，像所有語言使用者，因應處境和聽眾而斟酌遣詞用語，對於正式寫作中適用的語言也有良好的察識。

　　風格依然攸關重要，起碼有三個原因。首先，它確保寫作者的訊息能傳達開去，免得讀者枉費寶貴時光解讀含糊的文章。當這方面的努力失敗，後果可能是災難性的，就像史壯克和懷特指出的：「路標用詞差勁導致公路上的死亡，一封立意良好的信件遣詞失當導致愛侶心碎，一通草率的電報造成旅客在火車站期而不遇焦慮不已。」政府和企業發覺訊息清晰度的輕微改善，可以防止大量的錯誤、挫折和浪費[9]，很多國家最近也為語言的清晰度而立法[10]。

　　第二，風格能贏取信任。讀者看見一位作者的文章具備一致性和準確性，就會放心作者對於他們不那麼容易看到的行為美德也同樣重視。某位科技業主管這樣解釋，為什麼他對於那些充滿語法和標點錯誤的求職信棄而不顧：「假如一個人要花超過二十年才發覺怎樣正確地使用 it's（這是），這是令我不能安心的學習進度曲線[11]。」如果這不足以讓你決心改進你的文章，那麼考慮一下婚配網站「小愛神搞定」（OkCupid）所發現的，個人簡介中草率的語法和拼字表現，令人產生「重大抗拒」。像一位顧客所說的：「假如你嘗試約會一位女性，我不期望你有珍‧奧絲汀（Jane Austen）那樣詞藻華麗的文章。但你是不是會嘗試踏出最完美的一步呢？[12]」

　　風格，起碼能為世界增添美麗。對兼具文化修養的讀者來說，一個俐落的句子、一般扣人心弦的隱喻、一句幽默的悄悄話，以及一番優雅的措辭，是人生最大樂事之一。而如我們將在第一章所見，這種完全不

切實際的功能，正是實際學習良好寫作必須的起點。

1. *The Elements of Style* (Strunk & White, 1999), p. xv，引言。
2. Pullum, 2009, 2010; Jan Freeman, "Clever horses: Unhelpful advice from 'The Elements of Style,' " *Boston Globe,* April 12, 2009.
3. Williams, 1981; Pullum, 2013.
4. Eibach & Libby, 2009.
5. 例子來自 Daniels, 1983.
6. Lloyd-Jones, 1976, cited in Daniels, 1983.
7. 對史壯克與懷特堅持平實風格的批評，見 Garvey, *Stylized: A Slightly Obsessive History of Strunk and White's The Element of Style,* 2009。對單一觀點風格論的批評，見 R. Lanham, *Style: An Anti-textbook,* 2007.
8. Herring, 2007; Connor & Lunsford, 1988; Lunsford & Lunsford, 2008; Lunsford, 2013; Thurlow, 2006.
9. Adams & Hunt, 2013; Cabinet Office Behavioural Insights Team, 2012; Sunstein, 2013.
10. 有關淺白及清晰語言的法律，可參考網站：http://centerforplainlanguage.org; http://www.plainlanguage.gov; http://www.clarity-international.net
11. K. Wiens, "I won't hire people who use poor grammar. Here's why," *Harvard Business Review Blog Network,* July 20, 2012, http://blogs.hbr.org/cs/2012/07/i_wont_hire_people_who_use_poo.html.
12. 引自 http://blog.okcupid.com/index.php/online-dating-advice-exactly-what-to-say-in-a-first-message/. 引文來自作者的推文，原文為："Apostrophe now: Bad grammar and the people who hate it," *BBC News Magazine,* May 13, 2013.

Chapter 1

良好寫作

逆向工程：好文章是培養「作家耳感」的關鍵

　　「教育是令人欽佩的，」王爾德（Oscar Wilde）這樣寫道，「但最好能時常記住，沒有一樣值得知道的事情是經教導而獲致的。」在撰寫本書的晦暗時刻，我有時也會害怕王爾德這樣說是對的。[1] 我曾訪談一些卓然有成的作家，問及他們在學藝階段曾參考哪一本寫作風格指南，我最常聽到的答案就是：「沒有。」他們說，寫作是自然天成的。

　　好的作家得天獨厚，能流暢地造句、牢記字詞，我恐怕是最不可能會質疑這種說法的人。但沒有人天生就具備英語寫作這種技能。這些技巧也許並不來自寫作風格手冊，但必然是來自某處。

　　它們就是來自其他作家的作品。好的作家是熱切的讀者。他們吸收存儲大量字詞、成語、語句結構、比喻和修辭技巧，對於這些元素怎樣協調、怎樣衝突，也有敏銳的觸覺。這就是一位技巧熟練的作家難以捉摸的「耳感」——這種默默存在的風格意識，是每一本誠實的寫作風格指南，恍如附和王爾德所言，都承認無法直接傳授的。傑出作家的傳記作者總是嘗試追查他們筆下的主人翁年輕時讀些什麼書，因為他們知道這些資源在作家的發展歷程中至為關鍵。

　　不同於王爾德，我相信很多寫作風格的原則實際上是可以傳授的，所以我才會撰寫這本書。但成為一個好的作者，起點是做一個好的讀者。作家的寫作技巧來自發掘好文章的例子，品味它並做逆向分析。本章的目標，就是一窺這種做法。我挑選了四段二十一世紀的散文，風格與內容各異，在我嘗試闡釋什麼讓它們運作如流之際，我們恍如在高聲朗讀中思考。我並不是要表揚這些文章，給它們頒發獎項，也不是標榜它們作為模仿的範例。這只是對我的意識流作一窺探，用以顯示這樣一種習慣：一旦找到了好文章便流連其中，並思考是什麼讓它臻於美好。

　　品味好文章相較於遵守一套戒律，能更有效地培養「作家耳感」；

它也是一種更具吸引力的做法。很多有關寫作風格的忠告都是嚴厲而諸多規限的。一本新近的暢銷書,在首頁就主張對錯誤「零容忍」,並甩掉好些字詞,像 horror(恐怖)、satanic(如惡魔般)、ghastly(鬼一樣的)以及 plummeting standards(滑落中的水準)等。由刻板的英國人和一成不變的美國人所寫的那些經典風格指南,試圖把寫作的趣味消滅殆盡,冷酷地嚴令作者避開破格的字詞、修辭和嬉戲式頭韻(alliteration)。這個學派一項有名的忠告超越了界限,不僅嚴厲,甚至到了要消滅殆盡的地步:「每當你感到一股衝動要打造一篇好得異乎尋常的文章,就全心全意順從衝動吧,然後在把手稿送到出版社前將它刪掉。把你的寵兒殺掉。」[2]

一個初懷抱負的作家,假如認為學習寫作就有如在一個新兵訓練營中為一個突破障礙課程討價還價,每走出錯誤的一步就被軍官喝罵一番,那他是值得原諒的。但為什麼不把寫作學習視為掌握技巧的賞心樂事,像烹飪或攝影?鍛鍊這種技巧至於完美,是畢生的志業,錯誤也是必經之路。當你力求精進之際,修習可以帶來知識,練習可給你磨練,但你首先要從大師的最佳作品中喚起樂趣,燃起欲望朝著他們的卓越表現趨近。

———

我們都會死亡,這使得我們成為幸運的一群。大部分人永遠不會死亡,因為他們從來未有誕生。有潛力在世間取而代我、卻實際上從未得見天日的人,比阿拉伯的滾滾黃沙還要多。可以斷言,這些未有誕生的魂魄,包括了比濟慈(Keats)偉大的詩人、牛頓(Newton)不及他偉大的科學家。我們知道如此,因為組成我們遺

傳指令的脫氧核糖核酸（DNA）可能構成的全體人類，是那麼遠遠地多於實際存在的人。在這些令人目瞪口呆的機率的齒縫中，尋常如你和我，應運而生。

在理查・道金斯（Richard Dawkins）《解構彩虹》（*Unweaving the Rainbow*）一書開頭的幾行文字中，這位絕不妥協的無神論者及永不言倦的科學鼓吹者，解釋為什麼他的世界觀不會像浪漫主義者和尊崇宗教人士所恐懼的，會把人們對生命的欣賞力和驚歎之心摧毀[3]。

我們都會死亡，這使得我們成為幸運的一群。 好的文章開頭是有力的。它不會使用陳腔濫調（「自有時間以來」），不會用平庸的說法（「最近，學者愈來愈關注……的問題」），而是會用內容充實的觀察來引起好奇心。讀者翻開《解構彩虹》一書，就會因為我們所知的一樣最可怕的事被提及，而遭到重擊，隨之而來更加上矛盾的闡述。我們幸運，是因為會死亡？誰不希望找出這個謎題怎樣破解？這個矛盾的赤裸裸效果，更由措詞和節律所強化：短而簡單的詞語，一個重讀的單音節詞，隨後是六個「抑揚格音步」（iambic feet；專門術語的定義見本書的術語彙編）。

大部分人永遠不會死亡。 矛盾的破解在於，死亡是一件壞事，卻隱含著好事，那就是曾經活著。解釋還採用了排比結構：「永遠不會死亡……從來未有誕生」，接下來的句子重申這種對比，也是用排比語句，但避免了重複用語的累贅，而並列有同樣節律的耳熟能詳的成語：「取而代我……得見天日。」

阿拉伯的滾滾黃沙。 這帶有一抹詩意，正適合道金斯要喚起的那種

宏偉感覺，勝過毫無色彩的形容詞像「巨大」（massive，enormous）等等。透過變異詞的使用，此一語句更是從陳腔濫調的邊緣被搶救過來（「滾滾黃沙」而不是「沙」），還帶有朦朧的異國情調。「阿拉伯的沙」（sands of Arabia）這一慣用語，在十九世紀早期曾經十分普遍，但自此流行程度已大幅下降，而世界上也再沒有一個統稱阿拉伯的地方，我們稱它為沙烏地阿拉伯（Saudi Arabia）或阿拉伯半島[4]。

未有誕生的魂魄。這用一個生動的意象，來表達基因數學上的可能組合這個抽象意念，而且把一個超自然概念巧妙重新定位，用來提出一項有關自然的論辯。

比濟慈偉大的詩人，牛頓不及他偉大的科學家。排比句是有力的修辭，但在「死亡／誕生」、「取而代我／得見天日」之後，已用得夠多了。為了避免單調，道金斯把這對句其中一句的結構顛倒過來。這句話也微妙地暗示對於未能實現的天才的另一番沉思，那就是湯瑪斯·格雷（Thomas Gray）《鄉村墓園輓歌》（*Elegy Written in a Country Churchyard*）中的一句：「無名彌爾頓，默默眠此間。」

在這些令人目瞪口呆的機率的齒縫中。這句成語令人想起掠食者險惡的齜牙咧嘴，強化了生存的感恩：我們能生存在世，在艱險之中避過了死亡威脅，那就是不得生而為人的高機率。那有多高？每個作者都面臨這樣的挑戰：在英語詞庫中找出一個未被過分誇大或濫用的最高程度形容詞。在這些難以置信（incredible）的機率的齒縫中？在這些令人望而生畏（awesome）的機率的齒縫中？算了吧！道金斯找到了「令人目瞪口呆」（stupefying）這個最高程度形容詞，意謂變得恍兮惚兮（stupor），給嚇傻了（stupid），這種說法仍足以令人感動。

好的寫作，可以把我們察看世界的方式翻轉過來，就像心理學教科

書中，同一個剪影既可看作高腳杯，又可看作兩個臉孔。道金斯在六個句子之內，就把我們對死亡的看法翻轉過來，並提出了一個理性主義者對生命的讚賞，遣詞如此感人，我認識的很多人文主義者，都要求在他們的葬禮中宣讀這段文章。

———

什麼讓一個人成為她這個人，是她本身而非另一個人，一個在時間中延續的完整身分，經歷改變仍然是同一個人，直到她不再延續下去——起碼是毫無問題地不再延續？

我凝視一個年幼小孩一次夏日野餐的照片，她一隻小手握著大姊姊的手，另一隻手驚險萬分地拿著一大塊西瓜——她看來正掙扎著讓它跟自己嘴巴的小「o」形相交。那個小孩是我。但為什麼她就是我？我對那個夏天的日子完全沒有記憶，也沒有比其他人更能知悉那個小孩有沒有成功把西瓜送進嘴裡。不錯，從這個小孩的身體，可以追溯到一個平順系列的連續不斷物理事件，一直連接到我的身體，因此我們會說，這個身體就是我的；也許個人身分的認同，就在於肉體上的相同。但肉體在時間上的延續，也帶來哲學上的困惑。那一系列連續不斷的物理事件，已把小孩的身體變得跟我此刻在照片中所見的那麼不一樣，構成她身體的那些原子，已不再是今天我身體上的原子。如果我們的身體是那樣的不同，我們的觀點就更是不一樣。我的觀點是她無法觸及的——就讓她嘗試理解斯賓諾莎（Spinoza）的《倫理學》（Ethics）吧；她的觀點我今天也無法觸及。她那種在懂得用語言之前的思考過程，很大程度上我無從捉摸。

　　可是她就是我，那個意志堅定的小傢伙，穿著鑲褶邊的無袖連衫裙。她繼續存在，經歷兒時的疾病，十二歲時在洛克圍灘（Rockaway Beach）一次急浪中險些淹死，以及其他戲劇性事件，她都存活過來。想必還有一些歷險事件是她——也即是我——在經歷過後不可能還是她自己的老樣子。那麼我會成為另一個人嗎？還是我就不再存在了？假如我喪失了自我的所有意識——假如我罹患精神分裂症或魔鬼上身，又或昏迷不醒或逐步陷於痴呆，使我從自我中脫離——那麼經歷這些考驗的人還是我嗎，抑或我已脫身而去？經歷其事的，那是另一個人嗎，還是根本沒有一個人？

　　死亡是讓我不能再現身為我自己的其中一種歷程嗎？照片中我握著她手的那個姊姊已經死去。我每天都在猜想她是否仍然存在。一個你所愛的人，看來是太過顯著的一樣東西，不至於就此完全從世上消失。一個你所愛的人「就是」一個世界，就像你知道自己也是一個世界。這樣一個一個的世界，怎會就此歸於無有？但如果我的姊姊仍然存在，那她到底是什麼，又是什麼讓現在的她，跟那位在已忘卻的日子中向著自己的小姊妹發笑的漂亮女孩，正是同一個人？

　　在這段來自《背叛斯賓諾莎》（Betraying Spinoza）的文字中，哲學家暨小說家麗蓓嘉‧葛德斯坦（Rebecca Newberger Goldstein，她是我太太）解釋「人格同一性」（personal identity）這個哲學難題，這也是書中講述的這位流落荷蘭的猶太裔思想家所思考的其中一個問題[5]。像她的同道人文主義者道金斯，葛德斯坦分析存在和死亡這個令人昏頭轉向的謎題，但兩人的風格大相逕庭；這也提醒我們，有很多不同的方式可以

運用語言資源來闡明一個課題。平心而論，道金斯的風格可說是陽剛的，他用上了對抗性的開頭、冷峻的抽象、激進的比喻，以及對領頭男性角色的歌頌。葛德斯坦的風格則是個人化、啟迪性和內省的，但在智性上同樣的精嚴。

起碼是毫無問題地不再延續。 語法詞類反映出思想的構建單位——像時間、空間、因果和物質；一位哲學的文字匠可以把玩它們，喚醒讀者面對形而上學的難題。這裡我們有一個副詞（adverb）「毫無疑問地」，它是修飾動詞「延續」，這是「延續『存在』（to be）」的省略。一般來說 to be 並不是那種可以用副詞來修飾的動詞。「存在抑或不復存在」（To be or not to be）——這裡很難看到任何灰色地帶。那個人們不期待會用上的副詞，在我們面前鋪陳出一系列形而上學、神學以及個人化的問題。

一大塊西瓜——她看來正掙扎著讓它跟自己嘴巴的小「o」形相交。 好的寫作，是透過內心的眼睛來理解的[6]。這是透過幾何圖象，對眾所熟悉的吃東西的情況，作出不尋常的描述：一塊水果跟一件「o」形物相交。這驅使讀者停頓下來，內心喚起這個行動的一個圖象，而不是僅從言語綜述中溜過去。我們感到照片中的小女孩討人喜歡，不是因為作者俯身湊向我們，用上「乖巧」或「可愛」等詞語說出她是如此，而是因為我們親自看到她那種孩子氣的獨特舉動，而作者在思考這個異類小傢伙竟然就是自己的時候，也同樣親睹這情景。我們看到那笨拙的小手在舞弄著一件成年人大小的物品；誓要克服這個挑戰的決心，我們視為理所當然；而那有欠協調的嘴巴，正期待著甜美、多汁的獎賞。這種幾何語言，也讓我們作好準備，去面對葛德斯坦在下一段所提出的「懂得用語言之前的思考」，我們返回那個年紀，當「吃」甚或「放進

嘴巴」都是抽象概念，而讓一件物體跟身體某一部位相交則是一種行動上的挑戰，兩者還真有好幾重隔膜。

那個小孩是我。但為什麼她就是我？……（我的觀點是她無法觸及的）……她的觀點我今天也無法觸及。……還有一些歷險事件是她─也即是我─在經歷過後不可能還是她自己的老樣子。那麼我會成為另一個人嗎？葛德斯坦反覆地把第一人稱和第三人稱的名詞和代名詞並列：**那個小孩……我；她……我……她自己；我……另一個人。**那個語法上的人屬於那個片語？這種句法結構上的混亂，反映出「人」這個概念本身的智性混亂。作者也把玩 to be 這個典型用來表示「存在」的動詞，讓我們投入有關存在的這個謎題：**那麼我會成為另一個人嗎？還是我就不再存在了？……那是另一個人嗎，還是根本沒有一個人？**

鑲褶邊的無袖連衫裙。用一個老式詞語描述一件老式衣服，有助向我們表明照片的時間，而不需用上「褪色的照片」等陳腔濫調。

照片中我握著她手的那個姊姊已經死去。在混雜著戀戀憶舊之思和抽象哲學思辯的十幾二十個句子之後，連串的幻想被赤裸裸的揭示所打斷。不管用「死去」這個粗糙的詞語來描述一位心愛的姊姊是怎麼痛苦，沒有委婉的說法──像「過世」、「離我們而去」等，堪足作為這一句的結尾。這裡討論的課題，是我們怎樣掙扎著，把死亡這個毋庸置疑的事實，跟一個人不復存在那種不可理解的可能性，兩相協調起來。我們語言的老祖宗針對這種不可解，充分利用了「過世」等委婉語，讓死亡成為前去遠遠他方的一個旅程。假如葛德斯坦用上這些含糊其辭的詞語，她的分析在展開之前就已經把基礎搞砸了。

我每天都在猜想她是否仍然存在。一個你所愛的人，看來是太過顯著的一樣東西，不至於就此完全從世上消失。一個你所愛的人就是一個

世界，就像你知道自己也是一個世界。這樣一個一個的世界，怎會就此歸於無有？我每次讀這一段話，都會熱淚盈眶，不光因為它是關於一位我從未謀面的大姨子。哲學家所謂有關意識的重大難題（「一個……人就是一個世界，就像你知道自己也是一個世界」），在這裡簡約地複述了一遍，葛德斯坦藉此創造出富有感情的一種效果。探索這個抽象哲學謎題的意義所帶來的迷惘，跟痛失所愛的人尚待調適過來的那種辛酸，兩者融合起來。這不僅是自私地認知到被奪走了一個第三人稱的伴侶，而是無私地認知到，有人被剝奪了第一人稱的經驗。

這段文章也提醒我們，小說和非小說的寫作技巧有重疊的地方。這段摘錄文字中個人化和哲學性的意念揉合起來，成為一種闡釋工具，幫助我們理解斯賓諾莎談及的問題。但這也是貫串葛德斯坦的小說的一個主題，那就是學院派哲學所執著的概念，像個人一致性、意識、真理、意志、意義和道德，跟人類執著於尋索人生意義，可謂如出一轍。

―――――

莫里斯·桑達克（Maurice Sendak）――《華麗夢魘》（*Splendid Nightmares*）的作者，八十三歲與世長辭

莫里斯·桑達克，廣泛獲譽為二十世紀最重要的兒童繪本藝術家，他把繪本從安全、潔淨的育兒所硬是拽了出來，把它甩進黑暗、可怖卻又帶有縈繞不散之美的人類靈魂深處，他週二在康乃狄克州丹伯里市逝世……

充分地贏得讚賞，間歇地遭到審查，並偶爾被吃掉，桑達克先生的繪本，對於大約 1960 年之後出生的一代人――並繼而對他們的孩子，都成為了童年不可或缺的組成部分。

寶琳・菲力普斯（Pauline Phillips）──她以「親愛的艾比」（Dear Abby）為名，憑著犀利辭鋒，成為萬千人的顧問，九十四歲辭世

「親愛的艾比：我太太是裸睡的。然後她淋浴、刷牙並為我們做早餐，依然一絲不掛。我們是新婚夫婦，家中也只有我們兩人，因此我以為這實在沒有任何不妥。你認為怎樣？──艾德（Ed）。」

「親愛的艾德：我覺得這沒有問題。但告訴她煎培根時穿上圍裙。」

寶琳・菲力普斯原是加州一位家庭主婦，將近六十年前，她試著尋找比打麻將更有意義的事情，搖身一變，以「親愛的艾比」為名，成為在多家報紙發表專欄的作家，成為數以千萬計讀者所信任的一位辭鋒犀利的顧問。她週三在明尼阿波里斯市（Minneapolis）逝世……

透過她那滑稽、直腸直肚卻基本上富有同情的語調，菲力普斯女士成為一股助力，把諮商專欄從那種哭哭啼啼的維多利亞舊式風格，扭轉成為貼進現實的二十世紀現代風貌……

「親愛的艾比：我們的兒子在服兵役期間跟一個女孩結婚。他們二月結婚，而她在八月誕下一個八磅半重的女嬰。她說那是早產兒。一個八磅半重的嬰兒可能是早產嗎？──盼望知道的人。」

「親愛的盼望者：嬰兒準時來到。婚禮卻來晚了。算了吧。」

菲力普斯女士在 1956 年以艾比蓋爾・范布倫（Abigail Van

Buren）的筆名展開專欄作家生涯。她回答的問題，有姻緣方面的、醫藥方面的，或兩者兼而有之的。憑著酸中帶澀、往往翩翩優雅而跡近不雅的言辭，迅即聲名鵲起。

海倫‧格蕾‧布朗（Helen Gurley Brown）── 她賦予「單身女孩」一個完整的人生，九十歲走完一生

海倫‧格蕾‧布朗，《性與單身女孩》（*Sex and the Single Girl*）一書的作者，讓 1960 年代早期的美國陷入震驚，就因為她揭示了，未婚婦女不僅有性生活，還盡情享受它，而她身為《柯夢波丹》（*Cosmopolitan*）雜誌的編輯，在往後三十年裡她跟這些女人所說的，正是怎樣更好的享受性愛。她週一在曼哈頓過世，享年九十歲，然而她有些部分，比這年輕得多……

布朗女士 1965 到 1997 年間擔任《柯夢波丹》編輯，廣泛獲譽為把性愛的坦率討論引進婦女雜誌的第一位女性。婦女雜誌今天的風貌，像洶湧成群性感撩人的模特兒和令人麻麻癢癢的封面文案等，在很大程度上是受到她的影響。

我選的第三段文章，也跟死亡有關，顯示另一種的語調和風格，也進一步證明了，好的寫作不能擠進單一方程式中。憑著冷面笑匠的風趣、對古怪行徑的鍾愛，以及英語詞彙的靈巧運用，瑪格麗特‧福克斯（Margalit Fox）這位語言學家暨新聞工作者，把訃告的藝術發揮至完美境界[7]。

把〔繪本〕甩進黑暗、可怖卻又帶有縈繞不散之美的人類靈魂深

處；憑著犀利辭鋒，成為萬千人的顧問；洶湧成群的性感模特兒和令人心裡發癢的封面文案。當你要把一個人的一生用八百個字來概括，必須小心選用詞語。福克斯找到一些貼切的字眼，把它們嵌進朗朗可讀的語句中，對於那種躲懶的藉口，好比說「人一生的成就這種複雜的話題，不能用幾個字來概括」，福克斯證明不過是謊言。

充分地贏得讚賞，間歇地遭到審查，並偶爾被吃掉。這是一種多組並列修飾法：把同一個詞語的不同涵義刻意串連起來。在這一列語句中，它們所修飾的下文「繪本」一詞，分別在兩種涵義下被使用：一方面指繪本所敘述的內容（這是可以「讚賞」或「審查」的），另一方面是繪本的實物形式（這是可「被吃掉」的）。除了讓讀者會心微笑外，這種修辭法也很巧妙地，透過把審查之舉與讀者的天真無邪並列，幽了那些反對桑達克在繪本中加入裸體圖象的食古不化的人一默。

並繼而對他們的孩子。一個簡單的語句能講一個故事：一代的孩童成長中滿載著對桑達克繪本的美好回憶，他們也唸這些繪本給自己的孩子聽。這是對這位偉大藝術家低調的致敬。

親愛的艾比：我太太是裸睡的。訃告轟然一聲的開始。取自專欄的這個例子，馬上給數以百萬計在成長過程中一直閱讀艾比的讀者，帶來一陣椎心的懷舊之情，也生動地給從來未讀過艾比的讀者介紹了她畢生的力作。我們也親眼看到，而不是被告知，有這樣的出格問題、滑稽回覆，以及（以當時來說）開放的觀感。

親愛的艾比：我們的兒子在服兵役期間跟一個女孩結婚。刻意使用出乎意料的過渡，像用上冒號、破折號和整段引文，是活潑的散文的一種標誌[8]。一位不那麼出色的作者，可能蹩腳地來個導引：「這是菲力普斯女士的專欄的另一個例子」，但福克斯在無預警下打斷她的敘述，

把我們的目光轉移到菲力普斯最精采的一面。作者就像電影攝影師，在故事的行進中操控觀眾的視線，所用的語言技巧就相當於攝影機的不同角度和鏡頭的快速切換。

有姻緣方面的、醫藥方面的，或兩者兼而有之的（the marital, the medical, and sometimes both at once）。扼殺趣味的風格手冊告訴寫作者避免用頭韻法（alliteration；即雙聲疊韻的雙聲），但好的散文能藉著頃刻間的詩韻而活潑起來，就像這一句，用上令人愉悅的韻律，並把「姻緣」和「醫藥」這對俏皮的雙聲詞並列。

享年九十歲，然而她有些部分，比這年輕得多。這是把傳統訃文公式化的鋪陳和沉重的語調淘氣地扭轉過來。我們稍後就知道，布朗是主張女性自我界定性問題的鼓吹者，因此我們了解到這種對整容手術的諷刺，是出於善意而非惡毒的，這也是布朗本人會欣賞的一個玩笑。

縈繞不散、辭鋒犀利、直腸直肚、哭哭啼啼、腳踏實地、酸中帶澀、翩翩優雅、跡近不雅、性感撩人、麻麻癢癢。福克斯選用這些不尋常的形容詞或副詞，違背了風格手冊中兩項最普遍的忠告：寫作時用名詞和動詞，不是形容詞和副詞；當一個普通、平易的詞語行得通，就永遠不要用一個不尋常、花稍的詞語。

但這些規則表述得很糟糕。固然不錯，很多浮誇的散文塞滿了多音節的拉丁古文式用語（例如用「宣告終止」取代「結束」，用「由是導致」取代「引致」）以及臃腫無力的形容用語（用「有以致之」取代「造成」，用「確然大定」取代「確定」）。而賣弄似懂非懂的花俏字詞，會讓你看來誇誇其談，有時甚至顯得可笑。但一個有技巧的寫作者，明智審慎地摻入令人驚奇的字詞，是可以使文章變得活潑，有時甚至激起火花的。根據寫作品質的研究，能夠把生氣勃勃的散文和一團

糟的爛文判別開來的兩種品質，就是多樣化的詞彙和不尋常字詞的使用[9]。

最好的用詞不僅比其他選項更能精確表達一個觀念，還可以在發音和咬字方面與之相呼應，這種現象可稱為「音義聯覺」（phonesthetics），也就是聽起來的感覺。[10]因此，解作「縈繞」的詞語念作「縈繞」，解作「犀利」的詞語念作「犀利」，而不是對調過來，可並不是巧合；只要一邊細聽著發音，一邊感覺咬字時肌肉的動作，就可知道這個道理。「撩人」一詞念起來時，嘴唇和舌頭就有一種撩撩欲動的感覺；「麻麻癢癢」念起來也讓舌頭有點又麻又癢的感覺，也帶給耳朵一個頑皮字詞的那種不經意而又揮之不去的反反覆覆感覺。這些感覺上的關聯，使得「洶湧成群性感撩人的模特兒和令人麻麻癢癢的封面語句」更為生動，勝過「洶湧成群的性感模特兒和挑撥性的封面語句」。而「洶湧成群的貌若天仙的模特兒」，則會成為選詞用字的反面教材：「貌若天仙」念起來那種令人肉麻的感覺，正好跟它要表達的意義相反，因此除非為了賣弄什麼，沒有人會用這樣一個詞語。

但有時賣弄詞語也能產生效果，福克斯在為新聞工作者邁克・麥桂迪（Mike McGrady）所寫的訃告就是如此。麥桂迪在 1979 年策劃了一個文學上的惡作劇，把一部故意寫得糟透的言情小說變成一本國際大賣的暢銷書。福克斯寫道：「《赤身的陌生人》（*Naked Came the Stranger*）是《新聞日報》（*Newsday*）二十五位新聞工作者所寫的，那時候的新聞編輯部是否比較輕鬆也許有爭辯餘地，卻是無可爭辯地較為嗜飲貪杯的。」[11]「嗜飲貪杯」這個帶嬉戲成分的詞語，意謂「傾向於飲酒飲過了頭」，跟「飲」和「杯」相關，令人聯想起一杯接一杯、一波接一波、一飲再飲、乾杯乾杯。想成為作家的讀者，閱讀時應該隨手帶一

本字典（好些字典以智慧型手機應用程式供人使用），寫作者也不要猶豫讓讀者去查找那些字詞，如果所用的那個字詞意義上是恰切的、發音是令人興奮的，也不致冷僻到讀者以後不會再碰到的。（像「殷憂啟聖」、「發硎新試」和「顧諟誠念」等則大抵可以不用了。）我寫作時都帶著一本同義詞詞典，緊記著一次從一本單車修理手冊中讀到的忠告，那是關於怎樣用一個老虎鉗式長柄鉗，來壓平輪輞上的凹痕：「不要讓這個工具潛在的毀壞力把事情搞砸了。」

———

從二十世紀早年到中年以後好一段時間，美國南方幾乎每一個黑人家庭，也就是說美國幾乎每個黑人家庭，都要作出一個決定。新拓居地有些按收益分成的佃農蒙受損失。有些打字員希望在辦公室找到工作。院子裡工作的小伙子，恐怕他們在種植園主妻子身旁的一個姿勢，就讓他們被吊到橡樹上。這些黑人全都被綑綁在一個等級制度中，這種制度就像喬治亞州的紅土一樣牢固而不可動搖；這些黑人也各自面對有待作出的一個決定。他們這種情況，跟任何渴望橫越大西洋或格蘭德河（Rio Grande）的人沒有什麼不一樣。

第一次世界大戰期間，在這個國家境內，一個旅程悄然起步。這股熱潮的興起，沒有預警，沒有喚起注意，外界也鮮能理解。它直到1970年代才結束，它在北方和南方所觸發的轉變，在開始時是沒有人——包括踏上旅程的人，所能夠想像的，也沒有人能猜想到它花了一輩子時間才終結。

歷史學家把它稱為「大遷徙」。它可能是二十世紀未有充分引起注意的最大一個故事。

本書所講述的這些人的行動，既具普世意義，也明明白白是美國的。他們的遷徙，是對一個經濟及社會架構的回應，而這個架構不是他們自己構建的。他們所做的，也是多個世紀以來，當生活變得無法再忍受時，人們都會做的事：在英國暴政下的清教徒這樣做；當奧克拉荷馬州的蘇格蘭及愛爾蘭裔眼見土地化作塵土，也這樣做；在愛爾蘭的人沒得吃時這樣做；面對納粹擴散的歐洲猶太人也這樣做；那些在俄羅斯、義大利、中國和其他地方的沒土地的人，當大洋彼岸更佳的景況向他們召喚，同樣是這樣做。把這些故事貫串起來的，是那種別無退路的狀況，儘管不情願，卻抱著希望尋找更佳出路，前往原來處身之地以外的任何地方。他們所做的，是歷史長河中，人類尋找自由往往踏出的步伐。

他們離去。

在《他鄉暖陽》（*The Warmth of Other Suns*）一書中，新聞工作者伊莎貝爾‧維爾克森（Isabel Wilkerson）確保「大遷徒」的故事不再受到忽略[12]。稱之為「大」，絕無誇張。數以百萬計非裔美國人從深居南方的諸州往北方城市遷移，啟動了民權運動、重塑了都市景觀、改變了美國的政治和教育議程，並使美國文化轉型，世界文化隨之改觀。

維爾克森不單矯正了世人對大遷徒的無知，更透過一千兩百個訪問，憑著清晰的散文，讓我們從完整的人類實況了解這段歷史。我們活在一個社會科學的時代，習慣了從「力量」、「壓力」、「程序」和「發展」等術語了解社會現象。我們很容易就忘記了，那些「力量」是數以百萬計的男男女女，基於信念或為了追求欲望，而有所行動的一種統計上的概括。把個人淹沒在抽象之中的這種習慣，不光把我們引向差勁

的科學（恐不能說「社會力量」看來遵守牛頓運動定律吧），更帶來非人化的結果。我們傾向這樣想：「我（和我這類的人）選擇依循理智行事；他（和他那類人）則是社會程序的一部分。」這就是歐威爾〈政治與英語〉一文的教訓，文中對非人化的抽象提出警告：「數以百萬計的農民被奪去了農場，被迫帶著雙手可拿得著的家當艱辛上路：這就叫做『人口轉移』或『邊疆重整』。」對抽象有過敏症、對陳腔濫調有恐懼症的維爾克森，用放大鏡對準歷史長河中「大遷徒」這個點滴，揭示出構成這個行動的人物的人性化一面。

　　從二十世紀早年到中年以後好一段時間。即使年代的描述，也不用一般慣用語言：把世紀當作一個會變老的人，是與故事主要人物同一年代的人。

　　有些打字員希望在辦公室找到工作。不說「經濟機會遭到否定」。維爾克森提及一個較早年代的一種中等技術職業，讓我們想像一個婦女如何陷於絕望：她獲得了一種技能，使得她可以從棉花田躍至專業辦公室，但由於她的膚色，這個機會遭到了否定。

　　院子裡工作的小伙子，恐怕他們在種植園主妻子身旁的一個姿勢，就讓他們被吊到橡樹上。不說「壓迫」，不說「暴力的威脅」，甚至不說「處私刑」，而是呈現一個可怕的實物圖景。我們甚至看到那是一棵什麼樹。

　　就像喬治亞州的紅土一樣牢固而不可動搖。又一次的，詩句頃刻乍現，為散文帶來生氣，這個比喻就是這樣；它帶有觸動感官的圖象、一絲的暗示（我想起馬丁‧路德，金恩〔Martin Luther King〕所說的「喬治亞的紅色山丘」，還有抒情的「抑抑揚格」（anapest）音步。

　　任何渴望橫越大西洋或格蘭德河的人。不說「來自歐洲或墨西哥的

移民」。我們再次看到，這裡的人不是社會學的類型。作者驅使我們把移動中的人群視覺化，並記住牽動他們的動機。

英國……的清教徒、奧克拉荷馬州的蘇格蘭及愛爾蘭裔、在愛爾蘭的人、面對納粹……的歐洲猶太人。 維爾克森在這段開頭表明她所寫主要人物的行動，是普世如一的，但她沒有停留在這個普遍化概念之上。她提出把大遷徙納入一系列富有故事性的移民潮中（以平行句法流暢表達出來），這些移民的後代毫無疑問包括她的很多讀者。由此暗地喚起讀者把他們對先人的勇氣和犧牲那種尊敬之情，也延伸到大遷徙被忘卻的遷徙者。

土地化作塵土，不說「塵暴乾旱」（Dust Bowl）；「**沒得吃時**」，不說「馬鈴薯大饑荒」；「**沒土地的人**」，不說「小耕農」。維爾克森不會在我們面前鋪陳耳熟能詳的用語，讓我們打盹連連。清新的措詞和具體的圖象，迫使我們把腦海中展示的虛擬現實不斷更新。

他們離去。 寫作課程經常強加到學生身上的諸多有關文章分段的愚笨規則，其中一條說，一個段落不能只有孤零零一個句子。維爾克森書中導論的一章包含十分豐富的敘述，結尾的一段卻只有短短兩個詞語。文章戛然而止，加上這一頁下方大片的空白，正好反映毅然作出的遷徙決定，以及往後生活的不確定。寫作的收結強而有力。

　　這四段文章的作者有好幾項共同的習慣：堅持用直接的字詞和具體的比喻，捨棄耳熟能詳的用語和抽象的概述；注意讀者的觀察點以及他們的目標；在簡單的名詞和動詞構成的背景之上，巧妙地插入不常見的字詞或慣用語；排比句的使用；偶爾營造驚奇；呈現生動的細節，避免直接說出結果；使用與意義及氛圍呼應的節律和音效。

　　這些作者也有一個共通的態度：他們毫不隱藏自己的激情和興味，這是驅使他們向讀者講述那些話題的動力。他們提筆寫作是彷彿有重要的事要講。不對，這樣說沒抓住要領。他們寫作是彷彿有重要的事要向人演示。我們將會看到，這正是構成風格意識的一個主要元素。

---

1. 取材自 "A few maxims for the instruction of the over-educated," first published anonymously in *Saturday Review*, Nov. 17, 1894.

2. 常被認為出自福克納（William Faulkner）手筆，實際上來自英語教授亞瑟・奎勒—柯徹（Arthur Quiller-Couch）於 1916 年的演講：on the art of writing。

3. Richard Dawkins, *Unweaving the rainbow: Science, delusion and the appetite for wonder* (Boston: Houghton Mifflin, 1998), p. 1.

4. 根據 Google 的詞句頻率搜索器（Google ngram viewer），http://ngrams.googlelabs.com.

5. R. N. Goldstein, *Betraying Spinoza: The renegade Jew who gave us modernity* (New York: Nextbook/Schocken, 2006), pp.124-125.

6. Kosslyn, Thompson, & Ganis, 2006; Miller, 2004–2005;Sadoski, 1998; Shepard, 1978.

7. M. Fox, "Maurice Sendak, author of splendid nightmares, dies at 83," New York Times, May 8, 2012; "Pauline Phillips, flinty adviser to millions as Dear Abby, dies at 94," New York Times, Jan. 17, 2013; "Helen Gurley Brown, who gave 'Single Girl' a life in full, dies at 90," New York Times, Aug. 13, 2013. 為配合本書的體例，我把標點修改了一下；而菲力普斯的文摘，我從訃告原文所包含的四

則「親愛的艾比」來函中選錄了兩則，並重排了次序。

8. Poole et al., 2011.
9. McNamara, Crossley, & McCarthy, 2010; Poole et al., 2011.
10. Pinker, 2007, chap. 6.
11. Margalit Fox, "Mike McGrady, known for a literary hoax, dies at 78," *New York Times,* May 14, 2012.
12. Isabel Wilkerson, *The warmth of other suns: The epic story of America's great migration* (New York: Vintage, 2011), pp. 8–9,14–15.

Chapter 2

望向世界的窗

古典風格是解毒良藥：矯正學術腔、官腔、企業腔、法律腔
以及官樣文章和其他冗贅散文

　　寫作是一種非自然的行為。[1] 就如達爾文（Charles Darwin）觀察所見：「人類有一種出於本能要說話的傾向，就像我們看到稚童牙牙學語，可是沒有小孩與生俱來傾向要烘焙，要釀製飲料，要寫作。」口語表達比人類這個生物物種的形成還要來得早，而說話的本能讓小孩子早在入學前好幾年就能清楚地與人對話溝通。但書寫的語言卻是晚近的發明，在我們的遺傳基因中還沒有留下痕跡，那是我們必須在孩提時期及往後日子中努力掌握的。

　　說話和寫作當然在動作上就是不同的，這正是為什麼小孩寫作必須下一番工夫的其中一個原因：他們要經過練習，才能把語言的發音用鉛筆或鍵盤重現出來。但說話和寫作也在其他方面有所不同，因此即使練就了寫字的動作後，寫作能力的掌握，仍然是一項畢生挑戰。說話和寫作涉及很不同的人際關係，只有跟口語相關的那種關係，才是自然而來的。口語對話出於本能，因為社會互動就是出於本能：我們看到對方且想要打招呼時就會說話。在跟對話伙伴互動之際，我們對於他們所知的和有興趣想知道的，多少有點概念，而當彼此聊起來，我們會注意他們的眼神、表情和姿勢。如果對方有什麼需要澄清，或不能接受某種講法，或有什麼要補充，他們便會插嘴，或在其後的對話中表明。

　　可是當我們滿懷好意要用書寫向世間傳遞訊息，口語對話那種互動的情況並不存在。訊息接收者是看不見的、不可測知的，我們把訊息傳過去時，對他們所知不多，也看不到他們的反應。在我們寫作的那一刻，讀者只存在於我們的幻想中。寫作首先就是一種假裝的行為。我們想像自己跟別人對話或通信，又或在演說或自言自語，在寫作的虛擬世界中，我們的話由一個小化身說出來。

　　良好寫作風格的關鍵，遠不只是遵守一系列的戒律；你要對於那個

假裝與之溝通的虛構世界有一個清晰的概念。那有很多可能性。一個在手機上以拇指打字傳出短訊的人，可以想像自己參與真實的對話。一個大學生撰寫一篇學期研究論文，就是假裝自己對那個課題的認知比讀者來得多，報告的目標是提供讀者所需資訊；但在典型情況下，讀者對這個課題的認識其實比這位作者還要多，根本不需要那些資訊，報告的真正目的不過是讓學生練習一下怎樣提供資訊。一個社會運動家寫作一份宣言，或一位牧師草擬一篇布道講辭時，必須假裝自己正站在一群聽眾面前，要煽動他們的情感。

當一個作者為更普遍的讀者寫作文章時，比方說，要寫的是一篇小品文、論說文、評論、社論、通訊或網誌文章，究竟應該投入怎樣的虛擬景況中？文學學者法蘭西斯・諾爾・湯瑪斯（Francis-Noel Thomas）和馬克・特納（Mark Turner）提出了一種散文的範例，供今天的作者追求仿傚。他們稱之為古典風格，並在那本精采的小書《清晰簡單是為真》（*Clear and Simple as the Truth*）中作出解釋。

古典風格的隱喻：觀看世界

古典風格的指導性隱喻，就是「觀看世界」。作者看到的一些東西，是讀者還沒注意到的，讀者的視線經作者引導便能看得見了。寫作的目的是呈現，動機是呈現不偏不倚的真相。當語言和真相連成一線，寫作就成功了；而成功的證據，在於清晰和簡單。事實真相是可以知悉的，但它跟揭示真相的語言並非同一樣東西；文章是望向世界的一扇窗。作者用文字把真相呈現出來之前，就已經悉知真相，而不是透過寫作把真相從思想中發掘出來。古典散文的作者也不用為真相辯論，而只需要把它呈現出來。因為讀者有覺察能力，在看見真相後便能把它辨認

出來,只要視線沒有遭到遮擋就行了。作者和讀者處於平等關係,引導讀者視線的這個程序是以對話方式進行。

　　一個古典散文的作者必須模擬兩種經驗:向讀者呈現世界上的一些事物,以及讓讀者參與對話。每種經驗的本質,都會塑造古典散文的寫作方式。「呈現」這個隱喻,暗示有事物被看見。作者正指向的這些事物是**具體**的:有人(或其他生物)在這個世界中移動,跟其他客體互動。[2] 至於「對話」的隱喻,暗示讀者採取**合作**態度。作者指望讀者會注意字裡行間的意義,抓住文意去向,把省略的隱含意思連貫起來;作者不必把思想的每一步和盤托出。[3]

　　根據湯瑪斯和特納的解釋,古典散文只是一種風格,他們把這種風格的發明歸功於十七世紀的法國作家,像笛卡兒(René Descartes)和拉羅什福科(Francois de La Rochefoucauld)等。古典風格和其他風格的差異,可以透過它們對傳達訊息的情態所秉持的立場,加以比較而體會出來:作者如何想像自己跟讀者之間的關聯,以及作者嘗試達成什麼結果。

　　古典風格不是沉思冥想或浪漫的風格,也就是說,作者不是要嘗試跟人分享他那種彰顯個人氣質的、感性的,以及對事物往往難以形容的反應。它也不是預言性、神論式或演說般的風格,也就是說,作者沒有特殊天賦可看到別人看不見的事物,作者也不是要用語言韻律來誘導聽眾同心致志。

　　較不明顯的是,古典風格也不同於實用風格,像是備忘錄、手冊、研究論文、研究報告等的文字。(傳統寫作風格手冊,像史壯克和懷特所寫的,主要是實用風格的指南。)在實用風格中,作者和讀者有界定的角色(主管和雇員、老師和學生、技術人員和顧客),而作者的目標

就是滿足讀者的需要。以實用風格寫作，可能遵照一個固定的樣板（一篇五段式文章、科學期刊中的一篇報告），它也是簡短的，因為讀者需要及時獲取資訊。相較之下，以古典風格寫作，作者可採取所需的任何形式、任何長短，來呈現有趣的事實。古典作家的簡潔風格，「來自作者內心的高雅，絕不是來自時間或受雇的壓力。」[4]

古典風格與平實的風格亦有所別，後者什麼都加以呈現，讀者自己便能看著所有東西。在古典風格中，作者努力尋找值得呈現的事物及最完美的視點。讀者可能要費力辨別才能看到，但所付出的努力是值得的。古典風格，據湯瑪斯和特納解釋，是貴族化的，不是平等主義的：「真理對於所有願意付出努力去尋求它的人，都是可以獲致的；但真理肯定不是所有人普遍擁有的，也不是任何人與生俱來的權利。」[5]比方說，「早起的鳥兒有蟲吃」，這是平實的陳述；「早起的鳥兒有蟲吃，但第二隻老鼠才吃到乳酪〔沒有給捕鼠器逮著〕」則是古典風格。

古典風格跟實用風格和平實風格有重疊之處。而三者都跟刻意自覺的、相對主義的、反諷的或後現代的風格不一樣，在那樣的風格中，「作者主要的顧慮（縱使未明言）就是對於自己正在做的這件事，要避免被人指為哲學上的天真」。就像湯瑪斯和特納指出的：「當我們翻開一本食譜，我們完全不理會——也期待作者不理會——有關特定哲學及宗教傳統核心的那種問題。講論烹調之道是否可能？雞蛋是否真實存在？對於食物能否有知識可言？其他人能否告訴我們有關烹飪的任何真相？……與此相似，古典風格也對它致力達成之事，放下不恰當的哲學疑問。如果它要處理那些疑問，就永遠無法處理它要講的主題，而其目的正是全心全意著墨主題。」[6]

不同風格的散文並非截然區分的，很多種類的寫作混合使用或交替

使用不同風格。（比方說，學術性的寫作，傾向於混合實用風格和自覺
風格。）古典風格是一種理想。並非所有散文都要採用古典風格，也不
是所有作者都能甩掉矯飾。但知道了古典風格的特徵，可以令任何人成
為更好的作者，對於學術、官僚、企業、法律和科技等各界的文章受到
的病害，古典風格也是最強的良藥。

把抽象概念當成可辨認的物件和力量

乍看之下，古典風格似是天真而庸俗的，只適合一個具體的、運作
如常的世界。非也。古典風格跟那種叫人「避免抽象」的常見但毫無助
益的忠告不一樣。有時我們需要談到抽象的概念。古典風格所做的，
是對這些抽象概念作出解釋時，把它們當作可辨認的客體和力量，任
何人只要看見就認得出來。讓我們看看物理學家布萊恩・葛林（Brian
Greene）怎樣使用古典風格，來解釋人類心智曾探索的其中一個最奇特
的概念——多重宇宙論。[7]

葛林開始時，先談到 1920 年代天文學家觀察到各星系正移動到彼
此相距更遠的地方：

> 如果太空目前在擴張，那麼在愈早的時間裡宇宙必然是愈小。
> 在遠古的某一刻，我們目前看到的任何物體，包括每個行星、每個
> 恆星、每個星系，甚至太空本身的構成成分，必然是壓縮成一個極
> 微小的微粒，然後往外膨脹，演化成我們所知的宇宙。
>
> 大爆炸理論於焉誕生。……可是科學家察覺到大爆炸理論受窘
> 於一個明顯的缺陷。偏偏它就是漏掉了爆炸。愛因斯坦的方程式很
> 了不起的描述了爆炸後不到一秒的頃刻間，宇宙怎樣演化而來，但

方程式一旦用於宇宙初始一刻那種極端的狀況，就垮掉不行了（就像你用 0 去除 1 的時候，計算機會顯示錯誤訊息）。因此大爆炸理論對於什麼力量造成了爆炸，並沒有提供任何洞見。

葛林沒有輕輕帶過這裡的論證建基於複雜的數學。他倒是透過圖象和日常生活的例子，向我們顯示數學在此揭示了什麼。我們彷彿在看著擴張中的太空逆時間倒流的一部電影，從而接受了大爆炸理論。透過用零來除一個數字的例子，我們則領略到方程式失效的這個深奧概念。讓我們能達致理解，有兩種途徑。我們可以思考：把一個數目分解為零份，實際有什麼意思可言？我們也可以把數字輸進計算機，自行看看「出錯」的訊息。

葛林接著告訴我們，天文學家最近有出乎意料的發現，他用一個類比來說明這一點：

就像地球的引力把一顆往上拋的球往下拉，每個星系之間的引力的拖拽效應，也必然令太空的擴張慢下來。……〔然而〕相較於慢下速度，在大約七十億年前，太空的擴張切換到快速檔，自此一直在加速。這就像輕輕把球往上拋，最初上升速度減慢，但接著愈來愈快的往上飆。

但天文學家不久就找到了解答，葛林用一個比較沒那麼精準的比喻來說明：

我們都習慣把萬有引力視為只做一種動作的力量：把物體互相

拉近。但據愛因斯坦的……相對論，萬有引力也可以……把物件推開。……假如太空包含……一種看不見的能量，就有點像一陣看不見的薄霧均勻鋪滿整個太空，那麼這種能量薄霧造成的引力，就可能產生排斥效果。

這個暗能量假說，卻帶來另一個謎團：當天文學家推論出要有多少暗能量充塞著太空每個角落、每個縫隙，才足以說明觀察到的宇宙加速擴張，他們獲得一個沒有人能解釋的數字：

0.00000000000000000000000000000000000000000000000000000000000000000000000000000000000000000000000000000000000000000000000000000138。

葛林把這整個數字諸多零數位堂而皇之呈現出來，讓我們感受到這個數字是極小卻又出奇地精確的。然後他指出，這個數值很難解釋，因為它似乎經過微調，就是為了讓生命得以在地球上誕生：

在有較大量暗能量的那些宇宙裡，每當有物質嘗試聚合成為星系，暗能量的排斥推力是那麼強大，那一團聚合物勢必迸散，使星系的形成受挫。在暗能量小得多的那些宇宙裡，排斥推力變成一種吸引拉力，導致那些宇宙迅速自行瓦解，星系也無法形成。而沒有星系，也就沒有恆星，沒有行星，因此在那些宇宙裡，沒有機會讓我們這種形式的生命存在。

　　有一個概念可以解決這個難題，那是在大爆炸理論中用來解釋爆炸的（葛林稍早曾向我們說明）。根據宇宙暴脹理論，空洞的空間可以造成其他大爆炸，創造出極大量的其他宇宙：一個多重宇宙。這使得我們宇宙中那種暗能量的精確數值變得沒那麼令人驚訝：

　　　　我們發覺自己身處這個宇宙而不是另一個宇宙，原因跟我們活在地球而不是在海王星大抵一樣：我們的處身之地，已有成熟的條件讓我們這種形式的生命存在。

　　當然！只要是有很多的行星，其中一顆跟太陽的距離就可能適宜居住，質疑說為什麼我們活在這個行星而不是在海王星似乎沒什麼道理。對於多重宇宙來說道理也一樣。

　　但科學家仍然面對一個難題，葛林用一個類比來說明：

　　　　就像一家鞋店要有充裕的庫存，才可以確保你能找到合適的尺碼，我們也需要一個內容多元的多重宇宙，才能確保我們這個具獨特分量暗能量的宇宙，能成為其中一類屬的一員。宇宙暴脹理論本身未能做到這一點。儘管它永不止息的系列大爆炸會產生數量龐大的宇宙，很多宇宙都有相類特徵，就像一家鞋店的大量存貨都只是 5 號和 13 號，卻沒有你要找的尺碼。

　　給這個難題帶來圓滿解答的是弦論。據這個理論，「可能存在的宇宙點算起來數目達到 100 的 500 次方，大得幾乎無法理解，也不能有什麼類比」。

　　把宇宙暴脹論和弦論結合起來，……宇宙的庫存就把倉庫擠
爆：透過暴脹之手，弦論那些極為多元的可能的宇宙，成為實際存
在的宇宙，拜一個接一個的大爆炸所賜。我們的宇宙也就實質上確
保是其中一員了。而由於我們這種形式的生命所必需的具體特性，
這就是我們居住的宇宙。

　　以區區三千字，葛林就讓我們能夠了解一個令人極為驚訝的概念，
他也不諱言這個理論背後的物理學和數學可能是他難以解釋或難以令讀
者明白。但他滿有信心，所敘述的一系列事件能讓任何人看了就曉得在
暗示什麼，因為他所選的例子至為確切。以零來除一個數字，就是方程
式行不通的完美例子；引力對一個拋出的球的牽引力，確實是宇宙膨脹
慢下來的同一景況；要在可能性不多的一組東西裡找出一個具特定精確
特點的物件，這種恐怕難以如願的情況，同樣適用於鞋店裡鞋子的尺
碼，以及多重宇宙中物理常數的數值。這些例子不是什麼隱喻或類比，
而是他要解釋的現象的真實體現，而這些體現出來的現象，讀者可以親
眼看到。這就是古典風格。

　　如同很多自伽利略（Galileo Galilei）以降的科學家一樣，葛林是艱
深概念的清晰闡釋者，這恐怕並非出於偶然，因為古典散文的理想，跟
科學家的世界觀是一致的。常見的誤解認為，愛因斯坦證明了任何事都
是相對的，海森堡（Werner Heisenberg）證明了觀察者總是會影響所觀
察的事物，恰好相反，大部分科學家都相信，世間是有客觀真理的，不
偏不倚的觀察者可以發現這些真理。

　　由於同一緣故，古典散文的指導性形象，跟相對主義學院式意識形

態的世界觀大相逕庭——像見於後現代主義、後結構主義和馬克思主義文學評論的世界觀。同時恐非偶然的是，這些相對主義學者總是一貫地在每年一度的「劣拙寫作競賽」中勝出，那是 1990 年代後期由哲學家丹尼斯‧德頓（Denis Dutton）所辦的一項噱頭式宣傳活動[8]。1997 年的第一名，由著名評論家傅雷瑞克‧詹姆森（Fredric Jameson）那部電影評論著作開頭的句子奪得：

> 　　視覺影像基本上是色情的，這所指的是，它的目的在於令人痴迷、腦袋空白的魅力；假如它不願意洩漏它的目標，那麼想想它的特質吧，這就是它那目標的附屬物了；而大部分嚴謹的電影，都必須抑制它們本身的過度傾向，透過這樣的努力獲得能量（而不是透過對觀者施以規範這種較不令人感激的做法）。

「視覺影像基本上是色情的」這種論斷，客氣地說，並不是任何人可以看到的有關世界的事實。「這所指的是」一語令人期望一個解釋，但那卻是同樣的令人迷惑：難道一些東西「目的在於令人痴迷、腦袋空白的魅力」，就非屬色情不可嗎？困惑的讀者被告知：讀者對世界的理解能力無關重要，只管專注於這位偉大學者謎樣的宣言好了。古典風格的寫作，假設作者與讀者處於平等關係，使得讀者覺得自己是個天才。劣拙的寫作讓讀者覺得自己是個笨蛋。

　　1998 年勝出的作品，來自另一位知名評論家茱迪絲‧巴特勒（Judith Butler），這也是目空一切的違抗古典風格：

　　這裡發生一個轉移：原來的結構性解釋，假定資本以相對一致的方式對社會關係起著結構作用，由此轉到一種霸權主義觀點，其中權力關係受到重複、匯合和重新接合等機制所左右，這就把時間性問題帶進結構的思考，這也標誌著一種變更：原是阿圖塞（Louis Pierre Althusser）式的理論，把結構性整體視為理論對象，由此變換至另一觀點，由於洞悉了結構的偶然可能性，而啟迪了一個重新打造的霸權觀念，霸權被認為受制於權力重新接合的偶然接合點和策略。

　　讀者讀著這段令人望而生畏的文字，真的會驚訝巴特勒竟有這樣的能力，能用抽象陳述來耍花招，以此解釋更抽象的陳述，而看不見她觸及真實世界。我們由一點移到另一點，只見前面是一種理解的解釋，後面的觀點則是一個問題的重新構擬，這使我想起電影《安妮霍爾》（Annie Hall）那個好萊塢派對，其中有人無意中聽到一個電影製片人說：「現在它只是一個念頭，但我相信我能找到資金把它打造成一個概念，然後再把它變成一個構想。」讀者無法做到的事就是去理解它，無法用自己眼睛看到巴特勒所看到的。要是說這段文字有些什麼意義，看來就只不過是一些學者體會到權力是會隨著時間轉變的。

　　競賽得勝者的寫作這樣深奧難懂，只是一種錯覺。大部分學術界人士，可以毫不費力地把這種糟粕甩掉，而很多學生，像右頁《登斯貝》（Doonesbury）漫畫中的哈里斯（Zonker Harris），不用教導也能掌握這種技巧。

　　葛林在解釋多重宇宙時所用的淺白語言，也一樣令人產生錯覺。要把論辯縮減到最基本的程度，然後有條不紊地敘述出來，並引用大家熟

識而精確的類比來說明，你需要認知上的辛勤做工和文學上的熟練技巧。就像桃莉・芭頓（Dolly Parton）所說的：「你不會**相信**，要看起來那麼像便宜貨色，是要花很多錢的。」

　　以古典風格滿有信心地把一個概念呈現出來，不同於傲慢地堅持這個概念是對的，兩者不能混為一談。在那篇文章其他地方，葛林並沒有遮掩事實，坦承很多物理學同行認為弦論和多重宇宙論只是誇誇其談，未獲證實。古典風格作者只是想讀者能了解他所說的。湯瑪斯和特納解釋，古典散文的讀者「對一篇文章可以下結論說，它是傑出之作、具古典之風，同時徹底錯誤。[9]」

　　儘管在多方面是直接的，古典風格始終是一種假裝、一種仿冒、一種姿勢。即使科學家信奉的是如實觀看世界，他們也是帶點後現代心態的。他們承認真理很難悉知，世界並不是自行顯現在我們眼前，我們了解世界，是要透過理論和構擬，這些並非圖象，而是抽象陳述，而我們對世界的了解，必須持續處於審視之下，排除偏見。只不過好的作者不會在文章每一段都凸顯這方面的焦慮，他們倒是會為了清晰的緣故，有技巧地把它隱藏起來。

　　緊記著古典風格是一種假裝，也可以合理地解釋那種看來不近人情

的要求，要一位作者在下筆前就先掌握真相，而不是透過寫作過程整理和澄清自己的思想。當然，沒有作者邊寫邊這樣做的，但這不是重點。古典風格的目標，是要讓人覺得作者的思想在以文字的外殼包裹起來之前，就已經具體成形。就像一位名廚在電視上那個潔淨無瑕的廚房裡，在節目的最後一刻從烤箱捧出一盤完美的蛋奶酥，那些髒亂的工夫事前已經在幕後完成。

儉省的使用後設與標記語言

本章餘下部分這樣安排。第一節會引入「後設語」（metadiscourse）的概念，接著是這種語言的一種主要體現──標記的使用。第二節會評論三個問題：不當地聚焦於專業工夫的描述而非主題的闡述，辯解式語言的過度使用，以及過分欠缺承擔的弊病。而第三節要解釋的問題是預製語言方程式。第四節涵蓋的問題跟過度抽象化有關，包括名詞化和被動式的過度使用。最後，我會回顧以上各種討論的重點。

你能跟得上來嗎？

我相信不能。這段令人煩厭的文字充斥著「後設語」，就是有關語言的言辭，像「一節」、「回顧」和「討論」等。經驗尚淺的作者往往認為，以詳細預覽的方式引導讀者瀏覽餘下章節的內容，是有益讀者的事。事實上，這種像把書的目錄緊縮成一團的預覽，只是對作者本人而不是對讀者有幫助。在這階段的陳述中，這些術語對讀者毫無意義，而這一列內容又太長、太隨意，不能在記憶中停留多久。

以上一段評論了後設語的問題。接下來一段介紹它的一種基本體現，即標記語言的現象。

笨拙的作者使用大量標記語言。他們不假思索就遵守那種寫作建

議：說你將要說的話，然後把話說出來，再說說你說了什麼。這種建議來自古典修辭學，它對長篇演講來說是合理的：如果聽者片刻間心神遊蕩，沒聽到的一段話就永久消失了。對書面寫作這卻不是那麼必需，因為讀者可以翻回前面，看看錯失的內容是什麼。對古典風格來說這也是造成干擾的，因為古典散文是要引發對話。你總不會跟身邊的同伴說：「我要告訴你三件事。第一件事：我將要講的是一隻啄木鳥剛飛落那棵樹上。」你把要講的說出來就是了。

　　不假思索地運用標記語言，問題在於那些標記要讀者花更多工夫去理解，倒是把東西指出來讓人看到比較省事；這就像有些所謂捷徑包含複雜的指示，要弄清楚這些指示所花的時間，比捷徑所省的時間還要多。更好的做法是，把路徑清楚地鋪展開來，讓你走到每一個拐彎之處，都明顯地看得出來。好的寫作善用讀者對何去何從的期待心理。它陪伴讀者上路，或把材料合乎邏輯次序排列出來（從一般到具體、從大到小、從早到晚），或透過一個「敘事之弧」展現故事的脈絡。

　　這並不是說作者應該完全避免使用標記語言。即使閒聊也包含一些標記語言，譬如：「我給你講個故事；長話短說；換句話說；就像我所說的；等著瞧吧；你有沒有聽過關於牧師、神父和猶太教祭司那個故事」。就像所有寫作上的決定，標記語言使用的多寡，要作出判斷，有所折衷：太多的話，讀者讀起來就像陷入泥沼；太少的話，讀者就不知道何去何從。

　　古典散文之道，是儉省地使用標記，就像在對話中一樣，也盡量少用後設語。要引出一個話題而不使用後設語，其中一種方法就是用問句來開頭。

本章討論名字的流行程度起落興衰的因素。

This chapter discusses the factors that cause names to rise and fall in popularity.

什麼造成一個名字在流行程度上或起或落？

What makes a name rise and fall in popularity?

　　另一種方法是使用古典風格中具指標性的隱喻，那就是視覺。把一段文字的內容當作發生在眼前的事，雙眼視而可見：

以上段落表明，父母有時給女孩取男孩名字，但反之則不然。

The preceding paragraph demonstrated that parents sometimes give a boy's name to a girl, but never vice versa.

如我們所見，父母有時會給女孩取男孩名，但反之則不然。

As we have seen, parents sometimes give a boy's name to a girl, but never vice versa.

　　因為看見暗示有見證者，我們不必再指出某些段落「表明」了什麼，又或某些章節「概述」了什麼，彷彿一段段的文字能進行這樣的心智活動。互動的雙方是作者和讀者，他們一起在觀看，而作者可以用「我們」這個總是那麼好用的代名詞來指稱雙方。這還給作者提供其他可代替後設語的隱喻，譬如一起前行，或攜手合作。

以上一節分析了字詞語音的源流。本節將提出字詞意義的問題。

The previous section analyzed the source of word sounds. This

我們探索過字詞語音的源流，現在走到字詞意義這個迷宮來了。

Now that we have explored the source of word sounds, we arrive at section raises the question of word meanings.

the puzzle of word meanings.

第一個討論的問題是專有名詞。
The first topic to be discussed is proper names.

讓我們從專有名詞開始。
Let's begin with proper names.

　　至於要提到你說過的話，我的建議是，要點就在於「換句話說」。把每段裡其中一個句子複製，然後把這些句子在文章結尾貼到一起，這種做法不大說得過去。這只是迫使讀者重新再想一次這些句子要表達什麼，這也等同於作者承認自己並不是在表達意念（意念總是可以披上不同語言的外衣），而只是把詞句在頁面上搬來搬去。一段總結應該讓關鍵字詞充分再現，好讓讀者能把它們跟前面詳述的內容連繫起來。但這些字詞應該安插到新的句子中，而這些句子應該構成一段自成一體的流暢文章。總結應該是獨立自足的，幾乎讓人覺得總結的內容從未出現過。

不要將闡述的主題跟從事的工作混為一談

　　後設語這種自覺表達形式，並不是唯一讓專業寫作泥足深陷的陷阱。另一個陷阱就是，把作者要闡述的主題跟他從事的工作混淆起來。作者生活在兩個宇宙中。一個是他們研究的範疇：伊莉莎白・畢曉普（Elizabeth Bishop）的詩、兒童語言能力的發展、中國的太平天國運動。另一個是他們專業的世界：出版論文、參加學術會議、追上最新的研究趨勢和行內傳聞。大部分研究人員吃喝睡覺以外的時間，都是花在第二個世界，因此很容易把兩者混淆起來。結果就是，學術論文典型的

開頭是這樣的：

> 近年來，愈來愈多的心理學家和語言學家把他們的注意力轉到
> 兒童如何獲致語言能力的問題。本文將回顧這種學習過程的最新研
> 究。

> In recent years, an increasing number of psychologists and linguists
> have turned their attention to the problem of child language acquisition. In
> this article, recent research on this process will be reviewed.

無意冒犯。但很少人對於教授們都在做些什麼感興趣。古典風格沒
有多談他們的例行工作，而是直接看他們所做的研究：

> 所有兒童不用規規矩矩上些什麼課就能獲得說一種語言的能
> 力。他們這種本領是怎樣做到的呢？

> All children acquire the ability to speak a language without explicit
> lessons. How do they accomplish this feat?

說句公道話，有時對話的主題確實是研究人員的活動，譬如一篇概
覽，向研究生或其他行內人士介紹他們專業範疇的學術文獻。但研究人
員對於他們在為誰寫作，很容易失察，而自戀地描述他們行內著迷的
事，而不是讀者真正想知道的事。專業的自戀不限於學術界。被指派採
訪任務的新聞工作者，所報導的往往是他們的報導任務，造成惡名昭彰
的媒體回聲室效應。博物館的說明文字解釋展示櫃裡的瓷器碎片怎樣歸
類到某一陶瓷風格，而不是製作者是誰、有何用途。音樂和電影指南側

重的資訊，是作品發行的週末有多大票房總收入，又或上映或登上流行榜多少星期。政府和企業的網站，組織方法以他們的官僚架構為依歸，而不是使用者所尋求的資訊種類。

　　具有自我意識的寫作者也容易無病呻吟，強調他們所講論的事是怎樣的異常艱深、複雜和充滿爭議：

　　　　什麼是糾結難解的衝突？「糾結難解」是一個具爭議性的概念，對不同的人有不同意義。

　　　　What are intractable conflicts? "Intractability" is a controversial concept, which means different things to different people.

　　　　面對壓力的復原力是一個複雜的、多面向的概念。雖然復原沒有一個普遍被接納的定義，一般把它理解為從困境和創傷中恢復過來的能力。

　　　　Resilience to stress is a complex multidimensional construct. Although there is no one universally accepted definition of resilience, it is generally understood as the ability to bounce back from hardship and trauma.

　　　　語言能力的獲致是很複雜的問題。很難對「語言」的概念、「獲致」的概念和「兒童」的概念作出精確定義。實驗數據的詮釋有很大不確定性，相關理論也有很多爭議。還有待更多研究。

　　　　The problem of language acquisition is extremely complex. It is difficult to give precise definitions of the concept of "language" and the concept of"acquisition" and the concept of "children." There is much uncertainty about the interpretation of experimental data and a great deal of controversy surrounding the theories. More research needs to be done.

最後一段引文是模仿之作，但其他兩段是真的，也是學術性寫作那種內向的、令人厭煩的風格的典型。在古典風格中，作者信任讀者有足夠智力，能體察很多概念不易界定，很多爭議不易解決。讀者正是要看作者怎樣處理這些問題。

濫用引號

自覺寫作風格的另一個壞習慣就是引號的神經質濫用——有時稱為戰抖式引文或驚恐式引文，作者的目的是為了跟一般慣用語區別開來：

在同心協力之下，你可以讓「整體大於部分的總和」。

By combining forces, you could make the "whole more than the sum of its parts."

但這並不是「經驗之談」。

But this is not the "take home message."

他們或許在別人都有既定取向時，能「跳出框架思考」，但他們並不經常懂得「適可而止」。

They may be able to "think outside the box" even when everybody else has a fixed approach, but they do not always note when "enough is enough."

　　最初這是幾個「年輕小鬼」發起的運動，挑戰把持著這個專業
的「老鬼」。

　　It began as a movement led by a few "young turks" against an "old
guard" who dominated the profession.

　　她是「速學速成之才」，能夠在幾乎任何她感興趣的領域自學
有成。

　　She is a "quick study" and has been able to educate herself in virtually
any area that interests her.

作者似乎想說：「我不能想出一個更得體的表達方式，但請不要以
為我這樣說是個信口開河的人；我實際上是個認真的學者。」問題不光
是神經質那麼簡單。最後一個例子取自一封推薦信，那我們是否應該相
信那個學生是速學速成之才，抑或她是「速學速成之才」——即被認為
或傳聞如此，但事實上不然？驚恐式引文的使用，在庸人自擾地自覺、
目空一切地非古典的後現代風格中，達到了極端程度，簡直否認了任何
詞語能對任何事物作出指謂，甚至否認有一個客觀存在的世界，作為語
詞的指謂對象。因此，諷刺報紙《洋蔥報》（*The Onion*）2004 年報導後
現代主義火炬手過世，大標題就說：德希達（Jacques Derrida）「死了」。
　　引號有好些正當用法，譬如複述別人的話（她說：「胡說八
道！」），又如引用一個詞語而指稱這個詞語本身，而不是用它來表達
意義（《紐約時報》使用「千禧之年」而不是「千禧紀元」），又或表

明作者在上下文脈絡中使用這個詞語，跟其他人的用法不予苟同（他們把姊妹處死，是為了維護家族的「榮譽」）。對字詞選用的神經質反應，卻不是正當用法之一。古典風格對所說的話是滿有信心的。你要是不能在沒有辯解性的引號之下放心使用一個詞句，你就根本不應該使用這詞句。

避免承擔責任的委婉語句

此外還有難以克制的委婉用語。很多作者在文章中到處填塞軟化語調的委婉用詞，暗示他們對於所說的話不願作出承擔，譬如說：幾乎、似乎、比較上、相當、部分、差不多、一方面來說、主要來說、大抵、頗為、相對地、表面上、可謂、有點兒、有幾分、一定程度上、某程度上、我也可斷言（最後這種隨處可見的說法，是否表示你現在不願意斷言，但若情況有變你就或會斷言？）想想上述推薦信引文中「幾乎」的用法。作者真正想說的，是否有某些領域那個學生儘管有興趣，卻懶得費心去自學什麼，抑或是她嘗試在那些領域裡自學，卻缺乏自學能力？還有， 位科學家向我展示他四歲女兒的照片，滿面笑容地說：「我們幾乎疼透了她。」

作者養成這種避免承擔的習慣，是為了遵守那種簡稱「遮屁股」的官僚指令，完整來說就是「給自己蓋上遮羞布」。他們希望如此一來，在遇上批評者指證他們的錯誤時就能脫險，又或至少讓他們承受較小的罪名。基於同一原因，小心翼翼避免訴訟的新聞工作者在報導中撒滿「據稱」、「據報」這類字眼，譬如：「據報受害人被發現時背部中刀，躺在血泊中」。

有另一個跟「遮住屁股」不一樣的口號：「那又怎樣」。一個古典

風格的作者，信賴一般常識和讀者的寬容態度，就像在日常對話中，我們知道說話人什麼時候是表示「一般來說」或「其他條件不變的話」。如果有人告訴你麗斯想從西雅圖移居別處，因為那是個多雨的城市，你不會理解為，那裡一天二十四小時、一週七天都在下雨，儘管句子沒有加上修飾語像「相對多雨」或「相當多雨」。就像湯瑪斯和特納解釋：「如果為了準確性而執迷於準確性，那就會流於迂腐。一個古典作者會把一個有條件的狀況準確說出來，但並不保證那在技術上是準確的。作者和讀者間的共識，就是作者對那些狀況的描述，不會因為僅僅是概略性的，而遭到質疑。」[10] 任何有心作對的人，不懷好意地對一個不作迴避的陳述作出最不寬容的理解，那麼即使作者怎樣重重作出迴避，也會給找到攻擊的缺口。

　　有時作者別無選擇，只能作出迴避性陳述。但較好的做法是，作者對陳述**加上條件**，就是把陳述不適用的處境列出來，而不是為自己找迴避的去路，又或對自己是否真的表示這個意思含糊其詞。法律文件中的陳述，會朝最不利陳述者的方向詮釋，並不存在日常對話中預設的那種彼此合作的關係，因此每一種例外情況都要明言。一個學者要提出一項假設，必須起碼一次以最精確的方式把它表達出來，立此存照，這樣批評者可以確定那到底宣稱什麼，好好作出批判。而如果可以合理地相信讀者有機會把一項統計上的趨勢誤解為絕對定律，一個負責的作者會預見這種失察情況而對概括說法因應作出修飾。宣稱「民主政體不會訴諸戰爭」，「男性比女性更擅長處理幾何學問題」，以及「吃青花菜可預防癌症」，對於事實真相未能還一個公道，因為這些現象頂多只代表兩個重疊鐘形曲線的平均值之間的細微差異。因為把這些陳述錯誤詮釋為絕對定律會帶來嚴重後果，一個負責的作者應該插入修飾語，像「平均

來說」或「其他條件不變的話」，另加上「輕微」、「相當」等。最好的是把效應的規模或確定的程度，透過不另加迴避的陳述表達出來，譬如：「在二十世紀，民主政體跟專制政體比較起來，互相訴諸戰爭的可能性只有一半」。我們不是說好的作者對於他們的宣言永遠不需迴避風險，而是說，對這些作者來說迴避風險是一種選擇，不是一種癖癮。

矛盾的是，像「非常、高度、極度」等強調詞，效果也像避險用語。他們不但使文章變得模糊，更可能使作者的意圖受挫。如果我在猜想誰把那一點點現金偷走了，更令人信服的說法是：「不是瓊斯；他是個誠實的人」；而非「不是瓊斯；他是個非常誠實的人」。原因在於，不經修飾的形容詞和名詞，人們傾向於斬釘截鐵的理解；「誠實」表示「完全誠實」，或至少「在目前攸關重要的情況下完全誠實」（就像說「傑克喝了那瓶啤酒」，暗示他整瓶都灌進肚子了，不是只啜了一兩口）。一旦你加上了強調詞，你就把那種全是或全非的二元對立，變成一種程度上的差異。不錯，你嘗試把對象放到高程度的階梯上，譬如說以 10 級為最高你給他 8.7 級，但最好還是根本上不要讓讀者在相對程度上考慮對象如何誠實。傳聞中那個常見的忠告（往往誤傳為馬克・吐溫〔Mark Twain〕之言）：「每次你想寫『非常』的時候，用『他媽的完全』取而代之；你的編輯會把這刪掉，而你的文章會正好符合你的原意。」——不過今天取而代之那個詞語，要比「他媽的完全」強得多。[11]

如何避免陳腔濫調

古典散文是令人愉悅的假象，彷彿沉迷於一齣戲劇中。作者必須致力維持那種印象，讓人覺得文章是窺看劇中場景的窗子，而不僅是一堆文字。就像一個演員木訥的演出，一個作者要是倚賴罐頭般的程式化語

言，就會魅力盡失。這就是那樣的作者：他們在尋找致勝妙方時就讓球滾下去，但碰上的不是什麼靈丹妙藥或必勝奇招，看著離目標還有一半路程，只好兵來將擋，水來土掩，但又談何容易。

像逃避瘟疫一樣避開陳腔濫調，這是毋庸多言的。[12] 當讀者被迫碰上一個又一個陳腐的成語，就會停止把語言轉化為意象，而倒退到隨口念念不求甚解的階段。[13] 更壞的是，一個販賣陳腔濫調的作者，在把了無生氣的成語一個接一個傾倒出來的時候，就會把自己腦袋中的視覺聯想關閉起來，勢必造成隱喻混淆不堪，而繼續讓視覺聯想運作下去的讀者，就會被荒唐可笑的意象弄得昏頭轉向。試看：「雞翅膀漲價了，這家公司可是要靠它吃飯。」「萊卡（Leica）公司戴著桂冠一帆風順。」「微軟（Microsoft）公司唱起了欲振乏力的驪歌。」「傑夫是個通才，對核心問題鑽研到底，凡事要揭開新的一頁。」「除非你能臥薪嘗膽，否則你會自吃苦果。」「還沒有人能發明一種能令人怦然心動的保險套。」「要知道這個團隊還要沉淪到什麼地步，真是難若登天！」

即使一個老掉牙的形象是傳達某個想法的最佳途徑，一位古典作家也能讓讀者保持興味，做法就是揭示成語的原始意義，圍繞這個意象舞文弄墨，讓讀者張開心眼，目不轉睛：

當你跟美國人談及外交政治，他們就頓時變得目光呆滯。

When Americans are told about foreign politics, their eyes glaze over.

你曾嘗試跟一個來自紐約的人解釋斯洛伐克聯盟政治的微妙之處嗎？我倒是試過了。那位仁兄幾乎要注射腎上腺素才能從昏睡中醒過來。[14]

Ever tried to explain to a New Yorker the finer points of Slovakian coalition politics? I have. He almost needed an adrenaline shot to come out of the coma.

電子出版是服用了類固醇的做學問工夫。

Electronic publication is scholarship on steroids.

利用電子出版，你可以看到研究成果在寫好後十五秒鐘就刊登出來。這是服用了安非他命的做學問工夫，是極速追求者的出版之路。[15]

With electronic publication, you can see your stuff published just 15 seconds after you write it. It's scholarship on methamphetamines. Publication for speed freaks.

嘗試指導球隊東主就像放牧貓兒一樣。

Trying to direct team owners is like herding cats.

若說指導球隊東主就像放牧貓兒，不啻對貓的一種侮辱。[16]

To suggest that directing team owners is like herding cats is to give cats a bad name.

霍布斯從人性特質中抽走了愛與仁心、甚或簡單的同情心的任何潛能，只剩下恐懼。他倒洗澡水時把嬰兒也一起倒掉了。

Hobbes stripped the human

霍布斯從人性特質中抽走了愛與仁心、甚或簡單的同情心的任何潛能，只剩下恐懼。洗澡盆是倒乾淨了，嬰兒也消失無蹤了。[17]

Hobbes stripped the human

personality for any capacity for love or tenderness or even simple fellow-feeling, leaving instead only fear. He threw out the baby with the bathwater.

personality for any capacity for love or tenderness or even simple fellow-feeling, leaving instead only fear. The bath was dry, and the baby had vanished.

　　如果你必須用上陳腔濫調，何不用語言加以重新包裝，讓它別具一番實質意義？好好想一想：一樣被忽視之物，命運就是「被忽略或忘掉」（fall through or into the cracks）；而「魚與熊掌不可兼得」應該是：eat your cake and have it（又要蛋糕送進口，又要蛋糕捧在手），而不是倒過來（have your cake and eat it）──儘管這樣說比較順口。如果你花幾秒鐘查閱一下一些陳腔濫調的說法，往往會有驚喜發現，你的文章也會變得更生動。To gild the lily（給百合鍍金）不光陳腐，看起來也不怎麼恰當，跟原來未經刪砍拼湊的、來自莎士比亞《約翰王》（King John）的隱喻比較，便高下立見：「給百合著色」（to paint the lily），「給精煉的黃金鍍金」（to gild refined gold），後面一句更是很工整的把視覺上的重複在聲音上加以呼應（gild 與 gold 音近）。由此也可見，你可以完全避免使用陳腔濫調，只要在句子中插入經改寫的其他類似意象：「給精煉的黃金鍍金；給百合著色；給紫羅蘭灑香水；把冰塊磨滑；給彩虹增添色彩；用曦微之光給穹蒼的閃亮眼睛增光」，全都是浪費而過分得可笑。

　　不假思索地使用陳腔濫調，甚至可能是危險的。我有時就納悶，「一致性是狹隘胸襟中的妖精」這種不知所云的說法，給世間多少非理性的所作所為提供了藉口；這是從愛默生（Ralph Waldo Emerson）所說的「愚昧的一致性」訛變而來。最近一位白宮官員把「美國以色列政治

事務委員會」指稱為「房間裡那頭八百磅的大猩猩」，把這跟「房間裡
的大象」混為一談；可是大象那句成語指的是「人皆假裝視而不見」，
而大猩猩一語則是指「力大無窮而得以為所欲為」，來自「一頭八百磅
的大猩猩坐哪裡？」這種戲謔說法。究竟這個以色列遊說組織只是在
美國外交政策中遭到忽視，抑或是無法無天地操控一切？若是前一種意
思，大象云云的說法只是老生常談；若是後一種意思，什麼大猩猩云
云，就是一種挑釁說法了。

　　沒有作者能完全避開成語——它們是英語詞彙的一部分，就跟個
別的字詞一樣，不過好的作者會找尋新鮮的比喻和隱喻，讓讀者的大
腦感官機能保持靈動。莎士比亞勸告我們不要「給彩虹添色彩」；狄
更斯（Dickens）形容一個人「雙腿那麼長，他看似另一個人在午間的
影子」；納博科夫（Nabokov）描述羅莉塔（Lolita）撲通掉進椅子說：
「她雙腿張開，狀如海星。」[18] 你不必身為偉大的小說作家，也能在讀
者腦袋裡編織意象。一位心理學家解釋在電腦模擬運作中，激發作用在
神經元中逐步構建，直到它爆發起來，「像煎鍋裡的爆玉米花。」[19] 一
位編輯在找尋有才華的新進作家簽約加盟時，談到參加一個喪禮，看到
「作家在此高密度集中，我覺得像是一頭阿拉斯加灰熊在瀑布腳下，準
備一把一把的把鮭魚抓過來。」[20] 甚至虛構搖滾樂團刺脊（Spinal Tap）
的低音吉他手接受訪問時也值得一讚——要不是他有什麼文學的睿智，
起碼他在意象上肯花心思，他說：「我們樂團很幸運，有兩位截然不同
的卓識之才，大衛和尼格爾；他們就像詩人，像雪萊和拜倫。……基本
上，那就像火和冰。我覺得我在樂團中的角色在這兩者之間，有點像溫
水。」

在處理抽象主題時將事物透澈地呈現出來

在古典散文中，作者引導讀者的目光投向特定事物，讓讀者自行觀察。所有眼睛都是一種仲介：一個主角、一個推動者或搖動者、一種驅動力。這個仲介推一下或刺一下什麼東西，它就動起來或變動起來。又或什麼有趣的事物進入視線，讀者逐一加以檢視。古典風格把抽象減至最少，因為那是肉眼不能看見的。這並不表示它避開抽象的主題（記得葛林對多重宇宙的解釋吧），它只是在處理抽象主題時把其中的事物透澈地呈現出來——透過敘述一個開展中的情節，其中有真實的人物在做些什麼，而不只是提出抽象概念，把這些事物塞進單一的用詞裡。看看以下各段文字，前面是窒礙不通的說法，充斥著抽象名詞（見畫底線的文字），可跟後面比較直接的說法比較：

研究人員發現典型屬低酗酒<u>水準</u>的族群實際上有中等酒精<u>攝取量</u>，但其中屬於酗酒的高<u>攝取量</u>情況則仍在低<u>水準</u>，譬如猶太人就這樣。

The researchers found that groups that are typically associated with low alcoholism <u>levels</u> actually have moderate amounts of alcohol <u>intake</u>, yet still have low <u>levels</u> of high <u>intake</u> associated with alcoholism, such as Jews.

研究人員發現那些很少酗酒的族群——譬如猶太人，實際上也喝了適量的酒，但只有少數人喝得太多而變成酗酒。

The researchers found that in groups with little alcoholism, such as Jews, people actually drink moderate amounts of alcohol, but few of them drink too much and become alcoholics.

我嚴重懷疑嘗試修憲在實際層次上是否行得通。但在期盼性層次上，修憲的策略可能更有價值。

I have serious doubts that trying to amend the Constitution would work on an actual level. On the aspirational level, however, a constitutional amendment strategy may be more valuable.

我懷疑嘗試修憲實際上能否成功，但有志於修憲也許是有價值的。

I doubt that trying to amend the Constitution would actually succeed, but it may be valuable to aspire to it.

有精神健康問題的人可能變得危險。重要的是，探索這個課題要採取多種不同策略，包括精神健康輔助等，但還有執法的考量。

Individuals with mental health issues can become dangerous. It is important to approach this subject from a variety of strategies, including mental health assistance but also from a law enforcement perspective.

罹患精神疾病的人可能變得危險。我們要向精神健康專業人士諮詢，可能也要通知警方。

People who are mentally ill can become dangerous. We need to consult mental health professionals, but we also may have to inform the police.

一個促使人們更友善彼此看待的消減偏見的轉變模型，跟一個激起抗爭以求達致族群平等的集體行動轉變模型，兩者能取得協調的可能性如何？

What are the prospects for

我們應否嘗試透過消減偏見來改變社會，也就是說讓人們更友善看待彼此？又或我們應否鼓勵弱勢族群透過集體行動為公平而抗爭？抑或我們可以兩者兼取？

Should we try to change society by

reconciling a prejudice reduction model of change, designed to get people to like one another more, with a collective action model of change, designed to ignite struggles to achieve intergroup equality?

reducing prejudice, that is, by getting people to like one another? Or should we encourage disadvantaged groups to struggle for equality through collective action? Or can we do both?

　　你能認出什麼是一個「層次」或一個「著眼點」嗎，要是有天你在街上碰見這些東西？你能向其他人指出這樣的東西在哪裡嗎？還有所謂取向、假設、概念、條件、背景、框架、問題、模型、程序、幅度、角色、策略、趨勢或變數？這些都是「後設概念」：即有關概念的概念。它們是一種包裝材料，讓產官學界的代言人把他們的話題包裝起來。只有把包裝撕掉，談及的事物才會顯現眼前。「期盼層次」一語，對「期盼」一詞沒有增加什麼內容，「消減偏見模型」比起「消減偏見」也不見得更精密。還記得吧，1998 年「劣拙寫作競賽」中勝出的句子，所包含的幾乎全是後設概念。

　　除了像「模型」和「層次」這些言辭墳墓，讓作者把語言中原有的演員和動作埋葬其中，英語還給作者提供了一種危險的武器，稱為「名詞化」：把其他詞類變成名詞。名詞化的規則，就是拿一個充滿活力的動詞，抹上塗屍防腐香油，也就是加上 –ance、–ment、–ation 或 –ing 等詞尾，變成了無生氣的名詞。原來說「確認」（affirm）一個意念，現在變成「作出確認」（affirmation）；原來說「延後」（postpone）某事，又變成了「作出延後」（postponement）。研究寫作的學者海倫・索德（Helen Sword）把這些稱為殭屍名詞（zombie noun），因為它們笨手笨腳地在你面前走過，卻沒有任何具知覺的行動者引導它們行進。[21] 它們

把散文變成一幕活死人之夜：

神經再生的<u>阻斷</u>會減少<u>社交迴避</u>。

<u>Prevention</u> of neurogenesis diminished social <u>avoidance</u>.

當我們阻斷神經再生，那些老鼠就不再迴避其他老鼠。

When we prevented neurogenesis, the mice no longer avoided other mice.

參與者讀到的主張，其真實性由接下來所呈現的判斷用字加以肯定或否定。

Participants read <u>assertions</u> whose <u>veracity</u> was either affirmed or denied by the subsequent <u>presentation</u> of an <u>assessment</u> word.

我們給參與者看一個句子，接著是對或錯兩個字的判斷。

We presented participants with a sentence, followed by the word true or false.

<u>理解測驗</u>是<u>排除出局的準則</u>。

<u>Comprehension</u> checks were used as <u>exclusion</u> criteria.

我們<u>排除</u>掉那<u>些</u>對指示無法理解的人。

We excluded people who failed to understand the instructions.

或許一些在演化中丟失的基因對於空間判斷的缺陷具有更大的影響。

It may be that some missing genes are more <u>contributive</u> to the spatial deficit.

也許一些在演化中丟失的基因造成空間判斷的缺陷。

Perhaps some missing genes contribute to the spatial deficit.

最後一個例子顯示，動詞轉為形容詞，一樣會流失掉生命力；譬如當 contribute 變成 contributive，或 aspire 變成 on an aspirational level。就像湯姆・托爾斯（Tom Toles）這幅漫畫所示，殭屍名詞和形容詞是學院腔的標誌之一：

對此有什麼好懷疑的嗎？但把這些殭屍釋放到世間的不限於學術界人士。當被問及在颶風威脅下 2012 年共和黨全國代表大會有何打算，佛羅里達州州長瑞克・史考特（Rick Scott）對記者說：「沒有任何預期將會出現取消的情況。」那是說，他並不預期他要把會議取消。不止一

次的，這種「專業」的說話習慣沒有逃過諷刺作家的耳朵，譬如以下傑夫・麥克奈利（Jeff McNelly）這幅漫畫的面世，就是回應總統雷根（Ronald Reagan）執政期間國務卿海格（Alexander Haig）──那位惡名昭彰的詞尾創作大師── 宣告辭職：

當一種語法結構跟政客扯上關係，肯定提供了一條逃避責任的途徑。殭屍名詞跟它們掠奪的動詞不一樣，可以在沒有主詞（subject）的情況下搖搖晃晃地遊蕩。這是它們跟被動式共通之處，也跟這些例子一樣陷入泥沼：像「獲確認」和「被使用」等等。而在第三種躲閃動作中，很多學生和政客避免使用「我」、「你」等代名詞。社會心理學家哥頓・阿爾波特（Gordon Allport）在〈致論文作者書〉（Epistle to Thesis Writers）一文中對這些筆法大聲喝止：

你的焦慮和不安全感，會誘使你過度使用被動式：

基於由所搜集得的數據所作出的分析，所作的建議就是對虛無假設應予否定。

拜託，先生大人；那不是我做的！它只是給做出來了！嘗試克服你的懦弱吧，在終結的一章開頭創造性地作出斷言：看！我發現……。

你可能嘗試為你那些軟弱無力的被動式用法作出辯護，指出其他唯一可行的做法，會過度倚賴第一人稱代名詞「我」以及那個超然物外的「我們」。你的結論就是，在你事業的這個關鍵時刻，採用抹掉自我的說法比較安全。我的回答是：即使在關鍵一刻，如果說「我」就真的指我，我看不出任何傷害。[22]

代名詞的使用，以及主、被動式的使用時機

很多時「我」、「你」等代名詞不光無害，更是絕對的十分有用。它們引起對話，而且像古典風格所推薦的，它們對於記憶力受到挑戰的讀者來說是恩物。要追蹤一大群被指稱為「他」、「她」或「他們」的人物，需要付出很大腦力。但除非你正處於冥想催眠狀態的掙扎之中，又或陷入狂喜的痴迷狀況，你永遠不會認不出自己（我、我們）和對話的另一方（你、你們）。這就是為什麼教人避免法律腔或其他含糊專業口吻的指南，會建議使用第一和第二人稱代名詞，並把被動式改為主動式，把動詞保留作動詞而不是轉為殭屍名詞。以下是《賓夕法尼亞州淺

白語言消費者合約法案》中所不鼓勵及所建議的措詞：

如果買方拖欠款項而賣方透過律師展開追討，買方須承擔律師費。

If the Buyer defaults and the Seller commences collection through an attorney, the Buyer will be liable for attorney's fees.

如果買方遲了付款，賣方可以：一、雇用律師追討欠款；二、向買家索取律師費。

If the Buyer is behind in making payments, the Seller may: 1. Hire an attorney to collect the money. 2. Charge the Buyer for the attorney's fees.

如果待償付的結餘款項提早全額繳付，預收的賒貸費用須予退還。

If the outstanding balance is prepaid in full, the unearned finance charge will be refunded.

如果我在到期日前付了全部款項，你會退還我預收的賒貸費用。

If I pay the whole amount before the due date, you will refund the unearned portion of the finance charge.

買方有責任依約繳付各項欠款。

The Buyer is obligated to make all payments hereunder.

我會在到期前繳付各項欠款。

I will make all payments as they become due.

在開業前所徵收的會員費將置於信託之下。

Membership fees paid prior to the opening of the club will be placed in trust.

如果我在開幕前預付會員費，店方會把款項存進信託戶頭。[23]

If I pay membership fees before the club opens, the club will put the money in a trust account.

具體的、對話式的風格，不光可以讓專業的冗贅語言變得較易閱讀，更可能攸關生死。以一部手提發電機標籤上的警告為例：

輕度暴露於一氧化碳長期積累下來可能造成傷害。對一氧化碳的極度暴露可能在沒有產生明顯警示症狀之下迅速喪命。

嬰兒、兒童、年長成人和有健康問題的人更容易受一氧化碳影響，症狀也比較嚴重。

Mild Exposure to CO can result in accumulated damage over time. Extreme Exposure to CO may rapidly be fatal without producing significant warning symptoms.

Infants, children, older adults, and people with health conditions are more easily affected by Carbon Monoxide and their symptoms are more severe.

這是第三人稱敘述，並充斥著像「極度暴露」等殭屍名詞，以及「更容易受……影響」等被動式。人們讀著它，可能不會感覺到任何可怕的事將會發生。或許因為這樣，每年有超過一百個美國人不慎把它們的房子變成毒氣室，因為在室內使用發電機和燃燒式暖爐而把自己和家人處死。一款較新型號的標籤就好多了：

在室內使用發電機**可能數分鐘內奪你的命**。

發電機的廢氣含有一氧化碳，一種看不見、聞不到的毒氣。

切勿在房子或車庫裡面使用，即使門窗都打開了。

只能在**戶外**使用，並須遠離門窗和排氣孔。

Using a generator indoors CAN KILL YOU IN MINUTES.

Generator exhaust contains carbon monoxide. This is a poison you cannot see or smell.

NEVER use inside a home or garage, EVEN IF doors and windows are open.

Only use OUTSIDE and far away from windows, doors, and vents.

在這個標籤裡一個主動式的具體動詞以及第二人稱的使用，把一個具體事件敘述出來：如果你這樣做，它就會奪你的命。而它要發出的警告以祈使句（imperative）來表示（切勿在……裡面使用）——而不是用非人化的概述（輕度暴露……可能造成傷害），就像我們在對話裡所做的。

把殭屍名詞重新注入生命而改為動詞，以及把被動式改為主動式，這種忠告普遍見於風格指南和淺白語言法律。以我們剛看過的原因來說，這往往是好的忠告。但只有當作者和編輯了解為什麼會提出這樣的忠告，它才是好的。任何一種英語結構除非持續發揮某種功用，否則不可能經歷一千五百年仍然存留下來，被動式和名詞化也是這樣。它們或許被濫用，而且往往用得很糟，但並不表示我們要完全廢棄不用。正如我們在第五章所見，名詞化可用來把一個句子跟前面的句子連繫起來，維繫文章的連貫性。被動式在英語裡也有幾種用處。其中一種（其他的會在第四和第五章討論）對古典風格來說是不可或缺的：被動式容許作者引導讀者的視線，就像電影攝影師選擇最佳的鏡頭角度。

作者很多時候要把讀者的視線引離行動者。這種做法在被動式下變得可能，因為不用提到行動者，這在主動式是行不通的。你可以說「維

尼熊吃掉了蜂蜜」（主動式，提及行動者），或是「蜂蜜被維尼熊吃掉了」（被動式，提及行動者），又或「蜂蜜被吃掉了」（被動式，沒提及行動者）；但不能說「吃掉了蜂蜜」（主動式，沒提及行動者）。有時候漏掉行動者在倫理上值得質疑，譬如一個避重就輕的政客只承認「錯誤已造成」，漏掉「由……」造成，不指認出造成錯誤的人。但有時能把行動者漏掉是一種方便的做法，因為提及故事中的次要角色只會分散注意力。就像語言學家喬夫瑞·普爾倫（Geoffrey Pullum）指出，在新聞報導裡用被動式說「直升機被調派到現場滅火[24]」並無不妥。讀者不需要被告知一個叫鮑勃的男子正執行調派直升機的任務。

即使當行動者和行動對象兩個角色都現身，主動式或被動式的選擇，容許作者把讀者的注意力聚焦於其中一個角色，然後再指出關於這個角色的有趣事實。這是因為讀者注意力的起點，通常是句子的主詞所提及的事物。被動式和主動式的分別，就在於哪個角色處於主詞位置，也就是誰會成為讀者腦中聚光燈照射的起點。主動結構引導讀者的視線投放在行動者身上：「看到那個挽著購物袋的女士嗎？她正用櫛瓜擲打一個小丑」。被動式引導讀者的視線投向那個受外來動作影響的對象：「看到那個小丑嗎？他正被那個挽著購物袋的女士用櫛瓜擲打」。主動／被動式的誤用，會使讀者的腦袋左搖右擺，像看網球賽的觀眾一樣：「看到那個挽著購物袋的女士嗎？一個小丑正被她用櫛瓜擲打。」

被動式讓官式文章和學術文章陷入泥沼，原因在於它的使用並不是依據我們現在所談的目的。它的出現是一種病徵，那是心不在焉的作者忘掉了應做的事：為讀者搬演一幕故事。作者知道故事發展下去怎樣，因此他只描述結果（什麼發生了）。但讀者看不見行動者，沒有辦法在想像中看到事件怎麼能在沒有推手下發生。讀者被迫想像「無因之

果」，這就像叫你想像《愛麗絲夢遊仙境》中那隻柴郡貓的笑容，可是貓是看不見的。

　　在本章中我嘗試讓你注意到造成糟糕文章的很多寫作習慣：後設語、標記語言、迴避筆法、吞吞吐吐、專業自戀、陳腔濫調、混用隱喻、後設概念，以及沒有必要的被動式和殭屍名詞。作者若要文章振衰起弊，或可嘗試記住這一列「忌用」清單。但更佳的做法則是緊記古典風格的指導性隱喻：作者在跟讀者對話，把讀者的視線引向世間的事物。每一個忌用項目，便相當於作者可能偏離這種模式的一條歧路。

　　古典風格並不是寫作的唯一方式。但它是一種理想，能把作者從很多最壞的習慣中拉回來，而它運用起來特別暢順，因為它把寫作這種非自然的行為，變得像我們最自然的兩種行動：說話和觀看。

---

1. 這種說法的各種版本，可見於寫作學者詹姆斯・雷蒙德（James Raymond）、心理學家菲利普・高格（Philip Gough）、文學學者貝茨・德連（Betsy Draine）和詩人瑪麗・瑞弗（Mary Ruefle）。
2. 具體隱喻在語言中的普遍存在，可參考 Pinker, 2007, chap. 5.
3. Grice, 1975; Pinker, 2007, chap. 8.
4. Thomas & Turner, 1994 p.81.
5. Thomas & Turner, 1994 p.77.
6. 皆引自前揭書，p. 79。

7. Brian Greene, "Welcome to the multiverse," *Newseek/The Daily Beast,* May 21, 2012.

8. D. Dutton, "Language crimes: A lesson in how not to write, courtesy of the professoriate," *Wall Street Journal,* Feb. 5, 1999; http://denisdutton.com/bad_writing.htm.

9. Thomas & Turner, 1994 p. 60.

10. Thomas & Turner, 1994 p. 40.

11. 說這話的人很可能是肯薩斯州報（*Kansas newspaper*）編輯威廉・懷特（William Allen White）。http://quoteinvestigator.com/2012/08/29/substitute-damn/.

12.「像逃避瘟疫一樣避開陳腔濫調」是 William Safire 在他的書 *Fumble-Rules.*（1990）中廣為傳播的規則之一，見 http://alt-usage-english.org/humorousrules.Html。

13. Keysar et al., 2000; Pinker, 2007, chap. 5.

14. 來自歷史學家尼爾・費格森（Niall Ferguson）。

15. 來自語言學家喬夫瑞・普爾倫（Geoffrey Pullum）。

16. 來自政治家、律師、高級主管暨蒙特婁加人冰球隊永垂不朽的守門員肯・德瑞頓（Ken Dryden）。

17. 來自歷史學家安東尼・帕格頓（Anthony Pagden）。

18. 狄更斯的比喻來自《塊肉餘生錄》（*David Copperfield*）。

19. 來自 Roger Brown 未出版的論文。

20. Adam Bellow, "Skin in the game: A conservative chronicle," *World Affairs,* Summer 2008.

21. H. Sword, "Zombie nouns," *New York Times,* July 23, 2012.

22. G. Allport, "Epistle to thesis writers," 哈佛大學心理學系研究生傳閱文件，據推測應在 20 世紀 60 年代。

23. 來自 Pennsylvania Plain Language Consumer Contract Act, http://www.pacode.com/secure/data/037/chapter307/s307.10.html.

24. G. K. Pullum, "The BBC enlightens us on passives," *Language Log,* Feb. 22, 2011, http://languagelog.ldc.upenn.edu/nll/?p=2990.

Chapter 3

知識的詛咒

文章難以理解的主因：難以想像別人怎麼會不認識你所認識的事物

　　為什麼那麼多的寫作如此難以理解？為什麼面對學術文章、報稅單上的說明，以及如何架設家用無線網絡的說明書，一個典型的讀者必須掙扎著才能讀下去？我最常聽到的解釋，就是以下這幅漫畫所呈現的訊息：

「好的開始。還要更多的廢話。」

　　根據這種理論，文章令人無法看得通是刻意的選擇。政府官僚和企業主管堅持要用廢話做他們的遮羞布。趕時髦的科技文章作者對冷嘲熱諷的有閒運動族和拒絕約會的女孩存心報復。偽知識分子滿口晦澀的廢話，以掩飾他們其實沒有什麼值得講的話。軟知識領域的學究把瑣碎和平平無奇的看法披上貌似精密科學的外衣，試圖用洋洋灑灑的官樣文章迷惑讀者。這是凱文（Calvin）向虎伯（Hobbes）解釋箇中原則：

Calvin and Hobbes © 1993 Watterson. Universal Uclick 准予轉印。版權所有。

我長久以來都對這種迷惑論表示懷疑，根據我的經驗，這種論調聽來就不對。我知道很多學者沒有什麼要遮掩，也沒有必要逞威風。他們在重要課題上從事開創性的研究，以清晰概念作出很好的推論，他們都是誠懇、踏實的人，你樂於跟這樣的人把酒談天。可是，他們的寫作卻令人避之唯恐不及。

別人常告訴我，學術界人士只能寫得這樣差勁，別無選擇，因為學術期刊和大學出版社的看門人，堅信大言炎炎的語言是認真做學問的證據。這跟我的經驗不符，歸根究柢只是個迷思。在《別具風格的學術性寫作》（*Stylish Academic Writing*）一書中（不，本書不在世界最薄書籍的名單之列），海倫・索德對學術期刊中五百篇論文的寫作風格作出分析，發現在每個學術領域裡寫得優雅而具氣魄的論文雖屬少數，但仍是個健康的數字[1]。

在解釋任何人為缺失時，我優先選用的工具就是「韓倫剃刀原則」（Hanlon's Razor）：假如能以愚笨作充分解釋，就毋須用上惡意的假定[2]。我心目中那種愚笨，跟無知或智商低下毫無關係；事實上，往往是最聰明、最有識見的人受這種愚笨所累。有次，在一場有關科技、娛樂和設計的會議上，我去聽一場為一般聽眾而設的生物學演講。這個講

座拍成影片，在網際網路上向數以百萬計的普羅大眾播放。講者是一位著名的生物學家，受邀向大家介紹他在脫氧核糖核酸（DNA）方面的最新突破性研究。他的講話充斥著那些為同行分子生學家而設的行內術語，一眼就馬上看出演講廳內的每個人都無法聽懂他半句話。顯然人人如此，除了那位著名生物學家。當主持人介入請他更清晰地解說他的研究時，他看來不光給惹惱，更是驚愕不已。這就是我所說的那種愚笨。

把它叫做知識的詛咒吧：就是難以想像別人如何不認識我們所認識的事物。這個用語是經濟學家發明的，有助在理論上解釋為什麼人們在討價還價時沒有他們應有的那麼精明──當他們擁有對方所沒有的資訊[3]。比方說，一個二手車經銷商為一輛爛車訂價時，應該訂得跟同廠牌同型號的一輛好車一樣高，因為顧客無法分辨兩者的差別（在這種分析中，經濟學家假定每個人都是不管道德對錯的最大利潤追求者，因此沒有人只因為誠實的緣故做任何事）。但起碼在實驗性的市場中，賣方並沒有完全善用自己私下的這種知識優勢。他們訂價時似乎認為顧客對於貨品品質的認知和他們一樣。

知識的詛咒遠遠並不只是經濟學一種令人稱奇的想法。無法把自己所知而別人不知的事情攔在一旁，是普遍困擾人心的苦惱，心理學家持續發現這種心理現象的新版本，給予它新的名稱。譬如有所謂自我中心，兒童無法從他人的視點想像一個簡單場景，譬如三座玩具山在檯面上[4]。此外又有所謂後見之明的偏見，也就是說人們對於一種他們已知的結果──譬如一種疾病的確診或一場戰爭的爆發，傾向於認為對先前預測其事的人來說應該顯而易見[5]。還有所謂錯誤共識，這是說當一個人作出敏感的個人決定（譬如同意幫忙做一個實驗，在身上掛上寫著「懺悔」的標語板穿梭於校園裡，便會假定任何其他人都會作出相同

決定）[6]。更有所謂透明度錯覺，這是指一個第三者觀察兩人對話時，若私下知道背後的故事而可知說話人有諷刺之意，就會假定天真的聽者也能察覺其中的諷刺[7]。另外又有所謂心智盲目，所指的是無法形成一種心智上的圖象，或缺乏心智的理解框架，譬如當一個三歲小孩看一件玩具在房間裡被藏起來，會假定當時不在房間內的另一個小孩會去實際藏著玩具的地方尋找，而不是到玩具最後出現在其視線中的地方[8]（在一個相關實驗中，一個小孩走進實驗室，打開一個糖果盒，驚訝地發現裡面藏著的是鉛筆；這個小孩不只會認為另一個進入實驗室的孩子早就知道盒內的是鉛筆，更會說自己也早知裡面的是鉛筆！）。大部分兒童最終會跨越這種無法分辨自己與他人認知的盲目狀況，但也不是全然如此。甚至成年人在猜測別人會到什麼地方尋找藏起的物件時，也稍稍傾向於他們所知的物件收藏地方[9]。

當他們嘗試估計其他人的知識和技能時，成年人特別會受到這種詛咒。如果一個學生知道一些不尋常字詞的意義，譬如「拱點」（apogee）或「闡幽」（elucidate），又或知道一些事實問題的答案，譬如拿破崙在哪裡出生，或天空上哪一顆星最亮，就會假定其他學生也擁有同樣的知識[10]。當參與實驗的志願者面對一組以顛倒字母順序構成的詞語而要把它們還原，有一些較容易破解，因為讓他們先看過答案了，但他們評估難易時，也會神奇地把自己容易破解的（因看過答案）評定為對他人來說一樣容易[11]。而當素有經驗的手機使用者被問及新手要花多少時間學習，他們猜想只需十三分鐘，事實上卻是三十二分鐘[12]。經驗較淺的使用者對學習曲線的估算會比較準確，但也少估了：他們估計是二十分鐘。你對一種知識愈是熟識，你對於它怎樣難於學習的記憶就愈少。

好人為何寫出爛文章？

知識的詛咒是我所知的最佳單一解釋，足以說明為什麼好人會寫出爛文章[13]。作者根本無法察覺自己所知的是讀者所不知的：讀者不懂行話，推敲不出對方認為太明顯而毋須說出來的話，沒有辦法想像到對方認為再清晰不過的畫面。因此作者懶得解釋這些行話，或鋪陳其中的邏輯，或提供必需的細節。《紐約客》（New Yorker）雜誌這幅漫畫所展示的普遍經驗，就是一個眾所熟識的例子：

任何人要破除知識的詛咒，首先必須體會到這是多麼惡毒的一個詛咒。像一個醉鬼太過神智不清而無法覺察自己已經神智不清到不能開車的程度，我們也不會注意到有這麼一個詛咒，因為這個詛咒妨礙我們覺察它。這種盲目情況，對我們任何的溝通行為都構成障礙。在一個由多位教授講授的課程中，學生把論文存檔時所用的檔名，就是指定這份作

業那位教授的姓氏，因此我收到好些電郵附件的檔名都是 pinker.doc；反過來，教授們把這些論文檔案重新命名，麗莎‧史密斯（Lisa Smith）就會收到好些附件都名為 smith.doc。我瀏覽「可信旅客通關計畫」的一個網站，就要決定點選 GOES（全球線上登記系統）、Nexus（美加快速通關計畫）、GlobalEntry（全球快速入境計畫）、Sentri（美墨快速通關計畫）、Flux（低風險通用快速通關計畫）或 FAST（美加貨運快速通關計畫），對我來說都是毫無意義的官式術語。一張野外步道地圖告訴我遠足前往一道瀑布要兩小時，卻沒有說明是單指去程或回程，抑或是來回路程所需的時間，也並未顯示步道上幾處沒有指示標誌的岔路。我的公寓房間裡堆滿了各種小零件，是我永遠無法記住怎樣使用的，因為那些無法理解的按鈕可能要你按住一秒、兩秒或四秒，有時還要兩個按鈕一起按，而這種按法也有不同功能，端視你處於哪一種看不見的、由其他按鈕啟動的「模式」。當我還算幸運找到了說明書，它給我指點迷津的解釋道：在「鬧鐘暨報時設定」狀態下，按〔設定〕鍵並依序完成「鬧鐘『小時』設定」→「鬧鐘『分鐘』設定」→「時間『小時』設定」→「時間『分鐘』設定」→「『年分』設定」→「『月分』設定」→「『日子』設定」；並按〔模式〕鍵調整設定項目。我可以肯定的是，對設計這種機件的工程師來說，這是絕對十分清晰的。

把這些日常碰上的挫折乘以幾十億，你就會開始看到對人類發奮向上的努力來說，知識的詛咒是多麼普遍的負累，跟貪腐、疾病和不確定性相比也不遑多讓。那些讓人花大錢的專業，像律師、會計、電腦顧問、諮詢電話應答服務等，所雇用的幹部為了把差勁的草稿修飾得清楚明白，令經濟白白耗費巨額金錢。有句老話說，只因少了一顆釘子而輸了一場仗。少了一個形容詞也有同樣後果：克里米亞戰爭中「輕騎

兵的衝鋒」一役，是含糊的命令造成軍事災難的最有名例子。1979年
三哩島核泄漏事故歸咎於差勁的語言（操作員誤解警示燈標籤）。史上
傷亡最慘重的空難也是如此：特內里費島（Tenerife）機場一架747客
機的駕駛員發無線電表示「正處於起飛」，他的意思是「正在起飛」，
但一個航空交通控制員理解為「處於起飛位置」，未能及時制止駕駛員
把飛機鏟向另一架位於跑道上的747客機[14]。2000年美國總統選舉時棕
櫚灘選民拿到的「蝶式選票」，由於在視覺上讓人混淆，致使高爾（Al
Gore）的很多支持者把票投給錯的候選人，可能因此使選舉結果倒向布
希（George W. Bush），歷史為之改寫。

謹慎使用行話、縮寫和技術性詞彙

我們怎樣破除知識的詛咒？傳統的忠告是：經常記住往肩膀後方看
看站在那裡的讀者，但這並不如想像中那麼有效[15]。問題在於，光是嘗
試更努力地站到另一人的位置上，並不怎麼能讓你更準確地找出那人知
道些什麼[16]。當你學習一種知識或技能到了十分到家的程度，以至於忘
記其他人對此可能並不認識，你也會忘記檢查一下他們對此是否認識。
有好幾項研究顯示，人們並不容易擺脫知識的詛咒，即使當他們被提醒
要把讀者放在心中，要記住學習一種知識是怎麼一回事，或要把自己所
知的擱在一旁[17]。

但想像讀者就站在你從肩膀往後望的地方，是個起步。有時候人們
會懂得把自己的知識擱在一旁，如果有人指出那些知識造成他們判斷上
的偏見；你要是這一章下來讀到了這裡，也許會樂於接受這種提示[18]
。不管這種提示的價值如何，它說的是：嗨，我在跟「你」說話。你的
讀者對於你的話題，所認識的遠比你認為的少得多，除非你一直著意於

你所知而他們不知的內容，否則保證你會讓他們混淆不已。

　　杜絕知識的詛咒的一種更佳的辦法，是提防可能在你面前出現的特殊陷阱。有種陷阱是大家起碼有點模糊意識的，那就是行話、縮寫和技術性詞彙。人類每一種心智上的玩意兒，像音樂、烹飪、體育、藝術、理論物理學等，都發展出一種行話，讓熱衷此道的人在同道人面前省點麻煩，不用每次提到一個熟識的概念時把一長串描述講出來或在鍵盤上打出來。問題在於，當我們在工作上或嗜好上已熟而生巧，我們經常用著這些術語，它們自動從我們指尖溜出來，以致讓我們忘了，讀者不一定是我們那個同道人俱樂部的成員。

　　顯然作者不能完全避免使用縮寫和術語。縮略詞沒有什麼可訾議的，事實上，當一個用語已經在同道人族群中扎根，它甚至是不可或缺的。生物學家不用在每次提到時，都界定「轉錄因子」（transcription factor）或把 mRNA（信使核糖核酸）完整寫出來。很多術語變得那麼普遍，那麼有用，甚至跨過界線進入了日常語言，像基因、DNA（脫氧核糖核酸）、催生等。但知識的詛咒使得大部分作者高估了術語在日常語言中的標準化程度，以及在社群中的普遍化程度。

　　多得令人驚奇的術語根本可以廢棄不用，不會對任何人造成損失。一位科學家以「大鼠和小鼠」取代「鼠科模式」（*murine model*）不會占版面更多地方，也不會變得不那麼科學。哲學家如果把拉丁用語像 *ceteris paribus*（其他條件不變）、*inter alia*（除了其他的，還有……）和 *simpliciter*（簡單地、無條件地）用一般語言說出來，也不會變得沒那麼嚴謹。雖然一些並非律師的人士可能以為合約上的用語，像 the party of the first part（合約兩方的第一方），一定有法律上的目的，事實上大部分都是多此一舉。就像亞當‧傅利曼（Adam Freedman）在他那

本有關法律腔文章的書中指出：「法律腔陳腐用語與眾不同之處，就是把古舊過時的術語和瘋狂的冗言贅語兼採而用之，彷彿出自一個吸了古柯鹼的中世紀抄寫員之手。[19]」

　　縮略詞對不假思索的作者來說充滿誘惑，因為他們每次使用相關術語時可以少按幾下鍵盤。這些作者忘了，他們為自己的生命省下幾秒，代價是讀者的生命被偷走了很多分鐘。我盯著一個羅列數據的表格，上面各欄標示著 DA、DN、SA、SN，我要翻到前面尋索解釋，那就是：Dissimilar Affirmative（不同的正面反應）、Dissimilar Negative（不同的負面反應）、Similar Affirmative（相同的正面反應）、Similar Negative（相同的負面反應）。每一個縮略詞旁邊都有很多吋空位。作者到底有什麼原因不把詞語完整寫出來呢？為了單篇文章而自創的縮略語，最好就完全避而不用，免得讀者枉費力氣記憶一番，大家都知道這是很累人的工夫，叫做「配對學習」（paired-associate learning），在實驗中那就是心理學家迫使參與者記憶任意配對的文字，像 DAX-QOV 等。即使普遍程度屬於中等的縮略詞，也應該在首次出現時把原文寫出來。就像史壯克和懷特指出：「不是人人都曉得 SALT 代表『策略性武器限制談判』（Strategic Arms Limitation Talks），即使人人都曉得，每分鐘出生的新生兒，也會有第一次碰上這個名稱的一天。他們理應有機會看到那些詞語，而不僅僅是縮略字母。[20]」這種毛病不限於專業文章。我們有時候收到的年度聖誕節問候信，其中的家庭發言人寫道：「艾文和我把孩子們送到 UNER 後，在 IHRP 享受了一段快樂時光，我們都在 SFBS 裡繼續做 ECP 方面的事。」

　　一位為讀者著想的作者也會養成習慣，給常見術語加上幾個字的說明，譬如說「筷子芥屬（*Arabidopsis*），一種開花的芥菜類植物」，而

不只是說「筷子芥屬」而已（我在很多科學論文中就見過這樣）。這不光是一種寬宏大量的行動；一位替術語附上解釋的作者，只不過增加屈指可數的字數，就可以讓讀者數以千倍計的擴增，這種文化界現象就有如在街上拾到一張張的百元鈔票。讀者也會感謝作者用上大量的「比方說」、「就像」、「譬如」，因為只有解釋而沒有例子，比沒有解釋好不了多少。舉例說，這是修辭學術語「一語雙敘法」（syllepsis）的解釋：「使用一個詞語對其他兩個或更多的詞語產生連繫、修飾或支配作用，但對每一個這些詞語的意義是不一樣的」。懂得了嗎？現在讓我繼續下去：「……譬如當班傑明‧富蘭克林（Benjamin Franklin）說：『我們必須全部湊到一起，否則肯定一個一個的湊不下去。』」清楚了嗎？沒有？有時候兩個例子比一個好，因為它們容許讀者摸索一下例子的哪一方面跟定義有關。那就讓我再加上：「……又或當格勞喬‧馬克斯（Groucho Marx）說：『你可以一屁股坐上計程車離開，如果找不到計程車，你可以一屁股怒氣吞掉。』」[21]

　　當無可避免要用上術語的時候，為什麼不用一些讀者容易明白和記住的呢？相當諷刺地，語言學是最令人感到冒犯的領域之一，就是有一大堆神祕莫測的術語：「主題」（句子主題）跟一般所謂主題是兩碼子事；「大代號」（PRO）和「小代號」（pro）念法一樣卻代表了不同的東西；還有「階段述語」（stage-level predicate）和「個體述語」（individual-level predicate），不過是以非直觀方式來表述「暫態性述語」和「恆常性述語」；而「原則A、B、C」可以同樣輕易的叫做「反身代詞原則」、「代詞原則」和「名詞原則」。長久以來當我閱讀到語義學論文分析「有些」的兩種意義，就感到頭痛。在寬鬆的、日常對話的意義上，「有些」暗示「有些，但不是全部」：譬如當我說「有些人是盲目

愛國者」，自然地你會理解我在暗示另一些人不是。但在嚴格的邏輯
意義上，「有些」表示「起碼一個」，也不排除「全部」；因此假如說
「有些人是盲目愛國者；事實上，所有人都是」是沒有矛盾的。很多語
言學家分別把這稱為「上界」和「下界」意義，這是從數學借來的標
籤，我從來都搞不清這說的是什麼。終於，我遇上一位用詞清晰的語義
學家，把它們稱為「僅有」之意和「起碼」之意，這是從日常英語來的
標籤，我從此一直追隨文獻上這種用法。

　　這些點點滴滴顯示，即使與作者屬於同一個專業俱樂部，也不一定
能保護自己免受知識的詛咒影響。我平日閱讀論文碰上的困擾，就有來
自我的專業領域、次級領域以至次次級領域的。就看以下一個句子，來
自我剛讀過的一篇由兩位知名認知神經科學家所寫的論文，刊登在一份
為廣大讀者提供研究報告簡評的期刊：

> 自覺感知的緩慢和整合性本質，透過「兔子錯覺」及其變異版
> 本的觀察，從行為上獲得確認；在該等實驗中可見，一種刺激最終
> 被感知的方式，受到刺激後事件的影響，而這是在原有刺激後數百
> 毫秒發生的事件。
>
> The slow and integrative nature of conscious perception is confirmed
> behaviorally by observations such as the "rabbit illusion" and its variants,
> where the way in which a stimulus is ultimately perceived is influenced
> by poststimulus events arising several hundreds of milliseconds after the
> original stimulus.

當我披荊斬棘的把蔓生的被動句式、殭屍名詞和重言疊語砍掉後，

我確定這個句子的內容繫乎「兔子錯覺」一語，這據信是證明「知覺的整合性本質」的現象。作者這樣寫來彷彿每個人都懂得「兔子錯覺」是什麼，但我在這個領域裡混了近四十年，卻從來沒有聽說過這種現象。他們的解釋也無法讓人茅塞頓開。我們怎麼能在想像中看見什麼是「一種刺激」、「刺激後事件」以及「一種刺激最終被感知的方式」？而所有這些又跟兔子有什麼關係呢？理查・費曼（Richard Feynman）曾寫道：「如果你聽到自己在說『我想我明白吧』，就表示你不明白。」儘管這篇論文是為我這一類人所寫的，我在讀過了這段解釋後頂多只能說：「我想我明白吧。」

於是我做了一番發掘工夫，發現有所謂「皮膚的兔子錯覺」，那是指在實驗中，你閉上眼睛，然後有人在你手腕上輕敲幾下，接著是手肘上、肩膀上，感覺上有一連串輕敲動作沿著手臂往上走，像一隻跑跑跳跳的兔子。好了，現在我知道了：在一個人的知覺經驗中，早前的敲打發生在什麼地方，受到後來敲打位置的影響。為什麼論文作者不這麼說呢？這樣比起什麼「刺激前」、「刺激後」，並沒有多用幾個字啊。

不同的知識團塊，構成文字傳達的困難

知識的詛咒害人於無形，因為它對思想內容、思想形式都造成了障蔽。當我們熟知一樣事物，我們不會察覺到思考它的過程有多麼抽象。我們忘記了，其他一直過著他們自己生活的人，並沒有經歷我們那種抽象化的特殊歷史。

當思想碰上兩種東西，就會掉進具體世界以外的迷津。其中一種是「團塊」（chucking）。人類運作中的記憶，每一刻只能容納幾個項目而已。心理學家以往認為那是七個項目左右（在不同情況下增加或減少一

兩項），但後來的研究把範圍縮減了，今天相信那大概是三至四項。幸而，大腦的其他部分能提供繞過這個瓶頸的應變方法。它可以把概念裝進較大以至更大的單位，心理學家喬治・米勒（George Miller）把這稱為「團塊」[22]。（米勒是行為科學歷史上最出色的寫作風格大師之一，他吸納這個來自日常語言的詞語，而沒有自行打造一些技術性行話，這恐非出於偶然。[23]）每一個團塊，不管裡面塞進了多少資訊，都只在運作的記憶中占了單一的空檔。因此，對於一個任意構成的字母序列，像 MDPHDIHOPCEORSVP，我們只能記住其中幾個字母，但如果它們屬於我們熟知的團塊，譬如縮寫或字詞，像我們把字母組織過後躍現的五個團塊：MD（醫學博士）、PHD（哲學博士）、IHOP（一家餐廳的簡稱）、CEO（執行長）、RSVP（敬請賜覆），現在我們可以將十六個字母全記住了。如果我們把這些團塊再組織成更大的團塊，記憶容量還可以進一步以倍數擴增，譬如編造一個故事：「那位 MD 和 PhD 向 IHOP 的 CEO 作出 RSVP 回應」，這就可以只占其中一個記憶空檔，其餘三至四個留下來給其他故事使用。當然這種魔術手法還要視乎個人的認知歷史。有些人從來沒聽過 IHOP 這家餐廳（International House of Pancakes，國際薄煎餅之家），那麼這四個字母就要占四個記憶空檔而非一個了。那些像超人般一口氣吐出大堆資訊而令我們驚奇不已的記憶術大師，花了大量時間在他們的長期記憶中建立起龐大的團塊庫存。

　　團塊不光是改善記憶的技倆，它也是智慧較高的生物的生存命脈。當我們還是小孩，看到一個人向另一人遞上一塊甜餅乾，就記住這是「給予」的動作。如果一個人給另一人一塊甜餅乾，換來一根香蕉，我們把互相給予的動作結合成團塊，把這個序列的行動視為「交易」。路人甲用一根香蕉跟路人乙交易，換來一片閃亮的金屬，因為他知道可

以用這東西跟路人丙交易，換來一塊甜餅乾；我們把這稱為「買賣」。很多人買買賣賣就形成一個「市場」。很多個市場的活動結集成為團塊就是「經濟」。經濟可視為對中央銀行的行動作出回應的實體；這種關係我們稱為「貨幣政策」。有一種貨幣政策，涉及中央銀行購買私有資產，這就凝結成「量化寬鬆」的團塊。如此類推。

隨著我們閱讀和學習，我們掌握極大數量的這些抽象概念，而每個概念都成為心智上的一個單位，我們可以在頃刻間從腦海中把它抽出來，透過說出它的名稱而跟別人分享。一個滿載著團塊的成年人的心智，是理性思考的強大引擎，但也有要付的代價：與沒有掌握同樣團塊的人無法溝通。在批評總統沒有投入更多「量化寬鬆」的討論中，很多受過一定教育的成年人會被摒諸門外，不過如果說明了這是什麼一回事，他們是能理解這種程序的。在談到「貨幣政策」時一個中學生就可能被摒諸門外，而有關「經濟」的對話，則可能令一個小學生無法跟得上。

一個作者可以用上多少抽象概念，視乎讀者群的能力。但要推測一個典型讀者所掌握的知識團塊，需要天賦的異常洞察力，這是普通人鮮有的。當我們在所選的專業裡接受訓練，我們就加入一個派系，從裡面看，似乎每個人都跟我們懂得一樣多。我們彼此交談，彷彿我們的知識對每個受過教育的人都是另一種的天性。當我們在派系裡安頓下來，那就成為我們的宇宙。我們不能體會，那只是所有種種派系構成的巨大多重宇宙中小小的一個泡沫。當我們跟其他宇宙的外星人首次接觸，透過我們自己的語言編碼吱吱喳喳的跟他們說話，他們是聽不懂的，除非有一個科幻故事中的宇宙通行翻譯器。

即使我們有點意識，知道自己在講一種特殊行話，我們也不大願意

反樸歸真回到日常語言。因為那樣可能在同儕面前露出馬腳，顯示一個尷尬的事實：自己還是個業內的生手、新人、初生之犢。而如果你的讀者懂得這種行話，我們卻把解釋和盤托出，就會侮辱了他們的智慧。我們寧可冒著讓他們混淆的風險，起碼讓我們看起來成熟老練一點，總好過冒著風險對顯而易見的東西枉費脣舌，還要讓人覺得幼稚或自貶身分。

沒錯，每個作者都要針對聽眾對相關話題的熟識程度作出最佳估計，然後因應調整語言的專業化程度。但一般來說，較為聰明的做法是假定他們認識程度較低，而非較高。聽眾的認知程度，在統計學上呈鐘形曲線，曲線的每一點代表個別聽眾的認知水準，我們選用的語言無可避免地會讓曲線頂端的少數人厭煩，也會令底部少數人迷惘；問題只是各有多少人而已。知識的詛咒表示，我們傾向於高估一般讀者對我們那個小世界的熟識程度，而不是低估它。無論如何我們不應該把語言的清晰度跟自貶身分混為一談。葛林在第二章對多重宇宙的解釋，顯示一位古典風格作者可以用淺白語言解釋一個深奧的概念，而不會像是對聽眾擺出恩賜的態度。關鍵在於假設你的讀者跟你一樣聰明、一樣成熟，只是他們並不懂得你所掌握的知識。

要記住私下自創的縮略語有什麼危險，最佳辦法也許是重溫一則笑話，那是關於一個男人頭一回走進卡茲奇山區（Catskills）的一間度假飯店，看見一群退休的當地猶太裔喜劇演員正圍成一桌在跟朋友說笑。其中一人喊道：「四十七！」其他人便齊聲大笑。另一人接著說：「一百一十二！」其他人再度笑聲連天。這位初臨的訪客看不出他們在做什麼，便請其中一位常客解釋一下。那個人告訴他：「這些人長年累月在這裡流連，對所有這些笑話耳熟能詳。為了節省時間，他們把笑話

加上編號，說笑時把編號喊出來就行了。」這個菜鳥說：「真是妙不可言！讓我試試看。」他站起來高喊：「二十一！」全場鴉雀無聲。他再試一次：「七十二！」每個人都瞪著他，卻沒有半點笑聲。他掉回座位上，輕聲對剛才那個揭密的人說：「我做錯什麼了？為什麼他們笑也不笑？」那人說：「這全要看你怎樣把故事講出來。」

「功能固著」讓思想更難分享

　　未能覺察我的知識團塊跟你的可能不一樣，可以解釋為什麼我們會用那麼多的縮略語、行話以至字母湯，讓讀者陷入困惑。但這不是我們令讀者困惑的唯一原因。有時候措詞儘管不是來自於自成一體的派系，並非術語，仍然令人發狂的完全看不明白。即使在認知科學家圈子裡，「刺激後事件」也不是用來指稱手臂上輕敲一下的標準說法。一位金融服務的顧客可能對投資世界相當了解，但仍然對一家公司小冊子中所說的「資本轉變及權利」不甚了了。一個熟諳電腦的用家嘗試對自己的網站做點維修時，面對修維網頁上那些指示，像「節點」、「內容類型」和「附件」等，仍會給弄得一頭霧水。而一個睏極了的旅客要把飯店房間的鬧鐘調好，卻先要找出「鬧鐘功能」、「第二顯示模式」的解釋，這時只能祈求上天開恩了。

　　為什麼作者會創造出那麼混淆不清的用語？我相信答案在於我們另一方面的傾向：專門的知識，會使得我們的思想更為特異，更難分享。當我們對某一事物變得熟識後，我們會更往它的用途方面去想，較少的想到它是什麼樣子，用什麼材料造成。這種轉變，是認知心理學另一個經常談到的課題，叫做「功能固著」（functional fixity 或 functional fixedness）。[24] 在教科書的實驗裡，參加者獲分發一根蠟燭、一包火柴

和一盒圖釘，然後要想出怎樣把蠟燭附著於牆上，而不要讓蠟滴到地上。答案是把圖釘盒裡的圖釘都倒出來，把盒子釘到牆上，再把蠟燭固定在盒子上。大部分人總是想不出這個辦法來，因為他們把盒子看作裝盛圖釘的容器，而非獨立自足的物件，具備本身就能提供便利的特徵，像平面和垂直面。這個盲點稱「功能固著」，因為人們只是著眼於一樣物件的功用，忘記了它的物理形態。幼童把生日禮物擱在一旁而一味把弄著包裝紙，對我們也是一種提示，有時我們不能體會物件本身就是一個物件，而只把它看作達成目標的手段。

　　好了，如果你把「功能固著」跟「團塊論」結合起來，再拌進那種把它們從我們知覺中隱藏起來的詛咒，你就能獲得一個解釋，為什麼各方面的專家使用那麼多的特異術語，還加上抽象概念、後設概念和殭屍名詞。他們不是有心讓我們陷入迷惑；這只是他們的思考方式。有如想像中的一幕電影，當另一隻老鼠被放進籠子裡，原來在籠中那隻老鼠就跑到一角蜷縮起來，這種行為結合成一個叫作「社會性規避」的知識團塊。你不能責怪神經科學家的這種思考方式。這一幕電影是在實驗中看過盈千累百次的；科學家每次引述這個現象談到實驗結果如何，不需要再在視覺記憶中按一下按鈕，把那個可憐傢伙蜷縮顫抖的一幕重播一次。但我們一般人需要看到這個情景，才曉得實際上發生了什麼，起碼第一次談及時需要這樣。

　　與此類似，作者不再想到或寫到有形可觸摸的物體，而是以這些物體在我們日常勞動中所發揮的作用來指稱它。還記者第二章那個心理學家的例子嗎？他在投影片上向人展示一些句子，然後要他們挑選「對」或「錯」的標籤。這位心理學家在解釋中提到他其後提供「評估字眼」，把那些標籤稱為評估字眼，因為這是他用上這些字眼的原因——

好讓實驗參加者評估這個字眼是否適用於剛才展示出來的句子。可惜，他讓我們自行查找「評估字眼」是什麼，這樣做沒有省下什麼字數，科學的精確性則不增反減。同樣地，手腕上輕敲一下叫做「刺激」，而手肘上輕敲一下叫做「刺激後事件」，因為作者關心的是一件事在另一件事之後發生，而不再理會其中的事件是手臂上的敲打動作。

但我們作為讀者卻關心那是什麼。我們是靈長類動物，腦部三分之一專司視覺，也有大幅其他部位專司觸覺、聽覺、動作和空間。要從「我想我明白吧」前進到「我明白」，我們需要看到那些情景，感覺到那些行動。很多實驗都顯示，如果敘述是以具體語言表達，讓人可以構築起視覺圖象，讀者的理解力和記憶力就會大大改善，就像以下各組句子中後面那個句子[25]。

整套從檯上掉了下去。	整套象牙製象棋從檯上掉了下去。
The set fell off the table.	The ivory chess set fell off the table.
那個測量器布滿了塵埃。	那個油壓計布滿了塵埃。
The measuring gauge was covered with dust.	The oil-pressure gauge was covered with dust.
喬治亞・歐姬芙把她的一些作品稱為「對等物」，因為它們的抽象形式喚起跟原始經驗對等的感情。	喬治亞・歐姬芙的風景畫裡有帶稜角的摩天大廈和霓虹燈閃爍的通衢大道，但主要還是新墨西哥農村地區那些白骨、沙漠幻影和飽歷風霜的十字架。
Georgia O'Keeffe called some of her works "equivalents" because their forms were abstracted in a way	Georgia O'Keeffe's landscapes were of angular skyscrapers and neon

that gave the emotional parallel of the source experience.

thoroughfares, but mostly of the bleached bones, desert shadows, and weathered crosses of rural New Mexico.

注意前面句子中的抽象描述，略去了專家已感厭倦的具體細節，而那卻是一個生手需要看到的：象牙製的棋子，不光是一套什麼；油壓計，不光是籠統的測量器；白骨，不光是形體。奉行具體的表現方式，不但有利溝通，也能引導出更好的推理思維。讀者要是知道「皮膚的兔子錯覺」是怎麼一回事，就可以在一個基礎上評估，那是否表示知覺經驗真的在時間中鋪展開來，還是這個現象可以從其他方面解釋。

後設概念大量出現在專業寫作中——什麼層次、問題、背景、框架和透視，也是可以解釋的，只要你考慮到作者的知識團塊形成歷程和功能固著傾向。學者、顧問、政策雕飾匠以及其他也愛用象徵的分析師，思考方式確實是圍繞著「問題」（他們能把問題列滿一紙）、「分析層次」（他們爭辯哪個層次最適合）以及「背景」（他們利用這個概念查找為什麼有些做法在這裡行得通卻在那裡行不通）。這些抽象概念成為了容器，讓他們存放和處理他們的概念，在不知不覺中，他們變得不能再以名字來指稱事物。試比較下列各組句子中前面一句的專業腔，以及後面一句的具體說法。

參加者是在良好以至極佳的隔音情況下接受測試。

Participants were tested under conditions of good to excellent acoustic isolation.

我們在安靜的房間裡測試學生。

We tested the students in a quiet room.

機場周邊地方的管制行動，對於減少飛機起降時發生的撞擊風險，作用微不足道。

Management actions at and in the immediate vicinity of airports do little to mitigate the risk of off-airport strikes during departure and approach.

在機場附近捕捉鳥類對於減少飛機起降時跟鳥撞上的次數效果有限。

Trapping birds near an airport does little to reduce the number of times a bird will collide with a plane as it takes off or lands.

我們相信ICTS的方法提供整合性解決方案，把有效人力、犬隻服務和尖端科技結合起來，這是挑選程序中它的主要特色。

We believe that the ICTS approach to delivering integrated solutions, combining effective manpower, canine services and cutting-edge technology was a key differentiator in the selection process.

他們選擇本公司，是因為我們保障建築物安全時兼採守衛人員、守衛犬和感測器。

They chose our company because we protect buildings with a combination of guards, dogs, and sensors.

當我們看到的是「安靜的房間」，實驗人員看見的卻是「測試情況」，因為那是做實驗時選用那個房間的想法。在層層監控頂端的飛安專家，每天都扛著風險管理的責任過活，下屬所裝設的捕鳥器只存在於遙遠記憶中。保全公司的公關撰稿員，在新聞稿中談到公司的作業時，滿腦子就是向潛在顧客推銷服務時那種想法。

把那些常見的抽象概念一層層剝掉，向讀者展示誰對誰做了什麼，是一個作者永無止息的挑戰。譬如要描述兩個變數之間的關聯（像吸菸與癌症、電玩與暴力），作出這種闡釋的瑣碎雜務，是公共衛生和社會科學報告的例行職責之一。花了很多時間思考那些關聯的一位作者，在思想中已把兩個變數納入一個框架，兩者如何聯繫的各種可能說法，都逃不出這個框框。在框框內作出表述的語言都大同小異，要把關聯說出來跟人分享，也只能在雷同的說法中打轉：

> 食物攝取量與身體質量指數（BMI）之間有顯著正關聯。
>
> There is a significant positive correlation between measures of food intake and body mass index.

> 身體質量指數是食物攝取量的遞增函數。
>
> Body mass index is an increasing function of food intake.

> 食物攝取量根據一種單調遞增關係預示身體質量指數。
>
> Food intake predicts body mass index according to a monotonically increasing relation.

讀者可以找出這說的是什麼，但要花很大力氣，就像要拆掉包裝把產品拿出來一樣。如果作者把這些變數的名詞外殼拿掉，它們就不再是僵化的事物，就可以用普通語言來描述那些動作、比較和結果，一切就變得更清晰：

你吃得愈多，就長得愈胖。

The more you eat, the fatter you get.

　　知識的詛咒，再加上知識團塊和功能固著，有助我們解釋一項矛盾：古典風格是難以掌握的。設想自己張開眼睛並置身對話中，那有什麼困難？實際上它比講起來困難，原因就在於，如果你對一個話題有充分專精見解能夠談論一番，你就可能會從抽象團塊或功能標籤的角度去思考要講的內容——這樣的做法已經成為你的一種本能，然而對讀者來說那仍是陌生的，你卻無法及早察覺這個事實。

經過一段時間的沉澱，再重新閱讀草稿

　　因此，作為作者，我們要嘗試走進讀者腦海中，時刻提醒自己，我們很容易掉進範圍狹窄的行話和私人抽象概念中。但這些努力也是作用有限的。我們都沒有——大概也鮮有人想有——那種千里眼般的大能，能夠把其他每個人的內心想法暴露在我們眼前。

　　要逃脫知識的詛咒，我們要超越本身的預估能力。就像工程師所說的，我們要把環線閉合，我們要從讀者的世界獲取回饋訊號；也就是說，把草稿交給跟目標讀者近似的人看一遍，看看他們能不能跟得上[26]。這聽起來好像庸人自擾，實際上卻別具深意。社會心理學家發現，當我們推測別人所想的是什麼，總是過分信賴自己的能力，有時到了自欺欺人的地步，即使跟我們最接近的人也不例外[27]。只有當我們向那些人詢問，才會發覺對我們顯而易見的東西，對他們來說並非如此。這就是為什麼專業的作者也需要編輯。這也是為什麼政界人士要參考民調，企業要做焦點團體訪談，網際網路公司要做 A/B 測試——那是推出網

站兩種設計（版本 A 和版本 B）試用，然後在實際使用時間中收集數據，看看哪個版本有較高點閱率。

大部分作者沒有能力採用焦點團體或 A/B 測試，但他們可以請一位室友或同事或家庭成員閱讀一下他們的文章並給予評價。作出評價的人甚至不需要是目標讀者的一員。只要那個人不是你，往往就已足夠。

這並不表示你要對他們提出的每一項建議採納不誤。每一個評論者本身也有知識的詛咒，此外還有自己的心頭好、盲點和私心，作者無法一一照顧。很多學術論文包含令人迷惑的不知從何而來的推論或離題論述，那是作者順從一個匿名評論人堅持的看法而加上去的，否則那個人就會行使否決權讓學術期刊拒絕刊登。好的文章永遠不會是由一個小組撰寫的。作者什麼時候應該因應讀者反應作出修改呢？那是當一項評語來自多於一位讀者，又或作者自己覺得評語合理。

這就把我們帶往逃脫知識的詛咒的另一途徑：把草稿拿給自己看看，最好先等一下，等到文章不再耳熟能詳。如果你像我一樣，你會發現自己心裡這樣想：「我要表示什麼？」或「這是怎樣承接上文而來？」，又或很多時候：「這樣的垃圾是誰寫的？」

我聽人家說，有些作者只要一次就從頭到尾在鍵盤上把一篇文意完整的文章敲打出來，頂多再檢查一下手誤或修飾一下標點，就可以把文章送去出版。你可能不是這樣的人。大部分作者對草稿一次又一次的潤色。我寫完一個句子後修飾幾次才寫下一個句子，整章也修改一兩次之後才給任何其他人過目。收到別人的回饋後，每章又再修改兩次，然後再回頭整本書從頭到尾起碼潤色兩次。然後才把書稿交給審稿編輯，而在編輯手裡再經歷一輪又一輪的修修補補。

一段文章裡有太多事情要處理妥當，大部分凡人無法一次把它搞

定。要構思一種既有趣又真實的想法就已經夠難了。只有把它的輪廓在頁面上定下來後,作者才能騰出認知能力進行所需的潤色,把句子變得合乎語法、優雅——而最重要的——對讀者清晰可解。思想在作者腦海中顯現的形式,鮮有跟讀者能吸收的形式是一樣的。這部指南和其他風格指南的忠告,更多是在於怎樣改寫而不是怎樣寫。

很多寫作建議都帶有道德勸說口吻,彷彿作為一個好的作者能令你成為一個更好的人。從世間公義來說,很不幸的是,很多才華洋溢的作者都是惡棍,很多劣拙的作者卻是世間的善男信女。但要克服知識的詛咒這種要求,可能是寫作建議中跟合理的道德勸說最為接近的:總是要嘗試把自己從狹隘的思想框架中抽身出來,看看其他人的思考、感覺是怎樣的。這或許不能讓你在生活各方面都成為更好的人,卻是善待讀者的一道川流不息的甘泉。

---

1. Sword, 2012.

2. 以 Robert J. Hanlon 命名;Hanlon 指出這種說法來自 Arthur Bloch 的 *Murphy's Law book two: More reasons why things go wrong!* (Los Angeles:Price/ Stern/ Sloan, 1980).

3. 「知識的詛咒」(curse of knowledge)這個術語是經濟學家羅賓·賀格斯(Robin Hogarth)所創,並由 Camerer, Lowenstein 和 Weber 在 1989 年的一篇論文中推廣應用。

4. Piaget & Inhelder, 1956.

5. Fischhoff, 1975.

6. Ross, Greene, & House, 1977.

7. Keysar, 1994.

8. Wimmer & Perner, 1983.

9. Birch & Bloom, 2007.

10. Hayes & Bajzek, 2008; Nickerson, Baddeley, & Freeman, 1986.

11. Kelley & Jacoby, 1996.

12. Hinds, 1999.

13. 其他提出這種看法的研究者包括 John Hayes、Karen Schriver 和 Pamela Hinds。

14. Cushing, 1994.

15. 這種說法取自 Robert Graves 和 Alan Hodge, *The reader over your shoulder: A handbook for writers of prose*(New York: Random House; revised edition 1979) 一書的書名。

16. Epley, 2014.

17. Fischhoff, 1975; Hinds, 1999; Schriver, 2012.

18. Kelley & Jacoby, 1996.

19. Freedman, 2007, p. 22.

20. P. 73 of the second edition (1972).

21. 有關「一語雙敘法」，我在第一章分析桑達克的訃文時也提過類似說法。這些類似的修辭學手法，各學派的專家有不同表述，迄無共識。

22. G. A. Miller, 1956.

23. Pinker, 2013.

24. Duncker, 1945.

25. Sadoski, 1998; Sadoski, Goetz, & Fritz, 1993; Kosslyn, Thompson, & Ganis, 2006.

26. Schriver, 2012.

27. Epley, 2014.

Chapter 4

概念網・樹狀圖・詞序

了解句法有助於避免不合語法、費解、誤導的文章

「我們不再教孩子們用圖表分析句子。」再加上「網際網路正在摧毀語言」以及「人們故意寫些胡言亂語的爛文」，這就是為什麼劣拙的寫作今天大行其道——這是我最常聽到的解釋。

慨歎用圖表分析句子的技藝已經失傳，所指的是阿朗索·瑞德（Alonzo Reed）和布雷奈德·凱洛格（Brainerd Kellogg）在1877年發明的一套標記法，直到1960年代一直在美國的學校裡講授，然後因為當時的教育家起而反對一切規範式教學法而遭拋棄[1]。在這個系統中，一個句子的詞語給放在有如捷運地圖的圖表中，以各種形狀的交叉線（垂直、傾斜、分支）來代表不同的語法關係，像主詞—述語（subject-predicate）和修飾語—中心語（modifier-head）。舉例來說，在索福克里斯的戲劇中，伊底帕斯娶了他的母親（In Sophocles' play , Oedipus married his mother）這個句子，就是這樣用圖表來分析：

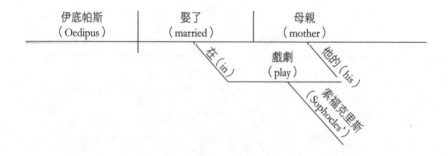

瑞德—凱洛格標記法問世之初是創新之舉，但我沒有因為它的消失而感到可惜。它只是書面上呈現句法的方法之一，也不是特別好的方法，設計上對使用者不方便，譬如詞語次序混亂和圖示規則不一致。但

對於這種懷舊想法背後的主要概念，我卻是同意的：能讀書識字的人都應該懂得怎樣思考語法問題。

當然，大家都懂得怎樣運用語法，我們從兩歲開始就一直在運用語法。但人類與生俱來不自覺地掌握語言的能力，不足以讓我們寫出好的句子。當句子變得複雜時，我們那種默默運作的遣詞用字意識就可能失靈；而錯誤可能從我們指尖溜出來，要是我們有充分時間和記憶力把整個句子一眼看清楚，這種錯誤是絕不能接受的。學習怎樣把語言的單位呈現在意識中，可以在直覺失靈時，讓作者憑著語法的推斷而打造出具有一致性的句子，並在意識到句子有所不妥而又不能直接指出錯在哪裡時，可以對問題作出剖析。

懂得一點語法，也給予作者進入文人天地的入場券。就像廚師、音樂家和球員，都要掌握一點行話，才能分享心得和互相學習，作者要是懂得他們所用的材料叫什麼名字，又怎樣產生作用，也能從中獲益。文學分析家、詩人、修辭學家、評論家、邏輯學者、語言學家、認知科學和實用風格指南（包括本書其他各章），都需要談到述語和附屬子句（subordinate clause）等等，懂得這些術語，可以讓作者從他人辛苦得來的知識獲益。

最好的是，語法本身是令人著迷的課題——起碼在它獲得恰當解釋的時候。對很多人來說，語法一詞所引起的記憶，是在粉筆的粉塵中險些窒息，或深恐被老處女老師一下打在指關節上而怕得顫抖（寫過好幾本風格手冊的西奧多・本斯坦〔Theodore Bernstein〕把這種典型人物稱為塞塞蒂小姐〔Miss Thistlebottom〕；曾寫過一部圖解句子歷史的作家吉蒂・本斯・傅洛瑞〔Kitty Burns Florey〕則把她叫做百衲蒂修女〔Sister Bernadette〕）。但語法不應該被視為行話和苦差的考驗，像史凱

勒（Skyler）在漫畫〈鞋〉（Shoe）中所想的那樣：

Shoe © 1993 Jeff MacNelly

　　語法倒應該被視為一個變動不居的世界中一種不凡的適應方法：是
人類把複雜思想從一個腦袋傳到另一腦袋的解決辦法。把語法視為電腦
分享程式的一種原始版本，它就會變得有趣得多、有用得多。了解到語
法各方面的設計怎樣令分享得以實現，我們就可以在寫作中更清晰、更
正確·更優雅地運用它們。

語法連結了什麼？

　　本章標題中的三個名詞代表語法連繫起來的三樣東西：腦袋裡的概
念所形成的網絡、從嘴巴或指尖溜出來的詞語所形成的序列，以及把以
上第一樣東西轉化為第二樣東西的語法樹狀結構。

　　讓我們從網絡開始。當你做著沒有語言的白日夢，你的思想從一個
概念漂浮到另一概念：視覺圖象、零碎的觀察、旋律的片段、有趣的事
實、往日的怨恨、愉悅的幻想、難忘的片刻。遠在全球資訊網（World
Wide Web）問世之前，認知科學家為人類記憶所建立的模型就是由節
點構成的網絡。每個節點代表一個概念，而各個節點彼此相連，其中包

括詞語、圖象和其他概念[2]。以下就是這個龐大的整體思維網的一個片段，凸顯的是索福克里斯賦予生命的那個悲劇故事，怎樣成為你知識的一部分：

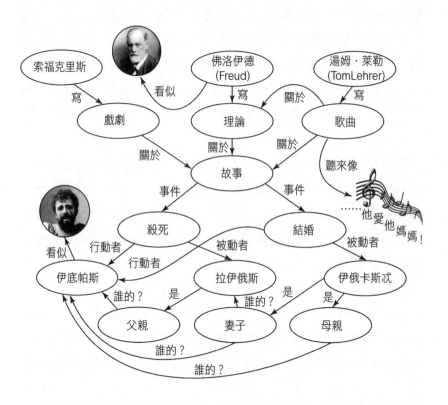

雖然我要把每個節點放在頁面上某個地方，但它們的位置無關重要，它們也沒有任何次序。重要的就只是它們怎樣連繫起來。一系列的思想可以從任何概念開始，或由一個詞語所觸動，或由網絡某角落的一個概念勾起聯想，或在任意精神活動下一個概念突然在腦中躍現。從這裡你的思緒可以沿著任何連結流竄，奔向任何其他概念。

如果我想把那些思想的一些內容跟別人分享，那又怎樣？你可以想像一個先進的外星人族群，能夠把這網絡的一部分壓縮成電腦檔案般，然後彼此之間透過像連線的數據機嗡嗡的傳送這些訊息。但這不是人類的溝通方式。我們懂得把每個思想跟稱為詞語的一個短短聲音片段連繫起來，然後我們發出這個聲音，就可以在彼此之間引發同一個思想。不過，我們當然不光把個別詞語不經意地隨口說出。如果你不熟悉《伊底帕斯王》（*Oedipus Rex*）的故事，而我只說：「索福克里斯戲劇故事殺了拉伊俄斯（Laius）妻子伊俄卡斯忒（Jocasta）娶了伊底帕斯父親母親」，你花上一百萬年也不能猜到究竟發生了什麼。除了念出概念的名字，我們還依次序把它們念出來，藉此表明它們之間的邏輯關係（行動者、被動者、是個什麼，諸如此類）：伊底帕斯殺了拉伊俄斯，那是他的父親。伊底帕斯娶了伊俄卡斯忒，那是他的母親。把我們腦袋中一個網絡的概念性關係翻譯為詞語從口中說出的先後次序，或頁面上左至右的次序，這種規則就叫做句法[3]。句法的規則，加上詞語構造的規則——像把動詞 kill（殺死）轉化為 kills（第三人稱單數現在式）、killed（過去式）和 killing（現在進行式），合起來構成英語的語法。不同的語言有不同的語法，但所有都是透過詞語的變化和次序安排，而傳達概念性關係[4]。

要把像一團麵條似的糾結起來的概念擠壓成直線形式的一列詞語，其中的規則不容易設計。如果某一事件牽涉幾個涉及幾項關係的角色，那就要找出一種辦法分辨出誰對誰做了什麼。比方說「殺了伊底帕斯娶了拉伊俄斯伊俄卡斯忒」，沒有弄清楚到底是伊底帕斯殺了拉伊俄斯而

娶了伊俄卡斯忒，還是伊俄卡斯忒殺了伊底帕斯而娶了拉伊俄斯，抑或伊底帕斯殺了伊俄卡斯忒而娶了拉伊俄斯，諸如此類。句法這樣解決這個問題：以相鄰系列的詞語代表一組一組相關的概念，或把一系列詞語插進另一系列裡，代表一些概念是另一些較大的概念的一部分。

　　有一種視覺表現法能幫助我們了解句法如何運作，那就是把一系列包含另一系列的這種安排，在一個倒轉樹狀圖的分支末端繪畫出來。

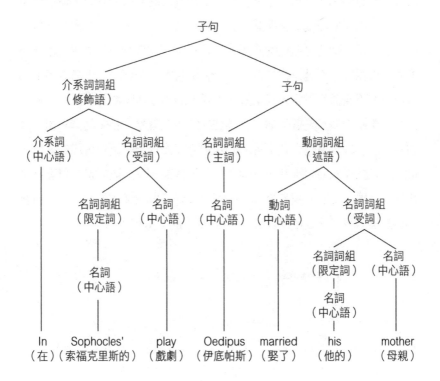

　　我稍後就會解釋其中的細節，但目前來說我們要注意的就是圖表底部的詞語（像「母親」）組合成為詞組（phrase，像「他的母親」），而這又進一步組成更大的詞組（像「娶了他的母親」），這又再組合進一個子句（clause——一個簡單的句子像「伊底帕斯娶了他的母親」），這又可能嵌進更大的一個子句（整個句子）。

　　由此可見，句法是一種程式：它使用詞組的一種**樹狀組合**，把一個**網絡**的思想轉化為**一列詞語**。當感知者聽到或看到這列詞語，便會倒過來操作，把它們嵌進一個樹狀組合，把相關概念的連結還原過來。以這個例子來說，聽者可以推斷索福克里斯寫了一齣戲劇，其中伊底帕斯娶了他的母親，而不是伊底帕斯寫了一齣戲劇，其中索福克里斯娶了他的母親，也不僅僅是說話人講了幾個希臘人的不知什麼事情。

　　那棵樹當然只是個隱喻。它所捕捉的概念就是，相鄰的詞語組合成詞組，這個詞組又包含在更大的詞組之中，而透過詞語和詞組的安排，可以把說話人腦海中那些角色的關係還原過來。樹形圖只是在頁面把那種設計呈現出來的一種簡易方式。那種設計可以同樣準確地用不同層級的括弧來呈現，又或用范氏圖（Venn diagram）呈現：

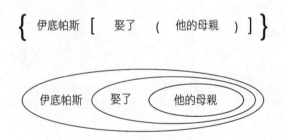

　　不管使用哪種標記法，了解到句子背後的工程設計——以詞組的直

線次序來傳達很了不起的一整個網絡的概念——你就掌握了一個關鍵，可以察覺到當你在打造一個句子時究竟在嘗試達成什麼任務。這也幫助你看懂你所面對的各種選項清單，以及最可能犯錯的地方在哪裡。

這個任務那麼具挑戰性，原因就在於英語句法可供寫作者使用的主要資源——頁面上從左至右的呈現次序——要同時發揮兩種作用。它是語言用以表達誰對誰做了什麼的一種代碼。但它也決定了讀者腦袋處理這個序列的先後次序。人類腦袋可以同時做的事只有寥寥幾項，而資訊進入腦袋的次序，會影響到那些資訊怎樣處理。我們將會看到，寫作者必須不斷協調詞語次序這兩方面的功能：既是資訊的代碼，也是一個序列的心智活動。

句法指明了詞類的次序

讓我們更仔細看看句法這種代碼，由此展開討論，就用伊底帕斯那個句子作為例子[5]。由圖表底部的詞語往上看，可以看到每個詞語都有一個代表語法類別的標籤。這就是「詞類」，對 1960 年代以後接受教育的人來說也應該是耳熟能詳的玩意：

名詞（包括代名詞）	人、戲劇、索福克里斯、她、我的
動詞	結婚、寫作、思考、看、暗示
介系詞	在、圍繞著、底下、之前、直至
形容詞	大、紅、奇妙、有趣、瘋狂
副詞	快樂地、坦率地、令人印象深刻地、非常、幾乎

冠詞（article）及其他限定詞（determinative）	那、一個、有些、這個、那個、很多、一、二、三
對等連接詞（coordinator）	和、或、也不、但是、不過、因此
從屬連接詞（subordinator）	的是……、是否……、如果、去……

每個詞語根據它的類別而嵌進樹狀圖中一個位置，因為句法規則並不指明個別詞語的次序，而是指明詞類的次序。一旦你懂得了在英語裡冠詞（a 和 the 等）位於名詞前面，你就不用每次學會一個新名詞——比如「主題標籤」、「應用程式」或「大規模開放式線上課程」（MOOC），都要重新學習這種次序。你只要看過一個名詞怎樣運作，就幾乎相當於看過了所有名詞的運作。當然，名詞這種詞類還再劃分為一些次級類別，像專有名詞、普通名詞、不可數名詞（mass noun）和代名詞，這對於名詞究竟應該出現在什麼位置增添一點麻煩，但原則是一樣的：次級類別中的個別詞語都是可以互換的，因此當你知道了某個次級類別出現在什麼位置上，也就知道那個類別中每個詞語出現在什麼位置上。

讓我們湊近看看其中一個詞語：「娶了」（married）。除了標明它的語法類別——動詞，我們還看到括弧裡有另一個標籤表明它的功能，以這個例子來說就是「中心語」（head）。語法功能不是著眼於那個詞語「是什麼」，而是著眼於在特定句子裡它「做什麼」：它怎樣跟其他詞語結合而決定句子的意義。

詞組的「中心語」是一個能代表整個詞組的小片段。它決定這個詞組的中心意義：在這個例子中「娶了他的母親」是「娶」這種行動的一

個特定事例。它也決定這個詞組的語法類別：在這個例子中它是個動詞詞組，就是圍繞著一個動詞而構建的詞組。動詞詞組這一系列詞語要多長可以多長，但都在樹狀圖中占有一個特定位置。不管有多少東西塞進這個動詞詞組中——譬如「娶了他的母親」、「星期二娶了他的母親」、「星期二在他女朋友的反對下娶了他的母親」，它都可以安插到句子中同樣位置，跟最簡短的「娶了（妻子）」位置是一樣的。其他種類的詞組也是這樣：名詞詞組「底比斯的帝王」（the king of Thebes）是圍繞著「帝王」這個中心名詞構建的，它所指稱的是一個帝王的實例，而較簡單的「帝王」一詞能安插在什麼方，它也就能安插到什麼地方。

　　構建詞組的那些額外材料，可以包含進一步的語法功能，在中心語所帶出的事件中辨別各種角色。以「娶了」一詞為例，事件中的出場人物包括嫁娶雙方。（雖然結婚實際上是對等關係——如果張三跟李四結婚，那麼也是李四跟張三結婚，不過為了舉例起見，我們假定男方採取主動跟女方結婚而用「娶了」一詞。）在這個句子中被娶的人，悲劇性地是「他的母親」這個詞組所指的那個人，而她被指認為被娶者，因為這個詞組的語法功能是「受詞」（object），在英文來說就是跟在動詞後的名詞詞組。而作出「娶了」舉動的人，則由單一詞語的詞組「伊底帕斯」來指認，它的語法功能是「主詞」。主詞是特別的；所有動詞都要配一個主詞，而主詞處於動詞詞組之外，占據著子句兩大分支的其中一支，另一支則是「述語」（predicate）。還有其他語法功能可以辨別其他角色。在「伊俄卡斯忒把嬰兒交給僕人」一句中，「僕人」這個詞組是一種間接受詞（oblique object），它是介系詞的受詞。在「伊底帕斯以為波呂玻斯（Polybus）是他的父親」一句中，子句「波呂玻斯是他的父

親」是動詞「以為」的補語（complement）。

語言的語法功能，除了區別不同的角色外，還會大費唇舌說出其他類型的資訊。修飾語（modifiers）可以對物件和行動加上有關時間、地點、情態和品質的評語。舉例說，「在索福克里斯的戲劇中」一語，就可以是子句「伊底帕斯娶了他的母親」的修飾語。修飾語的其他例子還包括以下語句中加上底線的部分：「用四條腿走路」、「腫脹的雙腳」、「在前往底比斯的路上遇上他」，以及「伊底帕斯差遣的牧羊人」。

我們還可看到，名詞「戲劇」和「母親」前面有「索福克里斯的」和「他的」這些詞語，它們的功能是「限定詞」（determiner）。限定詞回答「哪個？」或「多少？」等問題。這裡限定詞的角色，是由傳統上稱為「所有格名詞」（possessive noun）所扮演──儘管那個名詞實際上標記為屬格（genitive case），這點容後解釋。其他英語裡常見的限定詞包括冠詞，像 the cat（那隻貓）中的 the，以及 this boy（這個男孩）中的 this 等；其他限定詞還有數量詞（quantifier）──像「一些晚上」和「所有人」，以及數字──像「十六噸」等。

如果你年過六十，又或在私立學校念書，你會注意到這些句法框架，跟你回憶中塞塞蒂小姐在教室裡所講的有些差異。現代語法理論（像《劍橋英語語法》〔*The Cambridge Grammar of the English Language*〕所講的，也是本書所用的）把語法類別像名詞和動詞等，跟語法功能像主詞、受詞、中心語和修飾語等區別開來。這兩者又跟語意（semantic）類別和角色區分開來──像行動、實物、擁有者、行動者和被動者等，這些表明語詞的指謂對象在外在世界中所產生的作用。傳統語法傾向把這三種概念混為一談。

比方說，我還是小孩子時他們所教的是，「肥皂粉」的「肥皂」和

「那個男孩」的「那個」都是形容詞，因為它們都修飾名詞。但這就把「形容詞」這種語法類別，跟「修飾語」這種語法功能混淆起來了。我們無需因為它在這個片語中所扮演的功能，就揮動魔術棒，讓「肥皂」這個名詞搖身一變成為形容詞。更簡單的說，有時候一個名詞可以修飾另一個名詞。以「那個男孩」的「那個」來說，塞塞蒂小姐也把功能搞混了：它是個限定詞，不是修飾語。我們怎麼知道？因為限定詞和修飾語是不能隨意互換的。你可以說「看看這男孩」或「看看那些男孩」（限定詞），但不能說「看看高個子男孩」（修飾語）。你可以說「看看這個高個子男孩」（限定詞＋修飾語），但不能說「看看這那些男孩」（限定詞＋限定詞）。

　　我從他們所學的是，「名詞」是代表一個人、一個地方或物件的詞語，這是把語法類別跟語意類別混淆起來。喜劇演員喬恩・史都華（Jon Stewart）也搞混了，他在他的電視節目中批評小布希（George W. Bush）總統所說的 War on Terror（反恐戰爭），斷言「Terror（恐怖）根本不是個名詞[6]」他的意思是，這不是一樣具體的東西，特別是指一群人組織成為一股敵對勢力。Terror 當然是個名詞，還有數以千計其他實為名詞的詞語，也不是用來指稱人、地點或物件，包括「詞語」、「類別」、「節目」、「戰爭」和「名詞」，這只是從前面的句子中隨便找些例子罷了。雖然名詞往往是人、地點和物件的名稱，名詞這種詞類，只能從它在一整套規則中所扮演的角色來界定。就像國際象棋中的「車」（rook），並不是界定為一顆像個小塔般的棋子，而是在棋賽中以某種方式移動的棋子，像「名詞」這樣一個語法類別，也是透過它在語法這種玩藝兒中怎樣運作而加以界定。以 king（帝王）這為名詞為例，這些運作規則包括可以在限定詞後出現，像 the king；此外它可以帶有間接

受詞，像 the king of Thebes（底比斯的帝王），但不能帶有直接受詞，像 the king Thebes；還可以加上複數標記（像 kings），以及**屬格標記**（像 king's）。比照之下，terror 肯定是個名詞：the terror（那種恐懼）、terror of being trapped（被裁進陷阱的恐懼）、the terror's lasting impact（那種恐懼的持久衝擊）。

現在我們可以看到，為什麼「索福克里斯的」在樹狀圖中，詞類是「名詞」，功能是「限定詞」，卻不是什麼「形容詞」。這個詞語是名詞類，什麼情況下都是名詞；「索福克里斯」不會因為停靠在一個名詞前面，而突然變成了形容詞。而他的功能是限定詞，因為它運作起來跟「這個」、「那個」一樣，而跟明顯的修飾語像「著名的」不同，你可以說「在索福克里斯的戲劇中」或「在那齣戲劇中」，卻不能說「在著名的戲劇中」。

說到這裡你可能又想到「什麼是屬格？」的問題了。那不就是我們所學的「所有格」嗎？這樣說好了，「所有」是語意的類別，而語法上的「格」，譬如英語裡用詞尾 's 或用 his（他的）、my（我的）等代名詞來表達的，不一定跟擁有有任何關係。只要想想就可以看到，以下一系列的片語中，並沒有共通的擁有之意或其他共通意思：「索福克里斯的戲劇」、「索福克里斯的鼻子」、「索福克里斯的袍子」、「索福克里斯的母親」、「索福克里斯的老家」、「索福克里斯的時代」和「索福克里斯的死亡」。所有這些「索福克里斯的」所具備的共通點，就是它們都在樹狀圖中可填入限定詞一欄，幫助你確定說話人心中所想的是誰的戲劇、誰的鼻子，諸如此類。

更一般地說，在考慮如何把一個句子用圖表顯示出來的時候，必須保持開放的思維，而不是假定你需要認識的所有語法問題，在你出生前

早就有了定案。詞類、功能、意義要透過經驗來確定,就是做些小實驗,譬如把一個你不確知其類別的詞組,用一個你確知其類別的詞組來取代,看看句子是否說得通。根據這些小實驗,現代語法學家對詞語的分門別類,有時會跟傳統的框框不一樣。

　　比方說,本章稍早列出各種詞類並舉例說明時,並沒有傳統的「連接詞」(conjunction)一類,而只有次級類別「對等連接詞」(像「和」、「或」等)和「從屬連接詞」(像「的是……」、「如果」等),那是有道理的。因為對等連接詞和從屬連接詞沒有任何共通點,沒有一種叫「連接詞」的類別可以把它們涵蓋在內。就此而言,很多傳統上叫從屬連接詞的詞語像「之前」和「之後」,其實是介系詞[7]。舉例來說,「愛情逝去之後」裡的「之後」,跟「那支舞蹈之後」裡的「之後」是一樣的,而大家都會同意後者是個介系詞。只是傳統語法學家未能把詞類和功能區別開來,以至於無法察覺介系詞接上的受詞可以是一個子句,而不僅限於名詞詞組。

　　為什麼這些問題攸關重要?不錯,你要寫作寫得好,不需要實際上把句子用圖表來呈現,或掌握一大堆行話,但本章其餘部分會向你顯示,很多時候時一點兒的句法分析能力能幫你一把。首先,它幫助你避免一些明顯的語法錯誤,那是僅憑你自己的察識而導致的錯誤。第二,當一位編輯或語法學究指稱你寫的一個句子有錯誤,但你看不到有何不妥,你起碼可憑藉著對於相關規則有充分理解,而自行決定是否聽從他們的意見。我們在第六章會看到,很多無中生有的規則,包括一些登上全國性新聞頭條的,源於對形容詞、從屬連接詞和介系詞等詞類分析上的謬誤。最後,句法的辨察力可以幫助你避免模稜兩可、混淆不清和迂迴曲折的句子。這種種的辨察力,建基於對詞類的基本掌握,了解它們

怎樣跟功能和意義有所不同，又怎樣嵌進樹狀圖中。

樹狀結構讓語言中的概念聯繫得以表達

　　樹狀結構賦予語言把概念間的聯繫表達出來的溝通能力，而不是只把概念傾倒到讀者身上。但這是有代價的，那就是對記憶力造成額外負擔。要建構並維繫所有那些看不見的枝幹，需要在認知能力上花力氣，這很容易會讓讀者和作者重新墮進原來的框框，把句子視為一個詞語接一個詞語的糟糕玩意。

　　讓我們從作者開始。當厭倦情緒湧現，作者一眼抓住樹狀結構整個枝幹的能力便會減損，視覺範圍收縮到像透過一個小孔窺視，每一眼只能看到一串詞語中的幾個相鄰詞語。大部分語法規則都是一種樹狀結構，而不是一條條的線，因此這種頃刻間的「樹盲」，會導致惱人的錯誤。

　　就以主詞和動詞間的一致性來說：我們說 The bridge is crowded（那道橋很擁擠），又或 The bridges are crowded（那些橋很擁擠）。這不是難以遵守的規則。小孩子三歲便大體能掌握了，像 I can has cheezburger（我可以吃起司漢堡；應為 can have）以及 I are serious cat（我是隻嚴肅的貓；應為 I am a serious cat），錯誤是那麼明顯，一個流行網路爆紅網站「搞笑貓」（LOLcats）就滑稽地把這說成出自貓咪之口。不過「主詞」和「動詞」必須一致的要求，是透過樹狀圖上的分支來界定，而不是在一串詞語那個層次上界定：

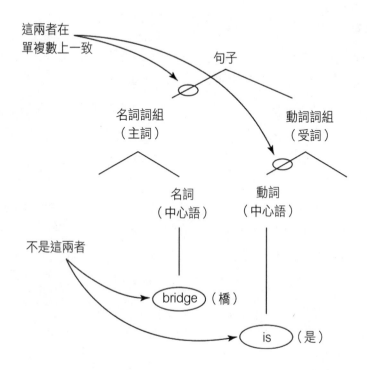

你可能在想：這有什麼分別？不管怎樣，最終的句子還不是一樣的嗎？答案是不一樣的。如果你把主詞變得臃腫一些，在它尾部塞進一些詞語，像下面的圖示，這時「橋」這個詞語不再緊貼在動詞前面，然而單複數的一致性，由於是在樹的上方界定的，就不受到影響。我們仍是說 The bridge to the islands <u>is</u> crowded（通往那些島嶼的橋很擁擠），而不是 The bridge to the islands <u>are</u> crowded。

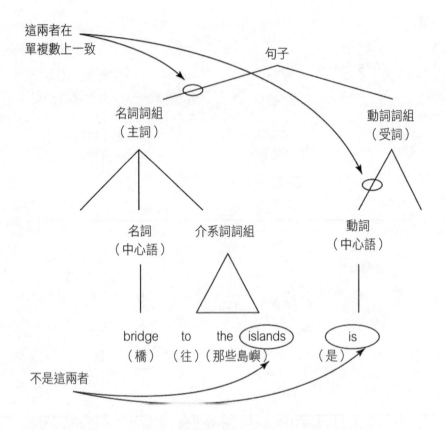

這兩者在
單複數上一致

句子

名詞詞組
（主詞）

動詞詞組
（受詞）

名詞
（中心語）

介系詞詞組

動詞
（中心語）

bridge　　to　　the　islands
（橋）　（往）（那些島嶼）

is
（是）

不是這兩者

　　但由於「樹盲」的緣故，很容易就失手，打字打成 The bridge to the islands are crowded。如果你沒有讓樹狀結構停留在記憶中，在你正要把動詞打出來時，心中念著的是前面 islands 一詞，那就使動詞受污染而把單複數搞混了。以下是在出版品中出現的幾個單複數不一致的錯誤[8]：

The readiness of our conventional forces are at an all-time low.
我們傳統軍力的隨時應戰能力是歷來最低的。

At this stage, the <u>accuracy</u> of the quotes <u>have</u> not been disputed.
在這個階段，報價的準確性並未受到質疑。

The <u>popularity</u> of "Family Guy" DVDs <u>were</u> partly credited with the 2005 revival of the once-canceled Fox animated comedy.
「蓋酷家族」DVD 的走紅，部分歸功於這部一度停播的福斯公司動畫喜劇在 2005 年重獲生機。

The <u>impact</u> of the cuts <u>have</u> not hit yet.
削減的衝擊還沒有顯現。

The <u>maneuvering</u> in markets for oil, wheat, cotton, coffee and more <u>have</u> brought billions in profits to investment banks.
藉由操控石油、小麥、棉花、咖啡等市場，投資銀行賺進數以十億元計的利潤。

這些錯誤很容易被忽略。我在寫這一章的時候，每隔幾頁就看到微軟文書軟體的語法檢查器畫上綠色波浪線，這種打旗號示警的對象，通常就是在我的樹狀結構偵測雷達下成為漏網之魚的單複數一致性錯誤。但即使最好的軟體，都沒有充分的智慧能可靠地做好樹狀設定，因此寫作者不能把「植樹」的任務全推給文書處理程式。比方說，在上列的單複數不一致的錯誤中，最後兩句在我的電腦螢幕上，就看不到標示錯誤的那些彎彎曲曲的線。

在樹狀圖中插進額外的詞組，只是把主詞和動詞分隔開來的其中

一種情況。另一種情況所涉及的，是啟發了語言學家諾姆·杭士基
（Noam Chomsky）提出他那個著名理論的語法轉換程式：一個句子背後
的樹狀結構，也就是它的深層結構，透過特定規則把一個詞組移到新
的位置，而變換成為另一個稍為不同的樹狀結構，名叫表層結構。[9] 這
個程序所起的作用，比方說，可見於含有 wh- 疑問詞的疑問句，譬如
Who do you love?（誰是你所愛的？）和 Which way did he go?（他往哪邊
走？）。（別擔心 who 和 whom 之間的選擇，我們稍後就會談到。）在
深層結構裡，這個 wh- 疑問詞出現在一般句子裡你期望它出現之處，以
這個例子來說就是在動詞 love（愛）後面，像在 I love Lucy（我愛露西）
中。然後移位的規則把它移到句子最前面，在表層結構裡留下一個空隙

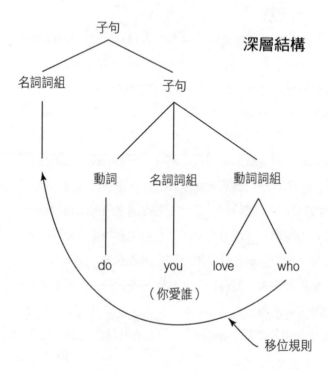

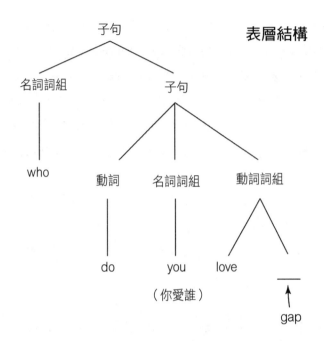

表層結構

（你愛誰）

gap

（畫有底線的空位）。（從這裡開始，為了讓樹狀圖不要那麼凌亂，我會把沒有必要的標籤和分支省掉。）

　　我們能了解這個問題，因為我們自己在心裡用已移走的詞組把那空隙填上了：誰是你所愛（的）？——表示「哪個人是你所愛的人？」

　　移位規則也衍生一種常見的結構，叫關係子句（relative clause），像見於 the spy who ＿ came in from the cold（那個間諜……——從冷冷的外面走進來的）以及 the woman I love ＿（那個女人——我所愛的……）。關係子句是包含一個空隙的子句，譬如 I love ＿（我所愛……），而這個子句對一個名詞詞組（那個女人）起修飾作用。空隙的位置標示出被修飾的詞組在深層結構中的角色。要了解這個關係子句，我們就在心裡自行把這個空隙填上：第一個例子表示「那個間諜即那個（間諜）從冷冷

的外面走進來的」；第二個例子表示「那個女人即我所愛的那個女人」。

填充物和空隙間長長的距離，對作者和讀者來說都可能是危機四伏的。當我們閱讀時碰上一個填充物（如上例中的 who 和 the woman），我們要一邊在記憶中抓住它，一邊處理所有那些隨著它湧進來的資訊，直到我們找到它要填補的那個空隙[10]。對於我們那微不足道的記憶來說，這往往是太大的負荷，因而受到中間隔著的一串詞語所影響：

> The impact, which theories of economics predict ____ are bound to be felt sooner or later, could be enormous.
>
> 那種衝擊，即經濟學理論預測早晚勢必出現的衝擊，可能是軒然巨波。

你能注意到有什麼錯誤嗎？一旦你把填充物 the impact 填進以上句子的空隙裡，變成 the impact are bound to be felt，你就可看到助動詞用複數的 are 是錯的，必須用單數 is 才對；這個錯誤跟上文的 I are serious cat 一樣明顯。但記憶的負擔會令錯誤從我們腦袋溜過。

單複數的一致性，是樹狀圖中一個分支對另一分支可納入什麼詞語起著支配作用的其中一種情況。這叫做管轄作用，它也見於動詞和形容詞能帶什麼補語的限制之上。我們說 make plans（打造計畫）但說 do research（做研究）；如果倒過來說「做計畫」或「打造研究」，聽起來就怪怪的。壞人 oppress their victims（「壓迫他們的受害人」；後面的是受詞），而不是 oppressing against their victims（後面變成間接受詞）；另一方面，壞人又或 discriminate against their victims（「歧視他們的受害人」；後面的是間接受詞），而不是 discriminate them（變成了直接受

詞）。一樣東西跟另一樣東西相同叫 be identical <u>to</u>，但兩者重疊卻要說 coincide <u>with</u>；也就是說，identical 和 coincide 對於後面帶什麼介系詞起著支配作用。當詞組經過重組或被切割，寫作者就可能對什麼要求跟什麼配對失察，造成惱人的錯誤：

> Among the reasons for his optimism about SARS is the successful <u>research</u> that Dr. Brian Murphy and other scientists have <u>made</u> at the National Institutes of Health. [11]
>
> 他對嚴重急性呼吸系統綜合症感到樂觀的其中一個原因，在於布萊恩‧莫菲醫生和其他科學家在國家衛生研究院所做的成功的研究。

> <u>People</u> who are <u>discriminated</u> based on their race are often resentful of their government and join rebel groups.
>
> 因為種族而受到歧視的人，往往對政府懷恨在心而加入反叛組織。

> The religious holidays <u>to</u> which the exams <u>coincide</u> are observed by many of our students.
>
> 跟考試日期重疊的那些宗教節日，是很多學生都參與慶祝的。

「樹盲」最常見的形式：配對錯誤

「樹盲」最常見的其中一種形式，就是未能小心察看對等連接關係之下的各個分支。對等連接就是傳統上的那種連接，這個詞組之下包含兩個或更多的詞組，由一個對等連接詞連繫起來（譬如「自由人的土地和勇者的家園」、「紙還是塑膠」），又或用逗號（中文裡是頓號）串連

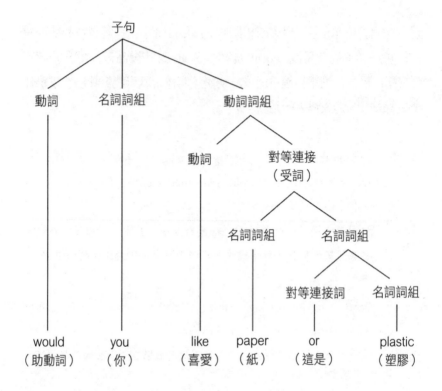

起來（「你是否疲倦、精疲力竭、無精打采？」）。

　　對等連接之下的每個詞組，在那個位置上可以自行發揮作用，就像其他詞組並不存在一樣，而各詞組還必須具備同樣的功能（受詞、修飾語，諸如此類）。「你喜愛紙還是塑膠？」是一句沒有問題的句子，因為你可以說「你喜愛紙？」（「紙」是「喜愛」的受詞），也可以說「你喜愛塑膠？」（「塑膠」是「喜愛」的受詞）。「你喜愛紙還是方便地？」卻是不合語法的，因為「方便地」（conveniently）是修飾語，而且是一個不能跟「喜愛」用在一起的修飾語；你永遠不會說「你喜愛方便地？」沒有人會掉進這種錯誤的圈套，因為「喜愛」和「方便地」彼

此緊貼著，使得這種錯誤的衝突顯而易見。也沒有人誤入圈套而說「你喜愛紙還是方便地？」，因為我們可以在心中把隔在中間的「紙」和「還是」挪開，這樣「喜愛」和「方便地」之間的衝突就一樣刺眼不堪。這種情況，就是喜劇家史提芬・庫爾貝（Stephen Colbert）於 2007 年出版的那本暢銷書的標題——*I Am America (And So Can You!)*（《我是美國——你也行的！》）——之所以搞笑的根據，那是刻意把他在螢幕上扮演的那個人物的目不識丁表現凸顯出來。

可是，當句子變得複雜，即使一個有文化修養的作者，對於對等連接之下每個分支怎樣跟樹狀結構其他部分相互協調，也會迷失方向。看看 We get the job done, not make excuses（我們把事情搞定，而不是找藉口）這個口號，它的作者也許未能預見，顧客對這種混亂而不倫不類的說法會大皺眉頭。其中 get the job done 是個現在式時態的述語，跟主詞 we 配合，而 not make excuses 這個詞組卻是沒有時態的，不能就這樣的跟主詞配合（We not make excuses 是不合語法的）；它只能用作像 do 或 will 這類助動詞的補語。要把這句口號改正過來，我們要麼把兩個完整的子句連繫起來（We get the job done; we don't make excuses），又或把兩者變成同一助動詞的兩個補語（We will get the job done, not make excuses）。

一種更微妙的配對失誤經常溜進文章中，成為了報紙專欄更正啟事的常客，編輯要為上週出現在報紙中的錯誤向讀者道歉。這裡是《紐約時報》（*New York Times*）編輯菲利浦・柯爾貝特（Philip Corbett）在他的特稿〈截稿以後〉（After Deadline）中找到的幾個錯誤，後面的是更正的版本（我用下底線和括號標示原來配對錯誤的部分[12]）：

He said that surgeries and therapy had helped him not only〔to recover from his fall〕, but〔had also freed him of the debilitating back pain〕.

（他說，手術和治療不僅幫助他從摔倒中復元，而且讓他擺脫了令人衰弱的背痛。）

He said that surgeries and therapy had not only〔helped him to recover from his fall〕, but also〔freed him of the debilitating back pain〕.

With Mr. Ruto's appearance before the court, a process began that could influence not only〔the future of Kenya〕but also〔of the much-criticized tribunal〕.

（隨著魯托先生出庭，一個程序於焉啟動，影響所及可能不光是肯亞的未來，還有飽受批評的法庭。）

With Mr. Ruto's appearance before the court, a process began that could influence the future not only〔of Kenya〕but also of〔the much-criticized tribunal〕.

Ms. Popova, who died at 91 on July 8 in Moscow, was inspired both〔by patriotism〕and〔a desire for revenge〕.

（七月八日在莫斯科逝世、享年九十一歲的波波娃小姐，所受的鼓舞來自愛國精神和復仇的欲望。）

(1)Ms. Popova was inspired by both〔patriotism〕and〔a desire for revenge〕. 或 (2) Ms. Popova was inspired both〔by patriotism〕and〔by a desire for revenge〕.

在這些例子中，連接的片語是一對一對彼此匹配的，第一個連繫語前面的標記是個數量詞（quantifier），像 both（兩者皆）、either（任一）、neither（兩者皆非）、not only（不僅）等，第二個連繫語前面的標記則是個對等連接詞，像 and（和）、or（或）、nor（也不）、but also（而且）。這些標記在上述例子中以下底線顯示，它們是這樣配對起來的：

not only . . . but also . . .（不僅……而且……）

both . . . and . . .（既……又……）

either . . . or . . .（或是……又或……）

neither . . . nor . . .（既不……也不……）

　　這些連接結構要念起來順耳，兩個標記後出現的兩個片語（上表中方框的部分）就必須是平行的。由於 both 和 either 等數量詞那種可在句中不同部分游移的惱人習性，它們後面的片語結果就可能是不平行的，聽起來顯得刺耳。比方說，在有關手術的那個句子裡，第一個連繫語是 to recover（復元），屬不定詞（infinitive）形式，跟第二個屬分詞（participle）形式的連繫語 freed him（讓他擺脫）發生衝突。把這個不平衡連接關係修正過來的最容易方法，就是盯住第二個連繫語並以它為準，然後迫使第一個連繫語跟它匹配，做法是把數量詞移到句中更適合的地方。在這個例子裡，我們要讓第一個連繫語也變成分詞形式，這樣就能跟第二連繫語的 freed him 匹配了。這裡的解決辦法是把 not only 左移兩步，帶來 helped him（幫助他）和 freed him 的美妙對稱。（由於第一個助動詞 had 的作用延伸及於整個連接結構，後面那個 had 就可省掉了。）在接下來的例子裡，第一連繫語有一個直接受詞，the future of Kenya（肯亞的未來），跟第二連繫語的間接受詞 of the tribunal（法庭的）不協調；把 not only 往右推，就可以得到整整齊齊成雙成對的 of Kenya（肯亞的）和 of the tribunal。最後一個例子的毛病也是在於不受詞不配對（看表中畫上下底線的部分），有兩個辦法可以改正：可以把 both 往右推──見上表中的（1）；也可以在第二個連繫語前加 by，使

它跟第一個連繫語配對——見上表中的（2）。

格位誤用

「樹盲」的又一種險況，是格位（case）的誤用。所謂格位，是給一個名詞詞組加上標記，表明它的典型語法功能，譬如主詞是主格（nominative case），限定詞是屬格（傳統語法裡誤把這種功能稱為「擁有者」），受詞以及介系詞的受詞等是受格（accusative case）。在英語裡，格位主要用於代名詞。當餅乾怪獸（Cookie Monster）說 Me want cookie（我要餅乾），以及泰山（Tarzan）說 Me Tarzan, you Jane（我泰山，你珍妮），他們是把受格代名詞用作主詞；而其他人都會用主格代名詞 I（我）。其他的主格代名詞還有 he（他）、she（她）、we（我們）、they（他們）who（誰）；其他的受格代名詞則包括 him（他）、her（她）、us（我們）、them（他們）和 whom（誰）。屬格可以出現在代名詞，像 my（我的）、your（你的, 你們的）、his（他的）、her（她的）、our（我們的）、their（他們的）、whose（誰的）、its（它的，牠的），也可以用在其他名詞詞組上，只要加上詞尾 's 就行了。

除了餅乾怪獸和泰山，當代名詞出現在樹狀圖常見的位置時，我們大部分人都能輕易地選擇正確的位格，那個位置就在發揮支配作用的動詞或介系詞旁邊。可是當代名詞埋藏在一個連接結構組詞裡，寫作者就很易會對支配詞失察，而賦予代名詞另一種格位。因此在漫不經心的談話裡，常見人們會說 Me and Julio were down by the schoolyard（我和朱利歐在校園那邊），這裡 me 跟動詞 were 之間，被連接結構中的其他詞語（and Julio）分隔開，我們當中很多人幾乎聽不出有什麼衝突。不過我們媽媽和英語老師卻聽到了，為了讓孩子們避免錯誤，便要他們多練習替

代說法：Julio and I were down by the schoolyard。不幸地是，這種做法引導出另一方面的錯誤。一旦牽涉到連接結構，就很難往樹狀圖的方向思考，以至於無法發現更正的理由何在，人們因而在心裡自行打造一條直線式規則：「當你要正確的說出來，就說 So-and-so（某某）and I，而不是 Me and so-and-so。」這會造成矯枉過正，導致人們在一個受格的連接結構中使用主格代名詞：

Give Al Gore and I a chance to bring America back.

給高爾和我一個機會，把美國重新帶回來。

My mother was once engaged to Leonard Cohen, which makes my siblings and I occasionally indulge in what-if thinking.

我的媽媽曾跟李歐納‧科恩訂婚，使得我家兄弟姊妹和我偶或沉溺在要是那樣又如何的想像中。

For three years, Ellis thought of Jones Point as the ideal spot for he and his companion Sampson, a 9-year-old golden retriever, to fish and play.

三年以來，艾理斯都認為，對於他和他的伙伴辛普森那隻九歲的黃金獵犬來說，瓊斯岬都是捕魚和玩耍的理想地點。

Barb decides to plan a second wedding ceremony for she and her husband on "Mommies" tonight at 8:30 on Channels 7 and 10.

芭布決定為她和她的丈夫策劃第二個的婚禮，就在今晚八時三十分第七和第十頻道的「媽咪」節目中舉行。

柯林頓（Bill Clinton）在 1992 年競選總統之際說出以上第一句話時，想必一定不會說 Give I a chance（給我一個機會），因為在及物動詞旁邊的一個名詞，顯然應是受格。

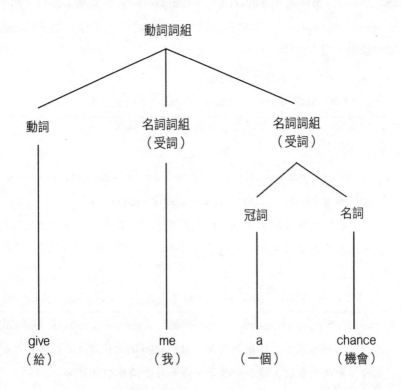

但在直線呈現的句子中，「高爾」和「和」等詞語把「給」和「我」分隔開來了，它們之間的距離，使得格位選擇機制給迷惑了：

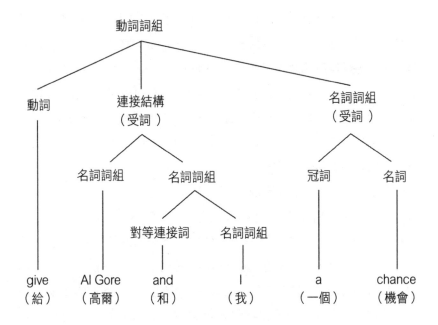

　　為我們的第四十二任總統說句公道話吧，他據說是個技巧純熟的語言使用者（譬如他作證時口出名言說：「這視乎『是』（is）的意義是什麼。」），他這裡是否真的說得不對，不無爭議餘地。當有足夠的人在小心寫作和說話時無法做到書面語法分析要求應做的事，這可能表示錯的是書面分析，而不是那些語言使用者。在第六章我們會回到這個問題，那裡我們會分析遭唾棄的說法 between you and I（在你和我之間），這是比被指錯誤的 give Al Gore and I 更常見的一個例子。但暫時讓我們假設書面分析是正確的。這是每個編輯和作文導師都堅持的說法，你首先應該知道，他們喜歡這種說法。

　　與此相似，你也要暫且放下不信服的心態，才能掌握另一個難處理的格位問題，那就是 who（誰，主格）和 whom（誰，受格）之間的差異。你可能傾向於同意作家喀爾文・崔林（Calvin Trillin）所說的：「對我來說，whom 這個詞語的發明，就是為了讓每個人說起話來像個管家。」但在第六章我們會看到，這未免有點言過其實了。有時候，即使你不是管家，也需要知道 who 和 whom 有何分別，而要做到這點，你就要在樹狀圖上再下點工夫。

　　乍看之下，兩者的分別是很直接的：who 是主格，像 I、she、he、we 和 they，用在主詞上；whom 是受格，像 me、her、him、us 和 them，用在受詞上。因此理論上，任何人要是對餅乾怪獸所說的 Me want cookie 發笑，就應該已知道什麼時候用 who，什麼時候用 whom（假設首先來說他們會選擇採用 whom 這個詞語）。我們說 He kissed the bride（他吻了新娘），因此我們會問 Who kissed the bride?（誰吻了新娘？）。我們說 Henry kissed her（亨利吻了她），因此會問 Whom did Henry kiss?（誰給亨利吻了？）要弄清楚這種分別，可以看看以 wh- 開頭的詞語在深層結構中位於哪裡，那是在它移到句子前面而留下一個空隙之前[13]。（見右頁圖）

　　但在實際情況下，我們的腦袋不能一眼就看到整棵的樹，因此，當句子變得更複雜，who 或 whom 跟那個空隙之間的連繫在我們的注意力之下溜過，那就會導致在兩者之間作出錯誤選擇[14]：

> Under the deal, the Senate put aside two nominees for the National Labor Relations Board <u>who</u> the president appointed __ during a Senate recess.

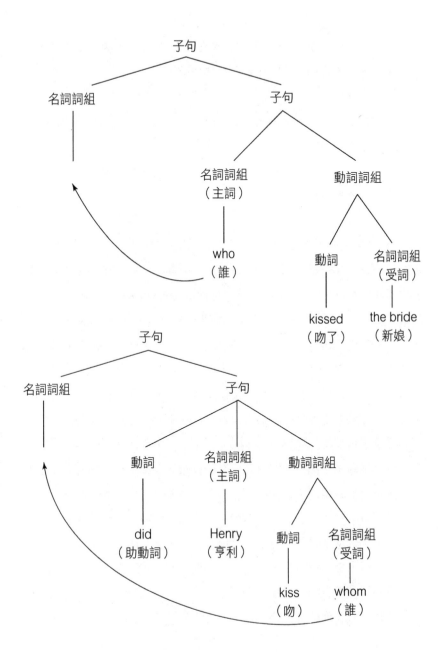

在那個協議之下，參議院擱置兩個勞工關係委員會委員提名人，他們是總統在參院休會期間委任的。

The French actor plays a man <u>whom</u> she suspects ＿ is her husband, missing since World War II.

她懷疑那個法國演員飾演的男人，就是她那位自第二次世界大戰以來就失蹤的丈夫。

這些錯誤是可以避免的，只要自行在心裡把 who 或 whom 移回空隙的位置再把句子念一遍就行了。（又或如果你對 who 和 whom 的直覺是含混不清的，那就取而代之在空隙裡填上 he 或 him。）第一個把空隙取代的例子（見右頁上方圖），得出的結果是 the president appointed who，這相當於 the president appointed he（he 是主格），聽起來就是完全錯誤的；因此它應該是 whom（相當於 him）。（我在 who 旁邊打了星號，是為了提醒它原來不是在這個位置上的。）第二個例子（見右頁下方圖）的結果是 whom is her husband（或相當於 him is her husband），那同樣是不可能的；它應該是 who。再說一次，我所解釋的是正式的規則，可以讓你滿足編輯的要求又或當個管家；在第六章我會回到這個問題，探討正式的規則是否合理，而那些所謂誤錯又是否真的錯誤。

雖然樹狀思考可以幫助寫作者避免錯誤（同時，我們將會看到，還有助寫出來的文章易於閱讀），但我不是在提議，你實際上要把句子用樹狀圖呈現出來。沒有寫文章的人是這樣做的。我甚至不是在提議，你寫作時心裡總要有棵樹。樹狀圖只是其中一方法，把你的注意力引向構思句子時內心運作的認知機制。「以樹狀圖思考」的知覺經驗，並不真

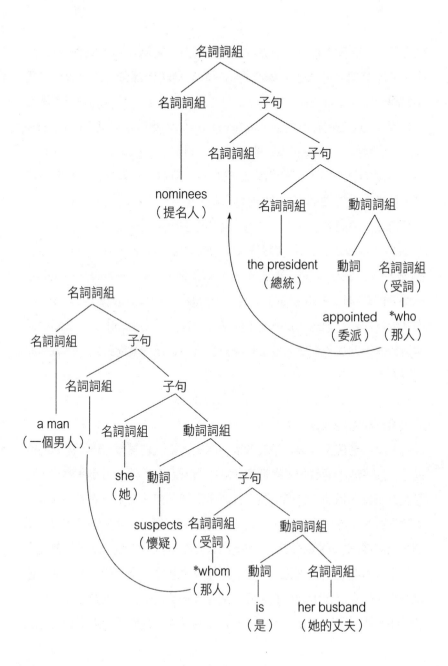

的像是看一棵樹；它是一種更微妙的覺察力，能領會詞語怎樣組合成詞組，並聚焦於這些詞組的中心語，忽略其他組成部分。比方說，要避免錯誤說成 The impact of the cuts have not been felt（砍減的衝擊還沒有被察覺），就要在心裡把 the impact of the cuts 刪砍至只剩下中心語 the impact（衝擊），然後想像它連上 have，即說成 the impact have not been felt，錯誤就躍然可見了。樹狀思考的另一種運作，就是在心裡暗暗追蹤，填充詞和它要填充的空隙之間那條看不見的連繫線，這就容許你查證填充詞填回去後說不說得通。譬如你把轉化而來的詞組 the research the scientists have made ＿（科學家所做的研究）還原為 the scientists have made the research（made 應為 done）；你把 whom she suspects ＿ is her husband 還原為 she suspects whom is her husband（whom 應為 who）。就像其他任何心智上的自我改善，你必須學習把目光引向內心，聚焦於通常自行運轉的那些程序，並嘗試操控它們，這樣你就能夠更有意識地運用它們。

語法分析與發掘意義

　　一旦作者確保一個句子的各部分能嵌進樹狀結構後，接下來擔心的就是，讀者能不能從句子裡把樹狀結構還原過來；讀者若要理解句子就必須這麼做。這並不是像電腦程式語言那樣，把規限語句的大小括號都實際上打出來在句中呈現，人人皆可見，英語句子中的分支結構另有乾坤，只能從詞語的次序和形式推斷出來。飽受煎熬的讀者就要面對兩大要求了。首先要找出正確的分支，這個程序就是語法分析。第二就是把那些分支留在記憶中夠長的時間，把意義發掘出來，一旦做到這一點，語句的實際用詞可能就忘掉了，而獲得的意義，則融匯到讀者長期記憶

中的知識網絡裡[15]。

　　當讀者一個一個詞語的閱讀著一個句子，那並不是在心裡把詞語像珠子般串起來成為項鍊，而是邊讀邊讓一棵樹的樹枝往上生長。比方說，讀到 the 這個詞語，心裡就會想，這裡碰到的應是個名詞詞組了。然後還會預期哪一類的詞語會加進來組成完整的詞組；以這個例子來說，可能就是個名詞。當那個詞語現身——譬如是 cat（貓），讀者就會把它掛到樹枝末端預留給它的空位。

　　因此每當寫作者把一個語詞加進句子中，讀者在認知上增加的負擔不是單方面而是兩方面的：理解那個詞語，並把它填進樹狀圖中。這個雙重負擔，正是勸人「省掉不必要的詞語」這個基本忠告的主要理由之一。我發覺，當一個硬心腸的編輯迫我刪削一篇文章，讓它剛好能嵌進特定篇幅中，文章的品質往往像魔術般大幅改善。

　　措詞精簡，是風趣以及其他很多寫作美德的靈魂之所在。它的訣竅就在於找出哪些詞語是「不必要」的。通常這並不困難。一旦你讓自己肩負起發掘無用詞語的任務，你會驚訝地發現能找到那麼一大把。多得令人吃驚的語句可以很容易從我們指尖甩掉，它們塞滿了徒然增加閱讀障礙而對內容毫無裨益的詞語。我的專業生涯裡，很多時候要閱讀這樣的句子：

　　　　我們的研究參與者跟規範性樣本比較，顯示明顯傾向體現出更多變化，儘管這種趨勢部分可能是源於一個事實：擁有較高認知能力評量值的個人，對性格問卷調查在反應上有較多變化。

　　什麼「顯示明顯傾向體現出更多變化」，這跟「有較大變化」真的

有什麼分別嗎？較短的這個語句，不光比起原來較長的語句詞語數目減半（只有三個：有／較大／變化），樹狀圖的層次和分支，減幅也同樣可觀。更糟的是：「這種趨勢部分可能是源於一個事實」，它要求聚精會神的讀者同時處理近十個詞語，樹狀圖層次和分支數目同樣驚人，整體內容卻近乎零。原來整句的逾四十個詞語，很容易可以刪減近半，砍掉的分支更是令人歎為觀止：

> 我們的參與者比起規範性樣本有較大變化，可能因為較聰敏的人對性格問卷調查有較多樣的反應。

以下是其他一些臃腫得要命的語句，後面的是較精簡的說法，意義往往是一樣的[16]：

make an appearance with（與……同告現身）	appear with（與……現身）
is capable of being（具備……的能力）	can be（能夠）
is dedicated to providing（特意為了提供）	provides（提供）
in the event（在……情況下）	that if（要是）
it is imperative that we（……是我們勢所必須的）	we must（我們必須）
brought about the organization of（導致……組織了起來）	organized（組織了）
significantly expedite the process of（顯著地讓程序加速進行）	speed up（加快）

on a daily basis（在天天如是的情況下）	daily（每天）
for the purpose of（為了達成……的目標）	to（以便）
in the matter of（以……這種事情來說）	about（關於）
in view of the fact that（有鑑於……的事實）	since（由於）
owing to the fact that（基於……這個事實）	because（因為）
relating to the subject of（從這個話題方面來說）	regarding（有關）
have a facilitative impact（具備促成其事的作用）	help（有助）
were in great need of（處於很大的需要之下）	needed（亟需）
at such time as（碰上……的時候）	when（當）
It is widely observed that XXX（廣泛觀察所見 XXX）	XXX（XXX）

　　很多種冗詞是刪除鍵的經常性目標。軟性的動詞像「作出、使得、造成、進行、帶來、加以」等，往往並無什麼作用，只是製造出一個檔位，讓一個殭屍名詞可以填進去，像「進行清理工作」和「作出改善嘗試」。為什麼不直接用原來的動詞，說「清理」和「嘗試改善」？英語裡用 It is（那是）或 There is（存在著）開頭的句子，往往是清除贅

肉的對象：There is competition between groups for resources（各組人之間存在著對資源的競爭），其實一樣可以說成 Groups compete for resources（各組人在競爭資源）。 其他一團團的語言贅疣，還包括第二章提到的後設概念，像「問題、觀點、話題、程序、基礎、因素、水準、模型」等。

可是，省掉沒有必要的詞語，並不表示要把一段文字中每個多餘的詞語都刪掉。我們將會看到，很多可省略的詞語是值得保留的，因為在讀者瀏覽一個句子時，這些詞語有助防止理解偏差。其他情況下則可使語句的節奏變得完整，讓讀者較容易掌握句讀。把這些詞語略去，則是在實行那個基本忠告時矯枉過正了。有一個笑話講到一個小販打算把他那匹馬加以訓練，讓牠不用吃東西：「最初我每隔一天才餵牠，牠還好啦。然後我每隔兩天才餵牠。接著是每隔三天。正當我快要讓牠每週才吃一次時，牠就死在我手上了！」

省略不必要詞語的忠告，不應該跟另一個像禁慾主義律例般的教條混為一談：那是主張所有寫作者必須盡可能把每個句子縮減至最短、最精簡、最樸素為止。即使著重清晰表達的作者也不會這樣做。因為句子的難易，不單視乎字數多寡，還要看它的結構。好的作者經常用很長的句子，但他們用一些嚴格來說不必要的詞語，把句子裝飾一番。這卻不會帶來麻煩，因為這些詞語的安排，讓讀者能逐個逐個詞組的把它們吸收，每個詞組傳達整個的概念性結構。

以下一段約四百字的引文來自麗蓓嘉・葛德斯坦一部小說中的獨白[17]。說話者是一位最近在事業和愛情上都稱心如意的教授，他在一個寒冷的星夜佇立一座橋上，試著道出他活在此刻中的驚歎：

就是這樣：從某個意義可說生存在世至堪驚歎，驚訝之中生而在世，處身於生物學和歷史、基因和文化的模塑之下，在世間的偶然中，身在其中，卻不知道怎樣，不知道為什麼，突然也不知身在何方，又或自己是誰，是怎樣的一個人，就只知道，自己是這一切的一部分，思慮與自覺中的一部分，然而對於如何在此中衍生而來並持續存在，總是無從參透，卻總能覺察那種存在和它的圓滿，察覺它延伸之廣袤、搏動之精巧，也就盼望自己活得其法，起碼從此公平對待這種存在，盼望它盡量延展，甚至突破界限，讓自己配得上生而為人那種殊榮──生而能覺察那通體光榮無比、其大無垠的宇宙，並成為它的一部分，而它所包含的，殊不可能地，有一個叫卡斯・瑟爾澤（Cass Seltzer）的宗教心理學家，在超乎己身的力量所推動下，他做了一件殊不可能的事，尤甚於他那殊不可能的存在所涵蓋的一切殊不可能狀況，這讓他贏得了另一個人的生命，一個更好、更出色的生命，比起他在一切渴望中、在轟轟混沌中曾盼望獲得的一切生命，猶勝一籌⋯⋯

Here it is then: the sense that existence is just such a tremendous thing, one comes into it, astonishingly, here one is, formed by biology and history, genes and culture, in the midst of the contingency of the world, here one is, one doesn't know how, one doesn't know why, and suddenly one doesn't know where one is either or who or what one is either, and all that one knows is that one is a part of it, a considered and conscious part of it, generated and sustained in existence in ways one can hardly comprehend, all the time conscious of it, though, of existence, the fullness of it, the reaching expanse and pulsing intricacy of it, and one wants to live in a way that at least begins to do justice to it, one wants to expand one's reach of it as far as expansion is possible and even beyond that, to live one's life in a way commensurate with the privilege of being a part of and conscious of the whole reeling glorious infinite sweep, a sweep that includes, so improbably, a psychologist of religion named Cass Seltzer, who, moved by powers beyond himself, did something more improbable than all the improbabilities constituting his improbable existence could have entailed, did something that won him someone else's life, a better life, a more brilliant life, a life beyond all the ones he had wished for in the pounding obscurity of all his yearnings.

儘管很長而用詞很豐富，這個句子很容易讀下去，因為沒有一處地方要求讀者在新的詞語湧現之際，要把一個詞組懸掛在記憶中很久。樹狀結構經特別營造，透過兩種修剪技巧，把認知負擔在時間中分散。第一，是一種平整的分支結構，把一系列大都不複雜的子句並列起來，用逗號或對等連接詞連成一串。比方說，冒號之後的約九十個字，基本上包含一個很長的子句，由七個自足的子句組成（請見下頁圖中三角形所示），每個子句的字數由四個字到約二十五個字不等。

最長的這些包含其中的子句——第三個和最後一個，也是最平整的樹狀結構，都由一些較簡單的詞組構成，以逗號或對等連接詞一個一個的串起來。

即使句子結構比較複雜，讀者還是可以掌握樹狀結構，因為它的幾何形狀，主要是往右分支。在往右分支的樹裡，一個較大詞組裡最複雜

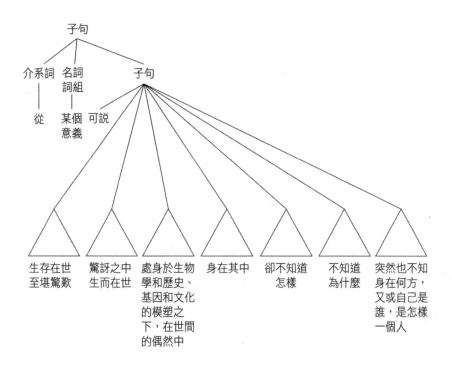

的詞組出現在末端，也就是懸掛在最右邊的分支上。這表示當讀者要處理那個最複雜的詞組時，其他所有詞組的分析都已完成了，因而可以集中精神應付這個詞組。以下一個近五十字的詞組，在一個對角線的軸上伸展開來，顯示那幾乎全是往右分支的：

唯一的例外，就是在往前伸的詞組伸到末端之前，讓讀者先停下來分析另一詞組，這是下圖中兩個三角形所示之處，作者在這裡舞文弄墨一番。

英語主要是一種往右分支的語言（比方說，跟日語或土耳其語不一樣），因此往右分支的樹對英語作者來說是再自然不過的了。但英語表

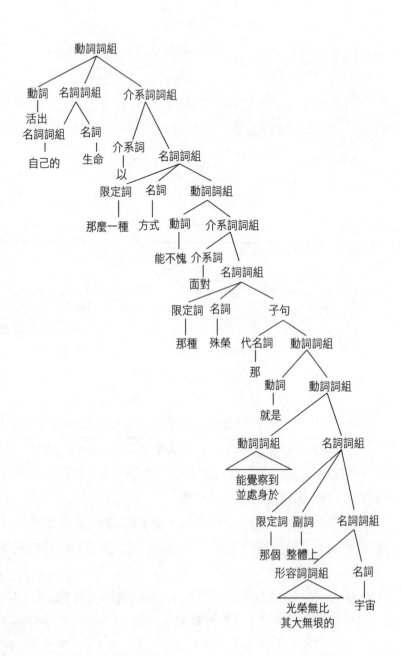

達法的完整清單中，也提供少數幾個向左分支的選項。修飾詞組可以移到句子前面，例如：「在索福克里斯的戲劇中，伊底帕斯娶了他的母親」（本章的第一個樹狀圖顯示了這個複雜的左向分支）。這些前置的修飾語，可以有效地規限一個句子的意義，可以把句子跟前面的資訊連繫起來，又或者是避免句子老是向右分支的單調。只要修飾語不長，對讀者就不會造成困難。可是當它變得更長，就會迫使讀者解讀一個複雜的修飾用語，卻並未知道所修飾的是什麼。譬如在以下一個句子中，讀者要先解讀約五十個字，然後才到達那個節骨眼，知道句子所談的是什麼，那就是「政策制訂者」[18]：

由於大部分現有的研究，所探究的只是供應鏈的單一階段，譬如農場的生產力，或農產品市場的效率，跟供應鏈的其他方面脫節，政策制訂者並未能評估供應鏈單一階段所揭示的問題，怎樣能跟供應鏈其他方面的問題比較或相互影響。

Because most existing studies have examined only a single stage of the supply chain, for example, productivity at the farm, or efficiency of agricultural markets, in isolation from the rest of the supply chain, policymakers have been unable to assess how problems identified at a single stage of the supply chain compare and interact with problems in the rest of the supply chain.

另一種常見的左向分支結構，就是一個名詞被前面一個複雜的詞組所修飾：

- 陳氏兄弟暨張三及李四馬戲團

  Ringling Bros. and Barnum & Bailey Circus

- 密碼安全測試題試答次數限制

  Failed password security question answer attempts limit

- 美國財政部轄下辦公室專責海外資產管制

  The US Department of the Treasury Office of Foreign Assets Control

- 羅伯特‧貝斯伉儷行政組織學講座教授麥可‧桑德爾

  Ann E. and Robert M. Bass Professor of Government Michael Sandel

- 特福（T-Fal）終極硬質陽極氧化不沾材質具專家級內置熱能感應點顯示器防扭曲鍋底洗碗機可洗十二件套裝鍋具

  T-fal Ultimate Hard Anodized Nonstick Expert Interior Thermo-Spot Heat Indicator Anti-Warp Base Dishwasher Safe 12-Piece Cookware Set

　　學究和官僚炮製出這樣的語句來，實在太容易了。我曾碰上這樣的怪胎：「相對被動式表層結構可接受性指數」。左向分支要是不太臃腫，一般也不難理解，只是頭重尾輕，先要解讀一大串詞語才到達揭開謎底的地方。可是如果分支茂密，又或一個分支包含著另一分支，左向分支結構就可能讓讀者頭痛了。最明顯的例子就是表示所屬關係的連續重複，像：「我的媽媽的哥哥的妻子的爸爸的表弟」。左向分支的樹是撰寫標題的陷阱。以下一個墮入陷阱的標題，報導在一九九四年曾獲得十五分鐘知名度的那個男子布萊恩‧尚‧葛里菲斯（Brian Sean Griffith）

的過世，他為了讓唐雅・哈定（Tonya Harding）能入選美國奧運溜冰隊，合謀襲擊唐雅的主要對手南茜・凱莉根（Nancy Kerrigan），在她膝蓋上狠狠一擊。

　　認罪的奧運溜冰選手南茜・凱利根襲擊者布萊恩・尚・葛里菲斯過世。

　　Admitted Olympic Skater Nancy Kerrigan Attacker Brian Sean Griffith Dies

　　一位網誌作者刊登了一則評論，標題是：「認罪的奧運溜冰選手南茜・凱利根襲擊者布萊恩・尚・葛里菲斯網站訃告標題作者應該可以寫得清楚些」。原來的標題有欠清晰，就是左向分支的結果：它的一大左向分支繁衍茂密（「過世」前的所有字詞），而這一分支又包含另一繁茂的分支（「布萊恩・尚・葛里菲斯」前的所有字詞），這本身又包含另一繁茂分支（「襲擊者」前的所有字詞）[19]：

　　語言學家把這種結構稱為「名詞疊羅漢」（noun piles）。以下是「語言誌」（Language Log）網上論壇網友找到的其他幾個例子：

- 裸照醜聞牧師辭職
  Nude Pic Row Vicar Resigns
- 傳死亡車禍短訊上院議員判監
  Texting Death Crash Peer Jailed
- 本・德格拉斯英國影藝學院獎頒獎典禮醜聞髮型師詹姆斯・布朗道歉

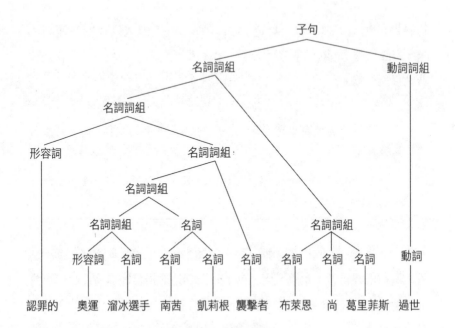

Ben Douglas Bafta Race Row Hairdresser James Brown "Sorry"

- 活魚足部水療法病毒驚魂

  Fish Foot Spa Virus Bombshell

- 中國法拉利性愛遊戲死亡車禍

  China Ferrari Sex Orgy Death Crash

　　平整的右向分支與左向分支樹狀結構，兩者難易有別，對於這個問題，我最喜愛的解釋來自蘇斯博士（Dr. Seuss）的童書《襪子中的狐狸》(*Fox in Socks*)。書中找來一個帶有三個分支的平整子句，每個分支各包含一個短的右向分支子句，然後把這整個語句改為單一一個左向分支的名詞詞組：「當金龜子在戰鬥時──在一個瓶子，用牠們的翅

兒——那個瓶子靠著貴婦犬兒，而貴婦犬兒在吃著麵兒（When beetles fight these battles in a bottle with their paddles and the bottle's on a poodle and the poodle's eating noodles），他們把這叫做『一團糟的一潭渾水的吱吱喳喳的貴婦犬兒金龜子麵兒瓶子翅兒戰鬥』（muddle puddle tweetle poodle beetle noodle bottle paddle battle）。」

　　儘管解讀左向分支結構有如一場戰鬥，它還遠遠不及中央分支結構那般混亂。中央分支是一個詞組被塞進一個較大詞組的中間，而不是掛在左邊或右邊。語言學家羅伯特・賀爾（Robert A. Hall）在一九五〇年寫了一本書，題為《少管你語言的閒事》（*Leave Your Language Alone*）。據語言學界的傳聞，它引來了一篇負面評論，題為〈少管《少管你語言的閒事》的閒事〉（Leave Leave Your Language Alone Alone）。作者被邀作出回應，寫了一篇反駁文章，不用說，題為〈少管〈少管《少管你語言的閒事》的閒事〉的閒事〉（Leave Leave Leave Your Language Alone Alone Alone）。

　　可惜，這只是個傳聞；那個迴旋式標題，是語言學家羅賓・拉可夫（Robin Lakoff）虛構的，那是他為一份語言學期刊所寫的諷刺文章[20]。但它提出的是個嚴肅的論點：多層的中央分支句子，即使完全合乎語法，也令人無法解讀[21]。儘管我可以肯定，你能夠看得懂我的解釋，同意「少管『少管《少管你語言的閒事》的閒事』的閒事」這一串詞語是結構無誤的一棵樹，你卻永遠不能從那串詞語中把樹狀結構還原過來。腦袋的句子解讀器遇上開頭連續幾個「少管」已經開始左搖右擺，到了最後的一堆「的閒事」就當機了。

　　中央分支結構不光是語言學的內部笑話；當我們覺得句法糾纏反覆或費解累人，它往往就是診斷而得的結果。以下一個例子，來自一九

九年一篇有關科索沃（Kosovo）危機的社論——題為「直接對準目標：起訴米洛塞維奇（Milosevic）」，是參議員暨前總統參選人鮑勃·多爾（Bob Dole）所寫的[22]：

> 那種觀點所稱擊潰一支三流的塞爾維亞軍隊——那在過去十年裡三度殘暴地以平民為攻擊目標——簡直不值得費力，並不是基於對戰場上所發生的事欠缺了解。

> The view that beating a third-rate Serbian military that for the third time in a decade is brutally targeting civilians is hardly worth the effort is not based on a lack of understanding of what is happening on the ground.

就像「少管『少管《少管你語言的閒事》的閒事』的閒事」一樣，閱讀這個句子到了結尾令人摸不著頭腦，後面連續出現三個相似的詞組（下圖中右方三個三角形所示）。只有把整個樹狀圖和盤托出才能理解這個句子：

那三個近似詞組的第一個：「殘暴地以平民為攻擊目標」，是最深地埋藏在層層包覆的結構中；它是修飾「三流的塞爾維亞軍隊」那個關係子句的一部分。而那整個詞組：「一支軍隊……殘暴地以平民為攻擊目標」，則是動詞「擊潰」的受詞。而上一層的更大詞組（擊潰一支軍隊）則是作為一個句子的主詞，句子的述語就是接下來一個三角形所代表的詞組（簡直不值得費力）。而那個句子在更上一層來說隸屬一個子句之下，該子句說出了「那種觀點」的內容。包含該「觀點」的名詞詞組，是整個句子的主詞，它的述語則是最後一個三角形所代表那個詞組（並不是基於……）。

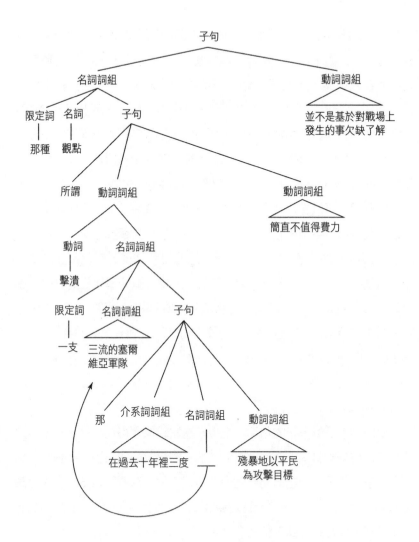

　　事實上，讀者的痛苦經歷早在陷入後面那三個三角形的迷宮前，就已經開始了。在閱讀句子中途，當要解讀那個埋藏最深的子句時，就要設法找出：那「三流的塞爾維亞軍隊」在做什麼？可是要讀到「殘暴地

以平民為攻擊目標」之前那個空隙（上圖中以底線表示這個空隙，曲線把這個空隙跟上面的「軍隊」連繫起來），也就是要再多讀九個字之後，才找到答案。大家應該記得，圖中那個空隙在以前的分析中出現過，當關係子句（圖中下方那個子句）連繫著一個名詞出現時，讀者對於那個名詞的角色最初猶疑不解，直到碰上那個名詞要填進去的空隙，才恍然大悟。而在等待空隙出現期間，新的資訊卻繼續湧進（在過去十年裡三度），對於名詞如何與空隙連繫，很容易便失察。

　　這個句子可以挽救嗎？如果你堅持要一句講完，一個好的起步點，就是把被包覆的各個子句發掘出來，然後把它們逐個放在原來包覆著它的子句旁邊，這就把深陷中央包覆狀態的樹狀結構，轉為平整結構。結果就是：「在過去十年裡已發生三次，一支三流的塞爾維亞軍隊殘暴地以平民為攻擊目標，可是把它擊潰卻簡直是不值得費力的；這種觀點，並不是基於對戰場上發生的事欠缺了解。」（For the third time in a decade, a third-rate Serbian military is brutally targeting civilians, but beating it is hardly worth the effort; this view is not based on a lack of understanding of what is happening on the ground.）

　　這仍然不是個很好的句子，但現在樹狀結構變得較平整了，就可以看到怎樣把分支整個整個的砍下來，把它們變成多個句子。要駕馭一個生長失控的句子，把它分割成兩個（又或三個、四個）句子，往往是最佳的解決辦法。在下一章，我們會談到系列的句子，而不是個別的句子，到時候就可以看到怎樣把多個句子連成一氣了。

　　寫作者怎麼會搞出這樣累垮人的句法呢？當你寫作時，依著詞組在腦海中出現的順序一個一個在頁面上疊起來，就會造成這樣的結果了。問題在於，思想在作者腦海中出現的順序，跟讀者最容易把它們還原過

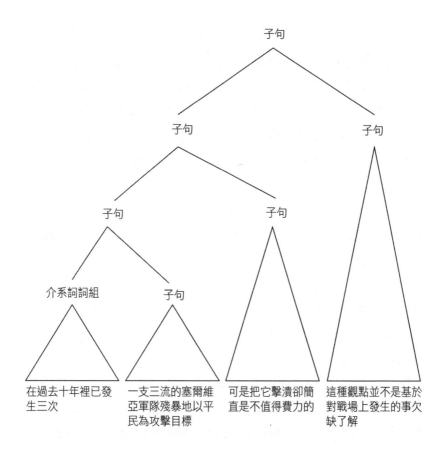

來的次序是不同的。這是知識的詛咒在句法方面出現的版本。寫作者可
以看到概念在自己內部知識網絡中的連繫，可是卻忘記了，讀者需要從
一串詞語建立起一個有規律的樹狀結構，才能解讀句子。

　　在第三章我談到了兩種改善文章的方法：把草稿拿給別人看看，或
過一段時間後自己重讀一遍；兩種方法都可以讓你發現迷宮般的句法，
讓讀者免於受罪。還有第三種行之有效的辦法：把句子大聲朗讀出來。

雖然語言的節奏跟樹狀結構的分支並不相同，兩者卻在一種系統性形式之下有聯繫，因此如果你朗讀句子時跌跌撞撞，可能就表示你被自己那種不牢靠的句法絆倒了。閱讀草稿，即使只是咕嚕地念著，也會迫使你猜想讀者在解讀文章時會做什麼。有些人對這項忠告感到訝異，因為他們想到速讀公司所聲稱，熟練的讀者由書面文字直接躍到思想。也許他們還會想起流行文化中的刻板印象，以為有欠熟練的讀者才會在閱讀時動著嘴脣。但實驗室的研究顯示，即使熟練的讀者，腦袋中也會響著輕輕的一種聲音。[23] 注意這兩種相反的情況：你所寫的一個別人難以理解的句子，你自己可能一下子就抓住它的意義；但你自己也難以念得順口的句子，就幾乎可以肯定別人很難理解。

詞語如何連結成詞組

我前面提到，在記憶中抓住樹狀結構的分支，是解讀句子時的兩種認知挑戰之一。另一種挑戰則是讓分支正確地伸展，也就是推斷詞語怎樣連結成詞組。詞語並沒有掛上標籤，像「我是個名詞」、「我是個動詞」。而一個詞組到哪裡終止，另一個詞組從哪裡開始，頁面上也沒有標示出來。讀者要猜測，作者則有責任確保猜測是正確的。幾年前，耶魯大學一個學生聯合組織的一位成員發布了這則新聞：

> 我正在為耶魯大學籌組一項大型活動，名為「全校性愛週」。
> 　這一週的活動包括由教授主講的系列講座，談及諸如跨性別等話題：一種性別的終點和另一種性別的起點、羅曼史的歷史，以及按摩棒的歷史。學生將談到精采性經驗的奧祕、關係的建立，以及成為更佳情人之道，還有有關禁慾的學生討論小組……四位教授

參與的大學校園性愛教授團小組、一個電影節（性愛電影節 2002）
以及包含本地和耶魯樂團的一個音樂會……

這將是規模宏大的盛事，校園內所有人都將參與。

I'm coordinating a huge event for Yale University which is titled
"Campus-Wide Sex Week."

The week involves a faculty lecture series with topics such as
transgender issues: where does one gender end and the other begin, the
history of romance, and the history of the vibrator. Student talks on
the secrets of great sex, hooking up, and how to be a better lover and a
student panel on abstainance. . . . A faculty panel on sex in college with
four professors. a movie film festival (sex fest 2002) and a concert with
local bands and yale bands. . . .

The event is going to be huge and all of campus is going to be
involved.

收到這份新聞稿的人包括作家羅森邦（Ron Rosenbaum），他評
論說：「我讀著讀著首先冒出來的一個想法就是，耶魯（我熱愛的母
校）在舉辦性愛週之前，應該先來個盛大的『文法和拼字週』。除了
abstinence（禁慾）錯拼為 abstainance──除非這是個刻意的錯誤，為
了暗示耶魯要給『禁慾』加上汙點（stain），還有那耐人尋味的「四位
教授參與的大學校園性愛教授團小組（faculty panel on sex in college with
four professors），它的句法使它聽起來比起可能原擬表達的意思，顯得
殊不正當。」[24]

這位學生協調人墮進了句法歧義的陷阱。以較為簡單的詞語歧義來

說，那是個別的詞語具有兩種意義，譬如見於這樣的新聞標題：Safety Experts Say School Bus Passengers Should **Be Belted**（安全專家說校車乘客應該**扣上安全帶**；但 **belted** 一詞也可解作「用皮帶抽打」）以及 New Vaccine May **Contain** Rabies（新的疫苗可以**遏制**狂犬病；但 **contain** 一詞也可解作「含有」）。而在句法歧義中，可能並沒有任何一個詞語本身包含歧義，但句中詞語可以互相連結為多於一種樹狀結構。耶魯「性愛週」那位組織者擬連結為第一種樹狀結構，那表示四個教授組成的教授團；羅森邦則用第二種結構來解讀，那表示跟四位教授進行性愛：

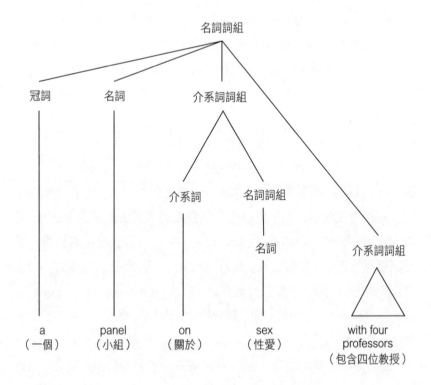

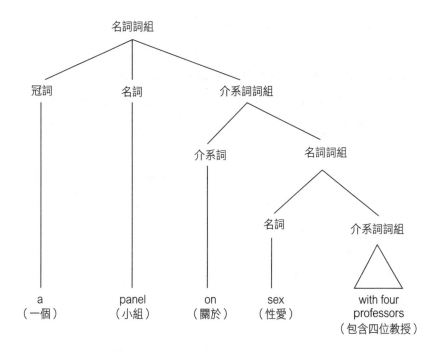

　　句法歧義經常成為電郵傳閱的出洋相笑柄，例如報紙標題：Law to
Protect Squirrels Hit by Mayor（保護松鼠的法律遭市長抨擊，亦作：保
護市長所襲擊松鼠的法律）；醫療報告：The young man had involuntary
seminal fluid emission when he engaged in foreplay for several weeks（那個年
輕人幾個星期以來前戲期間精液不自主流出，亦作：那個年輕人進行了
幾個星期前戲而精液不自主流出）；分類廣告：Wanted: Man to take care
of cow that does not smoke or drink（誠徵照顧乳牛的不菸不酒男士，
亦作：誠徵照顧不菸不酒乳牛的男士）；教會公告：This week's youth
discussion will be on teen suicide in the church basement（本週在教會地下
室舉行的青年研討會主題為青少年自殺問題，亦作：本週的青年研討

會主題為青少年在教會地下室自殺的問題）；推薦信：I enthusiastically recommend this candidate with no qualifications whatsoever（我毫無保留地熱切推薦這位候選人，亦作：我熱切推薦這位沒有條件可言的候選人）[25]。這些網路爆紅笑料實在是太搞笑了，令人懷疑是不是真的，但我自己也遇過幾個例子，還有另外一些是同事傳來給我的：

Prosecutors yesterday confirmed they will appeal the "unduly lenient" sentence of a motorist who escaped prison after being convicted of killing a cyclist for the second time.

檢控官昨天確認，撞死單車騎士而被定罪的該名駕車者毋須監禁，量刑「過分寬大」，將再度提出上訴。／也可解作：……再度撞死單車騎士……。

The Public Values Failures of Climate Science in the US

美國氣候科學在公眾價值上的失敗／也可解作：公眾看重氣候科學在美國的失敗

A teen hunter has been convicted of second-degree manslaughter for fatally shooting a hiker on a popular Washington state trail he had mistaken for a bear.

一個青少年獵人在華盛頓州一處受歡迎的步道射殺一個被誤認為熊的健行者，被判二級殺人罪。／也可解作：……把步道誤認為熊……。

Manufacturing Data Helps Invigorate Wall Street [26]

製造業數據令華爾街受到鼓舞／也可解作：捏造數據令華爾街受到鼓舞

The Trouble with Testing Mania

測試躁狂症的困擾／也可解作：測試困擾型躁狂症

有這麼一些在無心之失下帶來趣味效果或反諷意味的歧義句子，那些不過是帶來混亂的普通歧義句子就更是數以千倍計了。讀者要把句子反覆從頭到尾念幾遍，才能找出兩種解法中哪種才是作者原意，更糟的是，讀者可能弄錯了哪個才是原意而不自知。以下列出的三個例子，不過是我在短短幾天裡閱讀時注意到的：

The senator plans to introduce legislation next week that fixes a critical flaw in the military's handling of assault cases. The measure would replace the current system of adjudicating sexual assault by taking the cases outside a victim's chain of command.

該名參議員計畫下週引入法案，修補軍隊處理施暴事件的一個關鍵漏洞。該種措施將取代現有的性侵裁決系統，把案件從受害人受制於上級命令的指揮鏈中抽離。〔原文的歧義：把案件從指揮鏈中抽離的是「新」措施，還是「現有」系統？〕

China has closed a dozen websites, penalized two popular social media sites, and detained six people for circulating rumors of a coup that rattled Beijing in the middle of its worst high-level political crisis in years.

中國關閉了十多個網站，懲處了兩個廣受歡迎的社交媒體網站，並拘留了六人，他們被指在多年來最嚴重的高層政治危機瀰漫之際，散播有關政變的謠言使北京陷入震盪。〔原文的歧義：使北京陷入震盪的，是政變還是謠言？〕

Last month, Iran abandoned preconditions for resuming international negotiations over its nuclear programs that the West had considered unacceptable.

上個月，伊朗放棄了對其核子計畫重啟國際談判的先決條件，因為西方陣營不能接受的。〔原文的歧義：西方陣營不能按受的是先決條件、談判，還是計畫？〕

這些句子還算是解得通的（儘管那種解法可能不是原意），另外還有數以千倍計的歧義句子，卻只是令讀者頓時碰釘子，要回過頭來把一些詞語重新解讀。心理語言學家把這些局部的歧義稱為「花園小徑」（garden paths），出自「帶人遊花園」那種說法，也就是使人迷途。在他們看來，這種合乎語法卻令人無法解讀的句子儼如一種藝術形式[27]：

- The horse raced past the barn fell.
  競跑越過穀倉的那匹馬倒下了。
- The man who hunts ducks out on weekends.
  那個打獵的人在週末跑掉。——不要念成「獵鴨」
- Cotton clothing is made from is grown in Egypt.

　　做衣服的棉花是在埃及種的。──不要念成「棉質衣服」

- Fat people eat accumulates.

　　人們所吃的脂肪積聚起來。──不要念成「肥胖的人」

- The prime number few.

　　精英是少數。──不要念成 prime number〔質數〕

- When Fred eats food gets thrown.

　　弗雷德吃東西時食物被拋作一團。

- I convinced her children are noisy.

　　我讓她相信了小孩子是吵鬧的。

- She told me a little white lie will come back to haunt me.

　　她告訴我，無傷大雅的謊言會陰魂不散的纏擾著我。

- The old man the boat.

　　年長的人操控著那艘船。──不要念成「那個老人」

- Have the students who failed the exam take the supplementary.

　　讓那些考試不及格的學生參加補考。──不要念成問句

　　大部分日常寫作中「遊花園」句子，並不像教科書中的那樣，會令讀者完全停下來不知所云。它們只會讓讀者在不到一秒之間楞住一下而已。以下是我最近搜集的一些例子，都附有解釋，說明什麼使我誤入歧途：

　　During the primary season, Mr. Romney opposed the Dream Act, proposed legislation that would have allowed many young illegal immigrants to remain in the country.

在總統初選期間，羅姆尼先生反對「夢想法案」，這項提議中的法案會容許很多年輕非法移民留在本國。〔羅姆尼反對那項法案又提出其他什麼法案？非也，那是說那項法案已提交審議。〕

Those who believe in the necessity of nuclear weapons as a deterrent tool fundamentally rely on the fear of retaliation, whereas those who don't focus more on the fear of an accidental nuclear launch that might lead to nuclear war.

那些相信核子武器作為威懾工具是勢所必須的人，基本上仰賴的是對報復的恐懼，而那些並不相信如此的人，則更多聚焦於意外發射核武恐怕會引致核子戰爭。〔那些並不聚焦的人？非也，那是指不相信核武威懾力是必須的人。〕

The data point to increasing benefits with lower and lower LDL levels, said Dr. Daniel J. Rader.

丹尼爾·瑞德醫生表示，那些數據顯示，低密度膽固醇水準愈低，益處就愈多。〔這個句子是關於「數據點」（data point）的嗎？非也，它是關於指向（point to）某種現象的數據。〕

But the Supreme Court's ruling on the health care law last year, while upholding it, allowed states to choose whether to expand Medicaid. Those that opted not to leave about eight million uninsured people who live in poverty without any assistance at all.

但最高法院去年對健保法案所作的裁決，雖然支持該法案，卻

容許各州選擇是否擴充醫療補助計畫。選擇不擴充的那些州，就會讓八百萬無保險的貧民完全沒有任何援助。〔選擇不撤出＼？非也，是選擇不擴充。〕

花園路徑句會把原來毫不費力的句子解讀，變成走一步退兩步的累人經驗。知識的詛咒讓作者難以發現它們，因此必須費點力把它們找出來，並加以消除。幸而花園路徑句型是心理語言學的主要研究課題，因此我們知道問題在哪裡。實驗人員記錄了讀者閱讀時眼睛和腦電波的動態，認出了讓讀者誤入歧途的誘惑，以及把讀者引向正途的有用路標[28]。

韻律：大部分花園小徑只存在於書面文字中。在口語裡，句子的韻律（它的旋律、節奏和停頓），讓讀者誤入歧途的可能性消失於無形：例如 The man who hunts ducks out on weekends 這個句子，hunt（打獵）一詞會說得較重，後面稍停頓，才說 ducks out on weekends（週末跑掉）；The prime number few 也是 prime 說得較重而後面稍停。這也是其中一個原因，為什麼寫作者應該念念自己的草稿，不管是喃喃自語咕噥一番，還是演講般朗讀一遍，而且最好是在寫好後經過充分時間，當自己對所寫的已不再那麼耳熟能詳時。那就可能會發覺，自己陷入了自製的花園小徑而不自知。

標點：第二種避開花園小徑的明顯做法，就是把句子恰當地標點。標點符號，加上斜體字、大寫以及空間間隔等其他文字印刷史上發展起來的視覺指標，能夠發揮兩種作用。第一就是給讀者提供韻律上的提示，使得文字跟口語更為接近一點。第二就是對於句子劃分為詞組的主要切割點提供提示，因而消除了構建樹狀結構的一些模稜兩可的可能性。有文化修養的讀者仰賴標點引導他們讀通一個句子，掌握標點的基

本用法，是任何寫作者沒有討價還價餘地的必備要求。

網上爆紅的很多最愚蠢的歧義例子，都來自報紙的標題和雜誌的標語，原因正在於它們都省掉了標點符號。我最愛引述的兩個例子就是：Man Eating Piranha Mistakenly Sold as Pet Fish（誤把食人的水虎魚當作寵物魚販售／誤把吃水虎魚的人當作寵物魚販售）以及 Rachael Ray Finds Inspiration in Cooking Her Family and Her Dog（瑞秋‧雷伊從烹飪、她的家庭和她的愛犬獲得靈感／瑞秋‧雷伊從烹煮她的家庭和她的愛犬獲得靈感）。第一個例子缺了一個連字號，未能把一個複合詞的兩個元素連接起來，這個複合詞提醒讀者，水虎魚有些什麼問題：man-eating（食人）。第二個例子則缺掉了逗號，未能把羅列靈感來源的詞組分隔開來：cooking, her family, and her dog。

慷慨使用標點也會使心理語言學家的一些花園路徑句令人發噱之處消失於無蹤，譬如 When Fred eats, food gets thrown。而耶魯大學「性愛週」的新聞稿也會變得較易解讀——如果撰稿那位學生省下一點研讀按摩棒歷史的時間，用來學習怎樣使用標點符號（原有的標點令人質疑：為什麼愛情小說會是個跨性別問題？成為學生討論小組成員有什麼奧祕可言？）的話。

可惜，不管標點怎樣一絲不苟，也無法提供充分資訊把所有花園路徑句給消除掉。現代的標點有它本身的語法，跟說話中的停頓以及句法中的界線都不一定吻合[29]。比方說，最好就能這樣標點把意思弄清楚：Fat people eat, accumulates（人們吃的脂肪，積聚起來）或 I convinced her, children are noisy（我說服了她，小孩子是吵鬧的），可是我們在第六章會看到，用逗號來分開主詞和它的述語，或分開動詞和它其中一個補語，都是最罪無可恕的標點錯誤。當你迫不及待要消除歧義，這樣

退而求其次的標點還情有可原，就像蕭伯納（George Bernard Shaw）所說的：「能者做實事，不能者為人師」（He who can, does; he who cannot, teaches）──還有伍迪‧艾倫（Woody Allen）所補充的：「教不賢，做健身房教練」（And he who cannot teach, teaches gym）。但一般來說，不管句法如何複雜，子句主要組成部分的分界線，像在主詞和述語之間，是容不下逗號的地帶。

標示句法結構的詞語：避開花園路徑句的另一種做法，就是多尊重一下那些看似無用的小小詞語，儘管它們對於句子的意義沒有多大貢獻，隨時可能成為剪刀下的犧牲品，它們卻因為能夠標示詞組的起點而或可保住一命。其中最值得注意的就是從屬連接詞 that 以及關係代名詞（relative pronoun）如 which 和 who 等，都可以標示關係子句的起點。在一些詞組中，它們是「不必要的詞語」，可以刪掉（方括號所示），譬如：the man [whom] I love（我愛的那個男人）和 things [that] my father said（我父親提及的事）；它們有時帶著 is 或 are 等助動詞，例如：A house [which is] divided against itself cannot stand（自相紛爭的家庭站立不住）。寫作者常有刪掉這些詞語的衝動，因為可以令句子的節奏變得更緊湊，並可以避免 which 那種難聽的絲絲沙沙的聲音。可是如果太過熱心地執行獵殺 which 的任務，就可能踏出一條花園小徑。很多教科書裡的花園小徑例子，只要把這些卑微的小詞語重新加進去，就頓時變得可讀了：The horse [which] was raced past the barn fell（競跑越過穀倉的那匹馬倒下了）；Fat [which] people eat accumulates（人們所吃的脂肪積聚起來）。

說也奇怪，英語裡一個最易被人忽略的有助消除歧義的詞語，也是英語裡最常用的詞語：就是那個卑微的定冠詞 the。這個冠詞的意義

不容易說得明白（我們在下一章會談到），但它是個清晰不過的句法標記：讀者碰上它，就毫無疑問知道面對的是個名詞。這個定冠詞在很多名詞前面是可以省略的（下列例子中方括號所示），但省略的結果像導致幽閉恐怖症似的，彷彿名詞詞組在沒有警示之下一直向你撲過來：

If [the] selection pressure on a trait is strong, then alleles of large effect are likely to be common, but if [the] selection pressure is weak, then [the] existing genetic variation is unlikely to include alleles of large effect.

如果對於一種性狀的選汰壓力是強的，那麼效應強大的對偶基因就常會出現，可是如果選汰壓力偏弱，那麼固有的遺傳變異就不大可能包含效應強大的對偶基因。

Mr. Zimmerman talked to [the] police repeatedly and willingly.

齊默曼先生反覆多次並自願地跟警察對話。

一個指明特定對象的名詞詞組，要是沒有了定冠詞 the，感覺上就好像不能恰當宣示它的特別指明作用，也許因為如此，很多作家和編輯的忠告都是，避免下列例子中把 the 省掉（方括號所示）的那種新聞筆法（有時叫做「假標題」），應該把 the 堂堂正正保留下來讓它引出名詞詞組，儘管從意義上來說它不是必須的：

People who have been interviewed on the show include [the] novelist Zadie Smith and [the] cellist Yo-Yo Ma.

在那個節目中接受過訪問的人包括小說家粹迪・史密斯和大

提琴家馬友友。

As [the] linguist Geoffrey Pullum has noted, sometimes the passive voice is necessary.

就如語言學家喬夫瑞・普爾倫曾指出，被動式有時是必須的。

雖然學院式文章經常充塞著不必要的詞語，但也有一種令人窒息的技術性文章風格，把 the、are 和 that 等小詞語都擠掉。把它們回復過來，就可以給讀者喘息的空間，因為隨著這些詞語的指引走向相應的詞組，讀者就能專注於解讀表達內容的詞語，而不用同時費神分析碰上的是什麼詞組：

Evidence is accumulating that most [of the] previous publications {claiming / that claimed} genetic associations with behavioral traits are false positives, or at best [are] vast overestimates of [the] true effect sizes.

正在積累的證據顯示，大部分先前發表的研究所稱行為性狀與遺傳的關聯，都是假陽性結果，至少可說是對真正影響程度大為高估。〔大括號中的兩種說法，前者不用 that，後者用上了 that。〕

精簡性與清晰度之間的此消彼長關係，也會隨著修飾語所在位置而變動。名詞可以在後面以一個介系詞詞組來修飾，也可以在前面以另一個赤裸裸的名詞來修飾，譬如：data on manufacturing 或 manufacturing data（均指製造業數據）、strikes by teachers 或 teacher strikes（均指教師罷工）、stockholders in a company 或 company stockholders（均指公

司股東）。那個小小的介系詞可以帶來重大差異。 上文那個歧義例句 Manufacturing Data Helps Invigorate Wall Street，或許就應該用上介系詞（改為 Data on Manufacturing…），介系詞在以下例子中也是能發揮作用的：Teacher Strikes Idle Kids（教師罷工令孩子們無所事事／可能誤解為：教師揍打遊手好閒的孩子）以及 Textron Makes Offer to Screw Company Stockholders（德事隆集團對螺釘公司股東出價／可能誤解為：德事隆集團出價壓榨公司股東）。

常見字串與意義：另一種令人誤入花園小徑的誘惑，來自英語的統計模式，也就是特定的詞語較可能在其他一些詞語前後出現[30]。當我們成為熟練的讀者，記憶中就會儲起數以萬計常見的詞語配對：horse race（賽馬）、hunt ducks（獵鴨）、cotton clothing（棉質衣服）、fat people（胖子）、prime number（質數）、old man（老人）和 data point（數據點）。我們在文章中認出這些配對用詞，當它們確實屬於同一詞組，解讀過程就會變得流暢，詞語就會很快連接起來。可是如果它們只是湊巧地擺在一起，卻屬於不同詞組，讀者就會被誤導了。這就是為什麼教科書裡的「花園小徑」例句具有致命的誘惑；我在現實世界中找到的例句像是 The data point 也有同樣的效果。

教科書的例句為了達到目的，也利用了英語在統計上另一種左右讀者判斷的現象：當讀者面對一個歧義詞語，會傾向採用較常見的意義。教科書裡的花園路徑句令讀者失足，是因為它所包含的歧義詞語，採用的是較不常見的意義：例如在 The horse raced 這個句子中，採用的是 race 的及物動詞用法（譬如說 race the horse──策馬競賽），而非不及物的用法（the horse raced──馬兒飛奔）；fat 用作名詞（脂肪）而非形容詞（肥胖）；number 用作動詞（數）而非名詞（數字），諸如此類。

這也會造成現實世界中的花園小徑。看看這個句子：So there I stood, still as a glazed dog（我就站在那裡，像一隻目光呆滯的狗靜止不動）。我最初讀起來就給絆倒了，以為作者說自己仍然（still）是隻目光呆滯的狗（still 在這個常用意義上是副詞），實際上那是說自己像一隻目光呆滯的狗靜止不動（still 在這種較不常見的意義上用作形容詞）。

結構上的平行：一棵光禿的語法樹，枝枒末端的字詞都掉光了，仍然會在讀者的記憶中徘徊一會兒，成為解讀下個組詞的模板。[31]如果接下來的詞組真的具備同一結構，它的詞語就會各安其位填進有待充實的禿樹中，讀者也就可以毫不費力接收這個詞組。這種情況稱為結構上的平行，它是優雅文筆（也往往是動人文筆）最古老的法寶之一：

祂使我躺臥在青草地上；領我在可安歇的水邊。

He maketh me to lie down in green pastures; he leadeth me beside the still waters.

我們誓要在海灘上戰鬥，我們誓要在登陸點戰鬥，我們誓要在戰場和街巷戰鬥，我們誓要在山崗戰鬥；我們誓不投降。

We shall fight on the beaches, we shall fight on the landing grounds, we shall fight in the fields and in the streets, we shall fight in the hills; we shall never surrender.

我有一個夢想，期望有一天，在喬治亞的紅色山丘上，往昔奴隸的子孫以及往昔奴隸主的子孫，能夠情如手兄同坐一桌⋯⋯我有一個夢想，期望有一天，在我的四個孩子活在其中的國度，在他們

身上所做的判斷，不是基於他們的膚色，而是基於他們的品格內涵。

I have a dream that one day on the red hills of Georgia the sons of former slaves and the sons of former slave owners will be able to sit down together at the table of brotherhood. . . . I have a dream that my four little children will one day live in a nation where they will not be judged by the color of their skin but by the content of their character.

結構上的平行不僅在詩和勵志文章中派得上用場，在一般說明文裡也同樣可用。以下是羅素（Bertrand Russell）在解釋浪漫主義運動時用上了它：

整體而言，浪漫主義運動的特徵是以美學標準取代實用標準。蚯蚓是有用的，卻不漂亮；老虎是漂亮的，卻非有用。達爾文（他不是個浪漫主義者）歌頌蚯蚓；布雷克（William Blake）歌頌老虎。

The romantic movement is characterized, as a whole, by the substitution of aesthetic for utilitarian standards. The earth-worm is useful, but not beautiful; the tiger is beautiful, but not useful. Darwin (who was not a romantic) praised the earth-worm; Blake praised the tiger.

回到第一章那四篇好文章的片段，你會找到很多很多結構平行的實例，因為實在太多，我僅指出最初的幾個例子。

雖然寫作新手會把一個簡單的句子結構重複至瘋狂的地步，大部分作者卻走向相反的極端，善變地把句法改個不停。這會令讀者失卻

平衡，對一個句子的結構墮入誤判的陷阱。以下有關名詞複數的一段說明，竟是來自《紐約時報風格與慣用法指南》（*The New York Times Manual of Style and Usage*）：

> 來自外語的名詞表達複數有不同方式。有些就用原來的、外語裡的複數形式：alumnae（女校友）；alumni（男校友／校友）；data（數據）；media（媒體）；phenomena（現象）。但表達複數只要加s，卻是其他一些外來名詞的做法：curriculums（課程）；formulas（方程式）；memorandums（備忘錄）；stadiums（運動場）。
>
> Nouns derived from foreign languages form plurals in different ways. Some use the original, foreign plurals: alumnae; alumni; data; media; phenomena. But form the plurals of others simply by adding s: curriculums; formulas; memorandums; stadiums.

你是否像我一樣，半途碰上「表達複數……」就愣住了？這段文字開頭是兩個直述句，句子的主詞都是「來自外語的名詞」，而述語都是提到怎樣「表達」複數或「使用」複數形式。然後，在全無警示之下，第三個句子轉到了祈使語氣（imperative mood）──「表達複數只要……」，而這句的主詞是讀者（你表達複數只要……），卻不是像前面兩句那樣是「來自外語的名詞」。

下面則是一個來自學院式文章的典型不過的例子，作者覺得每個子句必須換一下句法，結果就是橫在眼前的一大條花園小徑：

> 作者提出，不同的選汰壓力對認知能力和人格特質造成影響，

智力上的差異則是突變與選汰之間的平衡作用所帶來的結果，而平衡選汰可解釋人格差異。

The authors propose that distinct selection pressures have influenced cognitive abilities and personality traits, and that intelligence differences are the result of mutation-selection balance, while balancing selection accounts for personality differences.

說句公道話，文中的術語「平衡選汰」（balancing selection ，或譯「平衡性選汰」）看似一個動詞詞組（對選汰施加衡作用），其實是個名詞詞組（自然選汰的其中一種），這並不是作者的過失。但為了促使讀者把它解讀為名詞詞組，作者應該在上下文做些準備工夫，讓讀者實際上期待這是個名詞詞組。可是作者反倒讓我們左搖右擺，無法穩步前行：首先第一個子句是「從因到果」的關係（對……造成影響），然後第二個子句是「從果到因」的關係（是……所帶來的結果），接著第三個子句又回到「從因到果」的關係（……可解釋……）。而在這樣做的同時，各子句間的詞彙也在無緣無故之下變動不居：第一個子句中的「認知能力」，跟第二個子句的「智力」指的是同一樣東西。把句子改寫一下使句法變得平行，術語變得一致，就可以讓即使不熟識那些術語的讀者，也能看懂這段文字：

> 作者提出，不同的選汰壓力對認知能力和人格特質造成影響：突變與選汰之間的平衡作用，可以解釋認知能力的差異，而平衡性選汰則可以解釋人格特質的差異。
>
> The authors propose that distinct selection pressures have influenced

cognitive abilities and personality traits: mutation-selection balance accounts for differences in cognitive ability, whereas balancing selection accounts for differences in personality traits.

此外值得注意，平行句法可以讓讀者解讀即使最狗屁不通的花園路徑句：Though the horse guided past the barn walked with ease, the horse raced past the barn fell.（雖然被引領走過穀倉的那匹馬從容踏步，競跑越過穀倉的那匹馬卻倒下了。）

附著於連接的子句：最後，我們回到「四個教授的性愛小組」。這裡涉及的偏差，主要在樹狀圖的幾何結構方面。回到前文我們針對這個問題所繪製的兩個樹狀圖（見 162、163 頁）。為什麼後面那個樹狀圖，所代表的並非作者的原意，卻是讀者傾向選擇的結果？差異在於 with four professors 那個詞組怎樣連結到樹狀圖上。當面對選擇，讀者會傾向於把詞組連接於樹狀圖較下方的位置而非較上方的位置。另一種說法就是：讀者在把詞語吸收進一個解讀中的詞組時，傾向於愈往後吸收愈好，而不是先吸收進去，再看如何處置接著出現的詞語。

由於讀者傾向於把一個詞組與前方相鄰的詞語做連結，要是作者的原意是與較遠的字詞連結，那麼造成讀者的誤解就難免了。除了「四個教授的性愛小組」，這種傾向也可以解釋上面提到的其他例子，包括 engaged in foreplay for several weeks（進行了幾個星期前戲）、cow that does not smoke or drink（不菸不酒的乳牛）、candidate with no qualifications whatsoever（沒有條件可言的候選人）、killing a cyclist for the second time（兩度撞死一個單車騎士）、a trail he had mistaken for a bear（步道被誤認為熊）以及 a coup that rattled Beijing（使北京陷入震盪的政

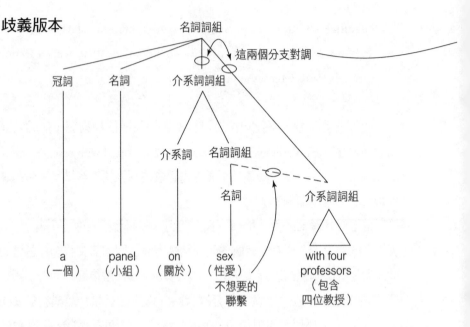

歧義版本

變）。

　　很多寫作風格指南的作者，包括史壯克和懷特，在嘗試保護寫作者免於陷入這種無心之失時，建議他們「把相關詞語放到一起」。可惜，這個忠告幫不了什麼忙，因為它所謂「放到一起」，指的是成串的詞語，而不是樹狀圖的層次。在 a panel on sex with four professors 這個例子中，把相關詞語放在一起幫不了忙：因為它們原本就是在一起。那個害慘人的詞組 on sex（關乎性愛），就不偏不倚接在相關詞組 a panel（一個小組）後面，也確實是屬於那個詞組的；但它又同時不偏不倚地擺在不相關的詞組 four professors 前面，卻跟它是沒有從屬關係的。寫作者要操心的是樹狀圖上的連繫：是 a panel on sex（一個關乎性愛的小組）還是 sex with four professors（跟四位教授進行性愛），而不是只看

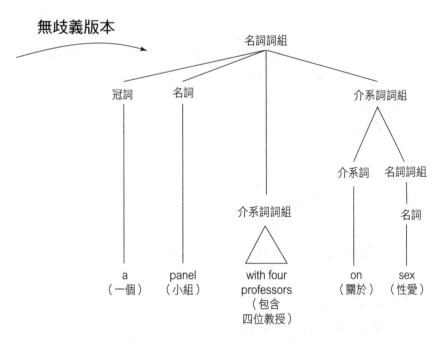

它們是否在成串詞語中彼此貼近。事實上,澄清這個句子的明顯做法,是把兩個詞組的次序倒轉,變成 a panel with four professors on sex(這就毫無疑義是說:由四位教授組成的關乎性愛的小組),這倒是把相關的詞語(a panel 和 on sex)給分開來而不是併到一起來了——起碼從成串的詞語上來說是如此。就如上方的樹狀圖顯示,相關的詞語在樹上仍然是連接著的,只是次序不一樣。

這個忠告的更佳表述就是:「把不相關(但相互吸引)的詞組分開」。如果那個小組是關於受控管物品而不是情愛的互動,那麼相反的次序就比較安全:如果說 A panel with four professors on drugs(一個由四位教授組成的有關毒品的小組/可能誤解為:一個由四位吸毒的教授組成的小組),可能出現的有趣場面,就跟 a panel on sex with four professors 異曲同工；最好把它說成：a panel on drugs with four professors。因為這是統計上詞語序列是否常見的效應：sex with（跟……性愛）吸引後面的詞組；而 on drugs（涉毒）則吸引前面的詞組。寫作者要瞻前顧後，把詞組左調右調，避免它們跟鄰近的詞組形成危險的連繫。上文所舉的一些搞笑的歧義例句，可以這樣重組而消除歧義：

For several weeks the young man had involuntary seminal fluid emission when he engaged in foreplay.
幾個星期以來那個年輕人前戲期間精液不自主流出。

Wanted: Man that does not smoke or drink, to take care of cow.
誠徵不菸不酒男士照顧乳牛。

This week's youth discussion in the church basement will be on teen suicide.
本週在教會地下室舉行的青年研討會主題為青少年自殺問題。

I enthusiastically recommend, with no qualifications whatsoever, this candidate.
我毫無保留地熱切推薦這位候選人。

Prosecutors yesterday confirmed they will appeal the "unduly lenient" sentence of a motorist who escaped prison after being convicted for the second time of killing a cyclist.

　　檢控官昨天確認，撞死單車騎士再度被定罪的該名駕車者毋須監禁，量刑「過分寬大」，將提出上訴。

A teen hunter has been convicted of second-degree manslaughter for fatally shooting a hiker he had mistaken for a bear on a popular Washington state trail.

　　一個青少年獵人在華盛頓州一處受歡迎的步道射殺一個被誤認為熊的健行者，被判二級謀殺罪。

　　在這個指導原則下，把一個詞組移近與它相屬的詞語，而把它從不相屬的詞語移開，這種做法，只有當英語句法規則容許詞組移動才行得通。英語在這方面比較吃虧。在很多其他語言，像拉丁文和俄語，寫作者為了修辭的目的，可以自由把詞語次序調換，因為名詞的格位標記，或動詞的一致性標記，會讓詞語的關係在讀者認知中維持不變。英語只具備原始的格位和一致性語法系統，在詞語次序上就必然沒那麼自由了。

　　這使得寫作者受到約束。在英語句法規則下，主詞必須在動詞前面，而動詞又必須在受詞前面。可是寫作者不一定希望讀者在想到動詞和受詞的內容前，先想到主詞的內容。

　　為什麼寫作者希望控制讀者這方面的思考次序呢？其中一個原因就是為了避免不想要的連繫，就像我們剛看到的。另外有兩個原因，都是寫作上的重大原則。

　　把最吃力的留到最後：蘇格蘭人的禱告祈求上帝讓他們避過「妖魔

和鬼怪和長腿野獸和晚上奇怪可怕的聲音」，而不是倒過來說「晚上奇怪可怕的聲音和長腿野獸和妖魔和鬼怪」。那個次序跟我們的認知過程相配合：要解讀一個又大又重的詞組（晚上奇怪可怕的聲音），同時又要在記憶中維繫著那個包含著它的、尚未完成的更大的詞組（在這個例子中，是個包含四部分的對等連接：聲音、野獸、妖魔、鬼怪），這是一件吃力的事。一個又大又重的詞組如果在結尾才出現，就較易處理，因為這個時候，那個包羅萬象的詞組的組合工夫已經完成，腦袋裡不再需要留著什麼東西。（上文提到的忠告，傾向用往右分支的樹而避免使用往左或中央分支的樹，是與此異曲同工的主張）。先輕後重，是語言學裡最古老的原則之一，在西元前四世紀梵文語法學家波膩尼（Panini）就已經發現了[32]。當寫作者要對一列詞組的次序作出選擇，往往就憑這個原則引領他們的直覺，就如見於：「生命、自由，以及快樂的追求」；「野性的、天真的，以及東大街上的混混眾生」；「快過疾飛的子彈！強過火車頭！能一躍跳過一列高樓！」

先主題後敘述／已知的再來未知的：這是以精確的方式，來表述史壯克和懷特所主張的，「把最有力的詞語放在句末」。保羅・麥克尼（Paul McCartney）也意識到這樣的忠告，他唱的歌詞是這樣的：「那麼就讓我向你介紹，這些年來它的作為你已知曉：比伯軍曹寂寞芳心俱樂部樂團（Sergeant Pepper's Lonely Hearts Club Band）！」他先是抓住了聽眾的注意力，並提醒他們，有些什麼要向他們介紹，然後用句子的結尾，提供包含新消息的資訊；他不是反過來這樣唱：「比伯軍曹寂寞芳心俱樂部樂團，這些年來它的作為你已知曉；讓我向你介紹他們好嗎？[33]」同樣的，這也是好的認知心理學：人們在學習過程中，把新資訊整合到既有的知識網絡中。他們不願見到，未預先告知的事實一下子迎面

撲來，迫使他們讓這項資訊懸浮在短期記憶中，直到片刻之後他們找到了相關背景才把它嵌進去。先主題後敘述，以及已知的再來未知的，是維持說話前後一致的主要推動力，由此而來的感覺，是從一個句子暢順地往下個句子流動，而不是被推來擁去無所適從。

　　英語句法要求主詞出現在受詞前面。人類的記憶力要求先輕後重。人類的理解力要求先主題後敘述、已知的再來未知的。寫作者該怎樣協調這些不同要求，決定詞語在句子中怎樣措置？

　　有所需便有所發明，多個世紀以來，英語在它那種彈性有限的句法中，發展出一些變通辦法。那是意義大體相同的另一種結構，把涉入其中的元素，放在從左至右的詞串的不同位置，這表示這些元素在讀者腦袋先來先處理的次序中，所受對待遲早有別。對熟練的作者來說，這些結構隨時在他們指尖候命，可用來同時控制句子的內容，以及詞語的次序。

　　這些結構中最重要的，就是不公平地被貶抑的被動式：譬如 Laius was killed by Oedipus（拉伊俄斯被伊底帕斯殺了），相對於主動式的 Oedipus killed Laius（伊底帕斯殺了拉伊俄斯）。在第二章，我們看過被動式的其中一種好處，那就是事件的行動者，也就是 by（被……）這個詞組所指的對象，可以不用說出來。有時這是可以大派用場的：譬如做錯事的人嘗試不讓他們的名字曝光，又或是敘述者想讓讀者知道，直升機飛去滅火，卻認為你不必知道駕駛直升機飛赴現場的是一個叫鮑伯的男子。現在我們可以看到被動式的另一種主要好處了：它容許行動者較諸被動者出在句子較後之處出現。這在實踐上述兩個寫作原則時，就可以派上用場，可以突破英語彈性有限的詞語次序。如果行動者是又大又重的，又或是已知的對象，又或這兩種情況都是，被動式就可以讓行

動者稍後才被提及。讓我們看看這是怎樣運作的。

看看維基百科《伊底帕斯王》條目中的這一段（劇透慎入），怎樣揭露伊底帕斯父母身世的可怕事實：

> 一個從哥林多來的男子捎來消息，說伊底帕斯的父親已經死了。……原來這個傳訊人以前是西賽隆山上的一個牧羊人，他被交託一個嬰兒。……這個嬰兒，他說，被另一個牧羊人交到他手中，而那個來自拉伊俄斯家中的牧羊人被告知，要把這個孩子除掉。

> A man arrives from Corinth with the message that Oedipus's father has died. . . . It emerges that this messenger was formerly a shepherd on Mount Cithaeron, and that he was given a baby. . . . The baby, he says, was given to him by another shepherd from the Laius household, who had been told to get rid of the child.

這段文字短短篇幅內包含三個被動式：被交託一個嬰兒（was given a baby）、被交到他手中（was given to him）、被告知（had been told）；那是有很好的原因的。首先我們被帶引到一個傳訊者面前，所有目光聚焦於他。如果他在其後的任何新消息中出現，首先就應該提到他。事情也正是這樣，那是由於用上了被動式，儘管在新消息中他沒有做任何事：他（既有資訊）被交託一個嬰兒（新資訊）。

現在又有人給我們介紹了一個嬰兒，這個嬰兒就存在於我們腦海中。如果有什麼關於他的新消息，那在說出來時就應該先提到這個嬰兒。再一次的，被動式讓這得以實現，儘管這個嬰兒沒有做任何事：這個嬰兒，他說，被另一個牧羊人交到他手中。那另一個的牧羊人不光令

人期待新消息，而且也是一個有分量的對象：他被一個又大又蕪雜的詞組凸顯出來：而那個來自拉伊俄斯家中的牧羊人被告知，要把這個孩子除掉。讀者在分析這個句子的句法時要處理很多繁雜的言詞，但被動式讓這個語言片段在結尾才出現，那時讀者其他的工作都已完成了。

現在假設有一位編輯，不假思索跟隨一般忠告避免用被動式，把這段文字修改過來：

> 一個從哥林多來的男子捎來消息，說伊底帕斯的父親已經死了。……原來這個傳訊人以前是西賽隆山上的一個牧羊人，而有人交託他一個嬰兒……他說，另一個牧羊人交託他這個嬰兒，而有人告訴那個來自拉伊俄斯家中的牧羊人，要除掉這個孩子。

> A man arrives from Corinth with the message that Oedipus's father has died. . . . It emerges that this messenger was formerly a shepherd on Mount Cithaeron, and that someone gave him a baby. . . . Another shepherd from the Laius household, he says, whom someone had told to get rid of the child, gave the baby to him.

主動式，這是什麼鬼主動式呀！當一個帶著新資訊並且分量很重的詞組，就因為它代表動作的行動者而被迫出現在句子前面——那是主動式句子唯一讓它出現的地方，帶來的就是這樣的結果了。

原文中還有第三個被動式：who had been told to get rid of the child（……被告知要把這個孩子除掉），我噩夢中的那位審稿編輯又把它變成了主動式：whom someone had told to get rid of the child（有人告訴……要除掉這個孩子）。這凸顯了被動式的另一種好處：它可以減輕

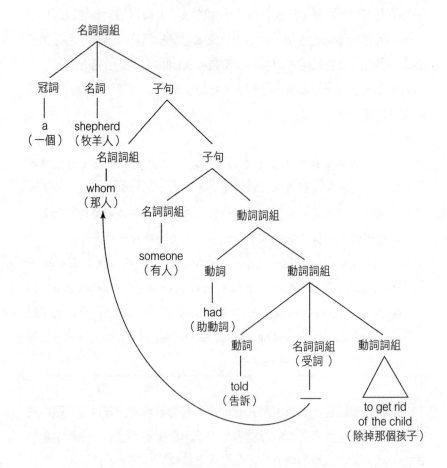

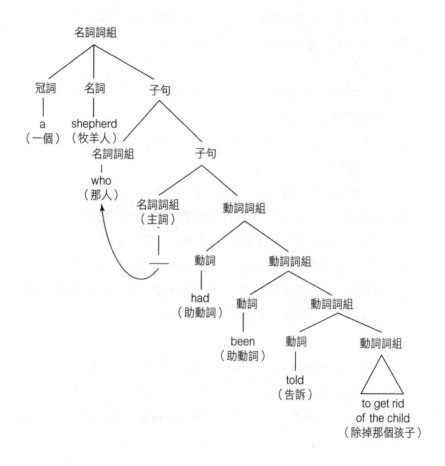

記憶的負擔，因為它把填充詞和空隙之間的間隔縮短了。當一個對象被關係子句所修飾，它在子句中的角色就是動詞的受詞，讀者面對填充詞和空隙之間一個長長的間隔。[34] 看看 188 頁的樹狀圖，它包含一個主動式的關係子句。

圖中在填充詞 whom 和空隙（在 told 後面，底線所示）之間，有長長一條帶箭頭的曲線連繫著，它跨過三個詞語以及三個新引進的詞組。這表示讀者在碰上 whom 之後，要在腦袋裡維繫著一堆資訊，直到找到了 whom 在做什麼為止。

再看 189 頁的樹狀圖，這裡的關係子句是被動式。一條短短帶箭頭的曲線把填充詞 who 和就在隔壁的空隙連繫起來，讀者就馬上獲得滿足：一碰上了 who，隨即就知道它在做什麼。不錯，被動式比主動式分量重了一點，它包含四層分支而非三層，但這出現在句末，那裡已經沒什麼要再追蹤了。這就是為什麼好文章用被動式來表達受詞性質的關係子句，而難讀的文章則用主動式來表達，例如：

Among those called to the meeting was Mohamed ElBaradei, the former United Nations diplomat protesters demanding Mr. Morsi's ouster have tapped __ as one of their negotiators over a new interim government, Reuters reported, citing unnamed official sources.

據路透社引述不具名官方消息報導，被召喚前往開會人士包括穆罕默德・巴拉迪，這位前聯合國外交官，要求穆希先生下台的示威者曾延引為代表他們參與新的過渡政府談判的人選之一。

這個句子很冗長，其中一個原因，就是關係子句的填充詞（文中

畫上下底線的 the former United Nations diplomat）跟它要填進去的空隙（tapped 後面底線所示），中間長長一段距離被七個詞語隔開了。雖然這個句子可能無可救藥，但把關係子句改為被動式，也許可以是踏出一步的嘗試：the former United Nations diplomat who has been tapped by protesters demanding Mr. Morsi's ouster（這位前聯合國外交官曾被要求穆希先生下台的示威者延引為代表）。

在英語裡，要把詞組次序重組而仍然保留它們的意義，被動式只是其中一種小工具。這裡還有另外幾種工具，當你需要把不宜相鄰的詞語分隔開，把既有資訊放在新資訊前，把填充詞跟空隙拉近一點，又或把分量最重的詞組放到最後，它們都可派上用場。[35]

基本詞序

Oedipus met Laius on the road to Thebes.

伊底帕斯在前往底比斯的路上碰上拉伊俄斯。

前置

On the road to Thebes, Oedipus met Laius.

在前往底比斯的路上，伊底帕斯碰上了拉伊俄斯。

基本詞序

The servant left the baby whom Laius had condemned to die on the mountaintop.

那位僕人把拉伊俄斯宣告命不該活的那個嬰兒留在山頂上。

前置

The servant left on the mountaintop the baby whom Laius had condemned to die.

那位僕人把那個嬰兒留在山頂上——那拉伊俄斯已宣告命不該活的了。

雙受詞與格（dative）結構

Jocasta handed her servant the infant.

伊俄卡斯忒交給她僕人那個嬰兒。

介系詞式與格結構

Jocasta handed the infant to her servant.

伊俄卡斯忒把那個嬰兒交給她的僕人。

基本結構

A curse was on the kingdom.

一個詛咒降臨那個王國。

存在式

There was a curse on the kingdom.

有一個詛咒降臨到了那個王國。

以子句為主詞

That Oedipus would learn the truth
was inevitable.
伊底帕斯悉知真相是無可避免的。

基本結構

Oedipus killed Laius.
伊底帕斯殺死了拉伊俄斯。

基本結構

Oedipus killed Laius.
伊底帕斯殺死了拉伊俄斯。

後置子句

It was inevitable that Oedipus would learn
the truth.
那是無可避免的：伊底帕斯終會悉知
真相。

分裂句 cleft

It was Oedipus who killed Laius.
殺死拉伊俄斯的，是伊底帕斯。
It was Laius whom Oedipus killed.
伊底帕殺死的，是拉伊俄斯。

準分裂句（pseudo-cleft）

What Oedipus did was kill Laius.
伊底帕斯所做的，就是殺死了拉伊俄
斯。

　　右邊的版本比較長，字數較多，又或比左邊的版本說法來得正式；
而最後四個例子，包含著一些不必要的詞語（it、there 和 what），通常
宜用較短小精悍的版本來取代，因為意義幾乎是一樣的。但現在你應該
可以看到，為什麼它們有時仍是有用的：它們帶來更多自由，讓寫作者
把樹狀結構中的詞組重新排列。

　　前置結構容許寫作者把一個修飾詞組往前移，這可以把它跟惹煩麻
的組詞分隔開來，以免它附著到那個詞組之上（就好像那個不自主地流
出精液的青年男子，被人以為「進行了幾個星期前戲」）。接下來的四
種結構，要是碰上一個分量較重或新消息很有看頭的詞組，不宜放在句
子中間，作者就可以把它往後移。而最後兩種結構，則讓寫作者對於讀
者把什麼視為既知、什麼視為未知，有多一層的控制。分裂句把慣常次
序倒轉過來：新資訊早就暴露在聚光燈下，而作為背景的原有資訊則在
句末。準分裂句則保留慣常次序（從已知到未知），但兩種分裂句都添

加了一種重要轉折：原有資訊並不是舊消息，即不是前文曾提到的消息，而是預設的前提：讀者被要求接受它是事實，而現在獲告知的，就是這事實到底關於什麼。比方說，「殺死拉伊俄斯的，是伊底帕斯」，它已認定有人殺死拉伊俄斯，問題只是誰殺了他；而句中的主要子句就告訴我們，那個「誰」是什麼人。

　　英語另一種主要變通法，就是讓寫作者可以選用不同的動詞。有一些成雙成對的動詞表達同樣的情景，但各發揮不同的語法功能（主詞、受詞、間接受詞），配合不同的角色扮演者（主動者、被動者、給予者、接受者）：

Jocasta gave the infant to her servant. 伊俄卡斯忒把嬰兒交給她的僕人。	The servant received the infant from Jocasta. 僕人從伊俄卡斯忒那裡接過了嬰兒。
She robbed her uncle of a cigar. 她搶走了她叔叔一根雪茄。	She stole a cigar from her uncle. 她從她叔叔那裡偷走了一根雪茄。
Morris sold a watch to Zak. 莫里斯賣了一個手錶給薩克。	Zak bought a watch from Morris. 薩克從莫里斯那裡買了一個手錶。
I substituted margarine for the lard. 我用人造奶油代替豬油。	I replaced the lard with margarine. 我把豬油用人造奶油取代了。
The vandals fled the police. 那些破壞者在警察面前逃遁。	The police chased the vandals. 警察追捕那些破壞者。
The goalie sustained an injury from the onrushing forward. 守門員因為那個猛衝的前鋒而受了傷。	The onrushing forward inflicted an injury on the goalie. 那個猛衝的前鋒導致守門員受了傷。

　　就像語法結構的選項清單，動詞的選項清單也讓寫作者有好些不同選擇，決定把已知和未知的資訊以及輕重不同的詞組，應該放到哪裡。同樣是奪取的罪行，動詞 rob（搶）把不義收穫放在句末：She robbed her uncle of an expensive hand-rolled Cuban cigar（她搶走了她叔叔的一根昂貴的、手工捲製的古巴雪茄）；動詞 steal（偷）則把受害人放在句末：She stole a cigar from her greedy lascivious uncle（她從她那個貪婪淫蕩的叔叔那裡偷走了一根雪茄）。

　　好的作者對於這些結構和動詞怎樣運作，可能沒有顯然可見的覺察力，而他們也肯定不知道這些用法的名稱。這些詞和結構在他們的記憶中候命，掛上的標籤也許是「這是延後提到修飾語的方法」或「我的直接受詞是被移交的東西」。熟練的文字技師在寫作時會辨認出有些什麼需要，又或在修改時能認定句子中有什麼問題，要是一切順利，適合的詞語或結構便會在腦海中躍現。

　　在這些啟導性直覺的表面之下，我相信存在著一種默不作聲的覺察力，體會到寫作者的目標，就是透過詞語的樹狀組織，把一個網絡的概念轉化為一串的詞語。奮發向上的文字技師，最好能把這種覺察力培養起來。它有助從文章中消除錯誤、死胡同和混淆說法。它也可以驅走你對語法的恐懼和厭倦，因為當你清楚知道一個系統為了什麼目的而設計，那就勢必讓你更躍躍欲試的要去掌握它。

1. Florey, 2006.

2. Pinker, 1997.

3. Pinker, 1994, chap. 4.

4. Pinker, 1994, chap. 8.

5. 我採用 *The Cambridge Grammar of the English Language*(Huddleston & Pullum, 2002) 的分析，但有幾項簡化，包括作者在該書姐妹篇 *A Student's Introduction to English Grammar*（學生英語語法入門；Huddleston & Pullum, 2005）中引入的簡化。

6. 此事的敘述可見 Liberman & Pullum, 2006.

7. Huddleston & Pullum, 2002; Huddleston & Pullum, 2005.

8. Bock & Miller, 1991.

9. Chomsky, 1965; see Pinker, 1994, chaps. 4 and 7.

10. Pinker, 1994, chap. 7. 學術界對句子解讀實驗有不少新的評論。請見 Wolf & Gibson, 2003; Gibson, 1998; Levy, 2008; Pickering & van Gompel, 2006.

11. 來自 Liberman & Pullum, 2006.

12. 大部分來自 column of Aug. 6, 2013.

13. 我把「誰給亨利吻了」一句的樹狀圖加以簡化；《劍橋英語語法》的分析要加上額外兩層包覆結構，來處理主詞和助動詞對調的問題。

14. 首個例子來自 *New York Times* "After Deadline" column；第二個例子來自 Bernstein, 1965.

15. Pinker, 1994; Wolf & Gibson, 2003.

16. 部分例子來自 Smith, 2001.

17. R. N. Goldstein, *36 Arguments for the existence of God: A work of fiction* (New York: Pantheon, 2010), pp. 18–19.

18. 來自 "Types of Sentence Branching," *Report Writing at the World Bank* 2012. http://colelearning.net/rw_wb/module6/page7.html.

19. 我用「名詞詞組」一語取代《劍橋英語語法》(*Cambridge Grammar*)「名詞性結構」(nominal)。

20. Zwicky et al., 1971/ 1992. 另見 http://itre.cis.upenn.edu/~myl/languagelog/archives

/001086.html.

21. Pinker, 1994, chap. 4; Gibson, 1998.

22. *Boston Globe,* May 23, 1999.

23. Fodor, 2002a, 2002b; Rayner & Pollatsek, 1989; Van Orden, Johnston, & Hale, 1988.

24. R. Rosenbaum, "Sex week at Yale," *Atlantic Monthly,* Jan./ Feb. 2003; reprinted in Pinker, 2004.

25. 這些電郵大部分見於 Lederer, 1987.

26. 引自 *Language Log,* http://languagelog.ldc.upenn.edu/nll/?p=4401.

27. Bever, 1970.

28. Pinker, 1994, chap. 7; Fodor, 2002a; Gibson, 1998; Levy, 2008; Pickering & van Gompel, 2006; Wolf & Gibson, 2003.

29. Nunberg, 1990; Nunberg, Briscoe, & Huddleston, 2002.

30. Levy, 2008.

31. Pickering & Ferreira, 2008.

32. Cooper & Ross, 1975; Pinker & Birdsong, 1979.

33. 這個例子來自 Geoffrey Pullum.

34. Gordon & Lowder, 2012.

35. Huddleston & Pullum, 2002; Huddleston & Pullum, 2005.

Chapter 5

一致性的圓弧

確保讀者理解主題、掌握重點、記住相關事物，並
讓概念環環相扣

一段文字有許多可能出亂子的地方。文筆可能流於累贅、扭捏不自然、太學術腔；古典風格把文章視為觀看世界之窗，正可以把這些習慣改正過來。文章也可能隱祕難解、深奧難懂、晦澀不明；這是知識的詛咒的症狀。句法可能有毛病、太迂迴、模稜兩可；如果能察覺到句子的樹狀結構本質，這些缺陷是可以避免的。

本章要談的，是寫作時另一個會出錯的地方。即使文章中每一個句子都很清楚明瞭且結構良好，一句接一句讀起來卻可能令人覺得起伏不定、不相連貫、漫無焦點，一言以蔽之，就是欠缺一致性。看看這段文字：

> 美國和加拿大北部是鷺棲息和繁殖的地方。在這裡過冬有它的好處。大藍鷺在美國北部大部分地區棲息和繁殖。避免遷徙的危險，對鷺是有利的。當寒冷天氣來臨，鷺就往南飛。最早抵達繁殖地的鷺享有優勢。鱈魚岬的冬天相對溫和。

> The northern United States and Canada are places where herons live and breed. Spending the winter here has its advantages. Great Blue Herons live and breed in most of the northern United States. It's an advantage for herons to avoid the dangers of migration. Herons head south when the cold weather arrives. The earliest herons to arrive on the breeding grounds have an advantage. The winters are relatively mild in Cape Cod.

個別句子都相當清晰，它們談的也明顯是同一個話題。但整段文字卻令人無法理解。讀到第二句，我們難免納悶「這裡」指的是什麼。第三句則令人疑惑，到底大藍鷺跟一般的鷺是否不同，要是這樣，這種鷺

鳥又是否只住在美國北部，跟其他也住在加拿大的鷺不一樣。第四句
（避免遷徙）不知從何而來，而第五句（往南飛）則看似跟第四句互相
矛盾。結束整個段落的最後兩句，跟上文牛頭不對馬嘴。

　　好了，這段文字是我竄改而來的，讓它令人昏頭轉向地不相連貫，
戲劇性地帶出本章的主題。但不至於那麼離譜的一致性失誤，卻是寫作
常見的缺陷。就拿我在上一章修改過的一些笨拙句子來說，這裡再看的
是已改善的版本：

　　　　研究人員發現那些罕見酗酒的族群，譬如猶太人，實際上也會
　　喝適量的酒，但只有少數人喝得太多而變成酗酒。

　　　　The researchers found that in groups with little alcoholism, such as
　　Jews, people actually drink moderate amounts of alcohol, but few of them
　　drink too much and become alcoholics.

　　　　在過去十年裡已發生三次，一支三流的塞爾維亞軍隊殘暴地以
　　平民為攻擊目標，可是把它擊潰顯然無濟於事；這種觀點並不是因
　　為對實際發生的事欠缺了解。

　　　　For the third time in a decade, a third-rate Serbian military is brutally
　　targeting civilians, but beating it is hardly worth the effort; this view is not
　　based on a lack of understanding of what is occurring on the ground.

　　即使把句法修改好了，這些句子還是難以理解，而原來的上下文也
無法使它們變得更清晰。這就是一致性的問題：我們不知道為什麼這個
子句接著另一子句。再怎麼修補句法也是徒勞無功的。我們需要的是恰

當的上下文，能引導讀者了解，為什麼作者覺得需要說出這些正說出的
話：

> 有人可能認為，一些種族族群酗酒率高，是因為在族群中喝酒
> 是普遍行為。根據這項假設，即使只喝中等分量的酒，也令人陷入
> 喝太多而酗酒的風險。如果這樣，我們應該在完全禁止喝酒的族群
> 裡——譬如摩門教徒和回教徒，找到最低的酗酒率。但研究人員所
> 發現的不是這樣。……

One might think that the reason some ethnic groups have high rates
of alcoholism is that drinking is common in the group. According to this
hypothesis, drinking even moderate amounts of alcohol puts people at risk
of drinking too much and becoming alcoholics. If so, we should find that
the groups with the lowest rates of alcoholism are those in which drinking
of any kind is forbidden, such as Mormons or Muslims. But that's not
what the researchers discovered. . . .

> 在很多政策分析師筆下，彷彿對付犯下違反人權罪行的軍隊，
> 明顯的做法就是以我們優越得多的軍力施以攻擊。他們爭辯說，任
> 何反對軍事攻擊的人，必定是對正在發生的暴行一無所知。但我和
> 其他政界人士主張採取另一種策略來結束這個危機，並非因為如
> 此。不要誤會……

Many policy analysts write as if the obvious way to deal with armies
that commit human rights violations is to invade them with our vastly
superior military forces. Anyone who opposes a military invasion, they

argue, must be ignorant of the atrocities taking place. But that's not why I and other statesmen favor a different strategy for ending this crisis. Make no mistake: . . .

當一個句子接著另一句子出現，讀者需要看到兩者之間有什麼關係。讀者想要尋找一致性，要是找不著，往往就自己提供。有一類經常在電郵中傳閱的出洋相事例，所包含的前因後果令人發噱，問題並不是在於句法，而是在於一致性[1]：

夏琳・美森唱道：「我不會再來一次了」，顯然把會眾逗樂了。

Miss Charlene Mason sang, "I Will Not Pass This Way Again," giving obvious pleasure to the congregation.

今早布道主題：「耶穌在水面上行走」。今晚的布道主題將是：「尋找耶穌」。

The sermon this morning: "Jesus Walks on the Water." The sermon tonight will be "Searching for Jesus."

狗狗待售：什麼都吃，並喜愛小孩。

Dog for sale: Eats anything and is fond of children.

我們不會讓機器撕破你的衣服。我們會小心翼翼用手來做。

We do not tear your clothing with machinery. We do it carefully by hand.

　　這個病患自二〇〇八年就診以來，就一直處於憂鬱狀態。

　　The patient has been depressed ever since she began seeing me in 2008.

　　事實上，對一致性的渴求，推動著理解語言的整個過程。假設有位讀者成功解讀了一個句子，知道誰對誰做了什麼，或什麼事有什麼真相。接下來，就要把這跟既有的知識整合起來，因為讓一項看似言之有物的陳述在腦海中漂浮，完全不知所繫，就像把一本書隨意丟到圖書館的一個書架上，或一個無法連結的網址。這種尋找連繫的過程，是閱讀文章時讀到每個句子都要重複做的事。一段文字的內容，就是這樣整合到讀者的知識網絡中。

　　本章所談的，是風格的意識怎樣體現在長於一個句子的文章裡——譬如文章的一段、網誌隨筆、評論、報刊文章、散文，或是一本書。有些適用於句子的風格原則，譬如構建條理分明的樹狀結構，以及把已知資訊放在新的資訊前面，也適用於較長的段落。但我們將會看到，具一貫性的敘述，所用的一些手法跟樹狀分支不一樣，我們的隱喻必須因應擴充。

編排文章素材的方法

　　乍看之下，文章的組織跟一棵樹很相似，一段段的文字嵌進更長的段落裡。若干子句相連接或嵌進一個句子，若干句子組成一個段落，若干段落組成一節，若干節組成一章，若干章組成一本書。以這種層級結構組織起來的文字，讀者是容易吸收的，因為在任何一層的結構裡，自

子句以至書中的一章，整段文字都可以在讀者腦袋中以單一一個團塊來代表，而讀者在探索各團塊怎樣互相連繫時，每次也只要擺弄少數幾個團塊就可以了。

　　要以這種有條不紊的結構寫文章，作者必須把要傳達的內容一層一層整齊地組織起來。有時可能相當幸運，一開始就牢牢掌握著素材的層級組織，但更常見的，卻是腦袋裡充塞著一堆雜亂無章的意念，必須整頓一番，構建成秩序井然的組織架構。行之有效的一種解決辦法，就是建立一個大綱，這不過就是一棵橫躺的樹，它的分支以段首空格、破折號、小圓點，或羅馬數字和阿拉伯數字標示出來，而不是用分叉式的線段。一種構建大綱的做法，就是把意念大體上隨意撒在頁面上，然後把看似相關的找出來。如果你重組這一頁的內容，把相關意念一組一組放在一起，然後把這些成組的意念跟相關的成組意念放到一起構成更大的一組，再把這些大組構建成更大的組，這樣下去，結果就是一個樹狀大綱了。

　　但句子句法的樹跟文章大綱的樹，有一個重大分別，現在就擺在你面前了。當你要把句子的各單位從左至右排列，英語的句法規則只有寥寥幾個可能選擇。比方說，受詞幾乎總是放在動詞後面。可是當你寫作一篇有關哺乳動物的文章，你可以自行決定先寫齧齒目還是靈長目，接著再寫蝙蝠，諸如此類；又或先寫靈長目，再寫貓科，然後是鯨和海豚，又或依循著二十六個亞類共 403,291,461,126,605,635,584,000,000 個邏輯上可能的排列次序的任何一個次序。作者的挑戰，就是找出一個方案，把文章的單位組織起來──把左披右搭移動不居的材料構建成堅固不移的一棵樹。

　　作者往往會採用多少出於任意的編排方式，然後用語言標記或具編

號的標題引導讀者一步步走過整篇文章（譬如：第二部分 C 節第 4 小節
b 段，或 2.3.4.2 節）。但對很多體裁來說，編號標題不是可行的選項，
而我們在第二章也曾看過，標記的過度使用，會令讀者厭煩和混淆。而
不論你用多少標題和標記，最好的做法總是在行文之際奠定一條直覺上
的路徑：這個方案把各單位依著一種自然次序串連起來，讓讀者能預期
在文章中會碰上什麼。要做到這一點，並沒有什麼規則系統可以依循，
就讓我講講幾個例子好了。

　　我曾面對一項挑戰，要講解神經生物學和語言遺傳學那些龐雜不堪
的文獻，其中包含範圍極廣的課題，包括神經病病人的個案研究、神經
網絡的電腦模擬、語言處理過程中活躍的腦部區位神經造影，不一而
足。最初躍躍欲試的，是按照研究的歷史順序排列，這是教科書的做
法，但這未免沉溺於專業自戀之中了：讀者感興趣的是腦部，不是研究
腦部的醫生和教授的歷史。後來我恍然大悟，穿越這個混沌世界的一道
更清晰的軌跡，可以是從一個鳥瞰觀點逐步收縮，進入愈來愈細微的部
分。從最高高在上的觀點，你只可以辨認腦部的兩大半球，因此我的起
步點，是裂腦患者的研究以及其他把語言功能歸屬於腦部左半球的發
現。再從這個半球把視線往內收縮，可以看見一道大裂縫，把顳葉跟腦
部其他部分分開，而這道裂縫兩側的部位，在對中風病人和腦部完好人
士的臨床研究中一再發現，發揮著關鍵的語言功能。再湊近察看，可
以分辨不同的區位，像布洛卡區（Broca's area）和韋尼克區（Wernicke's
area）等等——而討論可以轉往跟這些區位相關的具體語言技巧，像辨
認詞語和把詞語嵌進樹狀結構。接著我們可以從肉眼轉到顯微鏡，窺探
神經網絡的模型。從這裡我們可以調一下顯微鏡進入基因這個更細微的
層次，這裡就有機會探討識字困難和其他遺傳語言紊亂症的研究。循著

這個由全體到局部的連續不斷單一視線軌跡，所有研究就都各安其位。我找到了我的編排法。

排列素材的方式，跟講故事的方式一樣多。在另一個場合裡，我要回顧多種語言的研究，包括英語、法語、希伯來語、德語、中文、荷蘭語、匈牙利語和新幾內亞的阿拉佩什語（Arapesh）。英語是自然的起點，但其他語言又應該依什麼次序介紹呢？我料想，回顧的次序可以根據我自己或美國讀者對這些語言的熟識程度，或研究的先後，甚至字母順序。但取而代之，我採取的方法一步一步住更古遠（也就是包含更廣）的語系追溯：首先是約活在二千年前的日耳曼民族的語言，包括荷蘭語和德語；然後是印歐（Indo-European）語系部族，譬如義大利語族，他們約在三千五百年前跟日耳曼的兄弟分家，這就帶進法語；然後是烏拉爾（Uralic）語族，他們可能約在七千年前跟印歐語族並存，這就談到匈牙利語了；這樣下去，從歷史方面追溯，也從語系方面向外擴展。

還有很多其他編排方案：引領讀者踏足跨越一個地理區域；敘述一個英雄如何走過一段艱辛歷程，在追求目標的路上克服障礙；模仿一場辯論賽在展開，雙方各提出他們的立場，並反駁對方，總結己方的觀點，然後等待裁決；有時也可以從歷史講述一步一步的發現怎樣攀上我們現在的認知水準。

體會到文章的樹狀結構，也可以幫助你了解非技術文章僅有的幾種結構視覺標記的其中一種——分段。很多寫作手冊提供構建文章段落的詳細指示。但這些指示使人受到誤導：事實上並不存在著段落這種東西。這是說，在大綱中沒有這樣一個項目，樹狀結構中沒有這樣一個分支，敘述中沒有這樣一個單位，是一致地相當於以空行或段首空格所劃

分的一塊文字。實際上存在的只是段落的分界：這是一個視覺上的書籤，讓讀者停頓下來，喘一口氣，吸收讀過的內容，然後再在頁面上找到應讀下去的地方。

段落的分界一般跟文章樹狀圖分支之間的界線彼此吻合，這也代表一個一個的文章團塊。但不管分支多大多小，都必須同樣用上這種界線：不管哪是一個小插曲的終結，還是一項主要敘述的結尾，或任何大小居中的言談。有時作者應該在一段大得嚇人的文字中間劃一道分段的界線，就讓讀者的眼睛可以鬆弛下來歇一下。學術著作的作者往往忽略了這一點，堆疊起大段大段視覺上單調的文字。報紙記者對於讀者注意力的限度倒是很警覺，有時就走向另一極端，把文章切割成超小段落，每段只有一兩句。缺乏經驗的作者傾向於向學者而非記者靠攏，分段太少而不是太多。對讀者展現一點體恤總是好的，讓他們困倦的眼睛不時歇息一下。只要確保，不要打斷他們思考的連貫性。要是一個句子不是在解釋上一句或接續它的意思，就在這裡劃下分段的界線吧。

儘管層級式組織在認知上有很多好處，卻不是所有文章都要組織成樹狀結構。熟練的作者可以把多條故事線交織起來，或刻意營造懸念和驚奇，或使讀者投入一連串聯想，讓讀者在連串話題的列車中轉軌又轉軌。但是沒有作者能對文章的大體架構放手不管。

一致性的起點：讓讀者清楚知道主題是什麼

不管文章的組織是否可以嵌進一個層級式的大綱，一棵樹的隱喻也只能說到這裡為止了。沒有一個句子是個孤島；也沒有一個段落、一節、一章是這樣。它們都包含著連結，連接到其他文字團塊。一個句子可以引申、修飾或概括前面的句子。一個主題或話題可以貫串很長的一

段文字。人物、地點和意念可重複出現，而讀者在它們來來去去之際，必須緊追不捨。這些連結，從一棵樹的枝條搭到另一棵樹的枝條，突破了樹狀結構那種分支包含著分支的整齊幾何形狀[2]。我把這稱為一致性的圓弧。

　　就像書桌後面一大捆的電腦連接線，一個句子跟另一句子概念上的連繫，有一種傾向會糾結起來變成亂糟糟的一大團。因為這些連結接上我們知識網絡中任何意念時，或往上走或往下走，或橫向跟其他意念連接，往往跨過很長的距離。在作者腦袋裡，意念間的連結由神經編碼維繫著，那是使記憶和思考得以進行的代碼。但在頁面上，這些連結必須透過英語裡的詞彙和句法資源標示出來。作者的挑戰，就是利用這些資源讓讀者能夠把一串句子中的資訊，嫁接到個人的知識網絡中，而不致造成糾結。

　　一致性的起點，就是作者和讀者都清楚知道**主題**是什麼。主題相當於龐大知識網絡中的一個小區域，句子進來，就聚焦在這裡。作者一開始就應該把主題放在桌上讓讀者看到，這似乎很明顯，卻不是所有作者都這樣做。作者可能認為，用這麼多字宣布主題有點笨拙，譬如說：「這篇論文是關於倉鼠的」。作者也可能把所有意念都寫出來後，才發現主題是什麼，卻忘了回頭修改文章的開頭，讓讀者開門見山看到發現了什麼。

　　心理學家約翰・布蘭斯福（John Bransford）和瑪夏・強森（Marcia Johnson）的一個經典實驗，顯示了為什麼讓讀者儘早知悉主題至為重要[3]。他們請實驗參加者閱讀並記住以下一段文字：

　　　這個程序實際上相當簡單。首先看看有什麼要處理，按著它

用什麼來做的，分為一組一組。當然，堆成一疊也許就行了，就看有多少需要處理。如果因為設備上的限制而要另想辦法，那是下一步，否則就大體準備就緒了。有一點很重要，每次處理分量不要過多。也就是說，同時處理的寧太少而勿太多。短期來說這也許看來不重要，但一下子處理太多的話，隨之而來的惡果很易就顯現出來。錯誤的代價不輕。相關機制的操作不解自明，此處不贅。整個程序最初看似複雜。可是不久之後這將成為生活的一部分。難以預見這種生活任務的必要性在可見的未來將會終結，可是誰也說不準。

The procedure is actually quite simple. First you arrange things into different groups depending on their makeup. Of course, one pile may be sufficient depending on how much there is to do. If you have to go somewhere else due to lack of facilities that is the next step, otherwise you are pretty well set. It is important not to overdo any particular endeavor. That is, it is better to do too few things at once than too many. In the short run this may not seem important, but complications from doing too many can easily arise. A mistake can be expensive as well. The manipulation of the appropriate mechanisms should be self-explanatory, and we need not dwell on it here. At first the whole procedure will seem complicated. Soon, however, it will become just another facet of life. It is difficult to foresee any end to the necessity for this task in the immediate future, but then one never can tell.

不用說，參加者看不出什麼意義來，我也預期你抓不住什麼意義；而參加者也只記得很少的句子。另一組人面對同一段文字，但在指示中

加插了一點兒新的提示：「你將聽到的這段文字是關於洗衣服的」。成功記憶的水準猛增一倍。第三組參加者則在讀完整段文字後獲告知主題；這也對他們毫無幫助。寫作者由此獲得的教訓很明顯：讀者必須知道文章的主題，才能了解它。一位報紙編輯說：不要讓新聞導言（lede）給埋藏起來（新聞界的行話把 lead 拼作 lede，以免誤以為是指重金屬鉛）。

　　好了，你可能反駁說，實驗者刻意刁難，把一種具體活動的操作，用含糊而抽象的語言來描述。但他們也做了另一個研究，其中幾乎每個句子講的都是具體物件或行動：

- 報紙比雜誌好。

  A newspaper is better than a magazine.

- 海邊是比街道更好的地點。

  A seashore is a better place than the street.

- 一開結，跑步比走路好。

  At first it is better to run than to walk.

- 你可能要試幾次。

  You may have to try several times.

- 這需要一點技巧，但不難學。

  It takes some skill but it's easy to learn.

- 即使小孩也能享受其中的樂趣。

  Even young children can enjoy it.

- 一旦成功，併發症少之又少。

  Once successful, complications are minimal.

- 鳥很少飛得太近。

  Birds seldom get too close.

- 可是如果下雨很快就濕透。

  Rain, however, soaks in very fast.

- 太多人做同樣的事也可能引起問題。

  Too many people doing the same thing can also cause problems.

- 你需要大量空間。

  One needs lots of room.

- 要是沒有阻礙，那是很安然自得的。

  If there are no complications, it can be very peaceful.

- 一塊石頭可當作錨。

  A rock will serve as an anchor.

- 可是如果讓它跑掉了，你不會有第二次機會。

  If things break loose from it, however, you will not get a second chance.

　　看出什麼意義嗎？來個提示如何：「這些句子是關於製作和放飛風箏的」。把主題說出來是必須的，因為即使最直白的語言，都只能觸及一個故事的幾個高點。讀者必須填上背景：發掘字裡行間的意思，把點連結為線；如果讀者不曉得背景是什麼，就會覺得隱祕難解。

　　除了文章的主題，讀者通常還要知道文章的論點。也就是要知道作者在探索這個主題時，要達成什麼目標。一般來說人類行為只有在知道了行動者的目標後，才能切實了解。當你看見有人在揮手，你首先想知道的是，到底這是為了吸引人注意，趕走蒼蠅，還是在鍛鍊三角肌。寫

作也一樣。讀者需要知道，作者圍繞一個主題閒扯，是為了作出解釋，傳達新的相關事實，提出一個相關論點，還是以它為例作出重大概括。換句話說，作者同時有事情要表達（主題），也有話要說（論點）。

作者往往抗拒在開頭就透露他們的論點。有時他們覺得這樣會毀掉懸念。有時他們受專業自戀所害，寫作起來就彷彿讀者對他們探索主題的一舉一動，包括走進死胡同，幹著愚蠢差事，或追尋荒誕的目標，莫不興致勃勃。很多時候，他們自己也不知道文章的論點是什麼，直到寫完了初稿，但他們也不回頭重寫文章，把論點在開頭說清楚。一幅舊日的漫畫，標題是「博士論文」，圖中一個小孩把一支箭射到半空，看著它掉落哪裡，就走過去在那處畫一個箭靶。這不是科學操作的方式，但有時寫作卻必須這樣。

一些體裁，比如學術期刊論文，迫使作者在總結、摘要或綱要中把論點寫出來。另外像雜誌或報紙也設法幫讀者一把，譬如加上標語式警句（舞文弄墨的標題下方的解釋字句），或把引述的話抽出來（放在框子裡的示例）。一些風格指南，像約瑟夫‧威廉斯（Joseph Williams）的佳作《英文寫作的魅力：十大經典準則》（原名：*Style: Toward Clarity and Grace*〔邁向清晰優雅風格〕），則提供一道一道的方程式。威廉斯建議作者寫文章時每一節在結構上要先列出「問題」（主題），接著是「討論」，然後把論點在問題的結尾陳述出來。

文章的論點確切在哪裡呈現出來還是其次，更重要的是務必在開頭不久之後就把它透露出來。當然，也有獨角喜劇演員、講滑稽故事的能手、爐火純青的散文家以及推理小說作者，能喚起好奇心和懸念，然後透過突如其來的揭示解開謎團。但每個人都應該致力傳達訊息，而不是令人驚呆失措，這表示作者應該讓讀者清楚知道他們嘗試達成什麼目

標。

當讀者把文章念下去,接下來的挑戰,就是追蹤著貫串於文章內的概念,並辨認一個概念跟另一概念之間的邏輯關係。讓我們念一下一篇簡單的文章,看看作者怎樣把這些工夫變得容易。

這個文章一致性的範例,就是本章開頭我竄改過的那段文字的原來版本。它來自本地社區報《鱈魚岬客》(*The Cape Codder*)的每週專欄「問問眾鳥類達人」(Ask the Bird Folks)。這些鳥類達人們事實上只有一個人,就是邁克・歐康納(Mike O'Connor),是麻州奧爾良市賞鳥者雜貨店(Bird Watcher's General Store)的東主。在開設這家商店後不久,他發覺自己老是在妙問妙答地應付好奇顧客的諸多疑問,於是就試著寫起專欄來。歐康納在這篇專欄文章中面對的問題,是一位讀者來信提到,在住宅附近的沼澤看見一隻鷺鳥,擔心牠無法覓食,因為沼澤已經結冰[4]。歐康納先為這位讀者消除一點疑慮,指出鷺幾天不吃還可以存活,然後就為讀者提到的淒涼情景提供一些背景資料:

> 大藍鷺棲息和繁殖,足跡遍及美國北部和加拿大大大部分地區幾乎任何一處。當寒冷天氣來臨,這些鷺鳥就飛向南方。少數來到鱈魚岬,這裡冬天通常不太冷。這些鷺鳥大部分是缺乏經驗的幼鳥,或是失群而頑固地不願意查問南飛路向的成年雄鳥。在這裡過冬有它的好處,我說的不是在普羅溫斯鎮淡季可以免費停車。鷺可以避免遷徙的危險,牠們還可以成為最早抵達繁殖地的一員。

> 可是,在這麼北部的地方停留有一種風險。不錯,我們的冬天大都是溫和宜人的。卻也有今年這樣的冬天,沒完沒了的冬天。對鳥類來說冰雪和寒冷並不友善,我敢斷定很多鷺鳥明年不會預訂行

程來鱈魚岬一遊。

　　鷺有個好處：牠們是了不起的獵手，也是徹頭徹尾的機會主義者。當魚都被冰封，牠們會吃其他東西，包括甲殼動物、老鼠、田鼠和細小的鳥。一隻飢餓的鷺曾被目睹正吞噬著一窩野貓幼仔。我懂，我懂，讀到那些鷺吃細小的鳥，我也感到沮喪。

　　鷺也有一種怪異的行為，對牠們不利。在冬天牠們似乎會挑選並守衛著一個最合意的捕魚洞。當這些地方全結成堅冰，有些鷺鳥看來不知所以，往往多天站在結冰的溪流上等待魚兒重來。好傢伙，就說這是頑固吧。

Great Blue Herons live and breed just about anywhere in the northern United States and most of Canada. When the cold weather arrives, the herons head south. A few come to Cape Cod where the winters usually aren't too bad. Most of these herons are either inexperienced young birds or lost adult males too stubborn to ask for directions south. Spending the winter here has its advantages, and I'm not talking about the free off-season parking in Provincetown. Herons are able to avoid the dangers of migration, plus they can be one of the earliest to arrive on the breeding grounds.

However, there is a risk with staying this far north. Yes, our winters are often mild and pleasant. Then there is this winter, the winter that never ends. Snow, ice and cold are not kind to birds and I'd bet many herons won't be booking a visit to Cape Cod next year.

Herons have one thing in their favor: they are excellent hunters and are total opportunists. When the fish are frozen out, they'll eat other things, including crustaceans, mice, voles and small birds. One hungry heron was seen chowing down a litter of feral kittens. I know, I know, I too was upset to read about the herons eating small birds.

　　Herons also have one odd behavior that is not in their favor. In the winter they seem to choose and defend a favorite fishing hole. When these areas become frozen solid, some herons don't seem to catch on and often will stand over a frozen stream for days waiting for the fish to return. Boy, talk about stubborn.

　一個進入讀者腦海的句子，和讀者知識網絡之間的基本關鍵線索，就是主題（topic）。「主題」一詞在語言學裡其實有兩種意義[5]。在本章我們是在看一段「說話」（discourse）或文本的主題，也就是一系列連貫句子的話題。在第四章我們看過一個句子的主題——即句子是關於什麼。在大部分英語句子裡，主題都是語法上的主詞——雖然它也可以用一個分割的詞組引入，譬如「至於水果，我比較喜歡藍莓。」或「談到鴨子，你有沒有聽過這樣的事：一個男人走進一家酒吧，頭上有一隻鴨子？」在第四章我們看過，在一段連貫一致的說話裡，話語的主題跟句子的主題是平行並進的。現在讓我們看看歐康納在一段較長的論述裡，怎樣使用這個原則。

　這篇專欄文章的主題，明顯是「冬天的鷺」；這是讀者問的問題。文章的目的，是解釋為什麼鷺會呆站在一個結冰的沼澤上。第一句的主題——即主詞，也是這篇文章的主題：「大藍鷺棲息和繁殖」。假設它以我竄改過的句子開頭：「加拿大是大藍鷺棲息和繁殖的地方……」，那就會讓讀者抓不住意思，因為沒有理由在這一刻想到加拿大。

隨著段落行進，歐康納一直把鷺放在主詞位置。這裡依序列出各主詞，指涉鷺的主詞在左邊，指涉其他事物的主詞在右邊，而橫線區分各段落：

大藍鷺棲息
這些鷺鳥就飛向
少數來到
這些鷺鳥大部分是

                     在這裡過冬有

鷺可以避免

                     有一種風險
                     我們的冬天是
                     有今年這樣的冬天
                     冰雪和寒冷並不友善

鷺有一種
牠們是了不起的獵手
牠們會吃
一隻飢餓的鷺曾被目睹

                     我也感到沮喪

鷺也有
牠們似乎會挑選
有些鷺鳥看來不知所以

                  〔你〕就說

撇開最後兩段結尾的感歎語不論──這裡作者為了幽默效果而直接跟讀者說話（「我懂，我懂，我也感到沮喪」以及「就說這是頑固吧」），各主詞（也因此各句的主題）是非常一致的。在第一、第三和

第四段，除了一個例外，每個主詞都是鷺。句子的主題一致地連成一線，全都與文章的主題相關，在整段文字的跨度中，架起一道令人稱心滿意的、前後一致的圓弧。

更好的是，鷺不光是隨便一個普通慣見的主詞。牠們是行動者。牠們遷徙，牠們避過危險，牠們捕獵，牠們吃喝，牠們站立。這是古典風格的標誌，也因此是任何良好寫作風格的標誌。假如讀者能盯緊一個推動情節前進的主角，而不是僅看到連串被動的事物或殭屍般的行動，這總是會讓整段敘述較容易讀下去。

有幾樣技巧讓歐康納目不轉睛地聚焦於他的主角，值得看看。他策略性地讓一個被動式句子溜進文中：「一隻飢餓的鷺曾被目睹」，而不是說「賞鳥者看見一隻飢餓的鷺」。雖然鷺在這段文字的這一處只是被一個並未指明的賞鳥者觀看，被動句卻使牠繼續處於讀者注意力的聚光點之下。而且歐康納經常把時間修飾語放在句子前面：「當寒冷天氣來臨；當魚都被冰封；在冬天；當這些地方全結成堅冰」。這種前置做法，避免了一長串類似句子的單調乏味，儘管鷺仍然是每個句子語法上的主詞。

這些時間修飾語全都跟寒冷天氣有關，這也是刻意的選擇。每句中的新資訊，都是關於鷺怎樣因應寒冷天候。因此在每句中，寒冷天候的某種情況（開頭修飾語所述）定下調子，宣告鷺會如何因應（接下來的主要子句所述）。既定的事實，總是在新資訊前面。

在第二段，轉而讓寒冷天氣搖身一變成為主題。過渡有條不紊。主題的轉換，在第一段倒數第二句有所宣示（「在這裡過冬有它的好處」），而在第二段裡這個主題維繫不墜，其中兩句以寒冷的事物作主詞，另外兩句以寒冷事物作為「有……」的補語，看來像是主詞。我們

看到了跨越文本的第二道一致性的圓弧，它把寒冷天氣所有各種面貌連結起來。

同樣事物，不同的呈現方式

把有關鷺的句子連結起來的圓弧，以及把有關寒冷天氣的句子連結起來的圓弧，就是威廉斯所說的主題線索的兩個例子：它們讓讀者一句一句讀下去時聚焦於單一的主題。還有另一種的一致性圓弧，當一樣事物以不同呈現方式在一段文字中反覆出現時，這道圓弧在讀者心理上把它們連繫起來。

英語的名詞系統，為作者提供辦法，去區別首次向讀者提到的事物，以及讀者已知的事物。這就是不定冠詞（indefinite article）a 與定冠詞 the 的主要區別[6]。當一個人物首次現身，就用 a 引導出來。以後再提到這人，我們已知道是誰，就用 the 來指稱。

一個英國人（an Englishman）、一個法國人（a French）和一個猶太人（a Jew）正坐在一位醫生的候診室，每人都被告知只可以再活二十四小時。他們被問到計畫怎樣度過這最後一天。那位英國人（the Englishman）說：「我會去俱樂部抽抽菸，品嚐幾口雪利酒，跟那些傢伙聊聊天。」那位法國人（the Frenchman）說：「我會請我的情婦吃一頓豪華晚餐，喝一瓶上等美酒，並且激情一整晚。」那個猶太人（the Jew）說：「我要去看另一個醫生。」

英語裡區別不定名詞和指定名詞的方法，不僅只有 a（或 an）和 the 而已。不定的複數名詞和不可數名詞（mass noun）可以用冠詞 some

（一些）提引出來（Some mud was on the floor〔有些泥土在地板上〕；Some marbles were on the floor〔有些彈珠在地板上〕），也可以不用任何冠詞（Mud was on the floor；Marbles were on the floor）。指定的事物還可以用 th- 開頭的詞語來表示，例如 this（這）、that（那）、these（這些）和 those（那些）；又或用屬格名詞（指明「屬於誰」）來表示，例如 Claire's knee（克萊的膝蓋）或 Jerry's kids（傑瑞的孩子）等。

要區別首次提到的事物和其後再次提到的同一事物，前者還可以用名字（專有名詞）和不定名詞，後者則可用代名詞。代名詞像 he（他）、she（她）、they（他們）和 it（它／牠），不光為了少按幾下鍵盤。它們告訴讀者：「你們碰上過這傢伙了；不需要停下來，想想城裡來了一個什麼新的小伙子。」

> 史丹利・哥德法布（Stanley Goldfarb）過世，他的（his）親戚和教堂的會眾傍晚齊聚一堂，禱告哀悼。到了哀悼者歌頌他（him）的時刻，眾人卻毫無動靜。幾分鐘後，祭師焦慮起來了。「一定會有人講講他（him）有些什麼好處吧。」祭司懇求說。還是寂然無聲。最後，有聲音從房子後邊響起來：「他的（his）兄弟比他更差。」

幫助讀者追蹤一段文字中重複出現的事物，是很費勁的一回事。重複一個名字或一個無特定對象的名詞，可能使讀者混淆，以為有什麼新人出場了[7]。（想像一下上文改為：史丹利・哥德法布過世，史丹利・哥德法布的親戚傍晚齊聚一堂哀悼。）另一方面，如果半途新的角色進場，又或距原有角色首次出場已經蠻久，記憶變得遙遠，代名詞或特指

某人的名詞，就會令讀者疑惑，「他」或「那個男人」指的是誰。這種做法危險何在，看看這些出洋相的笑話就清楚了[8]：

> 罪咎、復仇心和苦澀感，在情感上會摧毀你和你的家。你必須擺脫他們。
>
> Guilt, vengeance, and bitterness can be emotionally destructive to you and your children. You must get rid of them.

> 博德文州長看過了那頭雄獅表演後，他就被帶到了州府大街，在十字鑰匙劇院前給餵了二十五磅生肉。
>
> After Governor Baldwin watched the lion perform, he was taken to Main Street and fed 25 pounds of raw meat in front of the Cross Keys Theater.

> 那個司機驚險逃過一劫：一片斷裂板塊插進車廂中，剛好在他腦袋旁掠過。那必須設法移除，才能把司機救出來。
>
> The driver had a narrow escape, as a broken board penetrated his cabin and just missed his head. This had to be removed before he could be released.

> 我的媽媽希望再為那隻母狗的尾巴做一次手術，如果還是不能治癒，她就要了結生命了。
>
> My mother wants to have the dog's tail operated on again, and if it doesn't heal this time, she'll have to be put away.

現在讓我們回到鷺鳥，看看歐康納怎樣逐一指稱他提到的大藍鷺。他最初用泛指的名詞詞組把牠們引導出來：Great Blue Herons live（大藍鷺棲息）。牠們出場後，就轉而採用特指的名詞詞組：The herons head（這些鷺鳥就飛向）。然後他要指稱這些鷺鳥的一部分，就用不定冠詞引出這一部分的鷺：A few come to Cape Cod（少數來到鱈魚岬）。當他再次提到這一部分的鷺，就轉用特指了：Most of these herons（大部分這些鷺鳥）。接出他罕有地犯錯，他說：Herons（泛指）可以避免遷徙的危險。因為這指的是幾個句子前引出的那些停留在鱈魚岬的鷺，而不是一般繼續往南飛的鷺，我認為這裡應該用 The herons 或 These herons（這些鷺鳥）。

中間一段以天氣為主題的插曲，也引出另一部分的鷺（那些假想中不會預訂重來一遊的鷺），接下去一切要重新設定，因此又再用上泛指的 Herons；接著再提起，就可以安全地用代名詞「牠們」來指認了。吃小貓的鷺與眾不同，就用「一隻飢餓的鷺」來指稱，其後再提吃小鳥的鷺，因為已經提過了，所以就說「那些鷺」，再加上子句提到「吃細小的鳥」，就更精確的知道所指是誰了。

同時注意歐康納反覆提到鷺鳥時，有什麼是他沒有做的。除了從「大藍鷺」轉到「鷺鳥／鷺」以外，他沒有拼命找些新的說法來稱呼這種鳥。鷺就是鷺，不用扯到大藍鷺的學名 Ardea herodias，或長腿涉水禽、天藍色的空中飛禽、天空上閃著藍寶石光彩的哨兵。很多寫作風格專家都提醒，要防範多次提到同一事物時誓要採用不同名稱的心理強迫作用。亨利・福勒（Henry Fowler）──《現代英語用法》（*Modern English Usage*）一書的作者（該書僅次於史壯克和懷特的指南，是二

十世紀最具影響力的風格手冊），以諷刺口吻把那種刻意強求的做法斥為「優雅的變奏」。西奧多・本斯坦則稱之為「單一說法恐懼症」，也就是對一再使用同一詞語的恐懼，又或稱之為「同義詞躁狂症」，那就是「把一個鏟子先後稱為『園藝用具』和『翻土工具』的心理強迫作用」。報紙編輯有時提醒他們的撰稿人，如果遵從相反的指導原則，也就是「同一頁內不要用同一詞語兩次」，就會掉進新聞腔的陷阱，文章裡撒滿只有記者採用而一般人從來不用的詞語，例如 blaze（火災）、eatery（食肆）、moniker（名字）、vehicle（汽車）、slaying（殺害）等名詞，以及把雪稱為 white stuff（白色之物），還有 pen（寫作）、quaff（大口地喝）、slate（預定）、laud（稱讚）、boast（擁有）和 sport（帶有、展現）。

　　為記者和其他同義詞躁狂症患者說句公道話，有時作者真的要避免太密集地接連用同一個詞語。以上一段第二句為例，我從「鷺鳥」轉到「這種鳥」。另一種說法是：除了從「大藍鷺」轉到「鷺鳥／鷺」以外，他沒有拼命找些新的說法來稱呼鷺鳥。第三次用上「鷺」，那是笨拙的，甚至令人混淆——因為這就像在上面那個喪禮的笑話裡重複史丹利・哥德法布的名字一樣。又或看看維基百科中伊底帕斯條目的那個句子：「這個嬰兒，他說，被另一個牧羊人交到他手中，而那個來自拉伊俄斯家中的牧羊人被告知，要把這個孩子除掉」。後面用了「孩子」，因為再提一次「嬰兒」是不行的。當一個名詞很快的重複使用，讀者會假設第二次使用時指的是另一個人，就會徒勞無功地去找這個人。讀者這樣做，是因為第二次指稱同一人的自然做法，是使用代名詞，這種詞語發出的訊號就是：這已知道這傢伙是誰了。但有時用代名詞是不行的：在伊底帕斯的句子裡，要是說「要把他除掉」，就會弄不清「他」

指的是誰,在這種情形下,提及一個屬類而有特指對象的名詞詞組,像「這個孩子」或「這種鳥」,就可以發揮一種名義上的代名詞的作用。

　　那麼寫作者應該遵從哪一項指導原則呢:避免優雅的變奏,還是同一頁內同一詞語不要使用兩次?傳統的風格指南不能解決這項矛盾,但心理語言學可以幫忙[9]。遣詞用字不應該變幻無常,因為一般來說,如果使用兩個不同的詞語,人們就會假定那是指兩種不同的東西。我們稍後就會看到,當作者在把兩樣東西作出比較或對比,用詞絕對不應該變動。但當頻繁地連續多次提到同一事物,用詞就應該改變一下,重複同一用詞,聽起來會顯得單調,或會令人誤會一樣新的東西出場了。

　　把用詞變換時,只有特定的變化是讀者容易追蹤的。第二個標籤,發揮的是準代名詞的作用,因此要在兩方面看起來像個代名詞。首先,它應該比原來那個名詞更像一個屬類,也就是屬於一個更大的類別;這就是為什麼以下一對一對的句子(這是在理解故事的實驗中使用的),前面的一句比後面的一句容易理解:

　　　一輛公車(A bus)在拐彎處轟轟駛過。這輛車(The Vehicle)差點兒壓扁一個行人。

　　　一輛車(A Vehicle)在拐彎處轟轟駛過。這輛公車(The bus)差點兒壓扁一個行人。

　　另外,第二個標籤應該容易令人想到第一個標籤,讀者不用絞盡腦汁查找作者指的是誰或什麼東西。公車是汽車的典型例子,因此從汽車回頭聯想到公車,是毫不費力的。但如果前面的句子是「一輛坦克車在

拐彎處轟轟駛過」，提及非典型的車輛，讀者要把兩者聯想起來就有困難了。歐康納避免把鷺指稱為鳥，其中一個原因就在於，鷺不是典型的鳥，因此讀者看到「鳥」這個詞語不會馬上想到鷺。要是這篇文章講的是麻雀，當然另作別論。

　　在第二章我答應會解釋一下，像 anticipation（預期）和 cancellation（取消）這些殭屍名詞（跟 anticipate 和 cancel 等動詞比較）在英語裡發揮什麼作用。主要的答案是，它們跟代名詞、定冠詞和屬類性同義詞同樣扮演著那些我們剛看過的角色：它們讓作者可以第二次指稱同一事物（在這裡是一種狀態或事件，而不是一個人或物件），而不致令人厭煩或混淆。譬如一段文字開頭說「州長今天取消了（canceled）那個會議」，接下去更具一致性的說法是「會議的取消（cancellation）令人意外」，而不是「州長取消那個會議令人意外」或「州長取消會議的決定令人意外」。因此殭屍名詞是有它的作用的。問題只是，作者在知識的詛咒影響下，第一次提到相關的事就使用它們，因為這些作者一直就在想著那些事，對他們來說，那不過是老生常談，順手拿個名詞來概括就行了。他們忘記了，讀者是第一次碰上這些事情，需要親眼看到它們顯露真身。

陳述之間的邏輯

　　除了句子主題連成一氣，以及有條不紊地指稱重複出現的事物，還有第三道橫跨在句子上的一致性圓弧，那就是一項陳述與另一陳述之間的邏輯關係。讓我們回到本章開頭的一些例子。以下接續出現的句子為什麼令人混淆？

避免遷徙的危險，對鷺是有利的。當寒冷天氣來臨，鷺就往南飛。

這些句子又為什麼令人發噱？

這個病患自二〇〇八年就診以來，就一直處於憂鬱狀態。

夏琳‧美森唱道：「我不會再來一次了」，顯然把會眾逗樂了。

在經竄改的那段有關鷺的文字裡，第二句牛頭不對馬嘴：我們不能理解，為什麼剛講過鷺應該避免遷徙的危險，接著又說鷺往南飛。在原文裡，這兩項陳述的先後次序恰好相反，作者並把它們連繫上另一句子，指出少數的鷺飛來冬天不太冷的鱈魚岬。這個句子鋪展開兩道邏輯一致性的圓弧：鱈魚岬是往南遷徙的一個例子，而它的冬天不太冷，則是有些鷺鳥在此停留的解釋。讀者可能仍然期待鷺鳥選擇一個比鱈魚岬更暖和的目的地，因為儘管鱈魚岬沒有其他一些地方那麼冷，卻仍然比另一些地方冷得多；因此歐康納在下一句承認這違背了一般期待，而為這種異常情況提供兩項解釋。第一，有些鷺鳥（年幼而缺乏經驗的）來到鱈魚岬可能是出於意外。第二，在相對偏北緯度過冬，也有它有利之處，可以彌補寒冷這種不利之處。歐康納然後對這項解釋（有利之處堪作彌補）詳細作出說明，提出兩項具體有利因素：不用飛得更遠因而比較安全；另外，當春天來臨，在此過冬的鷺就可以最早回到繁殖地。

再看那些出糗的句子。寫出第一個出糗句子的那位精神病醫師，原意想必是要第二個子句傳達兩件事情在時間上的關聯：病人看醫生，從

那個時候迄今這個病人都處於憂鬱狀態。我們卻把它解讀為因果上的關聯：病人看醫生，這令病人陷於憂鬱。至於第二個出糗句子，問題不在於子句間的關係——在兩種解讀下那都是因果關係，問題倒是在於什麼引致什麼。按句子的原意，觀眾之樂是由歌聲引起；按非原意的解讀，那是由於歌者說不會再唱了。

　　例子、解釋、落空的期待、引申說明、關聯、原因和後果，這都是一致性的圓弧，表明一個陳述怎樣由另一陳述引出來。它們倒不該說是語言的組成元素，而應該說是理性思考的組成元素，指認出在我們的思考過程中，一個意念引到另一意念的方式。你可能以為一個想法引到另一想法的方式多得數以百計甚至數以千計，但事實上這個數字遠遠小得多。大衛・休謨（David Hume）一七四八年出版的書《人類理解力探究》（*An Enquiry Concerning Human Understanding*）裡面就提出：「看來在意念之間起著連繫作用的原則只有三項，那就是相似性、連續性和因果關係。[10]」語言學家安德魯・凱勒（Andrew Kehler）辯稱，休謨基本上是正確的，儘管他和其他語言學家把休謨的「三大」再劃分為十多種更具體的連繫作用[11]。而對語言上的一致性尤能抓住要領的是，他們指出意念的連繫怎樣透過句子的連繫表達出來。語言上主要的聯結器，就是發揮連接作用的詞語，像「因為」、「於是」和「可是」等。讓我們看看一致性關係的邏輯，以及它們怎樣典型地表達出來。

相似性關係

　　在相似性的關係裡，一項陳述所認定的事實，跟前面那項陳述的內容有重疊之處。最明顯的兩個例子，就是相似和對比。

一致性關係	例子	典型連接用語
相似	Herons live in the northern United States. Herons live in most of Canada.	and, similarly, likewise, too
對比	Herons have one thing in their favor: they are opportunistic hunters. Herons have one thing not in their favor: they defend a fishing hole even when it is frozen.	but, in contrast, on the other hand, alternatively

　　相似和對比關係所連繫的兩項陳述，大部分情況下都是相似的，但起碼有一方面不一樣。這種關係把讀者的注意力引向相似點或相異點。這些關係不用任何連接用語，也可以傳達出來：作者只要把兩項陳述用平行句法寫出來，並把代表相異之處的詞語變動一下就行了。可惜，很多作者平白毀掉這個機會，在作出比較時任意地改變措詞，這是一種致命的同義詞躁狂症，使得讀者困惑不已，不知道作者是要把他們的注意力引向所比較事物的差異，還是那些同義詞之間的差異。想像一下要是歐康納寫的是這樣：「鷺是機會主義獵手，但這些龐然大物的藍色傢伙會死守一個冰封的捕魚洞」；讀者就會納悶，是不是只有大藍鷺才死守冰封的捕魚洞，抑或所有的鷺都這樣。

　　科家學往往不假思索地在比較時使用同義詞，我總是對此感到驚奇，因為實驗設計的首要原則，就是「單一變數規則」。如果你要察看一個推斷中的因果變數有些什麼效果，就要保持所有其他因素不變，只

讓這項因果可變。（如果你要看看一種藥物能否降低血壓，就不要讓實驗參加者同時參與健身運動，因為如果血壓真的下降，你就無法知道究竟這是藥物還是運動的功勞了。）平行句法只是把「單一變數規則」應用到寫作上：如果你要讀者認出某個變數，就只讓那個變數的措詞變動，而其他遣詞用字都不變。以下是兩個例子：第一個例子表達相似性，第二個表達差異性；左方那種違反單一變數規則的做法是科學家在實驗室裡從來不做的事，右方則是作出更嚴謹控制的另一種做法。

在上網人口最多的十個國家裡，非本國新聞網站在五十個到訪人次最高的新聞網站中，所占比率少於 8%，在此同時，法國訪閱新聞資訊的總量，有 98% 集中於本國網站。

In the ten nations with the largest online populations, non-domestic news sites represent less than 8% of the 50 most visited news sites, while in France, 98% of all visits to news sources are directed to domestic sites.

在上網人口最多的十個國家裡，非本國新聞網站在五十個到訪人次最高的新聞網站中，所占比率少於 8%；在法國，這項比率只是 2%。

In the ten nations with the largest online populations, non-domestic news sites represent less than 8% of the 50 most visited news sites; in France, the figure is just 2%.

兒童使用工具的知識，可能來自經驗，但同樣地物件的形狀和操作性所帶來的利用可能性，或許也提供提示，就因為這樣，人類要發現一樣物件的功用，不必費很多時間把它拿

兒童使用工具的知識，可能來自使用的經驗；另一方面，也可能來自他們憑著工具的形狀和操作性而覺察到它的利用可能性。

Children's knowledge of how to use a tool could be a result of their

來試驗一番。
Children's knowledge of how to use tools could be a result of experience, but also object affordances defined by shape and manipulability may provide cues such that humans do not require much time experimenting with an object in order to discover how it functions. experience with the tool; alternatively, it could be a result of their perceiving the tool's affordances from shape and manipulability cues.

　　第一個句子說的是，大部分網民訪閱本國的新聞網站，它表達相似性的努力，在三方面遭到破壞：它把句法倒轉過來（「新聞網站所占⋯⋯」／「訪閱新聞資訊⋯⋯」）；它把量度尺度反轉過來（從非本國網站的占有率轉到本國網站的占有率）；它又使用一個無可救藥地模稜兩可的連接用語。如果「在此同時」表達的是時間方面的意義（即「同時」），就隱含相似之意；但在邏輯意義上它也可以表達反面的意義（「在此同時⋯⋯卻⋯⋯」），那就暗示相異之意了。這段文字反覆讀幾次，才可知作者所講的在相似性方面。

　　第二個例子在訊息傳達上也顛三倒四。它從一個陳述到另一陳述句法顛倒（「兒童使用工具⋯⋯」／「⋯⋯或許也〔給兒童〕提供提示」）。而連接用語「同樣地⋯⋯也」的使用也令人混淆，這隱含相似或引申說明之意（另一種相似性的關係，稍後就會談到）；但作者在這裡卻用它來表示兒童懂得怎樣使用工具起碼有兩種假設（而不是僅有來自經驗的一種假設）。可是這裡實際上是要對這兩種假設作出對比，

因此「同樣的」把讀者引向錯誤方向（作者選用這個詞語大抵因為有另一個「同樣地」值得科家考慮的假設）。作者講下去似乎意識到有問題，因而插入「就因為這樣」來標示是對假設作出對比。但更佳做法是把句子改寫，一開始就傳達對比之意，使用並無歧義的連接用語像「另一方面」。（順帶指出，「利用可能性」是心理學術語，表示一樣物件的可見性質，能夠提示你可以用它來故什麼，譬如可以提起，可以擠壓。）

相似和對比並不是唯一的相似性關係。在引申說明關係裡，首先籠統地描述單一事件，然後再具體說明。此外還有四種關係，可以整齊地組合成兩對，視乎先描述哪一樣事件。其中包括舉例（先概述，然後列舉一兩個例子）以及概括（先列舉一兩個例子，然後作出概括）。還有與此相反的，就是列舉例外，可以先作概括，或先列例外。

一致性關係	例子	典型連接用語
引申說明	Herons have one thing in their favor: they are total opportunists.	: (colon), that is, in other words, which is to say, also, furthermore, in addition, notice that, which
舉例	Herons are total opportunists. When the fish are frozen out, they'll eat other things, including crustaceans, mice, voles, and small birds.	for example, for instance, such as, including

一致性關係	例子	典型連接用語
概括	When the fish are frozen out, herons will eat other things, including crustaceans, mice, voles, and small birds. They are total opportunists.	in general, more generally
例外：先作概括	Cape Cod winters are often mild and pleasant. Then there is this winter, the winter that never ends.	however, on the other hand, then there is
例外：先列例外	This winter seems like it will never end. Nonetheless, Cape Cod winters are often mild and pleasant.	nonetheless, nevertheless, still

　　休謨所講的第二類關係是連續性，這是先後的關係，通常一前一後的兩件事有某種連繫。 在這方面，英語也提供不同的表達方式，可以選擇先講哪件事，而意義不變。

一致性關係	例子	典型連接用語
序列：先發生者在前	The cold weather arrives and then the herons head south.	and、before、then
序列：先發生者在後	The herons head south when the cold weather arrives.	after、once、while/when

英語還提供另一種方法，可以掌控兩件事講述的先後。寫作者不光可以選擇用 before 和 after 等連接用語，還可以選擇是否把一個時間修飾語往前移，抑或讓它留在原位：After the cold weather arrives, the herons head south（在寒冷天氣來到之後，鷺就往南飛），意義跟 The herons head south after the cold weather arrives 完全一樣。

不過，這方面語言的表達法對一些使用者來說也許太聰明了一點。雖然英語可以清楚地把事情在世界中發生的順序，跟它們在語句中講述的先後次序，清楚地區分開來，說英語的人則傾向比較具體，自然而然地假設事件講述的先後次序，就是它們發生的先後次序——就如見諸那個老掉牙的俏皮話：They got married and had a baby（他們結婚，並有了個小寶寶）而不是倒過來說。其他條件不變的話，作者跟隨讀者腦袋中那個新聞影片的轉動方向，依時間順序講述事件，確是一個好主意：She showered before she ate（她洗過了澡才吃飯）比較好懂；She ate after she showered 意思一樣卻比較難懂。基於同樣理由，After she showered, she ate（她在洗過澡後，就吃飯了），較諸 Before she ate, she showered（她在吃飯之前，先洗過了澡），也比較易懂[12]。當然，各種條件並非總是一樣的。如果注意力的焦點一直在較後發生的事之上徘徊，而作者現在要講出另一較早的事件，先講已知事實再講新的資訊這種要求，就會凌駕於依先後發生次序而講的要求。比方說，如果你一直盯著往早餐餐桌走過去的濕腳印，要找個解釋，那麼對你比較有幫助的說法就是 Before Rita ate, she showered（麗塔吃〔早飯〕前先洗過澡），而不是 After Rita showered, she ate（麗塔洗過了澡才吃〔早飯〕）。

這把我們帶到休謨的第三類連繫——因果關係。這方面像英語等語言也提供數學上工整雅緻的一組一組的對稱表達法。寫作者可以先講因

也可以先講果，而因果的驅動力可以讓事情發生或防止它發生。

一致性關係	例子	典型連接用語
結果（因及其果）	Young herons are inexperienced, so some of them migrate to Cape Cod.	and, as a result, therefore, so
解釋（果及其因）	Some herons migrate to Cape Cod, because they are young and inexperienced.	because, since, owing to
落空的期待（防阻力及其結果）	Herons have a tough time when the ponds freeze over. However, they will hunt and eat many other things.	but, while, however, nonetheless, yet
防阻無效（後果及防阻力）	Herons will hunt and eat many things in winter, even though the ponds are frozen over.	despite, even though

　　還有另一種主要的一致性關係，不能容易地套進休謨的三分論裡，那就是「歸屬」（attribution）：譬如某人相信什麼。歸屬典型地使用的連接用語，包括「根據……」、「聲稱……」等。把它正確表達出來是很重要的。在很多書面文字裡，看不清楚究竟作者是在主張一種立場，還是在解釋其他人所主張的立場。上一章裡提到的多爾那個有關介入塞爾維亞的句子（中央分支的例句），問題多多，屬歸問題也正是其中之一。

　　還有其他幾個一致性的關係，譬如對讀者反應的期待（「不錯，⋯⋯」、「我懂，我懂，⋯⋯」。此外也有一些灰色地帶，以及把各種關係合併或分割的方式，這給語言學家帶來很多可以爭辯一番的問題[13]。但上面提到的十多種關係已把這個課題的大部分領域包含在內。一段具一致性的文字，讓讀者總是能夠知道一個句子與另一句子之間具備什麼一致性關係。事實上，一致性超越個別句子的範圍，它的作用延伸到一段話語樹狀結構的整個分支（也就是文章大綱分行列出的各項目）。若干陳述可能由一套一致性關係互相連結起來，由此形成的一個團塊又跟其他團塊連結。比方說，吞噬野貓幼崽的鷺，跟吃甲殼動物、老鼠和小鳥的鷺相似。所有這些讓鷺裹腹的東西，整合成為單一的整段文字，這是舉例表明鷺也吃魚類以外的食物。而鷺能夠吃非魚類食物，則是牠們身為機會主義獵食者的引申說明。

　　一組句子的一致性關係，不一定是完美的樹狀結構。它可能在一段長長的文字裡鋪展開來。鷺死守著冰封的捕魚洞這種怪異的行為，一路連結到專欄文章開頭讀者的問題。它是一種解釋，也是讀者所問及的那種結果的一個原因。

　　當句子砰然迸發而出，作者必須確保讀者能夠把原來意想中的一致性關係重建起來。明顯的做法，是使用恰當的連接用語。可是，以上表格中的「典型」連接用語，只是在典型情況下使用，要是對讀者來說連結本身就是明顯的，這些用語不用可也。這是攸關重要的選擇。連接用語太多，會讓人看來覺得作者對於顯而易見的多此一舉，或是對讀者擺出施恩姿態，也會給文章帶來學究味。想像一下這樣說有什麼效果：「鷺棲息於美國北部；與此相似，鷺也棲息於加拿大大部分地區」，又或「鷺有一種有利的德性⋯⋯。比對之下，鷺也有一種不利的德性」。

另一方面，連接用語太少，則會令讀者對於一項陳述如何從另一陳述接續而來，感到迷惑不解。

更具挑戰性的是，用多少連接用語才最恰當，視乎讀者的相關知識[14]。對話題熟識的讀者，對於什麼跟什麼相似，什麼因引致什麼果，什麼跟什麼常一起出現，所知原就頗多，他們不需要那麼多筆墨把連接用語和盤托出。如果作者在明顯的地方仍插進連接用語，倒是會令讀者混淆：他們會以為作者這樣做一定有個好理由，可能實際上在表達另一個意思，一個不那麼明顯的意思，於是就會枉花時間往這方面想。在鷺棲息於什麼地方的例句裡，大部分讀者都知道美國北部和加拿大接壤，兩者有類似生態系統，因此不需要說「與此相似」。如果講的是人們較不熟識的鳥類和地方，譬如鳳頭蜂鷹棲息於雅庫茨克（Yakutsk）和瀋陽，你說明這些地方是否相似，即暗示這種鳥能適應的就是一種特定生態系統，又或這些地方是否並不相似，即暗示這種鳥分布廣泛而適應力強，讀會因此感激你的。

決定一致性關係說得多明白才對，也是作者對讀者的知識水準須認真思考的主要原因之一，也因此最好讓幾位讀者看一下草稿，看看自己是否恰到好處地說得明白了。寫作的藝術有賴直覺、經驗和猜測，也由此可見一斑，不過在這方面，還是有支配性的指導原則。人類所受的一種詛咒，就是過於傾向假設自己擁有的知識他人也同樣擁有（見第三章），這表示整體上來說，文章因連接用語太少而變得混淆，這種危險性大於連接用語太多而變得學究味重。因此要是猶豫不決，還是用連接用語好了。

不過，如果你要標註一項連結關係，註明一次就夠了。如果一個作者對於標註是否充分猶豫不定，老是把連接用語重重複複往讀者頭上

砸，文章就會變得臃腫。

那麼多人處身於蒙昧中的<u>原因</u>，也許就<u>是因為</u>他們甘願這樣。〔解釋〕

Perhaps <u>the reason</u> so many people are in the dark is <u>because</u> they want it that way. [explanation]

那麼多人處身於蒙昧中，原因也許就在於他們甘願這樣。

Perhaps the reason so many people are in the dark is that they want it that way.

心理特質有很多生物性影響因素，<u>譬如</u>認知能力、責任心、衝動力、風險的厭惡，<u>諸如此類</u>。〔引申說明〕

There are many biological influences of psychological traits <u>such as</u> cognitive ability, conscientiousness, impulsivity, risk aversion, <u>and the like</u>. [exemplification]

心理特質有很多生物性影響因素，譬如認知能力、責任心、衝動力和風險的厭惡。

There are many biological influences of psychological traits such as cognitive ability, conscientiousness, impulsivity, and risk aversion.

我們針對局部<u>相較於</u>長程通道，<u>分別</u>量度出腦部整體同步作用的一對對數據。〔對比〕

We <u>separately</u> measured brainwide synchronization in local <u>versus</u> long-range channel pairs. [contrast]

我們針對局部和長程通道，分別量度出腦部整體同步作用的一對對數據。

We separately measured brainwide synchronization in local and long-range channel pairs.

　　第一項冗贅說法——「原因是因為」（the reason is because），是人皆唾棄的，因為光是「原因」一詞，就已經暗示我們是在作出解釋，不必

用「因為」再來提醒一下（一些純粹主義者對於英語裡說 the reason why
〔所以如此的原因〕也不表贊同，但多個世紀以來不乏好作家採用這種
說法，它應該跟 the place where〔所在地點〕或 the time when〔所發生時
間〕等說法一樣無可非議。無端出現的冗詞令文章難讀，不光因為讀者
查找所謂何事的努力，被迫重複一遍，也因為讀者自然地會假設作者採
用兩種說法，就是要表達兩件事，因而徒勞無功地尋找並不存在的第二
件事。

　　一致性的連接用語，是清晰文章的無名英雄。它們並不經常出現，
大部分每十萬字才出現幾次，但它們是理性思考的黏合劑，掌握這種工
具，是寫作上最難也是最重要的要務之一。對表現低於標準的中學生最
近所做的一項分析顯示，很多這些學生，即使閱讀能力良好，面對作挑
戰要寫作具一致性的文章，也會被難倒[15]。一位學生，當被要求寫一篇
關於亞歷山大大帝（Alexander the Great）的文章，總算能寫出一句說：
「我認為亞歷山大大帝是最出色的軍事領袖之一」，然後就轉過頭來向
母親問道：「好了，我寫了一句，接著怎麼辦？」一致性連接用語的掌
握，成為了最能截然區分掙扎中的學生與成功學生的其中一種技能。當
這些跟不上的學生被要求閱讀《人鼠之間》（Of Mice and Men）一書，
然後續寫完成以「雖然喬治（George）……」開頭的一個句子，他們中
很多人就難倒了。少數人寫成：「雖然喬治和倫尼（Lenny）是朋友。」
教師推行了一個計畫，明確地以訓練學生構建具一致性的論述為目標，
聚焦於連串意念之間的連繫。這跟今天中學寫作教學的主流大異其趣；
主流教學要學生寫的不過是自傳和個人反思。經訓練的學生，好些學科
的測試成績出現戲劇性改善，中學畢業並報讀大學的也增加了很多。

　　我們用「一致性」一詞同時指稱具體的文章以及抽象的思維，這並

非出於偶然，因為對這兩者起著支配作用的邏輯關係，包括蘊涵關係（implication）、概括、反例、否定、因果等，實際上是一樣的。雖然所謂好文章會引導出良好思考這種主張，並不一定正確（出色的思想家可以是拙劣的作家，靈巧的作家也可以是油腔滑調的思想家），可是單就能否掌握一致性這點來說，這種主張可能是對的。如果你嘗試修補一篇缺乏一致性的文章，而發覺不管怎樣插入「因此」、「而且」和「可是」等詞語，都無法把文貫串起來，這就是一個訊號，顯示背後的論辯也是欠缺一致性的。

————

一致性不光取決於技巧，譬如讓主題維持在主詞位置，以及選用恰當的連接用語；它也建基於讀者在閱讀文章多個段落的過程中建立起的印象，以及作者對文章整體的掌握。

讓我在解釋這方面的意思時，分享一下我對另一段文字的反應，這段文章在調子和意圖上，都遠高於「問問眾鳥類達人」專欄的層次。它是約翰・奇根（John Keegan）於一九九三年出版的巨著《戰爭史》（*A History of Warfare*）的開頭：

> 戰爭並不是把政策延續下去的另一種手段。如果克勞塞維茨這句名言是真實的話，要理解這個世界就比較簡單了。克勞塞維茨這位曾參與拿破崙戰爭的普魯士退役軍人，在退休歲月中撰寫的《戰爭論》一書注定成為史上最有名的戰爭論著；事實上他在書中寫道，戰爭是「政治交往的」延續，「其中摻雜了另一些手段」。德語原文跟經常被引用的英語說法比較起來，包含一種較微妙而複雜

的意念。可是不管怎樣說，克勞塞維茨的想法都是不完整的。它暗示了國家的存在，還有與之相關的國家利益，以及如何獲取這些利益的理性盤算。然而戰爭的出現，早於國家、外交和國策好幾千年。戰爭幾乎跟人類一樣古老，也觸及人心最隱密之處——在那裡，自我令理性目的解體，傲慢支配一切，感情至高無上，本能稱王稱帝。亞里斯多德說：「人類是政治的動物。」深受亞里斯多德影響的克勞塞維茨，沒有走到那個地步，聲稱政治動物就是發動戰爭的動物。他也不敢面對那種想法，認為人類既是思考的動物，其捕獵衝動和殺戮能力，就都受到心智引導[16]。

War is not the continuation of policy by other means. The world would be a simpler place to understand if this dictum of Clausewitz's were true. Clausewitz, a Prussian veteran of the Napoleonic wars who used his years of retirement to compose what was destined to become the most famous book on war—called *On War*—ever written, actually wrote that war is the continuation "of political intercourse" (*des politischen Verkehrs*) "with the intermixing of other means" (*mit Einmischung anderer Mittel*). The original German expresses a more subtle and complex idea than the English words in which it is so frequently quoted. In either form, however, Clausewitz's thought is incomplete. It implies the existence of states, of state interests and of rational calculation about how they may be achieved. Yet war antedates the state, diplomacy and strategy by many millennia. Warfare is almost as old as man himself, and reaches into the most secret places of the human heart, places where self dissolves rational purpose, where pride reigns, where emotion is paramount, where instinct

is king."Man is a political animal," said Aristotle. Clausewitz, a child of
Aristotle, went no further than to say that a political animal is a warmaking
animal. Neither dared confront the thought that man is a thinking animal in
whom the intellect directs the urge to hunt and the ability to kill.

　　奇根是史上最受尊崇的戰爭歷史學家之一，而《戰爭史》是贏得
好評的暢銷書。不少評論特別對它的文字工夫讚譽有加。這段文字在技
巧上無疑站得住腳，乍看之下在一致性方面也沒問題。主題是戰爭和克
勞塞維茨，也可見到一些連接用語，像「可是」和「然而」。不過，我
覺得這段文字幾乎沒有一致性可言。

　　問題在第一句就出現了。為什麼一本講戰爭的書，一開始卻告訴我
們戰爭「不是」什麼？我認得出克勞塞維茨這句名言，可是開卷閱讀一
本有關戰爭的書，它恐怕不會是我覺得最重要的，起碼我總是覺得這句
話晦澀不明──這個印象也從奇根第三和第四句那種模稜兩可的解釋獲
得確認。如果克勞塞維茨這句名言是那麼微妙、複雜，而又遭到誤解，
那麼告訴讀者這句話並不真實，又有什麼啟迪意義？而且，即使熟知這
句名言的人，都不知道它的意思，那麼假如它是真實的話，世界又怎會
更「簡單」？然則，這句名言是虛假的嗎？奇根又告訴我們，它只是
「不完整」而已。那他開頭豈不是該說：「戰爭不光是把政策延續下去
的另一種手段」？

　　好吧，我就告訴自己這樣好了，我會等著看接下來有什麼解釋。不
久我們被告知，戰爭觸及的人心深處，感情至高無上，本能稱王稱帝。
可是兩句之後，我們又被告知捕獵和殺戮的本能是由心智引導。兩者不
可能同樣是對的：帝王不會接受他人的命令，因此本能不可能在稱王的

同時，又受心智引導。我們姑且依據後面那種說法，假定心智起著支配作用。那麼這種想法的哪個部分，是克勞塞維茨和亞里斯多德未能面對的呢（而亞里斯多德又為什麼突然出現在這段談話中）？：那是人類作為思考的動物這個事實嗎，抑或是人類思考如何進行獵殺這個事實？

《戰爭史》這個混亂的開頭，給我們提供一個機會，可以瞥見對一致性造成影響的三個其他因素，它們都顯然在此不見蹤影：清晰而看來合理的否定說法，比例均衡的意識，以及主題的一貫性。

第一個問題在於奇根的否定說法用得有點蹩腳。從邏輯上來說，句子裡包含一個否定詞，像「不」（not）、「沒有／並非」（no）、「既不……也不」（neither...nor）或「決不」（never），這個句子就只是肯定句的一個鏡像。說數目字四不是奇數，在邏輯上等同於說它是個偶數。要是說某物並非活著，那它就是死掉了；反之亦然。可是從心理上來說，否定陳述跟肯定陳述是根本不一樣的[17]。

三個多世紀前，斯賓諾莎（Baruch Spinoza）就指出，人的腦袋不能對一項陳述的真偽一直不加懷疑，讓它在邏輯上懸吊於中間位置，等待它被掛上「真」、「偽」的標籤[18]。聆聽或閱讀一項陳述，就是相信它——起碼在片刻間如此。假如我們要總結說情況「不是」這樣，那就必須採取額外的認知步驟，才能把「虛假」這個判斷標籤掛到這項陳述之上。任何未加標籤的陳述，都視作真實的。因此，當腦袋裡擠進很多東西，我們就可能對「虛假」標籤該放哪裡感到混淆，甚或完全把它忘掉。在這個情形下，任何話語就都可能變成真實的了。當尼克森（Richard Nixon）說「我不是個騙子」，這並不能減輕他在人格上所受的質疑；而當柯林頓說「我跟那個女人沒有性關係」，也不能令傳聞平息下來。實驗顯示，當陪審員被告知不要理會證人的證詞，他們絕不

會因而不理會；就像有人告訴你，「接下來一分鐘試著不要想到一頭白熊」，你就偏偏會想到白熊[19]。

謹慎使用否定陳述

相信一項陳述是真實的（這只需要理解那項陳述就行了，沒有額外工夫），以及相信這項陳述是虛假的（這就需要添加一個標籤並記住它），兩者在認知上的差異，對寫作者隱含重大的意義。最明顯的是，一項否定陳述（譬如「國王並未駕崩」），較諸肯定陳述（譬如「國王仍然活著」）讀起來更吃力[20]。每項否定陳述都要讀者下點思考工夫，當一個句子有太多否定詞，讀者就會招架不住。更糟的是，句子中的否定詞可能比你想像的多。英語裡並不是所有否定詞都以字母 n 開頭的，很多詞語包含否定概念，譬如「很少／幾乎沒有」（few）、「微不足道／沒有多少」（little）、「最少／最小／最不」（least）、「不常／很少」（seldom）、「儘管」（though）、「罕有」（rarely）、「反而」（instead）、「懷疑」（doubt）、「否認」（deny）、「駁斥」（refute）、「避免」（avoid）和「忽視」（ignore）[21]。在一個句子中使用於多於一個否定詞（像下列左方的例子），在最佳情況下也會令讀者更吃力，在最壞情況下更是令人困惑不堪：

根據最新的暴力年度報告，撒哈拉以南非洲地區首次<u>不</u>是全球<u>最</u><u>不</u>平和的地區。	根據最新的暴力年度報告，撒哈拉以南非洲地區首次不是全球最暴戾的地區。
According to the latest annual report on violence, Sub-Saharan Africa for the first time is <u>not</u> the world's <u>least</u> peaceful region.	According to the latest annual report on violence, Sub-Saharan Africa for the first time is not the world's most violent region.

可是實驗者發現，受測試嬰兒並沒有如預料那樣對球的呈現方式作出反應，跟觀察物件沒有被調換的情況相比，他們倒是並未顯著地看得久一點。

The experimenters found, though, that the infants did not respond as predicted to the appearance of the ball, but instead did not look significantly longer than they did when the objects were not swapped.

實驗者預料，如果球一直放著，沒有跟其他觀察物件調換，受測試嬰兒觀察它的時間就會長一點。事實上，嬰兒對球的觀察時間在兩種情況下都一樣。

The experimenters predicted that the infants would look longer at the ball if it had been swapped with another object than if it had been there all along. In fact, the infants looked at the balls the same amount of time in each case.

由三位法官組成的小組宣布撤銷一項延緩執行令，讓一個地區法官對同性婚姻禁令所頒布的禁制令，不再受到制約。

The three-judge panel issued a ruling lifting the stay on a district judge's injunction to not enforce the ban on same-sex marriages.

由三位法官組成的小組發布裁決，讓同性婚姻得以進行。對同性婚姻原有一項禁令，而一個地區法官曾頒布一項讓禁令不得執行的禁制令，但禁制令卻受制於一項延緩執行令。令天裁判小組撤銷了緩延令。

The three-judge panel issued a ruling that allows same-sex marriages to take place. There had been a ban on such marriages, and a district judge had issued an injunction not to enforce it, but a stay had been placed on that injunction. Today the panel lifted the stay.

就像《愛麗絲夢遊仙境》中公爵夫人所作的解釋:「教訓就是——『你看來是怎樣的人,就做怎樣的人』——又或如果你喜歡說得簡單一點的話:『千萬不要想像自己不是有別於這種情況:你讓別人看來是怎樣的人或可能是怎樣的人,並不有別於你曾是怎樣的人,而你又讓人看來或許不是這樣。』」

不光讀者會被否定說法弄得混淆不清。寫作者本身也會迷失方向,把太多否定意念放到詞語或句子中,使得所表達的意思跟原意恰好相反。語言學家馬克・李博曼(Mark Liberman)把這稱為「偽否定」,並指出「它們很容易讓人錯失想要的結果」[22]:

> After a couple of days in Surry County, I found myself no less closer to unraveling the riddle.
>
> 在素里縣待了幾天後,我發現自己對於破解那個謎題沒有走近半點。(誤加了 less〔較少〕)

> No head injury is too trivial to ignore.
>
> 沒有頭部創傷是可忽視的區區小事。(to 後不應接上負面的 ignore〔忽視〕,應為正面的 attend to〔處理〕)

> It is difficult to underestimate Paul Fussell's influence.
>
> 保羅・傅塞爾影響之大,實難以高估。(underestimate〔低估〕應為 overestimate〔高估〕)

> Patty looked for an extension cord from one of the many still

unpacked boxes.

佩蒂從那很多還未開箱的其中一個盒子裡找一條延長電線。
（unpacked 應為 packed）

You'll have to unpeel those shrimp yourself.

你要自行給蝦子剝殼。（unpeel 應為 peel）

Can you help me unloosen this lid?

你可以幫我把蓋子鬆開嗎？（unloosen 應為 loosen）

否定語帶來的麻煩，風格手冊早有著墨。戴夫‧巴里（Dave Barry）在「問問語文笑笑生」（Ask Mr. Language Person）專欄中諷刺那種典型的忠告：

專業人士寫作訣竅：要讓你的文章對讀者更具吸引力，應避免「負面筆法」。用正面表達法取而代之。

錯誤：「不要在浴缸中使用這件電器。」

正確：「儘管在浴缸中使用這件電器好了。」

writing tip for professionals: To make your writing more appealing to the reader, avoid "writing negatively." Use positive expressions instead.

wrong: "Do not use this appliance in the bathtub."

right: "Go ahead and use this appliance in the bathtub."

這段諷刺文字帶出了一個嚴肅問題。大部分這類寫作風格忠告，都

以命令方式提出，而不是給人一個解釋；這樣光是叫人避免否定說法的一道指令，幾乎毫無用處。像語文笑笑生暗示，有時寫作者真的需要表達否定概念。你一天裡要避免使用「不」和「沒有」等詞語，究竟能避多久？「『不』這個詞語的哪部分是你不能明白的？」──這個諷刺性問題提醒我們，在日常語言中應付否定說法簡直輕而易舉。為什麼在寫作中卻那麼困難？

答案就在於，假如被否定的陳述是貌似合理或誘使人那樣想的，所作的否定就容易理解[23]。試比較下列左右兩欄的否定說法：

鯨不是魚類。	鯡魚不是哺乳動物。
A whale is not a fish.	A herring is not a mammal.
歐巴馬不是回教徒。	希拉蕊不是回教徒。
Barack Obama is not a Muslim.	Hillary Clinton is not a Muslim.
拉迪米・納博科夫從未贏得諾貝爾獎。	拉迪米・納博科夫從未贏得奧斯卡獎。
Vladimir Nabokov never won a Nobel Prize.	Vladimir Nabokov never won an Oscar.

左欄句子所否定的陳述，對讀者來說原都是看似可信的：鯨看來像巨魚；歐巴馬信奉的宗教曾引起很多傳聞；納博科夫無緣於諾貝爾文學獎，讓很多評論家為他不值。實驗顯示，較易理解的否定句是左欄那類句子，它否定的是貌似合理的信念；跟它對比的右欄句子，否定的則是看似不合理的信念。閱讀右方句子的第一個反應就是：「誰壓根兒會有

這種想法？」那些容易理解的否定句，原來的肯定想法早就植根於讀者心中，又或一談起來隨即就會浮現，因此讀者只要在此之上加上一個「虛假」標籤就行了。但要在心中構擬一項你原就難以置信的陳述（譬如「鯡魚是哺乳動物」），再把它否定，那就要在認知上幹兩次費勁的事，而不光是一次了。

現在我們可以看到，為什麼《戰爭史》的開頭那麼令人費解。奇根一開頭所否定的陳述，對讀者來說原就不那麼具說服力（經進一步解釋也沒有更具說服力）。同樣的解釋，也適用於我在本章開頭列舉的兩個令人費解的句子——那是關於喝適量的酒以及介入塞爾維亞。在這些例子裡，讀者最易想到的是：「誰會有這種想法？」當你要否定讀者原來沒有的信念，首先就要在讀者心中把一個看似合理的信念建立起來，然後再把它推倒。又或從正面來說，當你要否定一項人們不熟知的陳述，要分兩個階段進行：

一、你或許認為……（You might think ...）
二、事實不然。（But no.）

我後來把關於喝酒和塞爾維亞的兩個句子加以修改，就是採用這種方法。

奇根的否定用法也未能符合另一項要求——否定必須避免模稜兩可，這需要在兩方面下工夫：否定的範圍和焦點[24]。邏輯關係詞像 not（不）、all（所有）、some（有些）等的涵蓋範圍，是具確切界限的陳述。當來往波士頓和紐約的火車抵達沿途較小的車站，車長會宣布：All doors will not open（原意是：不是所有門都會打開；但也可解作：所

有門都不會打開）。我馬上會驚慌起來，以為會被困住而下不了車。當然，他要說的是：Not all doors will open。按照原意解讀，否定詞 not 的作用範圍是整個全稱陳述：All doors will open（所有門都會打開）；車長的意思是：並不是「所有門都會打開」。在非原意解讀下，全稱量詞 all 的作用範圍涵蓋整個否定陳述：Doors will not open（門不會打開）；面臨幽閉恐怖症的乘客聽進耳中的是：對所有的門皆然——門不會打開。

　　車長並沒有語法上的錯誤。在英語口語裡，常見的一種說法是讓邏輯關係詞像 all、not 或 only（只有）緊貼在動詞左方，即使它的涵蓋範圍是一個不同的詞組[25]。在火車抵站宣布中，not 在 open 旁邊出現，並沒有什麼邏輯上的作用；它的邏輯作用範疇是 All doors will open，因此它實際所屬位置在子句之外，在整句前面（all 之前）。但英語比邏輯專家的設計更具彈性，上下文一般能讓人清楚知道說話人的原意。（火車上除了我，沒有人看似有任何警戒表現。）與此相似，邏輯學家可能認為「I Only Have Eyes for You」（我的眼睛只看著你）這首歌應該更名為「I Have Eyes Only for You」，因為那位歌手身上有的不光是眼睛，而他的眼睛也不光用來對某人眉目傳情；那只是說，當他要用一雙眼睛對某人眉目傳情，那人就是你。同樣地，邏輯學家會爭辯說，You only live once（你只能活一次）應改寫為 You live only once 才對，only 應該緊貼著它起限定作用的 once。

　　這樣的邏輯學家，學究味之重令人難以忍受，但學究味中不無一點兒良好品味。如果寫作者把 only 或 not 推往它起限定作用的詞語旁邊，文章往往會變得更清晰，更優雅。約翰・甘迺迪（John F. Kennedy）在一九六二年宣稱：We choose to go to the moon not because it is easy but because it is hard.（我們選擇前往月球不是因為那是容易的，而是因為那是很難的。[26]）這個漂亮的說法遠勝於：We don't choose to go to the moon because it is easy but because it is hard.（我們不是前往月球容易就因此作出這個選擇，而是因為那是很難的。）它不光更漂亮，也更清晰。當一個句子同時包含 not 和 because，而 not 又緊貼著助動詞（上例中的 don't = do not），讀者對於否定詞的作用範圍——以至於整句的意思，就會一直被蒙在鼓裡。假設當時甘迺迪說的是：We don't choose to go to the moon because it is easy，聽者就不知道甘迺迪是打算放棄登月計畫（因為那太容易），還是決定把計畫付諸實行（基於「登月容易」以外的其他原因）。把 not 推到緊貼著它所否定的詞組，就可以消除作用範圍方面的模稜兩可。這裡提供一項規則：句子千萬不要寫成「X not Y because Z」的形式。就以 Dave is not evil because he did what he was told 這個句子為例，它的兩種解讀應該分別寫成：Dave is not evil, because he did what he was told.（戴夫不是邪惡的，因為他按著被告知的行事——這裡逗號把 because 排除在 not 的作用範圍外）；又或是：Dave is evil not because he did what he was told.（戴夫之所以邪惡不是因為他按著被告知的行事——而是因為其他原因），這裡 because 緊貼著 not 出現，顯示它在否定詞的作用範圍內。

針對一個論點所花的篇幅，跟其在論證中的重要性不能相差太遠

當一個否定詞有寬廣的作用範圍（也就是說，它作用於整個子句），儘管它實際上不是模稜兩可，卻可能含糊得令人發瘋。這種含糊性，來自否定作用焦點不明：究竟作者在否定整個句子時，著眼點在哪個詞組？舉例說，I didn't see a man in a gray flannel suit（我沒看見一個穿

灰色法蘭絨西裝的男人），這句話意思可能是：

> **我**沒有看到他；是艾咪看到他。
>
> 我沒**有**看到他；只是你以為我看到罷了。
>
> 我沒有**看到**他；我望向另一處。
>
> 我沒有看到**他**；我看到的是另一個男人。
>
> 我沒有看到一個穿灰色西裝的**男人**；我看到的是個女人。
>
> 我沒有看到一個穿**灰色**法蘭絨西裝的男人；那是棕色的。
>
> 我沒有看到一個穿灰色**法蘭絨**西裝的男人；那是聚酯纖維的。
>
> 我沒有看到一個穿灰色法蘭絨**西裝**的男人；他穿的是蘇格蘭裙。

　　在對話中，我們可以用重音念出要否定的那個詞組，在寫作中可以用粗體字做同樣的事。更常見的是，上下文會讓人看到什麼可能是原來的肯定陳述，因而曉得作者費力去否定的是什麼。但如果話題不是彼此熟知的或包含很多部分，而作者又沒有聚焦於其中一部分，顯示它是值得認真談及的事實，以便讀者作好準備，讀者就不知道在什麼事情上不該維持原來想法。奇根那段文字的另一個問題就在這裡，他推測克勞塞維茨和亞里斯多德不敢面對一種想法，而那種想法有多個組成部分，這就難免令讀者產生疑惑；他提到人是思考動物，人類捕獵的衝動和殺戮的能力，都受心智引導，那麼兩人像見鬼般不敢面對的是人類的哪種可能性：人類會思考、人類是動物，還是人類會對捕獵和殺戮作出思考？

　　讓我們給奇根一個機會去解釋他的想法。他在該書第二段作出了解釋，我會用這段來說明一致性的另一個原則，這也是這段文字所欠缺的——比例均衡的意識：

現代人要面對那種想法，也沒有比這位普魯士軍官——這位受到十八世啟蒙運動精神薰陶的神職人員的孫子——容易得了多少。儘管佛洛伊德、榮格和阿德勒給我們的觀念帶來了種種衝擊，我們的道德價值仍停留在主要一神教信仰的價值觀下：除了在極端窘迫情況下，殺害他人總被視為罪惡。人類學告訴我們，考古學也向我們暗示，我們那些未開化的祖先，牙齒和手爪可能是血紅的；心理分析學家嘗試說服我們，我們所有人潛存的野性，就在皮膚之下沒多深之處。可是我們願意承認的人性，就是現代生活中大部分文明人日常行為表現出的人性——那無疑並不完美，卻肯定是和衷共濟的，並往往出於善意。在我們看來，文化是人類行事為人的重大決定因素；在爭議不休的「天性與教化」學術論辯中，主張「教化」占優的學派，從旁觀者那裡贏得較多支持。我們是文化動物，而文化的深厚，讓我們能接受無疑潛存的暴力傾向，卻仍堅信暴力表現是文化偏差。歷史教訓提醒我們，我們目前的生存景況，各種典章制度，甚至其中的法律，都是衝突中產生的成果，那往往還是最血腥的衝突。我們每天吸收的新聞資訊，帶來種種流血事件的報導，往往就發生在離我們家園不遠的地方，而事件發生的景況，是我們那種文化常態概念完全無法解釋的。儘管如此，我們還是能把歷史和新聞帶來的這些教訓，成功撥進一個特殊的、隔絕的「另類」框框；對於世界明天以至日後將會如何，我們的期待一點不會因而變得無所適從。我們告訴自己，我們的典章制度和法律，對於人類潛存的暴力已設定了制約，日常生活中的暴力會在法律下定罪受罰，而國家組織施行的暴力，所採取的特定方式是「文明戰爭」。[27]

This is not an idea any easier for modern man to confront than it was for a Prussian officer, born the grandson of a clergyman and raised in the spirit of the eighteenth- century Enlightenment. For all the effect that Freud, Jung and Adler have had on our outlook, our moral values remain those of the great monotheistic religions, which condemn the killing of fellow souls in all but the most constrained circumstances. Anthropology tells us and archaeology implies that our uncivilised ancestors could be red in tooth and claw; psychoanalysis seeks to persuade us that the savage in all of us lurks not far below the skin. We prefer, none the less, to recognise human nature as we find it displayed in the everyday behaviour of the civilised majority in modern life—imperfect, no doubt, but certainly cooperative and frequently benevolent. Culture to us seems the great determinant of how human beings conduct themselves; in the relentless academic debate between "nature and nurture," it is the "nurture" school which commands greater support from the bystanders. We are cultural animals and it is the richness of our culture which allows us to accept our undoubted potentiality for violence but to believe nevertheless that its expression is a cultural aberration. History lessons remind us that the states in which we live, their institutions, even their laws, have come to us through conflict, often of the most bloodthirsty sort. Our daily diet of news brings us reports of the shedding of blood, often in regions quite close to our homelands, in circumstances that deny our conception of cultural normality altogether. We succeed, all the same, in consigning the lessons both of history and of reportage to a special and separate category of "otherness" which invalidate our expectations of how our own world will be tomorrow and the day after not at all. Our institutions and our laws, we tell ourselves, have set the human potentiality for violence about with such restraints that violence in everyday life will be punished as criminal by our laws, while its use by our institutions of state will take the particular form of "civilised warfare."

我相信我能看得出奇根所說的是，人類有訴諸暴力的先天衝動，可是今天我們嘗試對此加以否認，不過，他的表述卻往另一方向推進。這段文字大部分講的是反面的情況：我們無法不覺察人性黑暗的一面。奇根到處提醒我們黑暗的一面如何如何，他提到佛洛伊德、榮格、阿德勒、人類學、考古學、心理分析學、我們所有人的野性、我們無疑潛存的暴力傾向、歷史上種種衝突的教訓、血腥暴力、每天吸收的新聞資訊、流血事件的報導、人類潛存的暴力，以及日常生活中的暴力。讀者開始思量：不能察覺到這一切的那個「我們」究竟是誰？

這裡的問題是欠缺均衡——比例上的均衡。寫作的一項重要原則，就是對一個論點所花的筆墨，跟這個論點在論辯中所占的地位有多重要，不能偏離太遠。如果作者認為九成的證據和論辯支持一個立場，那麼九成左右的筆墨就應該用來討論採信這個立場的原因。如果讀者所花的時間只有一成關於為什麼這是個好立場，而足足九成的時間，讀來就讓人覺得那是個壞主意，然而作者其實一直在主張那是個好主意，那麼讀者當下的印象，跟作者的原意就會南轅北轍。作者於是必須對一直在談論的那種情況，竭力試著壓抑它的效應，然而卻只會更挑撥起讀者的疑心。奇根試著從掩埋他的那一大堆反證中掘開一條生路，反反覆覆宣

稱一個身分未明的「我們」如何頑固地、自衛地執持某種信念，這只會
促使讀者心想：「你自說自話而已！」讀者覺得對方不是在說服自己，
而是在欺凌自己。

　　當然，負責任的作者不能不處理反面論據和反證。但如果這些反面
材料有充分的數量，值得大篇幅討論，那就應該有專門對此作出討論的
單元，表明這個單元的目的就是探討反面立場。這方面的公平探討，也
就可以要多大篇幅占多大篇幅，因為在此大費筆墨反映出它在那個單元
中的重要性。這種「分而治之」的策略，勝於不斷讓反證衝擊主要的論
辯思路，迫使讀者視線偏離正軌。

　　在一整頁題外話談及和平主義、基督教和羅馬帝國後，奇根又回頭
談到克勞塞維茨那句名言錯在哪裡，並談到那句名言所捕捉到的現代人
對戰爭的理解。這段文字可幫助我們體會到文章整體一致性的第三項原
則：

　　　〔克勞塞維茨的名言〕肯定清晰地劃分合法擁有武器的人，
　　以及造反者、劫掠者和強盜。它假設有高水準的軍紀，以及下屬
　　對合法上司極高的服從性。……它假定戰爭有一個起點也有一個
　　終點。它完全不容許存在的是沒有起點或終點的戰爭、非國家層
　　面的地方性戰爭、甚至國家形成前民族間的戰爭，在這些情形下
　　沒有合法和不合法武器擁有者的分別，因為所有男性都是戰士；
　　這種形式的戰爭曾盛行於人類歷史漫長時期中，而在邊緣情況
　　下，仍可瞥見它入侵文明國家生活的痕跡，事實上，它也被國家
　　利用，就是透過徵募「非正規」輕騎兵及步兵的普遍做法。……
　　在十八世紀，這類部隊的擴張，包括哥薩克騎兵、獵兵、高地聯

隊士兵、邊民團和驃騎兵等,是現代軍事發展最值得注意的其中
一面。對於這些部隊慣性地從事的搶劫、掠奪、強姦、謀殺、綁
架、勒索,以及無日無之的破壞他人財物,他們的文明雇主卻選
擇視而不見。[28]

[Clausewitz's dictum] certainly distinguished sharply between the
lawful bearer of arms and the rebel, the freebooter and the brigand. It
presupposed a high level of military discipline and an awesome degree
of obedience by subordinates to their lawful superiors. . . . It assumed
that wars had a beginning and an end. What it made no allowance for at
all was war without beginning or end, the endemic warfare of non-state,
even pre-state peoples, in which there was no distinction between lawful
and unlawful bearers of arms, since all males were warriors; a form of
warfare which had prevailed during long periods of human history and
which, at the margins, still encroached on the life of civilised states and
was, indeed, turned to their use through the common practice of recruiting
its practitioners as "irregular" light cavalry and infantrymen. . . . During
the eighteenth century the expansion of such forces—Cossacks, "hunters,"
Highlanders, "borderers," Hussars—had been one of the most noted
contemporary military developments. Over their habits of loot, pillage,
rape, murder, kidnap, extortion and systematic vandalism their civilised
employers chose to draw a veil.

這都相當引人入勝,但在接下來的六頁裡,各段落時而描述哥薩克
騎兵的作戰方式,時而對克勞塞維茨的看法提供更多解釋,在兩者間跳

來跳去。就像第二段裡的那個「我們」，大抵看到了很多暴力卻否認它的重要性，這裡所敘述的這個不幸人物「克勞塞維茨」，顯示他頗能察覺到哥薩克騎兵的殘暴和懦弱行徑，卻仍然無法抓住問題的要領。再一次的，大部分筆墨引向一個方向，作者的論述內容則朝另一方向跑。奇根這樣總結這個單元：

> 克勞塞維茨對「什麼是戰爭」這個問題所提供的答案，在文化層次上是有缺陷的。……克勞塞維茨畢竟是他所屬時代裡的一個人，是啟蒙運動的產物、活在德國浪漫主義時代，是個知識分子、務實改革者。……要是他的思想能有額外一個智性面向……他或許能體會到戰爭所包含的遠超於政治：戰爭總是文化的一種體現，往往是文化形式的一項決定因素，在一些社會裡甚至戰爭本身就是文化。[29]
>
> It is at the cultural level that Clausewitz's answer to his question, What is war?, is defective. . . . Clausewitz was a man of his times, a child of the Enlightenment, a contemporary of the German Romantics, an intellectual, a practical reformer. . . . Had his mind been furnished with just one extra intellectual dimension . . . he might have been able to perceive that war embraces much more than politics: that it is always an expression of culture, often a determinant of cultural forms, in some societies the culture itself.

喂，請等一下！奇根在第二段不是告訴我們，克勞塞維茨及其追隨者的問題，在於太著重文化作用？他不是在說，我們的文化讓我們相

信，暴力是一種偏差，而我們選擇忽視的原始戰爭，則是天性、生物本性和本能的產物？那怎麼現在克勞塞維茨的問題卻在於沒有**充分**著重文化作用？還有，克勞塞維茨怎能同時是啟蒙運動**和**德國浪漫主義的產物——後者不是對啟蒙運動的反撲嗎？同時，既說克勞塞維茨是神職人員的孫子，又說我們的道德價值屬一神教價值觀，可是我們不都是啟蒙運動的產物嗎，而啟蒙運動不是反對一神教信仰的嗎——這項矛盾如何化解？

主題的一致性

給奇根說句公道話，在讀完他這本書後，我並不認為他是像最初幾頁所顯示的那樣混淆不堪。如果你把那些頭昏眼花地間接提到各重大思想運動的內容擱置一旁，就可以看到他也有他的論點，那就是現代國家的紀律化戰爭，跟傳統部落機會主義的你爭我奪截然不同，而傳統戰爭一直以來都比較普遍，也從來未曾消失。奇根的問題在於，他蔑視寫作一致性的另一原則，這是本章探討的最後一個原則。

約瑟夫·威廉斯把這項原則稱為「一致性主題線索」，簡稱主題一致性[30]。作者把要講的話題鋪展開來後，會引入很多概念，對這個話題提出解釋、加以充實或作出評論。這些概念以幾個主題為核心，而這些主題會在討論中重複出現。為了維繫文章的一致性，作者必須讓讀者緊跟這些主題，那就要用一致的方式提到每個主題，並解釋它們的關係。我們曾看過這項原則的一個版本，那就是在反覆提及某一事物時為了讓讀者跟得上來，作者不應採用沒有必要的同義詞而在其間跳來跳去。現在我們可以把這項原則引申到**一組組**的相關概念，那就是主題。作者應該以一致性的方式提及每個主題，讓讀者能把主題一個個辨認出來。

　　問題就在這裡。奇根的話題是戰爭的歷史——這部分是清晰不過的。他的主題，則是原始戰爭形式和現代戰爭形式。但他討論兩個主題時，在一組概念之間遊蕩，而這些概念彼此之間以至跟主題之間，都沒有緊密關係，各個概念引起了奇根的注意，對在反來覆去中無所適從的讀者來說卻含混不清。讀過全書之後再回顧，我們可以看到這些概念分為兩大寬鬆群集，各相當於奇根的其中一個主題。

克勞塞維茨、現代戰爭、國家、政治盤算、策略、外交、軍紀、「我們」、智性、亞里斯多德、一神教信仰的和平主義面向、刑法制度、文明對戰爭的制約、啟蒙運動的理性化面向、文化對暴力的制約方式

原始戰爭、部落、氏族、非正規兵、劫掠者、強盜、哥薩克騎兵、搶劫與掠奪、本能、天性、佛洛伊德、心理分析學對本能的著重、人類學的暴力證據、考古學的暴力證據、歷史上的衝突、新聞中的罪案、文化對暴力的鼓動方式

　　我們也可以重構為什麼每個這些概念會引致奇根想到其他一些概念。但最好是把概念間的共同線索明白說出來，因為在作者想像中的那個巨大個人內心網絡中，任何事物都可以跟任何其他事物相似。牙買加跟古巴相似，都是加勒比海國家。古巴跟中國相似，都是由自稱共產主義者的政權所領導。但當討論到「與牙買加和中國相似的國家」，而未能認定它們的共通點——各在某種情況下跟古巴相似，那就勢必欠缺一致性。

　　作者怎樣能把這些主題更具一致性地呈現出來？在《戰爭的殘留》（*The Remnants of War*）一書中，政治學家約翰・繆勒（John Mueller）

的論述範疇跟奇根一樣，並從奇根止步之處接續下去。他辯稱，現代戰爭正被淘汰，剩下原始的、無秩序的戰爭，成為現今世界的主要戰爭類別。但繆勒對兩個主題的闡述，是一致性的模範：

> 大體來說，看來有兩種方法把戰鬥力量發展起來，而成功地誘使或迫使人群投入暴戾、愚濫、賣命、不確定、暴虐而本質上荒謬的，我們稱為戰爭的這種行動。這兩種方法帶來兩種戰爭，兩者的區別可能很重要。
>
> 直覺上，看似最容易（及最廉價地）招募戰士的一種方法就是……網羅那些沉迷暴力並慣性找機會施暴的人，或經常使用暴力謀取私利的人，或兩者兼而取之。我們在平民角度給這樣的人一個名字──罪犯。……由這種人扮演主要角色的暴力衝突稱為犯罪戰爭，在這種戰爭形式下，戰鬥者被誘使行使暴力，主要是為了從這種經歷獲得樂趣和物質利益。
>
> 罪犯軍隊看來透過好幾種過程而產生。有時候，各種罪犯像劫匪、強盜、掠奪者、響馬、小流氓、惡棍、土匪、海盜、幫派分子、亡命之徒等，組織或糾合起來，成為幫派、匪黨或犯罪團伙。當這些組織達到一定規模，它們看起來或行動起來就跟一整支軍隊十分相似。
>
> 罪犯軍隊的形成，也可以是因為統治者需要戰鬥部隊展開一場戰爭，而認為雇用或徵召罪犯和惡棍是達成這個目標的最合理最直接方法。在這種情形下，罪犯和惡棍基本上扮演雇傭兵的角色。
>
> 可是，實際上罪犯和惡棍往往不是令人滿意的戰士。……首先，他們往往很難控制。他們可能是麻煩製造者：任性、不服從、

愛反叛，在執勤（或非執勤）期間經常干犯未經授權的罪行，可能令軍事行動蒙受損害甚至遭到毀滅。……

最重要的是，當情況變得危險時，罪犯可能不願意緊守崗位或參與戰鬥，當他們的幻想遇上機會，他們往往就成為逃兵。一般罪案畢竟是對弱者下手——對弱小的老婦而不是健碩的運動員，罪犯並往往勝任愉快地充當無自衛能力的人的劊子手。可是當警察出現，他們便走為上著。罪犯的座右銘，可不是什麼「精忠不二」、「人人為我，我為人人」、「責任、榮譽、國家」、「萬歲」、「毋忘珍珠港」，而是「搶走金錢馬上溜掉」。……

由於雇用罪犯作為戰士存在這些問題，歷史上就冒起了徵召一般人擔任戰士的做法，這些普通人跟罪犯和惡棍不一樣，他們生活裡其他時間不會施用暴力。……

結果就是紀律化戰爭的發展，參與其中的人施用暴力，不是為了樂趣和利益，而是因為他們的訓練和教化向他們灌輸的觀念，包括了必須服從命定，遵從一套精心制訂而具宣導意義的榮譽制度，在戰鬥中追求榮譽和名聲，對長官存敬愛、尊重及畏懼之心，相信理想的價值，對投降的羞恥、屈辱和代價感到憂慮，而尤其重要的是，對同袍忠誠以待也值得對方同樣對待。[31]

Broadly speaking, there seem to be two methods for developing combat forces— for successfully cajoling or coercing collections of men into engaging in the violent, profane, sacrificial, uncertain, masochistic, and essentially absurd enterprise known as war. The two methods lead to two kinds of warfare, and the distinction can be an important one.

Intuitively, it might seem that the easiest (and cheapest) method for recruiting combatants would be to . . . enlist those who revel in violence and routinely seek it out or who regularly employ it to enrich themselves, or both. We have in civilian life a name for such people—criminals.. . . Violent conflicts in which people like that dominate can be called criminal warfare, a form in which combatants are induced to wreak violence primarily for the fun and material profit they derive from the experience.

Criminal armies seem to arise from a couple of processes. Sometimes criminals—robbers, brigands, freebooters, highwaymen, hooligans, thugs, bandits, pirates, gangsters, outlaws—organize or join together in gangs or bands or mafias. When such organizations become big enough, they can look and act a lot like full-blown armies.

Or criminal armies can be formed when a ruler needs combatants to prosecute a war and concludes that the employment or impressment of criminals and thugs is the most sensible and direct method for accomplishing this. In this case, criminals and thugs essentially act as mercenaries.

It happens, however, that criminals and thugs tend to be undesirable warriors. . . . To begin with, they are often difficult to control. They can be troublemakers: unruly, disobedient, and mutinous, often committing unauthorized crimes while on (or off) duty that can be detrimental or even destructive of the military enterprise. . . .

Most importantly, criminals can be disinclined to stand and fight when things become dangerous, and they often simply desert when whim and opportunity coincide. Ordinary crime, after all, preys on the weak—on little old ladies rather than on husky athletes—and criminals often make willing and able executioners of defenseless people. However, if the cops show up they are given to flight. The motto for the criminal, after all, is not a variation of "Semper fi," "All for one and one for all," "Duty, honor, country,""Banzai," or "Remember Pearl Harbor," but "Take the money and run."...

These problems with the employment of criminals as combatants have historically led to efforts to recruit ordinary men as combatants—people who, unlike criminals and thugs, commit violence at no other time in their lives....

The result has been the development of disciplined warfare in which men primarily inflict violence not for fun and profit but because their training and indoctrination have instilled in them a need to follow orders; to observe a carefully contrived and tendentious code of honor; to seek glory and reputation in combat; to love, honor, or fear their officers; to believe in a cause; to fear the shame, humiliation, or costs of surrender; or, in particular, to be loyal to, and to deserve the loyalty of, their fellow combatants.

繆勒所討論的主題是什麼,是毫無疑問的,他用了很多筆墨向我們表明。其中一個主題他稱為罪犯戰爭,然後他用五個段落來探討。他首先提醒我們罪犯是什麼,並解釋罪犯戰爭怎樣運作。接著兩段說明罪犯軍隊可能形成的各種形式,再下來兩段則解釋這種軍隊對他們的領導人所帶來的問題,每段交代一個問題。這些問題自然地把繆勒引向他的第

二個主題——紀律化戰爭，其後兩段就解釋這個主題。

每個主題的討論具一致性，不光因為討論在一連串段落中層層展開，也因為繆勒使用一組清晰透明的相關用語來表達主題。其中一個主題的用語包括：「罪犯、罪犯戰爭、罪行、樂趣、利益、幫派、犯罪團伙、惡棍、雇傭兵、麻煩製造者、對弱者下手、儈子手、暴力、逃兵、走為上著、幻想、機會、溜掉」。我們不用苦苦思索每個詞群裡的各用語有什麼關係，連接它們的線索十分明顯，不同於我們面對奇根那些用語，像「克勞塞維茨、文化、國家、政策、啟蒙思想、政治動物、刑法制度、一神教信仰、亞里斯多德」等等。

繆勒在闡述中的主題一致性，是他採用古典風格的可喜後果，尤其是他盡量以呈現事實代替講述事實。當我們看到惡棍對弱小的老婦下手，而警察出現便馬上溜走，我們就領會到，由這樣的人組成的軍隊運作起來會怎樣。我們也就體會到現代國家的領導人在期望以武力攫取利益時，如何尋求一種更可靠的方法，那就是發展出訓練有素的現代軍隊。我們甚至能了解到，對這些現代國家來說，戰爭如何能以另一種手段讓政策得以延續。

我先前的拙劣寫作例子，都取自容易信手抓來的地方：面對截稿壓力的記者、古板的學者、企業寫手，而有時是缺乏經驗的學生。像奇根那麼老練的作者，寫作才華洋溢，怎麼會成為一致性的反面教材，比不上鱈魚岬一個販售鳥食的商人？部分原因在於，男性讀者對一本像《戰爭史》這樣的書能多所容忍。但大部分問題正在於讓奇根深具資格撰寫這些著作的專業知識。他浸淫於戰爭研究，受專業自戀所累；他在寫戰爭史時，很容易混淆不清，所講的歷史，只是關於「在我的研究範疇裡對戰爭的觀點經常被引用的一個人」。他畢生埋首治學，滿腦子識見，

種種想法一瀉而下，沒來得及讓他組織起來。

　　一段具一致性的文章，遠遠不同於個人識見的賣弄、個人思想的流水帳，或個人筆記的刊行。具一致性的文章是經過設計的：一個單元裡有樹狀結構般組織起的小單元，一道道一致性圓弧跨越其中，貫串話題、論點、角色和主題，在一項接一項的陳述中用連接詞連繫起來。就像其他經設計的物品，它不是出於偶然，它維繫著的和諧、均衡感覺，是依據著藍圖架構，著眼於細節的成果。

1.　主要來自 Lederer, 1987.

2.　Wolf & Gibson, 2006.

3.　Bransford & Johnson, 1972.

4.　M. O'Connor, "Surviving winter: Heron," *The Cape Codder,* Feb. 28, 2003; reprinted in Pinker, 2004.

5.　Huddleston & Pullum, 2002; Huddleston & Pullum, 2005.

6.　Huddleston & Pullum, 2002; Huddleston & Pullum, 2005.

7.　Gordon & Hendrick, 1998.

8.　主要來自 Lederer, 1987.

9.　Garrod & Sanford, 1977; Gordon & Hendrick, 1998.

10.　Hume, 1748/ 1999.

11.　Grosz, Joshi, & Weinstein, 1995; Hobbs, 1979; Kehler, 2002; Wolf & Gibson, 2006. 休謨原來的解釋跟凱勒等的現代語言學詮釋稍有不同，但他的「三分法」是把一致性關係組織起來的一種有用方式。

12. Clark & Clark, 1968; Miller & Johnson-Laird,1976.

13. Grosz, Joshi, & Weinstein, 1995; Hobbs, 1979; Kehler, 2002; Wolf & Gibson, 2006.

14. Kamalski, Sanders, & Lentz, 2008.

15. P. Tyre, "The writing revolution," *The Atlantic,* Oct. 2012. http://www.theatlantic. com/magazine/archive/2012/10/the-writing-revolution/309090/.

16. Keegan, 1993, p. 3.

17. Clark & Chase, 1972; Gilbert, 1991; Huddleston & Pullum, 2002; Huddleston & Pullum, 2005; Miller & Johnson-Laird, 1976; Horn, 2001.

18. Gilbert, 1991; Goldstein, 2006; Spinoza, 1677/ 2000.

19. Gilbert, 1991; Wegner et al., 1987.

20. Clark & Chase, 1972; Gilbert, 1991; Miller & Johnson-Laird, 1976.

21. Huddleston & Pullum, 2002.

22. Liberman & Pullum, 2006; 並參見 *Language Log,* http://languagelog.ldc.upenn. edu/nll/ 網誌 "misnegation" 欄目下很多的帖子。

23. Wason, 1965.

24. Huddleston & Pullum, 2002.

25. Huddleston & Pullum, 2002.

26. 準確的說，他說的是："We choose to go to the moon in this decade and do the other things, not because they are easy, but because they are hard..."http://er.jsc.nasa. gov/seh/ricetalk.htm.

27. Keegan, 1993, pp. 3–4.

28. Keegan, 1993, p. 5.

29. Keegan, 1993, p. 12.

30. Williams, 1990.

31. Mueller, 2004, pp. 16–18

CHAPTER 6

辨別對錯

如何理解語法、用字、標點的正確規則

很多人對今天的語文水準有很強烈的意見。他們寫書、寫文章慨歎，迫切地寫信給報刊編輯或打電話到電台脫口秀，表達批評和抱怨。我發現這些負面意見很少針對語文是否清晰、優雅及具一致性。他們關切的是正確用法，也就是正確英語的規則，譬如：

- less（較少）一詞不能用在可數（countable）事物上，譬如超級市場的快速結帳櫃檯，對顧客所購物品數量有限制，有標誌寫著：Ten items or less（十件或較少）；有人認為應改為 Ten items or fewer（few〔少數幾個〕的比較級）。

- 修飾語不能帶虛懸分詞（dangling participle），譬如 Lying in bed, everything seemed so different（躺在床上，每樣事情看來都那麼不一樣），分詞 lying（躺著）隱含的主詞（我），跟主要子句的主詞（每樣事情）並不一致。

- 動詞 aggravate 並不解作「激怒」；而是「讓狀況變更糟」。

指稱這些是錯誤的純粹主義者，認為這些錯誤正是我們今天的文化裡溝通和思考水準下降的病徵。一位專欄作家就表示：「我關切的是，一個國家不大確定所說的是什麼，人們也看來漠不關心。」

不難看到這些憂慮來自哪裡。有一類作者老是要逼迫你正視語文用法問題。但他們對英語的邏輯和歷史，以及那些風格堪作模範的作家怎樣使用這種語言，都毫無興趣；對於英語在意義及重點上的微妙變化，也毫無感覺。他們懶得翻查詞典，被本能和直覺牽著走，無視嚴謹的學術研究。對這些作者來說，語言不是清晰和優雅的表達工具，而是標榜他們屬於某個社會圈子的手段。

這些作者是誰？你可能以為我指的是整天發推特和上臉書的大學新生。但我心裡想的是純粹主義者——也稱為老頑固、學究、無是生非者、假內行、捉狹鬼、吹毛求疵者、傳統主義者、語言警察、用法保母、語法納粹和語文抓錯黨。他們滿腔熱誠，要淨化用法、保衛語言，造成的反效果卻令人難以清晰思考如何適切地表達，也讓解釋寫作藝術的任務亂作一團。

本章的目標，是要讓你透過思考探索出路，避免語法、用字和標點的主要錯誤。我在嘲弄過語言警察後，卻提出這個目標，看來自相矛盾。如果你的反應是這樣，就是受到老頑固所散播的混亂訊息給毒害了：認為面對語文用法只有兩條路可走——要麼遵守所有傳統規則，要麼就毫無規則可言——這是老頑固引以為據的迷思。掌握語文用法的第一步，就是揭破這個迷思錯在哪裡。

迷思是這樣說的：

> 從前，人們關心語言的恰當使用。他們參考詞典，查找字詞意義和語法結構的正確訊息。這些詞典編寫者是規範主義者：他們訂立正確的用法。規範主義者秉持的是卓越的標準及對文化精華的尊重，他們抗拒的是相對主義、庸俗的平民主義，以及讀書識字文化的墮落。

> 一九六〇年代，受到了學院語言學和進步教育理論的啟迪，一個持相反立場的學派勃興。它的領導者是描述主義者（Descriptivist）：他們描述語言實際上怎樣使用，而不是訂立它該怎樣使用的規範。描述主義者相信，正確用法的規則不過是統治階層耍弄的祕密手段，目的是讓群眾安分守己。描述主義者聲稱，語

言是人類創造力的有機成果，應該容許人們隨心所欲地寫作。

描述主義者是偽君子：他們在自己的寫作中遵守正確用法規則，卻不鼓勵把這些標準向他人傳播，因而使得弱勢族群無法在社會階梯上攀升。

隨著《新韋氏國際字典第三版》（*Webster's Third New International Dictionary*）在一九六一年出版，裡面收錄了 ain't（不是）和 irregardless（不管）等錯誤詞語，描述主義者可謂得其所哉。這引起了反撲，導致規範主義詞典的誕生，例如《美國傳統英語詞典》（*The American Heritage Dictionary of the English Language*）等。自此以後，對於寫作應否講求正確用法，規範主義者和描述主義者一直爭辯不休。

這個童話故事有何不妥？幾乎全都不妥。讓我們從語言的客觀正確性這個觀念談起。

當我們說，句子用介系詞結尾是不正確的，或用 decimate 一詞表示「毀滅大部分」（而不是字面意義上的「毀滅十分之一」）並不正確，那是什麼意思？畢竟，這不是能用定理推斷的邏輯正誤，也不是能在實驗室獲得的科學發現。它們也肯定不是監管機構訂立的規條，好比職棒大聯盟（MLB）制訂的規則。大部分人以為有這樣一個機構，就是詞典編纂者。但我就是以規範取向著稱的《美國傳統英語詞典》的用法小組主席，我可以告訴你，這種想法是錯的。當我問這部詞典的編者，他和他的同事怎樣決定什麼該收錄到詞典中，他回答說：「我們留意人們怎樣使用語言。」

沒錯：談到了英語的正誤，沒有人是掌管者；就像所謂「瘋人院由

瘋子營運」。詞典的編者廣泛地閱讀，隨時注意很多作者在很多語境下使用的新詞新義，然後據此增補或修訂詞典中的定義。當純粹主義者得悉詞典是這樣編寫的，往往怒不可遏。文學評論家德懷特‧麥克當納（Dwight Macdonald）在一九六二年對《新韋氏國際字典第三版》所作的有名攻擊，聲稱即使九成英語使用者都誤用一個詞語（比方說，用 nauseous 表示 nauseated〔造成噁心後果〕而不是 nauseating〔具噁心性質〕），其餘一成人還是該視為正確（他沒說明根據什麼標準或權威），詞典應該支持他們。[1] 但沒有詞典編纂者會執行這樣的指令。一部讓使用者在寫作中肯定會被誤解的詞典是沒有用的，就像巨蟒劇團（Monty Python）短劇中那本匈牙利語及英語語句對照手冊，把「請告訴我去火車站怎麼走」譯成「請你撫弄我的屁股」。

在此同時，語文用法確實有客觀對錯。我們都同意，當小布希（George W. Bush）說：Is your children learning?（你的孩子在學習嗎），那是不對的；同樣不對的是：他用 inebriating（令人陶醉）表示「令人振奮」，把希臘人稱為 Grecians（應為 Greeks），慨歎一些政策令社會「分化」卻說成 vulcanize（使硬化；應為 Balkanize）。小布希本人在一項自貶演說中，也同意這都不正確。[2]

那麼我們既確認某些用法是錯的，卻又認定從來沒有任何權威決定孰對孰錯，這兩種看法怎樣調和起來？關鍵就在於體會到語文用法規則是默示協定。一項協定，是一個社群的成員同意遵守的行事方式。而在作出選擇時，選擇本身可能不具任何固有好處，但作出同樣選擇的人可共享某種好處。眾所熟知的例子包括標準化的度量衡、電壓和電纜、電腦檔案格式以及紙幣等。

書面文章的協定也是一種標準化。多不勝數的成語、詞語意義和語

法結構由全體說英語的人打造並傳播。語言學家用「描述性規則」捕捉
它的規律——這是描述人們如何說話和互相理解的規則。以下是其中一
些規則：

- 一個具時態的動詞，主詞必須是主格，例如 I（我）、he
  （他）、she（她）和 they（他們）。
- 動詞 be（是）的第一人稱單數形式是 am。
- 動詞 vulcanize 的意義是：透過與硫結合然後加熱加壓，而
  強化橡膠等一類物料。

這些規則很多都已在龐大的英語人口中確立，大家共同遵守，根本
用不著思考。這也是為什麼我們會取笑餅乾怪獸、「搞笑貓」網站的貓
咪以及小布希。

其中一組規則卻不是那麼普遍被接受，又或者不那麼自然，但由具
學識的語言使用者組成的一個虛擬社群在公共論壇上使用，包括政府、
媒體、文學、企業和學術界。這些是「規範性規則」，規定在這些平台
上「應該」怎樣說話和寫作。跟描述性規則不一樣，很多規範性規則必
須明確表述，因為它們對大部分作者來說不是第二天性。這些規則不一
定適用於口語，又或在考驗寫作者記憶力的複雜句子中（見第四章）難
以奉行。例子包括標點用法規則、複雜的語法對應，以及生僻詞的細
微語意差異，像 militate（起作用）和 mitigate（使緩和），以及 credible
（可信的）和 credulous（輕信的）的差異。

這就表示根本沒有規範主義和描述主義的「語言戰爭」。這種爭議
是虛假的，跟那些二元對立的口頭禪，像「天性還是教化」、「美國：

愛它還是離開它」是同類貨色。沒錯,描述性和規範性規則並不一樣,而描述主義語法學家和規範主義語法學家從事不同活動。但這並不表示一類語法學家是對的,另一類語法學家是錯的。

　　再一次的,我能夠以權威身分發言。我的其中一種身分就是描述主義語言學家:是美國語言學協會(Linguistic Society of America)的註冊會員,寫過很多論文和專著討論人們怎樣使用母語,包括使用那些令純粹主義者皺眉頭的詞語和語法結構。但你正翻閱的這本書卻公然宣稱是規範主義的:在數百頁的篇幅裡我在指揮你怎麼做。雖然我對普羅大眾在語言上多姿多采的表達方式讚歎不已,我卻會是第一個挺身而出為規範性規則辯護的人,堅稱對很多範疇的寫作來說,那是值得保留甚至不可或缺的。它們可以使理解更順暢,減少誤解,提供一個穩定平台讓風格和優雅筆調得以發揮,也標誌著作者用心寫作。

　　一旦你了解到規範性規則是語言的一種特殊協定,大部分什麼主義之類的爭議便會消失於無形。其中一項爭議是語言學家對非規範形式的辯解——像 ain't(不是)、brang(bring〔帶來〕的過去式)和 can't get no(所謂雙重否定;原意是不能獲得任何……),指出它們不是懶惰或違背邏輯的產物(這種指責很容易滲進種族和階級偏見)。歷史告訴我們,標準英語選擇了另一個表達形式——即 isn't、brought 和 can't get any,並不是因為曾比較兩種形式的優劣,而發現標準形式較佳。不,它們只是凝固的歷史偶然:「正確」形式確立下來,就是因為幾個世紀前當書面英語首次標準化時,它們恰巧是倫敦一帶地區所說的方言。如果歷史朝另一個方向發展,今天的正確形式可能就不正確了,反之亦然。倫敦方言成為了教育、政府和企業採納的標準,也是英語世界裡教育水準較高、較富有的人所說的方言。雙重否定、ain't 和其他非標準形

式，很快遭到汙名化，因為它們所屬的方言沒那麼高尚，是較貧窮、教育水準較低的人所使用的。

但聲稱 ain't 在本質上並無不妥（這是事實），卻不等同於聲稱 ain't 是標準書面英語的協定形式（這顯然不是事實）。純粹主義者無法接納這兩者的分別，他們擔心如果我們指出，說 ain't 或 He be working（他在工作；be 應為 is）或 ax a question（問一個問題；ax 應為 ask），並不是懶惰或粗心，那麼我們就沒有根據，主張學生和作者在文章中避免使用它們。那就讓我打個比方吧。在英國，所有人開車都靠左行駛，這種慣例本身並無不妥；它不是邪惡、笨拙或社會主義的。可是，我們有很好的理由力促在美國開車要靠右行駛。有這樣一個笑話：一個開車上班的通勤族在手機上接到妻子打來的電話。「親愛的，當心，」她說：「他們剛在收音機裡說，一個瘋子在高速路上朝錯誤方向行駛。」「一個瘋子？」他答道：「他們數以千計！」

即使被認定為描述主義的詞典，也不會讓使用者搞不清什麼是標準形式。人們反覆聲稱《新韋氏國際字典第三版》把 ain't 列為正確英語，其實是個迷思。[3] 它源自出版商營銷部門的一篇新聞稿，宣稱「ain't 終於獲正式承認」。這部詞典相當合理地為了讓人們能學習這個詞語而開列一個條目，當然，其中提到很多人不贊同使用它。媒體誤解了新聞稿，以為那是說詞典開列這個詞目而不加評論。

如果能記住語言協定是默示的，就可以平息另一個爭端。標準英語的規則，不是由一個詞典編纂仲裁機構制訂的，而是作者、讀者和編輯組成的虛擬社群在沒有明言下的共識。這種共識可以隨歲月改變，改變過程就像難以預測的時尚變化，沒經過策劃，也不能控制。沒有什麼官員在一九六〇年代作出決定，讓體面的男士女士可脫掉帽子和手套，或

在一九九〇年代決定容許人們在身體上穿洞或紋身。也沒有誰能制止人們這樣做，除非權力大得像毛澤東。同樣的，多個世紀以來備受推崇的作家讓語文正誤的集體共識慢慢轉移，同時對自命語言保衛者那些終被遺忘的指令置諸不理。十九世紀規範主義者理查德・懷特（Richard White）要禁制 standpoint（立場）和 washtub（洗衣盆）等詞語的使用而無法如願，同時代的威廉・柯倫・布萊恩特（William Cullen Bryant）也未能禁絕 commerce（商業）、compete（競爭）、lengthy（冗長）和 leniency（寬容）等詞語。而我們都知道，懷特和史壯克要禁止人們使用 personalize（個人化）、to contact（聯絡）和 six people（六個人）到底有多成功。詞典編纂者一直以來都了解這種情況。他們退而守住崗位，對不斷變化的用法作出記錄，他們的智慧，就有如湯瑪斯・卡萊爾（Thomas Carlyle）在聽說瑪格利特・傅勒（Margaret Fuller）表示「我接納這個宇宙」時回應的名言：「天啊！她最好這樣。」

　　雖然詞典編纂者沒有意願也沒有能力制止語言協定的轉變，這並不表示——像純粹主義者擔心的——他們不能把特定時間裡適用的協定表述出來。《美國傳統英語詞典》就把這樣的理念付諸實行：兩百位小心遣詞用字的作家、記者、編輯、學者和其他公眾人物，每年填寫有關讀音、意義和用法的問卷，然後詞典把結果寫成用法札記，附在有問題的詞條下。詞典的用法小組，被視為用心寫作人士這個虛擬社群的樣本。要了解寫作用法的最佳實踐，沒有比這更權威的了。

　　詞典無法實現規範主義者制止語言轉變的夢想，並不表示它注定只能袖手旁觀語言往下沉淪。麥克當納在一九六二年對《新韋氏國際字典第三版》所作的評論題為〈弦音失調〉，暗裡提及莎士比亞《脫愛勒斯與克萊西妲》（*Troilus and Cressida*）中尤利西斯（Ulysses）預見的違反

自然規律的災難後果：「被圍困的水將把胸膛挺得高過海岸，讓整個堅實大球濕透。蠻力將成為愚昧的主宰，粗野的兒子將把父親殺害。」對於韋氏詞典讓弦音失調將帶來的大災變，麥克當納舉了一個例子：他擔心到了一九八八年，字典便會不加評註而開列 mischievious（惡作劇的；正確拼法為 mischievous）、invidious（惹人反感的；應為 invidious）等條目，而把 nuclear（核心的）的讀音註為 nucular。現在過了預言日子逾四分之一個世紀，也跟作出預測的時間距離逾半世紀，我們可以看看發生了什麼。翻開任何一部詞典瞄一下這些詞目，便會發現麥克當納的預測落了空：儘管詞典編纂者沒有對語言扮演警察角色，卻並未發生據稱勢所必然的墮落。而儘管我不能提出證明，我相信即使各詞典都認許了 mischievious 和 invidious 的拼法和 nucular 的讀音，也不會發生「被圍困的水把胸膛挺得高過海岸；粗野的兒子把父親殺害」。

接著來到最虛假的一項爭議。我們說很多規範性規則值得保留，並不表示每個拔除眼中釘的指令、各式各樣的語法傳聞，以及記憶中依稀存在的古板教師訓示，都值得保留。我們將看到，很多規範性規則出自古怪原因，對清晰優雅的文章造成妨礙，許多世紀以來最優秀的作家都置諸不理。虛假規則就像都市傳說繁衍不息，難以清除，造成了審稿上很多笨拙做法和自以為是的自抬身價之舉。可是當語言學者嘗試拆去這些規則的假面具，二元對立的心態便會認為他們要廢除良好寫作的所有標準。就像有人倡議廢除一項愚昧法律——像禁止異族通婚的法律，便被視為是身穿黑袍、手持炸彈的無政府主義者。

寫作用法專家（不要跟純粹主義者混為一談，他們往往是不學無術之徒）把這些虛假規則稱為迷戀物、民間傳說、妖怪、迷信、過時信仰，或老祖母的故事（bubbe meises，這來自混雜德語的猶太人語言，

由兩個雙音節詞組成，u 的發音像英語 book 的元音，ei 像 mice 的元音）。

語言學中的老祖母故事有好些來源。有些來自十七、十八世紀最初問世的英語寫作指南，口耳相傳迄今。[4] 當時拉丁文被視為表達思想的理想語言，英語語法指南的編寫，是作為掌握拉丁文語法的教學踏腳石，因而嘗試削足適履把英語結構塞進拉丁文語法類別。很多良好無誤的英語結構被汙名化，因為它們在盧克里修斯（Lucretius）和西塞羅（Cicero）的語言中找不到相應結構。

其他的惑眾妖言，來自那些自詡為專家之輩；他們提出一些古怪理論，認為語言本該如此，往往暗藏純粹主義觀念，把人們的自然傾向視為放縱之舉。根據其中一種理論，來自希臘文和拉丁文的詞素絕不能合併，因此 automobile（汽車，原文謂自動車）應寫成 autokinetikon（純希臘文）或 ipsomobile（純拉丁文），而 bigamy（重婚）、electrocution（觸電傷亡）、homosexual（同性戀）和 sociology（社會學）都是令人厭惡的（指這些詞語本身）。據另一個理論，詞語決不能採逆向構成方式，也就是說從一個複雜詞語中抽取部分作為獨立詞語，像一些晚近形成的動詞 commentate（評論；來自 commentator）、coronate（加冕；來自 coronation）、incent（提供誘因；來自 incentive）和 surveil（監視；來自 surveillance），以及稍早一點的 intuit（憑直覺感知；來自 intuition）和 enthuse（充滿熱情；來自 enthusism）。不幸地，追溯起來這個理論也會令數以百計已變得完全無可訾議的動詞遭排斥，例如：choreograph（編舞）、diagnose（診斷）、resurrect（復活）、edit（編輯）、sculpt（雕刻）、sleepwalk（夢遊）。

很多純粹主義者堅持詞語的唯一正確意義就是本義。比方說，他們

堅稱 transpire 只能解作「被人知道」，而不能解作「發生」（因為它原指「釋放水汽」，來自拉丁文 apirare，即「呼吸」之意），而 decimate 只能解作「殺了十分之一」（因為它原指對付叛變的古羅馬軍團，每十個士兵殺死一個）。這個錯誤觀念那麼普遍，因而給取了一個名字，叫「詞源繆誤」。這個繆誤很易破解，只要拿來一本含歷史源流的辭書，像《牛津英語詞典》（*Oxford English Dictionary*），翻開任何一頁，便會看到只有很少詞語保留著本義。Deprecate（反對）以前解作「用禱告抵擋」；meticulous（非常仔細的）往日解作「膽怯」；silly 的意義一直在演變，從「蒙福的」，到「虔誠」、「天真」、「令人憐憫」、「虛弱」，以至今天的「愚蠢」。就像韋氏字典其中一位編輯柯里・史丹帕（Kory Stamper）指出，如果堅持 decimate 只能依本義解作「十殺一」，那麼是否也該堅持 December（十二月）應按本義解作「第十個月分」。

老頑固的最後庇護所，就是聲稱正確用法比其他用法更合邏輯。我們將會看到，這是倒過來說的講法。很多最常見的用法錯誤正是邏輯思考的結果，實際上倒該不假思索依從約定俗成用法。寫作者把 lose（丟失）拼成 loose（鬆的）——比照 choose（選擇）的拼法，把 it（它）的屬格加標點成為 it's（應為 its）——就像人名的屬格要加標點（譬如 Pat's），又或用 enormity（窮凶極惡）表示具「巨大」（enormous）的特質——就像用 hilarity（歡喜）來表示具「令人開懷大笑」（hilarious）的性質。這都不是不合邏輯，而是太講求邏輯，暴露了對書面文字的成規有欠熟習。常規用法對讀者來說可能是常存懷疑之心的根據，也會鞭策作者不斷改善自己的認知，卻無關邏輯上的失誤或欠缺一致。

這就帶出了為什麼要遵從規範性規則的原因（這是良好作者接納的規則，不是良好作者經常置諸不理的偽規則）。其中一個原因就是讓人

有理由相信，作者的歷練包括了細心閱讀編輯過的英語文章。另一個原因就是體現語法一致性：實踐那些人皆尊重卻有時（例如句子變得複雜時──見第四章）難以緊跟的規則（像對應關係）。採用具一致性的語法就是向讀者保證，作者用心寫作，讀者因而進一步相信，除了撰文以外，作者做研究和思考也一樣用心。這同時是一種體貼做法，因為具一致性的語法樹狀結構，較易解讀並較少造成誤解。

我們該在用法上用心，還有另一個原因，那就是確認對語言所抱持的一種態度。用心的作者和敏銳的讀者都樂見英語詞彙之繁富，沒有兩個詞語完全同義。很多詞語傳達意義的微妙差異，讓人從中瞥見語言歷史，體現優雅的組合原則，或以特殊意象、聲音和節奏令文章生色不少。用心的作者在數以萬計小時的閱讀中，聚焦於詞語的組成和文理，擷取意義的微妙變化。面對這豐富的文化遺產，讀者閱讀時參與其中而獲益，如果他們自己也寫作，就更能幫助保存這份遺產。當一個不大用心的作者嘗試以一個高品味詞語妝點文章，卻實際上誤解了這個詞語跟合乎原意那個較普通詞語同義──譬如用 simplistic（過分簡單化）取代 simple（簡單），或用 fulsome（過度的）取代 full（滿的），讀者就會以最壞想法作出結論，認為作者閱讀時沒有用心，用廉價手段裝作精緻，汙染了大家的資源。

無可否認的是，這樣的失誤不會摧毀我們的語言，更遑論造成世界末日。很多可取的意義經歷漫長歲月而屹立不搖，儘管不斷遭到粗心作者的衝擊。在詞彙學裡沒有「劣幣驅逐良幣」這項法則；詞語的差劣含義，不會掩蓋優良含義。比方說，disinterested 一詞被認為較可取的意義是「不偏不倚的」，它跟解作「不感興趣」這個令人不敢恭維的含義，已經並存多個世紀。這並不稀奇，因為很多詞語可輕易地同時包含多

個意義，譬如 literate 既解作「具讀寫能力」，也解作「具文學修養」；religious 解作「跟宗教有關」，也解作「過度熱衷」。這些意義通常可憑文理區別，因此可以並存。語言有很多空間容納多重意義，包括良好作者期望保存的意義。

不過，如果作者用詞能採用有修養的讀者所接納的意義，那就既對得起自己，也可以增添世間的歡愉。這就帶出了一個問題：一個用心的作者，怎樣分辨合理的用法規則跟沒有根據的傳聞。答案簡單得令人難以置信：查查參考書。查閱一本現代文法指南或附有使用說明的詞典，例如《韋氏大辭典》（*Merriam-Webster Unabridged*）、《美國傳統英語詞典》、《英卡特世界英語詞典》（*Encarta World English Dictionary*）或《藍登詞典》（*Randam House Dictionary*；即網上詞典 www.dictionary.com 的藍本）。很多人——特別是那些老頑固——都以為由純粹主義者散播到世界上的各種各樣傳聞，都獲主要詞典和風格指南背書。事實上，這些參考書都很認真看待歷史、文學和實際用法，它們是語法謬論的最堅定破解者。（至於報紙和專業學會編訂的風格凡例，以及外行人像評論家和記者所寫的風格手冊，則另作別論，那往往只是把舊日指南的傳聞不假思索地複述一遍。[5]）

舉例說，一項典型的偽規則就是禁絕「分裂不定詞」（split infinitive；即在 to 和動詞之間插入副詞）。根據這項規則，寇克艦長（Captain Kirk）就不應該說：to boldly go where no man has gone before（勇敢前往無人曾踏足之地），而應該說 to go boldly 或 boldly to go。以下是主要參考書對「分裂不定詞」的看法：

　　《美國傳統英語詞典》：「鄙棄這種結構的唯一理據，就是跟拉

丁文的虛假類比。……一般來說，用法小組接納分裂不定詞。」

《韋氏大字典》網路版：「雖然反對分裂不定詞從來沒有一個理性基礎，這卻成為了根深蒂固的民間語法信念。……現代評論者……通常認為，為了清晰的緣故可接納分裂不定詞，由於清晰通常就是分裂的原因，這項忠告不啻表示，有需要時就讓它分裂。」

《英卡特世界英語詞典》：「反對分裂不定詞並沒有語法根據。」

《藍登詞典》：「在英語不定詞的歷史中……找不到什麼支持這項規則，而在很多句子中……用作修飾的副詞，唯一合乎自然的位置，就是在 to 和動詞之間。」

西奧多·伯恩斯坦（Theodore Bernstein）《用心的作者》（*The Careful Writer*）：「分裂不定詞沒有任何不妥……只不過十八和十九世紀的語法學家，基於各種原因對它嗤之以鼻。」

約瑟夫·威廉斯《英文寫作的魅力：十大經典準則》：「分裂不定詞在最佳的作者之間現在那麼普遍，當我們設法避免分裂，就會惹人注目，不管有心還是無意。」

羅伊·柯沛魯德（Roy Copperud）《美語用法與風格的共識》（*American Usage and Style：The Consensus*）：「很多作者以為，如果他們用分裂不定詞就上不了天堂。……在指出了〔以拉丁文為依

據的〕語法系統如何愚不可及之後，英語以它本身的法度來分析，禁用分裂不定詞的規則就被扔出了窗外。……七位評論家的共識就是，要是分裂能令句子更通順而不帶來彆腳效果，那就可讓不定詞分裂。」

　　那麼就在有需要時讓它分裂好了（就像我在上一段末句所寫的──to mindlessly reproduce〔不假思索地複述〕），專家在背後支持你。

　　接下來我們對上百個最常見的語法、用詞和標點問題，提供明智審慎的指南。這些問題反覆出現在風格指南、惱人用法清單、報紙語文專欄、向編輯發牢騷的投書，以及學生報紙的常見錯誤清單。我會採用以下標準，把用心作者的合理關切，跟傳說和迷信區別開來：描述性規則是否只是把直覺語法現象的邏輯延伸到較複雜的情況，例如在樹狀結構分支甚多的句子中貫徹對應關係？用心的作者在不經意違規而被指出後，是否同意有不妥之處？規則以往是否獲最佳的作者遵從？它現在是否獲用心的作者遵從？敏銳的作者是否共同認定它傳達值得注意的語意差異？規則的違逆是否顯然出於誤聽、粗心閱讀或故作誇張的庸俗意圖？

　　另一方面，如果以下任何一個問題的答案是正面的，那項規則就要被打掉。這項規則是否根據某種怪誕理論，例如認為英語應該模仿拉丁文，或詞語唯一的正確意義就是它的本義？它是否即時可用英語事實來否定，譬如聲稱名詞不可轉化為動詞？它是否只是自命為專家之徒所惱恨的用法？它以往是否經常被出色的作者違抗？它現在是否被用心的作者唾棄？它是否基於對合理問題的錯誤診斷，譬如聲稱一個有時模稜兩可的結構總是不合語法的？若句子修改至合乎規則，是否會變得較笨拙和含糊？

　　最後，傳說中的規則是否把語法跟「正式性」混淆了？每個作者都會掌握一系列風格，適用於不同的時間和地點。適用於屠殺紀念碑碑文的正式風格，有別於親密朋友互通電郵的隨意風格。在需要正式風格時卻採用非正式風格，結果看起來就是輕飄飄、聊天般、隨意而輕率的。而在該採用非正式風格時卻用了正式風格，文章看起來就會臃腫、浮誇、造作而傲慢。這兩種錯配都是失誤。很多規範性指南沒注意到這種區別，把非正式風格視為語法錯誤。

　　我的忠告往往令純粹主義者吃驚，對於印象中總認為這個詞的意義或那個語法用法有誤的讀者來說，有時也不免迷惑。但我的忠告是百分百合乎語言協定的。它綜合多方面的資訊，包括《美國傳統英語詞典》用法小組問卷調查結果、多本詞典和用法指南的用法註解、《韋氏英語用法詞典》（*Marriam-Webster's Dictionary of English Usage*）的淵博歷史分析、羅伊·柯沛魯德《美語用法與風格的共識》的整合分析、《劍橋英語語法》的現代語言學觀點，以及「語言誌」（Language Log）網誌的討論[6]。當專家意見不一致，或例子令人眼花撩亂，我就會提出我的最佳判斷。

　　我把這上百個用法問題劃分為幾個範疇：語法、數量和品質表述、遣詞用字和標點。

語法

形容詞和副詞

　　愛對語言問題發牢騷的人每隔不久就抱怨，副詞和形容詞的分別快

要從英語消失了。事實上，這項區別仍然完好健在，但受到兩種微妙現象影響，不一定如模糊記憶中所認定的：副詞就是用來修飾動詞的以 -ly 結尾的詞語[7]。

第一個微妙現象是有關副詞的一項事實：很多副詞——所謂「單純型副詞」（flat adverb）——跟它們的相應形容詞一模一樣。你可以 drive fast（開車開得快）或 drive a fast car（開一輛很快的車）；可以 hit the ball hard（用力拍打皮球）或 hit a hard ball（拍打一個很硬的皮球）。單純型副詞的清單，在不同方言裡也不一樣：real pretty（真的漂亮；跟 really pretty 比對）和 The house was shaken up bad（房子給搞得一團糟；跟 badly 比對）這種說法，在非標準英語方言裡很常見，現在已滲入非正式和民間腔標準英語。正是這種跨界現象帶來那個模糊印象，彷彿副詞陷於瀕危境地。但歷史趨勢恰好相反：副詞和形容詞今天較以往區分得更明確。標準英語往日很多單純型副詞，已跟同形的形容詞分家，例如 montrous fine（非常優雅；見於喬納森・綏夫特〔Johnathan Swift〕作品）、violent hot（極為酷熱；Daniel Defoe〔丹尼爾・狄福〕）和 exceeding good memory（超強記憶；Benjamin Franklin〔班傑明・富蘭克林〕）。今天的純粹主義者看到尚存的這類副詞，像 Drive safe（安全地駕駛）、Go slow（緩慢行進）、She sure fooled me（她確實騙倒了我）、He spelled my name wrong（他拼錯了我的名字）和 The moon is shining bright（月亮明亮照耀著），想著想著就會看到語法錯誤的假象，而提出矯枉過正的替代說法，像 She surely fooled me，以及像右頁畢沙羅（Bizarro）漫畫中那種話。

第二個微妙現象是有關形容詞的：形容詞不光修飾名詞，也用作動詞補語，譬如 This seems excellent（這看來好極了）、We found it boring

（我們覺得它很乏味）和 I feel tired（我感到疲倦）。它也可以用作動詞
詞組或子句的附加語，譬如 She died young（她死得早）和 They showed
up drunk（他們醉醺醺現身）。還記得吧，我們在第四章談到，像形容
詞等語法類別，跟修飾語或補語等語法作用並不一樣。把兩者混淆的人
可能認為，這些句子中的形容詞是「修飾動詞」，因此應該用副詞取
代。結果就是矯枉過正的說法，像 I feel terribly（我感到糟透了；應該
是 I feel terrible）。類似說法 I feel badly 最初可能是幾代前的人對 I feel
bad 矯枉過正的版本。今天 badly 本身也可用作形容詞了，解作「悲傷
的」或「惆悵的」。幸好，詹姆斯‧布朗（James Brown）並未躍躍欲試
把「I Got You (I feel good)」（得到你──我感覺好極了）歌名裡的 good
（形容詞）改為 well（副詞）。

　　未能體會到形容詞的多種作用，也引來了對蘋果公司（Apple）的

錯誤指責，指稱宣傳口號 Think Different（不同凡想）語法不對。公司方面沒把它改為 Think Differently 是正確的：動詞 think 可以帶形容詞補語，指出所想事物的性質。這就是為什麼說德州人 think big（往大處想），為什麼歌舞片「甜姐兒」（Funny Face）中掀動歌舞大場面的廣告口號是 Think Pink（想想粉紅）而不是 Think Pinkly。[8]

當然，對學生論文典型錯誤的調查顯示，欠缺經驗的作者確實會混淆形容詞和副詞。像 The kids he careless fathered（他不小心當了父親生下的孩子）這樣的詞組，就是不小心寫出來的；而在 The doctor's wife acts irresponsible and selfish（那位醫生的妻子所作所為不負責任而自私）一句中，則把形容詞用作補語（例如 act calm〔行動沉著〕）的範圍，推衍到超出大部分讀者願意接納的界限。[9]

ain't

眾所周知這個否定詞受到排斥。它遭到禁用，對孩子們來說早就根深蒂固，他們還編了一首跳繩時念的兒歌：

> 不要說 ain't，要不媽媽就昏迷不醒。
> 爸爸掉進一桶油漆洗不清。
> 姊妹哭不停，兄弟死得不白不明。
> 狗狗就會報警。
> *Don't say ain't or your mother will faint.*
> *Your father will fall in a bucket of paint.*
> *Your sister will cry; your brother will die.*
> *Your dog will call the FBI.*

　　我喜歡這種詩意溫馨提示，告訴你違反了規範性規則後果如何，它勝過麥克當納的預言，什麼「被圍困的水將把胸膛挺得高過海岸，讓整個堅實大球濕透」。不過，這兩方面的警示都言過其實了。儘管 ain't 由於來自地方性和低下階層的英語而遭汙名化，一個多世紀以來更遭教師不斷醜化，它在今日仍廣泛使用。這並不是說它成為了 be、have、do（均為助動詞）的標準縮略否定式；沒有作者那麼輕率。但它確實有廣泛用法。譬如見於流行歌曲歌詞，念起來清脆悅耳，正好取代刺耳而雙音節的 isn't、hasn't、doesn't（上述助動詞的否定式），例如見於歌名的「It Ain't Necessary So」（不是必然如此）、「Ain't She Sweet」（她不是很甜美嗎）和「It Don't Mean a Thing」(If It Ain't Got That Swing)（這完全不像話──如果不是那樣搖擺的話）。另一種用法就是肯定簡單的真理，譬如：If it ain't broke don't fix it（沒壞的話，就不要修它）、That ain't chopped liver（那不是芝麻綠豆小事）和 It ain't over till it's over（在沒完結的一刻它還是沒完結）。這種用法甚至見於一些相對正式的情況，強調事實明顯不過，毋庸再辯；就像在說：「任何有點兒判斷力的人都看得出來」。希拉里・普特南（Hilary Putnam）這位也許是二十世紀後半期最具影響力的語言分析哲學家，曾在一本學術論文集發表題為〈意義的意義〉（The Meaning of Meaning）的著名論文。文中一處總結說：「不管你要怎麼說，『意義』就不是（ain't）在腦袋裡！」據我所知，他媽媽沒有昏迷不醒。

and（而且）、because（因為）、but（但是）、or（或者）、so（因此）、also（並且）

　　很多小孩接受的教導說，句子開頭用連接詞（我稱為連接用語）是

不合語法的。因為他們有時寫出不成句的片段。而且不確定什麼時候用句號，什麼時候用大寫。教師要用一種簡單方法教導他們斷句，因此告訴他們，句子用 and 和其他連接詞開頭不合語法。

　　不管向小孩灌輸錯誤資訊有什麼教學上的好處，對成年人來說這是不恰當的。句子以連接用語開頭沒有任何不妥。我們在第五章看過，and、but 和 so 是最普通的一致性標記，如果要連接的子句太長或太複雜，無法自在的嵌進一個特大句子裡，那就宜把它們分開而在句子開頭用連接用語。本書寫到這裡，我已經有大約一百個句子用 and 或 or 開頭了，譬如：「而（And）我們都知道，懷特和史壯克要禁止人們使用 personalize、to contact 和 six people 到底有多成功」，在一系列句子談到純粹主義者要制止語言演變如何失敗之後，這句起著收束作用。

　　連接用語 because 也可以自在的出現在句子開頭。最常見的就是用它引出主要子句前的解釋，譬如：Because you are mine, I walk the line（因為你屬於我，我忠心愛你更多）。如果子句在回答「為什麼」的問題，它也可用作這個子句的開頭。那可以是明言的問題，譬如：Why can't I have a pony? Because I said so（為什麼我不能擁有一匹小馬？因為我說不能就不能）。問題也可以是默示的；在連串相關陳述後，作者接著便要提出解釋，譬如索忍尼辛（Aleksandr Solzhenitsyn）對二十世紀施行種族滅絕的專制統治者作出反思時這樣說：

　　　　馬克白的自我辯解是薄弱的——他的良心折磨著他。不錯，伊阿古也不過是羔羊。莎士比亞筆下的壞人，他們的想像力和內心力量，頂多就是造成十多人慘死。因為他們沒有意識形態。

Macbeth's self-justifications were feeble—and his conscience devoured him. Yes, even Iago was a little lamb too. The imagination and the spiritual strength of Shakespeare's evildoers stopped short at a dozen corpses. Because they had no *ideology*.

between you and I（在你和我之間）

這個常聽到的片語，往往被認為是令人極難忍受的語法錯誤。我在第四章討論「給高爾和我（Gore and I）一個機會，把美國重新帶回來」這個例句時解釋過原因。嚴謹的樹狀結構思考，要求一個複雜詞組和同一位置上的一個較簡單詞組，都遵守同樣規則。像 between（之間）這個介系詞，它的受詞必須是受格：我們說 between us（我們之間）或 between them（他們之間），而不是 between we 或 between they。根據這種想法，連接關係中的代名詞也必須是受格：between you and me。至於 between you and I 這種說法，看來是矯枉過正的結果，當有人說 Me and Amanda are going to the mall（我和艾曼達去購物中心）而別人要糾正過來，糾枉過正說法就出爐了；說話人接受的教訓說：應該總是說 X and I，永遠不要說 me and X 或 X and me。

但認定 between you and I 是錯誤，以及以矯枉過正來解釋，都值得重新思考。當相當多小心寫作或說話的人都未能遵守句法理論認為該遵守的規則，這可能表示，錯的是理論而非作者。

連接關係詞組是很特別的結構，在其他地方適用的英語句法樹狀邏輯，並不適用於它。大部分詞組都有一個中心語：這是詞組中決定詞組性質的詞語。譬如 the bridge to the islands（通往那些島嶼的橋）這個詞組的中心語是 bridge（橋）——是單數名詞，我們因此把這個詞組稱

為名詞詞組，並理解這是指一種橋樑，同時把詞組定為單數——這就
是為什麼大家同意應該說 The bridge to the islands is crowded（通往那些
島嶼的橋很擁擠），用 is 而不用 are。連接關係結構卻不是這樣，它沒
有中心語：它不能等同於任何一個組成部分。在連接關係 the bridge and
the causeway（那道橋和那條堤道）中，第一個名詞詞組 bridge 是單數，
第二個名詞詞組 causeway 也是單數。但整個連接結構卻是複數：The
bridge and the causeway are crowded，用 are 而不用 is。

也許對於格位來說也是這樣：適用於整個連接關係詞組的格，不一
定跟適用於詞組個別部分的格相同。當我們寫作時努力把樹狀思考付諸
實行，就可能絞盡腦汁刻意強行讓部分與整體一致。但由於連接關係沒
有中心語，我們直覺上的語法沒有這種一致性要求，沒多少人能經常
達成這種要求。即使一絲不苟的語言使用者，也可能會說 Give Al Gore
and I a chance（給高爾和我一次機會）或 between you and I。《劍橋英語
語法》暗示在當代英語裡，很多人接受了這樣的規則：容許在連接用
語 and（和）之後使用主格代名詞，像 I 和 he；而更多人——就像那些
說 Me and Amanda are going to the mall 的，容許受格代名詞出現在 and 之
前。這是一種自然傾向，因為受格在英語格位中可說是基本設定，在多
種語境中都選用它——譬如單獨的驚歎語 Me!?（我嗎）；除了主格或屬
格有較大針對性、具獨占地位那些情況，它幾乎適用於任何地方。

你可能認為，標準的規範性建議，也就是嚴格貫徹樹狀分析的做
法，更合乎邏輯也更漂亮，因此應更努力實踐這種做法，讓語言更具一
致性。但對連接關係來說，這是無法實現的夢想。不光連接結構的語法
單複數關係跟結構裡個別名詞的單複數關係有系統性分別，有時甚至連
接結構的單複數和人稱關係，也完全不能憑樹狀結構確定。以下各對句

子的哪種說法是對的[10]？

Either Elissa or the twins are sure to be there.

伊莉莎或那對雙胞胎肯定會在場。

Either Elissa or the twins is sure to be there.

Either the twins or Elissa is sure to be there.

那對雙胞胎或伊莉莎肯定會在場。

Either the twins or Elissa are sure to be there.

You mustn't go unless either I or your father comes home with you.

你千萬不要走，除非我或你爸爸陪你回家。

You mustn't go unless either I or your father come home with you.

Either your father or I am going to have to come with you.
你爸爸或我要跟你一起來。

Either your father or I is going to have to come with you.

不管怎樣透過樹狀圖來分析都無濟於事。甚至風格手冊也舉手投降，建議作者就看詞串的直線次序，讓動詞跟最接近那個名詞對應，就像左欄句子那種說法。連接關係詞組根本就不遵從一般具中心語詞組的邏輯。我還是奉勸寫作者避免使用 between you and I，因為它令很多讀者發毛，可是它並非十惡不赦的錯誤。

Can 還是 may

這幅漫畫對兩個常見模態助動詞（modal auxiliary）的傳統規則作出解釋：

9 Chickweed Lane © Brooke McEldowney. Universal Uclick 代聯合特稿組織（UFS）准予轉
載。版權所有。

　　還好，歐瑪利太太的回答，不是成年人對用 can 請求許可的小孩所
給的標準答案：You can, but the question is, may you?（你能夠〔can〕──
但問題應該是：可以〔may〕嗎？）我的一位同事還記得，每次她問：
「爸爸，我能（can I）問你一個問題嗎？」回應是：「你剛問過了，但
你可以（you may）問我另一個問題。」

　　漫畫中那位年輕人的迷惑表情暗示，傳統上把 can（能力或可能性）
和 may（允許）的意義區別開來，理據充其量也是相當薄弱的。即使老
頑固也沒有勇氣把他們的信念堅持到底，譬如一位專家在他的用法指南
某詞條下堅持這種區別，但在另一詞條下卻把持不住，認定某個動詞
can only be followed by "for"（只可以接上 for）[11]（還不逮個正著！他應
說 may。）反過來說，may 也很普遍而且並無不妥地用以表示可能性而
非允許，譬如 It may rain this afternoon（這個下午可能下雨）。

　　在正式風格裡我們稍為傾向於用 may 表示允許。但就像歐瑪利太
太所暗示的，只有當你請求對方准許才是用 may 為佳，當你只是提到
這回事則另作別論。學生彼此之間可以說 Students can submit their papers

anytime Friday，至於說 Students may……則較可能是教授表明他的要求。由於大部分文章並不請求或給予許可，這種區別通常無甚意義，may 和 can 大體可以互換。

虛懸修飾語

你看得出下列句子有什麼問題嗎？

Checking into the hotel, it was nice to see a few of my old classmates in the lobby.

登記入住飯店之際，令人高興的是能在大廳碰上幾個老同學。

Turning the corner, the view was quite different.

拐個彎，景觀就很不一樣。

Born and raised in city apartments, it was always a marvel to me.

自出生以來在城市公寓中長大，這對我來說總是一種驚奇。

In order to contain the epidemic, the area was sealed off.

為了控制流行病疫情，這個地區被封鎖。

Considering the hour, it is surprising that he arrived at all.

考慮到這樣一個時刻，令人驚奇的是他竟能來到。

Looking at the subject dispassionately, what evidence is there for this theory?

客觀公正地審視這個課題，什麼證據能證明這個理論？

In order to start the motor, it is essential that the retroflex cam connecting rod be disengaged.

要發動這個馬達，必須做的就是把向後彎曲連接凸輪的桿鬆開。

To summarize, unemployment remains the state's major economic and social problem.

總括來說，失業仍然是這個州的主要經濟及社會問題。

根據有關「虛懸修飾語」的老規則，這些句子是不合語法的。（有時這項規則據稱是適用於「虛懸分詞」，也就是動詞以 -ing 收尾的動名詞（gerund）形式，或是典型地以 -ed 或 -en 收尾的被動式，但例子其實包括不定詞修飾語。）這項規則規定，修飾語的隱含主詞（上述例子中登記入住、拐彎等的行動者），跟主要子句的明示主詞（令人高興的〔事〕、景觀等）必須相同。大部分審稿編輯會把主要子句改寫，給它加上修飾語能恰當連繫的主詞（標示下底線）。

Checking into the hotel, I was pleased to see a few of my old classmates in the lobby.

登記入住飯店之際，我很高興能在大廳碰上幾個老同學。

Turning the corner, I saw that the view was quite different.

拐個彎，我看到的景觀就很不一樣。

Born and raised in city apartments, I always found it a marvel.

自出生以來在城市公寓中長大，我總是覺得這是一種驚奇。

In order to contain the epidemic, authorities sealed off the area.

為了控制流行病疫情，當局把這個地區封鎖。

Considering the hour, we should be surprised that he arrived at all.

考慮到這樣一個時刻，我們應該對他竟能來感到驚奇。

Looking at the subject dispassionately, what evidence do we find for this theory?

客觀公正地審視這個課題，我們能給個理論找到什麼證據？

In order to start the motor, <u>one</u> should ensure that the retroflex cam connecting rod is disengaged.

要發動這個馬達，你必須確保向後彎曲連接凸輪的連接桿給鬆開了。

To summarize, <u>we</u> see that unemployment remains the state's major economic and social problem.

總括來說，我們看到失業仍然是本州的主要經濟及社會問題。

　　談論語文用法的報紙專欄，經常為這種「錯誤」賠罪，處理投訴的人員和編輯主任特別訓練自己揪出這種錯誤。虛懸修飾語極為普遍，不光在面對截稿壓力的新聞寫作中如此，在著名作家的作品中也是這樣。考慮到（Considering……）這些形式常見於經編輯的文章，以及即使用心的讀者也欣然接受它們，兩種結論值得考慮：要麼虛懸修飾語是特別陰險的語法錯誤，作者必須培養出敏銳觸覺，要麼它們就根本不是語法錯誤（有沒有注意到這個句子前半就是虛懸結構？）。

　　第二種結論是對的：有些虛懸修飾語應該避免，但它們不是語法錯誤。虛懸修飾語的問題在於，它們的主詞本質上就是模稜兩可的，有時句子會不經意地把讀者引向錯誤選擇。很多風格指南都引述（或自行打造）無意中引來滑稽詮釋的虛懸修飾語，理查德·雷德勒（Richard Lederer）在《慘痛的英語》（*Anguished English*）一書中列舉了這些例子：

Having killed a man and served four years in prison, I feel that Tom
Joad is ripe to get into trouble.

在因殺人而坐牢四年之後，我覺得湯姆‧喬德又到了要惹麻煩
的時候了。

Plunging 1,000 feet into the gorge, we saw Yosemite Falls.

急降一千呎沖入峽谷，我們親睹了優勝美地瀑布。

As a baboon who grew up wild in the jungle, I realized that Wiki had
special nutritional needs.

作為在森林荒野環境中長大的狒狒，我知道維琪有特殊的飲食
需要。

Locked in a vault for 50 years, the owner of the jewels has decided to
sell them.

鎖在保管庫裡五十年之後，物主決定出售這些珠寶。

When a small boy, a girl is of little interest.

還是小男孩的時候，女孩沒多大興趣。

我們很容易把這個問題判斷為違反了所謂主詞控管的語法規則，這
卻是錯誤的。大部分接上無主詞補語的動詞，像 Alice tried to calm down
（愛麗絲嘗試平靜下來）中的 try，就在一項嚴格規則支配下，略去的主
詞一定要跟明示的主詞一樣。也就是說，我們必須把這個句子詮釋為
「愛麗絲嘗試令愛麗絲平靜下來」，而不是「愛麗絲嘗試令某人平靜下
來」或「愛麗絲嘗試令每個人平靜下來」。但修飾語沒有這樣的規則。
修飾語略去的主詞，就假定為閱讀句子時我們認定其觀點的那個主要人
物，這往往就是主要子句的語法主詞，但不一定如此。問題不在於不合

語法，而在於模稜兩可，就像我們在第四章看過的例子。給鎖在保管庫五十年的的珠寶物主，就像 the panel on sex with four professors（可理解為「由四位教授組成的性愛研討小組」或「研討跟四位教授進行性愛的小組」）以及 the recommendation of the candidate with no qualifications（可解作「對這位候選人無條件的推薦」或「對這位無條件可言的候選人所作的推薦」）。

有些虛懸修飾語是完全可以接受的。很多分詞已變成介系詞，像according（根據）、allowing（考慮到）、barring（排除掉）、concerning（關於）、considering（就……而論）、excepting（除了）、excluding（除……以外）、failing（未能）、following（隨著）、given（如果有）、granted（就算）、including（包括）、owing（由於）、regarding（關於）和 respecting（關於），它們根本不需要主詞。把 we find（我們發覺）或we see（我們看到）插進主要子句以避免虛懸，可能令句子變得冗贅並太自覺。一般來說，如果修飾語隱含的主詞是作者或讀者，它就可以虛懸，就像上述例子中的 To summarize 和 In order to start the motor。而當主要子句的主詞是 it（它）或 there（有、那）這些讀者一讀就溜過的虛詞，也不會造成虛懸成分被吸引過來的危險。

要決定是否把句子重寫讓它的主詞跟修飾語主詞一致，關乎判斷而非語法。一個粗心大意地放置的虛懸結構，可能令讀者混淆或閱讀變慢，有時甚至引來可笑的詮釋。虛懸結構即使不會引起誤解，但已有夠多的讀者訓練自己把這種結構揪出來，作者要是讓它留著不管，恐怕就會被視為馬虎。因此在正式風格中，不妨多注意這種結構而把惹眼的改掉。

融合分詞（fused participle；即帶有動名詞的領屬結構〔prossessives〕）

你認為這個句子有問題嗎：She approved of Sheila taking the job（她贊成希拉擔任這個職位）？你是否堅持應該寫成：She approved of Sheila's taking the job——即動名詞（taking）的主詞（Sheila's）要標明為屬格？也許你認為主詞沒標明屬格的第一個版本，是愈來愈普遍的語法偷懶病徵。如果你這樣想，就是受到所謂「融合分詞」這項虛假規則毒害了。（這個術語是佛勒〔H. W. Fowler〕打造的，暗示 taking 這個分詞跟名詞 Sheila 不正當地融合為混合詞 Sheila-taking；這個理論不大說得通，術語卻沿用下來。）事實上，動名詞連繫上無標記主詞是歷史上較早的形式，長期以來最好的作者採用不誤，是完全符合習慣的用法。強行避免分詞融合會令句子變得笨拙或造作[12]：

> Any alleged evils of capitalism are simply the result of people's being free to choose.
>
> 資本主義被指控的任何罪惡，不過是人們能自由選擇的結果。
>
> The police had no record of my car's having been towed.
>
> 警方沒有我的汽車被拖吊的紀錄。
>
> I don't like the delays caused by my computer's being underpowered.
>
> 我不喜歡由於我的電腦不夠強而引致的延誤。
>
> The ladies will pardon my mouth's being full.
>
> 女士們會原諒我嘴巴塞得滿滿。

很多時候它根本是行不通的：

I was annoyed by the people behind me in line's being served first.

我因為在我後面排隊的人先得到服務而給惹惱了。

You can't visit them without Ethel's pulling out pictures of her grand-children.

你探訪他們不可能不遇到艾瑟爾把她孫子的照片亮出來。

What she objects to is men's making more money than women for the same work.

她反對的是從事同樣工作的男人比女人賺到更多錢。

Imagine a child with an ear infection who cannot get penicillin's losing his hearing.

試想像一個耳朵遭感染的小孩沒法獲得盤尼西林而喪失了他的聽覺。

在這些例子裡，把's拿掉後句子是完全可以接受的，例如：I was annoyed by the people behind me in line being served first。《美國傳統英語詞典》用法小組相當大部分的成員接受融合分詞，不光在這些複雜句子裡，在簡單句子裡亦然，譬如：I can understand him not wanting to go（我能明白他為什麼不想去〔用him而不用屬格的his〕）。對於問卷裡重複出現的一模一樣的句子，幾十年來接受度逐漸提升。

作者該怎樣選擇？兩種形式的語法差異似有實無，選擇主要在乎風格：屬格主詞（I approved of Sheila's taking the job）適用於正式風格，無標記主詞（I approved of Sheila taking the job）適用於非正式風格。語法主詞的性質也有關係。以上那些笨拙例子顯示，又長又複雜的主詞最好不加標記，簡單的主詞像代名詞則跟屬格配合得不錯，例如：I appreciate your coming over to help（我感激你前來幫忙）。有些作者覺得兩者在注意焦點方面有微妙差異。當焦點在整件事上——打造成一個概念性整體——屬格主詞看來較佳：如果由希拉獲得職位這回事在前面提過，而大家都在討論這是好事還是壞事（不光對希拉本人，也是對公司、她的朋友和她的家庭而言），就或許該說：I approved of Sheila's taking the job。但如果焦點在主詞希拉及她可能採取的行動，比方說，如果我是希拉的朋友，對她該繼續念書還是接受這份工作提供意見，就或許宜說：I approved of Sheila taking the job。

If-then（要是……那就……）

下面這些句子有點兒不妥，但有何不妥？

> If I didn't have my seat belt on, I'd be dead.
> 要是我沒繫上安全帶，恐怕就沒命了。
>
> If he didn't come to America, our team never would have won the championship.
> 要是他沒到美國來，我們的隊伍絕不會贏得冠軍。
>
> If only she would have listened to me, this would never have happened.
> 假如她有聽我的話，這就絕不會發生。

很多條件式結構（帶有 if 和 then 的）該配合什麼時態、情態和助動詞，看來很挑剔，令人困惑，尤其跟 had（假設語氣助動詞）和 would（虛擬情態助動詞）的配合。尚幸有一道方程式可讓你掌握條件

式結構的優雅表達法，一旦你能作出兩方面的區別，這種表達法就會清晰顯現。

第一種區別就是英語有兩類條件式結構[13]：

開放條件式結構

If you leave now, you will get there on time.

要是你現在離開，就會準時到達那裡。

假想條件式結構

If you left now, you would get there on time.

你要是現在就離開，或可以準時到達那裡。

第一類稱為開放條件式結構，即表示「開放的可能性」。它談及的情況，是作者不肯定的，只是讓讀者對這種情況作出推斷或預測。這下是另一些例子：

If he is here, he'll be in the kitchen.

如果他在這裡，就是在廚房吧。

If it rains tomorrow, the picnic will be canceled.

如果明天下雨，野餐就會取消。

在這些條件式結構中，搭配是完全開放的：if 子句和 then 子句幾乎可以用任何時態，視乎相關事件什麼時候發生或被發現。

第二類稱為假想條件式結構，即表示「假想的（遙遠的）可能

性」。它談及一種遠離事實、高度不可能、虛浮的或虛擬的景況，作者認為這不大可能是真實的，但它隱含的可能性值得探索：

> If I were a rich man, I wouldn't have to work hard.
>
> 假如我真是個富翁，就不用刻苦幹活了。
>
> If pigs had wings, they would fly.
>
> 假如豬也有翅膀，牠就能飛了。

假想條件式結構很不好拿捏，不過我們將會看到，它們要求寫作者遵從的模式，並不是驟眼看來那麼難捉摸。它的方程式就是：if 子句的動詞必須是過去式，而 then 子句必須包含 would（將會）或另一個類似情態助動詞，像 could（能夠）、should（應會）或 might（或會）。再看上面列舉的那個典型條件式結構 If only she would have listened to me, this would never have happened。它兩個子句都包含 would。如果我們把 if 子句改為過去時態，句子就馬上變得更漂亮：If only she had listened to me, this would never have happened。

先前那個版本的問題在於，would have 並不屬於 if 子句，它只屬於 then 子句。條件用語 would 的作用，是解釋在假想景況中什麼應會發生，但它並不參與構建這種景況，那是 if 子句中過去式動詞的任務。順帶一提，這適用於一般假想情況，不光是 if-then 結構的假想情況。以下右欄的句子不是更漂亮嗎：

I wish you would have told me about this sooner. 你要是能早點把這告訴我就好了。	I wish you had told me about this sooner.

這種做法背後的理由是這樣的。當我說 if 子句必須是過去式，並不表示它談及的事發生在過去時間。「過去式」是語法術語，指的是英語動詞的一種形式，那就是動詞以 -ed 收尾，或對不規則動詞來說，以變體呈現，例如 make（做、製造）的過去式 made、sell（賣）的過去式 sold 或 bring（帶來）的過去式 brought。「過去時間」與此不同，是語意概念，指事件發生的時間，在說話或寫作這一刻之前。在英語裡，過去式典型表示發生在過去時間，但也可用在另一種意義上——與事實有遙遠距離。這是它在 if 子句裡表達的意義。以這個句子為例：If you left tomorrow, you'd save a lot of money（你要是明天離開，就會省很多錢）。這裡動詞 left（離開——過去式）不可能指過去的事，因為句子說「明天」。但用過去式並無不妥，因為它指的是一種跟事實有遙遠距離的假想情況。

（順便一提，英語裡 99.8% 的一般動詞，都以同樣形式——過去式，來同時表示過去的時間和事實上的遠距離。但有一個動詞卻用特殊形式表達遠距離：那就是動詞 be（是），它有 If I was 和 If I were 兩種形式。我們會在討論假設語氣時處理這問題。）

那麼條件式結構後半那個 then 子句又如何？——這部分要採用 would、could、should 或 might 等助動詞。我們可見它跟 if 子句裡的動詞相似：它們是過去式，帶有事實上距離遙遠的意義。這些助動詞的 d 和 t 結尾洩露了它們的性質；它們分別是這些助動詞的不規則過去式：will、can、shall 和 may。再以上列句子 If you leave now, you will get there on time 的各種變化為例，我們可以看到下面左欄以現在式呈現的開放條件式結構，與右欄以過去式呈現的假想條件式結構形成對比：

If you leave now, you <u>can</u> get there on time.	If you left now, you <u>could</u> get there on time.
If you leave now, you <u>will</u> get there on time.	If you left now, you <u>would</u> get there on time.
If you leave now, you <u>may</u> get there on time.	If you left now, you <u>might</u> get there on time.
If you leave now, you <u>shall</u> get there on time.	If you left now, you <u>should</u> get there on time.

　　由此可見假想條件式結構較原先看來簡單：如果說 if 子句的動詞把虛擬景況構建起來，那麼 then 子句就是使用一個情態助動詞，探討在這種景況下會發生什麼。兩個子句都使用過去式表達「與事實距離遙遠」的意義。

　　寫作漂亮的條件式結構，還有另一項謎題有待解答。為什麼它經常包含 had 這個形式的動詞？──譬如 If I hadn't had my seat belt on, I'd be dead（要是我當時沒繫上安全帶，恐怕就沒命了），這種說法聽起來勝於 If I didn't had my seat belt on, I'd be dead。關鍵就在於，had 的使用表示 if 子句所說的情況真的發生在過去。還記得吧，if 子句在假想條件式結構中須採用過去式，其實跟過去時間沒有關係。當作者要在假想條件式結構中真的談到過去的事，就要用「過去的過去式」，稱為「過去完成式」（pluperfect），它用助動詞 had 來表示，譬如 I had already eaten（我已經吃過了）。因此如果 if 子句的虛擬景況所在時間，在寫作的一刻之前，子句就應該用過去完成式，譬如：If you had left earlier, you would have been on time（如果你當時有早些離開，就會準時到達了）。

　　雖然這些規則絕對合乎邏輯，那些條件卻難以緊跟。除了有時忘了

在過去時間的 if 子句中用 had，作者有時則作出過度補償，用得太多，譬如：If that hadn't have happened, he would not be the musician that he is today（如果那從來沒發生過，他就不會是今天這樣一個音樂家）——這種矯枉過正的說法叫「過去過去完成式」。這裡只要用一個 have 就可以了：If that hadn't happened.

like（像）、as（如同）、such as（諸如）

很久以前，在「廣告狂人」（Mad Men）電視影集時代，那時香菸還可以在收音機和電視打廣告，每個品牌都有一個口號。「為買一包駱駝（Camel），走一哩不為過」、「鴻運（Lucky Strike）當頭，好菸在手」、「追求好味道，萬寶路（Marlboro）做得到」。而最惡名遠播的是：Winston tastes good, like a cigarette should（雲絲頓好味道，香菸就該這麼好）。

它的惡名並非來自香菸公司用動聽的順口溜誘使人們對致癌物上癮，而是來自這句順口溜被指語法有誤。批評者稱，like 是介系詞，後面的受詞只能是名詞詞組，像 crazy like a fox（瘋得像隻狐狸）或 like a bat out of hell（像一隻蝙蝠從地獄飆出）。它不是連接詞（即我所說的連接用語），因此不能接上子句。《紐約客》雜誌嘲諷這個錯誤，奧頓·那許（Ogden Nash）為此寫了一首詩，華特·柯倫凱特（Walter Cronkite）拒絕在廣播中念這句話，史壯克和懷特指稱這樣說有如文盲。這些批評者一致認為，這句話應說成 Winston tastes good, as a cigarette should。廣告公司和香菸公司對於有那麼多免費宣傳喜出望外，欣然在結語中承認錯誤：「你喜愛什麼：好語法還是好菸味？」

就像很多用法爭議，對原廣告句子吵吵嚷嚷，只顯示出語法的不智

與歷史的無知。首先，like 作為介系詞，典型接上名詞詞組補語，並不表示它不能接上子句補語。我們在第四章看過，很多介系詞——譬如 after（之後）和 before（之前）接上這兩種補語都行。因此，like 是否介系詞根本不是問題所在：即使它是介系詞，接上子句也並無不可。

更重要的是，廣告用 like 接上子句，並不是近世的訛變，六百年來它在英語世界一直這樣用，只不過在十九世紀並在美國用得較多。好些出色作家——像莎士比亞、狄更斯、馬克‧吐溫、威爾斯（H. G. Wells）和福克納（William Cuthbert Faulkner），作品中都可見到它的蹤跡。它也逃過純粹主義者的雷達，在不經意之下出現在他們的風格指南。這並非顯示純粹主義者也不過是會犯錯的凡人，它顯示所謂的錯誤根本沒錯。雷諾（R.J. Reynolds）菸草公司所承認的是子虛烏有的錯誤；它的口號絕對合乎語法。作者可以自由選用 like 或 as，只需記住 as 是稍為正式一點的說法；同時記住這句廣告口號引起了這場血腥語法大戰，讀者可能誤以為作者用 like 就是錯的。

還有另一項類似迷信，很多審稿編輯硬著心腸付諸實行，那就是 like 不能用來引出例子，譬如：Many technical terms have become familiar to laypeople, like "cloning" and "DNA"（很多科技用語變得外行人也耳熟能詳，像「基因選殖」和「脫氧核糖核酸」）；他們會把 like 改為 such as。根據這項指導原則，like 只能用來表示相似，譬如：I'll find someone like you（我會找個跟你相似的人）和 Poems are made by fools like me（詩是像我這樣的傻子所作的）。很少作者貫徹這項偽規則，包括那些堅持須這樣的專家（比方說，其中一位專家寫道：「避免縮略形式，像 bike（即 bicycle 單車）、prof（即 professor 教授）、doc（即 doctor 醫生）」，「像」就用了 like。Such as 比 like 正式一點，但兩者都是對的。

Possessive antecedents（屬格先行詞）

準備好看看另一個毫無意義的純粹主義者憎惡目標了嗎？那就看一下二○○二年美國大學理事會（College Board）這道試題吧，它請考生查找句子中有沒有語法錯誤：

Toni Morrison's genius enables her to create novels that arise from and express the injustices African Americans have endured.

東尼・莫理森的才華，讓她創作的小說，源自並呈顯了非洲裔美國人所承受的不公義。

官方答案是句子並無語法錯誤。一位中學教師卻投訴稱句子實在有誤，因為屬格詞組 Toni Morrison's 不能成為後面的代名詞 her（她）的先行詞。大學理事會在他的壓力下屈服，對所有指稱 her 為錯誤的學生追加分數。自命權威的人就對所謂語文水準下降慨歎一番[14]。

但這項有關屬格（舊稱所有格）先行詞的規則，是純粹主義者誤解之下的臆想。它絕不是確立的語法原則，似是一個語文用法專家在一九六○年代憑空捏造的，其他人不求甚解人云亦云。屬格先行詞在英語歷史中未遭排斥，可在莎士比亞作品、《聖經》英王欽定本（例如：And Joseph's master took him, and put him into the prison〔於是，約瑟的主人拿住了他，把他關在監裡〕）、狄更斯、薩克萊（William Makepeace Thackeray），還有史壯克和懷特（The writer's colleagues...have greatly helped him in the preparation of his manuscripts〔本書作者的同事……大力幫忙他整理草稿〕）以及一個對此深表厭惡的自命權威人士（It may be Bush's utter lack of self-doubt that his detractors hate most about him〔布希

完全欠缺自我懷疑態度，也許就是抨擊者對他最為憎惡的事〕）。

　　為什麼這種絕對自然的結構會被認為不合語法？這項規則的一位倡議者所提出的根本理由就是：「事實上句子並未說出 him 所指的是誰。」什麼？有哪一個神經功能正常的讀者，不能認出這些句子裡代名詞所指的是誰：Bob's mother loved him（鮑伯的媽媽愛他）或 Stacy's dog bit him（史黛西的狗咬他）？

　　另一種理由聲稱，Toni Morrison's 是個形容詞，而代名詞指稱的必須是名詞。可是那並不是形容詞，它跟 red（紅色）和 beautiful（美麗）等形容詞不一樣；它是名詞屬格。（我們怎麼知道？因為在明顯該用形容詞的地方不能用名詞屬格，譬如 That child seems Lisa's〔那個孩子看似是麗莎的〕或 Hand me the red and John's sweater〔把那紅色的、約翰的毛衣遞給我好嗎〕）。會出現這種混淆，是因為在模糊印象中那個詞組是「修飾語」。但這種印象不單把語法類別（形容詞）和語法功能（修飾語）混淆了，而且也把功能弄錯了。Toni Morrison's 的功能不是修飾語，用來修飾 genius（才華）的意義；它其實是限定詞，用以確定指謂對象，發揮像冠詞 the/this（這個）的作用。（我們怎麼知道？因為可數名詞不能獨立使用──不能說 Daughter cooked dinner〔女兒做晚餐〕；即使加上修飾語也無補於事：Beautiful daughter cooked dinner 仍是不通的。可是加上冠詞，像 A daughter〔一個女兒〕cooked dinner，或加屬格名詞，像 Jenny's daughter〔珍妮的女兒〕cooked dinner，句子就完整了。這顯示屬格名詞跟冠詞具備同樣作用，因此是限定詞。）

　　對任何代名詞來說，如果作者沒有把先行詞弄清楚，讀者就會混淆，譬如說 Sophie's mother thinks she's fat（蘇菲的媽媽認為她很胖），我們就不曉得被認為很胖的，是蘇菲還是她的媽媽。但這跟先行詞是

否屬格毫無關係，沒有屬格的句子像 Sophie and her mother think she's fat（蘇菲和她的媽媽認為她很胖）還是有同樣問題。

　　在試題中找出所謂錯誤的學生獲得分數，也可說是公平的（因為他們受到純粹主義者誤導）。對於這句有關東尼‧莫理森的句子，愛護語言的人應該把他們的忿怒指向這個差勁句子的整體笨拙風格，而不是針對這個無中生有的錯誤。

句子結尾的介系詞

　　邱吉爾（Winston Churchill）並沒有如傳聞所稱，向一位修改他文章的編輯說 This is pedantry up with which I will not put（這是我不能忍受〔put up with〕的假學問）[15]。而用這句俏皮話做例子（來自一九四二年《華爾街日報》〔*Wall Street Journal*〕一篇文章），說明語言學家所稱「介系詞懸空」結構，也並不恰切（這種結構的例子：Who did you talk to?〔你跟誰說話〕或 That's the bridge I walked across〔那是我走過的橋〕）；因為 up 這個虛詞是不及物介系詞，不用接上受詞。因此，即使最迂腐的學究，也不會認為這個句子不能接受：This is pedantry with which I will not put up。

　　雖然傳聞和例句都不真確，所嘲笑的目標卻是恰當的。就像「分裂不定詞」，語言專家都認為，句末禁用介系詞只是迷信，只是那些從不翻查詞典或風格手冊的通天曉所堅持的戒律。這樣的句子根本沒錯──半點沒錯：Who are you looking at?（你在看著誰）、The better to see you with（用來看你就更好）、We are such stuff as dreams are made on（我們是如夢似幻之物）或 It's you she's thinking of（她想到的是你）。這項偽規則是約翰‧德萊敦（John Dryden）捏造的，根據的是跟拉丁文的愚

蠢類比（在拉丁文裡類似介系詞的詞語須緊貼名詞，不能分割），是為了顯示班·強森（Ben Jonson）是次等詩人。語言學家李博曼曾表示：「很不幸當時強森已過世三十五年，要不然就會跟德萊敦來一次決鬥，後世就免除很多痛苦。[16]」

　　句末避用介系詞的一種替代說法，就是讓介系詞跟一個 wh- 開頭的詞語出現在句子前方。語言學家約翰·羅斯（John R. Ross）把這項規則稱為「魔笛句式」（pied-piping；正式名稱為「帶領移位」），意謂它令人想起童話故事裡吹笛把老鼠引出哈墨爾恩鎮（Hamelin）的花衣魔笛手。英語的標準問句規則，把 You are seeing what? 轉換為合語法的問句 What are you seeing?（你在看什麼）；You are looking at what? 就應轉換為 What are you looking at?（你正看著的是什麼）。透過魔笛句式，句子可變成 At what are you looking?── what 把 at 拉到句子前頭。同一規則也可構成關係子句（例句粗體部分）──用介系詞加上 wh- 詞語開頭，上文提到的其中兩個例句可變成：the better **with which to see you** 或 It's you **of whom she's thinking**。

　　有時把介系詞引到句首，確實比在句末為佳。最明顯的是，在正式風格裡使用帶領移位句法較佳。林肯（Abraham Lincoln）就曉得這點，他在蓋茨堡（Gettysburg）戰役陣亡將士墓園宣稱：increased devotion to that cause for which they gave the last full measure of devotion（對他們最終徹底獻身的事業進一步投入），而不是 increased devotion to that cause which they gave the last full measure of devotion for。假如把介系詞放在句末，會迷失在瑣屑語法虛詞的紛擾中，帶領移位句法也是較佳選擇，譬如：One of the beliefs which we can be highly confident in is that other people are conscious（我們能夠深信不移的一個信念，就是其他人也有意識）；

如果先讓介系詞的功能確定下來,再處理那一片紛擾,句子就較易解讀了:One of the beliefs in which we can be highly confident is that other people are conscious。

什麼時候用帶領移位,什麼時候把介系詞放在句末,風格手冊作家本斯坦提出我們在第四章曾強調的原則:你選用的結構,應該讓句末詞組有力而充實。介系詞放在句末的問題在於輕飄飄而無法成為焦點,句子讀來像「垂死引擎的最後噴濺」。本斯坦舉的例子:He felt it offered the best opportunity to do fundamental research in Chemistry, which was what he had taken his Doctor of Philosophy degree in(他覺得最佳的機會來自化學基本研究,這就是他的博士學位專攻的)。根據同一原則,如果介系詞能帶出關鍵訊息,就應該放在句末,例如 music to read by(供閱讀的音樂)、something to guard against(要防範的事)以及 that's what his tool is for(那就是他的工具用途所在);又或介系詞有助確定慣用語的意義,例如 It's nothing to sneeze at(那是不該嗤之以鼻的事)、He doesn't know what he's talking about(他不知道自己在講什麼)或 She's a women who can be counted on(她是個靠得住的女人)。

述語名詞(predicative nominative;或稱 predicate noun)

當你上了一天班回到家裡,你是否跟你的伴侶說:Hi, honey, it's I(嗨,親愛的,是我)。如果你這樣說,就是受到好為人師者捏造的規則毒害了:規則說在動詞 be(是)後面用作補語的代名詞,必須是主格(I、he、she、we、they)而非受格(me、him、her、us、them)。據此,《聖經》的〈詩篇〉(120 章 5 節)、〈以賽亞書〉(6 章 5 節)、〈耶利米書〉(4 章 31 節)以及歐菲莉亞(Ophelia;莎士比亞名劇《王子

復仇記》角色）所喊的該是 Woe is I（我何其不幸），而漫畫負鼠波哥（Pogo）也應該把牠那句名言改為 We have met the enemy, and he is we（我們已遇見敵人，他就是我們）。

這項規則來自三方面的混淆：英語跟拉丁文混淆，非正式風格跟語法錯誤混淆，以及句法跟語意混淆。雖然 be 後面名詞詞組的指謂對象跟主詞相同（he〔enemy〕＝ we——他〔敵人〕＝我們），這個名詞詞組的格位，決定性因素卻在於它出現在動詞後，這總該是受格。（受格在英語中是基本設定，它在所有位置上出現——除了不能作為帶時態動詞的主詞；因此我們說 hit me（打我）、give me a hand（助我一臂之力）、with me（跟我一起）、Who? Me（誰？就是我）What, me get a tatto?（什麼，讓我刺個紋身？）以及 Molly will be giving the first lecture, me the second（莫莉第一個講課，第二是我）。受格述語多世紀以來有很多受推崇的作家使用（包括塞繆爾・皮普斯〔Samuel Pepys〕、理查德・史提爾〔Richard Steele〕、海明威〔Ernest Hemingway〕和吳爾芙〔Virginia Woolf〕）。It is he（那是他）和 It is him 之間的差異，只是正式與非正式風格而已。

時態序列及觀點轉移

學生寫作的一種常見錯誤，就是主要子句與從屬子句間的時態轉移，儘管所談的事發生在同一時段內[17]。

She started（過去式）panicking and got（過去式）stressed out because she doesn't（現在式）have enough money.	She started（過去式）panicking and got（過去式）stressed out because she didn't（過去式）have enough money.

（她驚慌起來焦慮非常，因為她沒有足夠的錢。）

The new law requires（現在式）the public school system to abandon any programs that involved（過去式）bilingual students.	The new law requires（現在式）the public school system to abandon any programs that involve（現在式）bilingual students.

（新的法律要求公立學校系統取消任何涉及雙語學生的課程。）

　　左欄的錯誤版本令讀者在時間軸上被拉來扯去：一時在句子寫作的一刻（現在），一時在所描述景況發生的一刻（過去）。這屬於「不恰當轉移」錯誤，作者無法站穩在單一觀察點上，一時在這一點上消失，一時在另一點上現身。句子令人昏頭轉向，還包括這些不恰當轉移：人稱（第一、第二及第三人稱）、主動／被動語態，以及話語類型（直接引述別人實際說的話〔通常放在引號中〕，還是間接概述別人的話〔通常用 that 引出〕）。

Love brings out the joy in people's（人們的）hearts and puts a glow in your（你們的）eyes.	Love brings out the joy in people's（人們的）hearts and puts a glow in their（他們的）eyes.

（愛帶出了人們心中的歡樂，讓他們眼睛閃起亮光。）

People express themselves（主動語態）more offensively when their comments are delivered（被動語態）through the Internet rather than personally.	People express themselves（主動語態）more offensively when they deliver（主動語態）their comments through the Internet rather than personally.

（當人們透過網路而不是面對面提出評語，表達方式就較具攻擊性。）

The instructor told us, "Please read the next two stories before the next class"（直接引述）and that（間接引述）she might give us a quiz on them.

The instructor told us that（間接引述）we should read the next two stories before the next class and that（間接引述）she might give us a quiz on them.

（導師告訴我們應該在下次上課前先閱讀接下來兩個故事，並表示可能以此做個小測驗。）

　　站穩在一致觀點上，是把複雜故事時態弄對的第一步，但還有進一步的事。作者要讓時態協調起來，所依循的辦法就是所謂時態序列、時態一致性或間接引述時態轉換。大部分讀者都看得出，左欄的句子有點怪怪的：

But at some point following the shootout and car chase, the younger brother fled on foot, according to State Police, who said（過去式）Friday night they don't（現在式）believe he has（現在式）access to a car.

But at some point following the shootout and car chase, the younger brother fled on foot, according to State Police, who said（過去式）Friday night they didn't（過去式）believe he had（過去式）access to a car.

（但在槍戰和汽車追逐後，弟弟就徒步逃跑，據州警週五晚上指出，不相信他有車可用。）

Mark Williams-Thomas, a former detective who amassed much of the evidence against Mr. Savile last year, said（過去式）that he is（現在式）continuing to help the police in coaxing people who might have been victimized years ago to come forward.[18]

Mark Williams-Thomas, a former detective who amassed much of the evidence against Mr. Savile last year, said（過去式）that he was（過去式）continuing to help the police in coaxing people who might have been victimized years ago to come forward.

（馬克‧威廉斯—湯瑪斯這位去年找到沙維爾先生不少罪證的前偵探表示，他繼續幫忙警方勸籲多年前受害的人挺身指證。）

Security officials said（過去式）that only some of the gunmen are（現在式）from the Muslim Brotherhood.

Security officials said（過去式）that only some of the gunmen were（過去式）from the Muslim Brotherhood.

（安全事務官員表示，只有部分槍手來自穆斯林兄弟組織。）

　　過去時態間接引述的話（常見於新聞報導），如果動詞也用過去時態，聽起來就好得多（儘管從說話人本身觀點來看事件是現在時態）[19]。在簡單句子中這是清楚不過的。我們說 I mentioned that I was thirsty（我提到我口渴），而不是 I mentioned that I am thirsty，儘管當時實際所說的是 I am thirsty。時態要轉換，通常因為這是過去說的話，但也可能是過去認為事情如此，譬如 This meant that Amy was taking on too many responsibilities（這表示艾咪肩負太多責任了）。

　　乍看之下，影響時態序列的條件複雜得令人怯步。本斯坦在非技術性風格手冊《用心的作者》（*The Careful Writer*）一書中，花了五頁解釋十四項規則及例外，還有例外的例外。即使最用心的作者肯定也不曾一條一條學過這些規則。更好的做法是了解幾項有關時間、時態和話語表達的規則，而不是強記一堆規則——這些規則也不過是因應時態序列現象附會一番而已。

　　首先記住，過去時態不等同於過去時間。還記得吧，我們討論 if-then 結構時提到，過去時態不光用於過去發生的事，也用來指可能性遙遠的事（譬如 If you left tomorrow, you'd save a lot of money〔你要是明天離開，就會省很多錢〕）。現在我們看到，英語的過去時態還有第三種

作用：構成間接引述的時態序列。（雖然間接引述的話看來涉及過去時間，兩者間其實有微妙語意差異[20]。

第二項原則，間接引述時態轉換不是強制性的，也就是說，不遵守時態序列規則，讓引述的話保留為現在時態，不一定是錯誤。語法學家區別兩種情況：一種是間接引述的時態轉換，或稱「吸引性序列」——即所引說話的動詞，像被代表說話的那個詞「吸引」過去而作出轉換；另一種是「生動／自然／跳脫性序列」——即所引說話的動詞像從敘事線跳脫出來，處身作者和讀者此刻的真實時間中。如果談及的事，不光在原來說話時才是對的，而是任何時候都對的（或起碼在作者寫作和讀者閱讀的一刻毫無疑問是對的），這種生動的、不加轉換的序列就比較自然。要是說 The teacher told the class that water froze（過去式）at 32 degrees Fahrenheit（教師告訴學生，水在華氏 32 度結冰），聽起來就有點怪，似乎暗示這種現象今天已非如此；這時就應該不再遵守時態轉換規則而說 The teacher told the class that water freezes（現在式）at 32 degrees Fahrenheit。這對於如何詮釋句子留下頗大餘地，視乎作者是否強調過去流傳的看法今天仍是事實。如果作出時態轉換，像 Simone de Beauvoir noted that women faced（過去式）discrimination（西蒙・波娃指出女性面對歧視），就是對今天社會是否仍歧視女性採中立態度；但如果說 Simone de Beauvoir noted that women face（現在式）discrimination，那就偏於女性主義立場了。

第三項原則，間接引述不一定用 he said that（他說……）或 she thought that（她認為……）引出來，有時從上下文可知這是默示間接引述。新聞記者厭倦了一再重複「他說……」；小說家有時省掉引導語而採用自由間接引述，在敘述中包含小說人物的內心獨白。

According to the Prime Minister, there was（過去式）no cause for alarm.

據總理所說，對此毋須驚慌。

As long as the country kept its defense up and its alliances intact, all would be well.

只要國家維持著國防能力及與盟國的關係，一切將安然無恙。

Renee was getting more and more anxious. What could have happened to him? Had he leapt from the tower of Fine Hall? Was his body being pulled out of Lake Carnegie?

瑞尼愈來愈焦慮。什麼曾發生在他身上？他從法因大樓跳下去了嗎？他的軀體是從卡內基湖給拖上來的嗎？

作者也可以採取相反做法，把間接引述打斷，插入對讀者的直接表述，打破時態序列而引入現在時態：

Mayor Menino said the Turnpike Authority, which is responsible for the maintenance of the tunnel, had set up a committee to investigate the accident.

梅尼諾市長表示，負責該隧道維修的公路管理局，已設立一個委員會調查這次意外。

有關時態序列的最後一項要訣，在討論 if-then 用法時大家已有所認識。助動詞 can、will 和 may 的過去式是 could、would 和 might，這就是轉換時態該用的形式：

Amy can play the bassoon.
艾咪能吹巴松管。

Amy said that she could play the bassoon.
艾咪說她能吹巴松管。

Paul will leave on Tuesday.
保羅會在星期二離開。

Paul said that he would leave on Tuesday.
保羅說他會在星期二離開。

The Liberals may try to form a coalition government.
自由黨可能嘗試組成聯合政府。

Sonia said that the Liberals might try to form a coalition government.
索尼亞說自由黨可能嘗試組成聯合政府。

　　「過去的過去式」（過去完成式）則使用助動詞 had；當間接引述的動詞涉及過去時間，就要用 had：

He wrote it himself.
那是他自己寫的。

He said that he had written it himself.
他說那是他自己寫的。

　　不過不是必須如此。有時作者把說法簡化，兩種情況都用簡單過去式（He said that he wrote it himself），技術上這跟間接引述轉換時態在語意上並無抵觸（背後的複雜原因從略）。

Shall 和 will

　　根據老規則，談到未來的事，第一人稱就應該用助動詞 shall（I shall、we shall），第二和第三人稱則用 will（you will、he will、she will、they will）。可是若表達決斷和許可，則剛好倒過來。因此，當麗蓮‧

海爾曼（Lillian Hellman）在一九五二年對眾議院非美活動調查委員會
（House Un-American Activities Committee）表示違抗時說 I will not cut my
conscience to fit this year's fashions（我決不會砍削我的良心來迎合這年頭
的風潮），用詞是恰當的。如果戰友代她發言，所說的則該是 She shall
not cut her conscience to fit this year's fashions。

　　對於談及未來的日常談話來說，這項規則複雜得令人起疑，事實上
它根本不是什麼規則。《韋氏英語用法詞典》的作者考察了過去六百年
的相關用法，提出結論說：「有關 shall 和 will 的傳統規則，看來未能在
任何時候準確描述這兩個詞語的真正用法，雖然那些規則無疑可以描述
某些時候某些地方的用法──這種用法較常見於英格蘭。」

　　即使對某些時候的一些英格蘭人來說，也很難把第一人稱所表達的
未來時間跟所表達的決心區別開來；這是因為未來的形而上特質：沒有
人能知道未來如何，頂多只能選擇是否嘗試改變它[21]。當邱吉爾說：We
shall fight on the beaches, we shall fight on the landing grounds,...we shall never
surrender（我們要在海灘上戰鬥，我們要在戰機著陸點戰鬥，⋯⋯我們
決不投降），他是在強烈地表達英國人民的決心，還是基於英國人民的
決心而平靜地預言未來如何？

　　對於所有其他人──蘇格蘭人、愛爾蘭人、美國人和加拿大人（除
了接受傳統英式教育的人），shall 和 will 這項規則從來派不上用場。
艾尼斯特・高爾斯（Ernest Gowers）在風格手冊《淺白措詞》（*Plain
Words*）中寫道：「有一個很古老的故事說，一個快溺斃的蘇格蘭人被
旁觀的英格蘭人誤解，以致無人理會而只能接受命運，因為他喊道：I
will drown and nobody shall save me！（原意為：我快淹死了，沒有人救
我；被誤解為：我決意淹死，沒有人該救我）。在英格蘭以外（以及愈

來愈多的英格蘭人），用 shall 來表達未來時態聽起來就顯得拘謹，沒有人會說 I shall pick up the toilet paper at Walmart this afternoon（我下午會到沃爾瑪買衛生紙）。如果真的用上 shall——特別用於第一人稱，往往不合規則，不是表達未來時態，而是請求許可（Shall we dance?〔我們跳舞好嗎〕）或表明決心（像麥克阿瑟〔Douglas MacArthur〕將軍那句名言—— I shall return〔我必回來〕以及公民權利頌歌「We Shall Overcome」〔我們必克服萬難〕）。就像柯沛魯德寫道：「Shall 看來已走上滅絕之路，跟那個不幸的蘇格蘭人一樣。」

分裂不定詞

大部分用法迷思是無害的。但禁用分裂不定詞（譬如 Are you sure you want **to** permanently **delete** all the items and subfolders in the "Deleted Items" folder?〔你確定要永久刪除「刪除項目」資料夾中的所有項目和子資料夾嗎〕——分裂結構以粗體顯示），以及更廣泛地禁用「分裂動詞」（例如 I **will** always **love** you〔我永遠愛你〕和 I **would** never **have** guessed〔我永遠不會猜到〕），卻是致命毒害。良好的作者被洗腦後要讓不定詞不分裂，就會寫出這樣的怪胎：

Hobbes concluded that the only way out of the mess is for everyone permanently to surrender to an authoritarian ruler.

霍布斯總結，避免這種一團糟狀況的唯一出路，就是讓每個人永久臣服於一個專制統治者。

David Rockefeller, a member of the Harvard College Class of 1936 and longtime University benefactor, has pledged $100 million to increase

<u>dramatically</u> learning opportunities for Harvard undergraduates through international experiences and participation in the arts. [22]

　　大衛・洛克斐勒這位哈佛學院一九三六年畢業生及哈佛大學長期捐獻者，承諾捐出一億元，用於藝術上的國際經驗交流及參與，戲劇性地增加哈佛本科生的學習機會。

　　禁用分裂動詞的迷思，甚至可能導致國家管治危機。在二〇〇九年總統就職典禮上，以墨守語法規則著稱的首席大法官約翰・羅伯茲（John Roberts），無法接受歐巴馬（Barack Obama）在宣誓時說 solemnly swear that I will faithfully execute the office of president of the United States（謹莊嚴發誓，我將忠誠執行美國總統職責）。他寧可放棄法律詮釋的嚴格限制，單方面修改憲法，把誓詞改為 solemnly swear that I will execute the office of president of the United States faithfully。經竄改的誓詞令人擔憂權力移交是否合法，因此他們當天下午在一個私人聚會中把誓詞重新宣讀一次，按照原文保留了分裂動詞。

　　「分裂不定詞」和「分裂動詞」這些術語本身，就建基於跟拉丁文的愚蠢類比──在拉丁文裡不能把類似 to love（愛）的動詞分裂，因為那只有一個詞語（amare）。但在英語裡，不定詞像 to write（寫）包含兩個詞語：附屬連接詞（subordinator）to 以及動詞基本形式 write，這種形式也可以在沒有 to 的結構裡出現，例如 She helped him pack（她幫他收拾行李）和 You must be brave（你必須勇敢）[23]。同樣，誓詞中被指不能分裂的動詞 will execute 也不是一個動詞而是兩個動詞：助動詞 will 和主要動詞 execute。

　　沒有任何理由禁止副詞出現在主要動詞前的位置，出色的英語作

家多個世紀以來副詞都這樣放[24]。事實上這是副詞最自然的位置。有時更是唯一可行的位置，尤其當修飾語是否定詞或量詞，像 not（不）或 more then（更多）。（還記得吧，第五章談到 not 的位置會影響它的邏輯範圍，因而影響句子的意義。）以下各例子，如果不讓不定詞分裂，就會造成意義改變或引致曲解：

The policy of the Army at that time was <u>to not send</u> women into combat roles.[25]
當時軍方的政策是：不派遣女性擔任戰鬥任務。

The policy of the Army at that time was <u>not to send</u> women into combat roles.
當時軍方的政策不是要派遣女性擔任戰鬥任務。

I'm moving to France <u>to not get</u> fat.
《紐約客》雜誌漫畫標題：我移居法國是為了不變胖。[26]

I'm moving to France <u>not to get</u> fat.
我移居法國不是為了變胖。

Profits are expected <u>to more than</u> double next year.[27]
預料明年利潤將增加逾倍。

Profits are expected <u>more than to</u> double next year.
預料明年利潤不光是倍增而已。

更一般地說，唯有在這個位置上，副詞對動詞的修飾才不會模稜兩可。在竭力避免分裂不定詞的句子中，例如 The board voted immediately to approve the casino，讀者就不曉得究竟是「委員會馬上表決批准設立賭場」，還是「委員會表決馬上批准設立賭場」；若改為……to immediately approve……，那就只能是「馬上批准」。

這並不表示不定詞總是應該分裂。當副詞修飾語又長而分量又重，或當它包含句子中最重要的資訊，那就應該移到句末，像其他分量重而

包含重要訊息的詞組一樣：

Flynn wanted to <u>more definitely</u> identify the source of the rising IQ scores.

Flynn wanted to identify the source of the rising IQ scores <u>more definitely</u>.

傳琳想更確切認定智商分數上升的原因。

Scholars today are confronted with the problem of how to <u>non-arbitrarily</u> interpret the Qur'an.

Scholars today are confronted with the problem of how to interpret the Qur'an <u>non-arbitrarily</u>.

今天的學者面對如何避免武斷詮釋可蘭經的問題。

　　事實上，起碼考慮一下把副詞移到動詞詞組結尾，是一個良好習慣。如果副詞傳達重要訊息，它就應放在那裡；要不然（例如它是 really〔實在〕、just〔正好、只是〕、actually〔事實上〕或其他虛泛詞語）它就可能是語言贅瘤，最好把它拿掉。而由於有些愚昧的老頑固看見不定詞分裂，便直指那是錯誤，如果分不分裂對句子沒有影響，那就最好不要自找麻煩。

　　最後，在很多情況下，量詞往左移跟動詞分開，形成不分裂的不定詞，這是自然的說法，如右欄例句：

It seems monstrous <u>to even suggest</u> the possibility.

It seems monstrous <u>even to suggest</u> the possibility.

即使提出這種可能性也是極端荒謬的。

Is it better <u>to never have</u> been born?

Is it better <u>never to have</u> been born?

從未生於人世是不是更好？

Statesmen are not called upon to only settle easy questions.

政治家不是只找來解決簡單問題的。

Statesmen are not called upon only to settle easy questions. [28]

I find it hard to specify when to <u>not</u> <u>split</u> an infinitive.

我發覺很難指明什麼時候不要讓不定詞分裂。

I find it hard to specify when <u>not to</u> <u>split</u> an infinitive.

　　我覺得不分裂的版本聽起來比較漂亮，卻不能確定，是不是為了避免語文抓錯黨唾罵而習慣了膽怯地把分裂不定詞改過來，因而耳朵早給汙染了。

假設語氣（subjunctive mood）和非現實語氣的 were

　　幾個世以來英語的評論者一直在預測、慨歎或慶幸假設語氣即將消失。但現在是二十一世紀了，它依然健在──起碼在書面語裡。要了解為何這樣，首先要弄清楚假設語氣是什麼，因為大部分人（包括傳統語法學家）的看法都很混淆。

　　在英語裡假設語氣沒有特殊形式，它使用動詞基本形式，像 live（活著）、come（來）和 be（是），因此不易察覺；只有當動詞的主詞是第三人稱單數（這種情形下通常動詞會加詞尾 -s，像 lives、comes），又或當動詞是 be（通常有詞形變化，像 am、is 和 are）。有一些流傳下來的假設語氣慣用語，它們最初出現時這種結構在英語裡是較常見的：

　　　　So <u>be</u> it（隨他便）；<u>Be</u> that as it may（儘管）；Far <u>be</u> it from me

（我決不）；If need <u>be</u>（如果需要）

Long <u>live</u> our noble queen.（我們尊貴的女王萬歲。）

Heaven <u>forbid</u>.（但願不會如此。）

<u>Suffice</u> it to say.（光這樣說就夠了。）

<u>Come</u> what may.（不管發生什麼。）

除此以外假設語氣只見於附屬子句，通常配合基本形式的動詞或形容詞，顯示要求或務必如何[29]：

I insist that she <u>be</u> kept in the loop.

我堅持必須讓她了解情況。

It's essential that he <u>see</u> a draft of the speech before it is given.

必須在演說前讓他看一下講稿。

We must cooperate in order that the system <u>operate</u> efficiently.

我們必須合作，以便系統有效率地運作。

假設語氣結構也配合特定的介系詞和附屬連接詞使用，表明假設狀況：

Bridget was racked with anxiety lest her plagiarism <u>become</u> known.

布莉姬在焦慮的折磨下，惟恐她的剽竊行為曝光。

He dared not light a candle for fear that it <u>be</u> spotted by some prowling savage.

他不敢點燃蠟燭，恐怕被四處覓食的野人發現。

Dwight decided he would post every review on his Web site, whether it be good or bad.

德懷特決定把所有評論都登在他的網站上，不管是正面還是負面的。

有些例子偏於正式風格，可以用直述動詞取代，例如 It's essential that he sees a draft 和 whether it is good or bad。很多假設語氣結構可見於日常寫作或說話，譬如 I would stress that people just be aware of the danger（我要強調人們須覺察那種危險），這顯示所謂假設語氣趨於消失的說法未免過分誇張了。

傳統語法學家被 be 這個動詞搞糊塗了，因為他們要把動詞的兩個不同形式 —— be 和 were（譬如 If I were free〔如果我是自由的話〕）——都擠進假設語氣這個框架。有時他們把 be 稱為「現在式假設」，were 稱為「過去式假設」；但事實上兩者並無時態分別。他們屬於兩種不同語氣：whether he be rich or poor（不管他是富是貧）是假設語氣；If I were a rich man（假如我真是個富翁）則是「非現實」（irrealis）語氣。非現實語氣可見於很多語言，用來表示並未實現的情況，像假定、祈使和疑問。在英語就只以 were 的形式出現，傳達事實上有遙遠距離之意；它不光作出假定（說話人不知道是真是假），而是違背事實（說話人相信它是假的）。小說人物乳農泰威（Tevye the Milkman）顯然不是富翁，曾演唱「If I Were a Carpenter」（假如我是個木匠）這首歌的歌手像提姆‧哈定（Tim Hardin）、波比‧達林（Bobby Darin）、強尼‧卡許（Johnny Cash）和羅伯特‧普蘭特（Robert Plant）也毫無疑問知道自己不是木匠。順帶一提，違背事實的說法不一定是荒

誕的，比方說 If she were half an inch taller, that dress would be perfect（假如她高半吋，穿起那襲裙子就完美了），這僅表示「據知事實並非如此」。

那麼用過去式 was 表達遙不及可的可能性，跟非現實語氣的 were 有什麼分別？明顯的分別在於正式／非正式程度：跟 I wish I was younger 相比，I wish I were younger 更為異想天開。此外，在用心的寫作中，were 所傳達的遙不可及感覺比 was 強，暗示與事實截然違逆：If he were in love with her, he'd propose（如果他愛上她，就會向她求婚）是指他根本沒愛上她；If he was in love with her, he'd propose 則保留了他愛她的一絲可能性；而現在式的開放條件句 If he is in love with her, he'd propose，就對於他是否愛她沒有任何傾向了。

有些作者隱約覺得用 were 比較漂亮，就矯枉過正在表達開放式可能性時用它，譬如 He looked at me as if he suspected I were cheating on him（他望著我，似乎懷疑我在騙他）和 If he were surprise, he didn't show it（如果說他是驚訝，他倒是沒表現出來）[30]。兩個例句都是用 was 才恰當。

than（比）和 as（跟⋯⋯一樣）

左欄的句子有什麼不妥嗎？

Rose is smarter than him. 蘿絲比他精明。	Rose is smarter than he.
George went to the same school as me. 喬治跟我上同一所學校。	George went to the same school as I.

很多學生接受的教導說那是不合語法的，因為 than 和 as 是連接詞（用在子句前面）而不是介系詞（用在名詞詞組前面），後面一定要接上子句——儘管是省略述語的子句：完整句子應是 Rose is smarter than he is 和 George went to the same school as I did。由於 than 和 as 接上的名詞詞組是省去述語的子句，這個詞組必須是主格 he 和 I。

但如果你一想到要用右欄的「正確」版本就混身不自在，因為那些句子聽起來矯揉造作令人難以忍受，那麼語法和歷史就站在你同一邊。就像我們前面看過的 before 和 like 等詞語，than 和 as 根本就不是連接詞而是介系詞，後面接上子句作補語[31]。唯一的問題是，它們可否接上名詞詞組作補語。多個世紀以來的出色作家，包括約翰・密爾頓（John Milton）、莎士比亞、亞歷山大・波普（Alexander Pope）、喬納森・綏夫特、撒母爾・約翰生（Samuel Johnson）、珍・奧斯汀（Jane Austen）、詹姆斯・瑟伯（James Thurber）、威廉・福克納（William Faulkner）和詹姆斯・包德溫（James Baldwin），都用筆投了一票，答案是肯定的。兩者的區別只在於風格：than I 較適合書面語，than me 較接近口語。

雖然學究堅稱 than 和 as 是連接詞是搞錯了，令他們作出這種判斷的樹狀思維卻是一種好工具。首先，如果你用正式風格寫作，不要鑽牛角尖，寫出這樣的句子：It affected them more than I（那影響他們多於影響我）。被省略的部分是 it affected me，不是 it affected I；因此即使最傲慢的傲慢族這裡都會說 me。第二，所比較的兩個項目，應是語法和語意上平行的，在語法複雜的情形下，就容易在這個要求上失察。The condition of the first house we visited was better than the second（我們參觀的第一幢房子，屋況比第二幢好）——這個句子在口語裡可能不會令人

覺得有問題，但在書面上就令人不快了，因為這是把蘋果（屋況）和橘子（房子）相比。如果改為……was better than that（指屋況）of the second，就會令用心的讀者較高興；平行句法和平行語意帶來的愉悅，足以彌補增加一些虛詞的代價。最後，非正式風格版本（than me、as her 等）可能引起歧義：Biff likes the professor more than me（比夫喜愛那位教授多於我）可解作他喜愛那位教授多於喜愛我，也可解作他比我更喜愛那位教授。在這種情況下，後面的解法使用主格主詞在技術上比較清晰，卻有點兒古板：Biff likes the professor more than I；最佳的做法是不要省略那麼多：Biff likes the professor more than I do。

有關 than 的正確詞類為何，爭論也延伸到能否說 different than the rest（跟別的不同）——這裡的 than 也是接上名詞詞組的介系詞；還是只能說 different from the rest——改用 from 這個不引起爭議的介系詞。雖然《美國傳統英語詞典》用法小組成員中，不喜歡 different than 接上名詞詞組的稍占多數，這種說法一直以來在用心寫作的文章中都頗常見。據亨利・孟肯（H.L. Mencken）報導，一九二〇年代禁用這種說法的一次運動失敗後，《紐約太陽報》（New York Sun）的編輯這樣評論：「那些語法學家組成的優秀族群，那些追求正確、導人走正路的精研細究一族，他們要禁止一個詞語或一個詞組的使用，力之不逮，就有如一隻灰松鼠要憑尾巴一晃殲滅獵戶星座。[32]」

that 和 which（那）

很多虛假規則，最初原是有用的提示，幫助面對英語豐富的表達方式而不知所措的作者拿定主意。這些解除迷惘的指導原則也給審稿編輯帶來方便，因此它們被整理成格式凡例。不知不覺間，這些實用原則蛻

變成語法規則，一個完全無害的結構（儘管是第二選擇）被妖魔化淪為錯誤。這種蛻變進程最為有跡可尋的一個例子，就是何時用 which 和何時用 that 這個普遍流行的偽規則。[33]

按照傳統規則，兩者的選擇視乎用 that 或 which 引出的關係子句屬哪種類型。有所謂「非限定關係子句」（放在逗號、破折號或括弧之間，所表達資訊不具根本重要性），例如 The pair of shoes, which cost five thousand dollars, was hideous（那雙鞋子——值五千元的那雙——醜陋無比）。另有所謂「限定關係子句」，對於句子的意義具根本重要性，往往從一組指謂對象中確定名詞所指為何物；譬如紀錄片中講述馬可士夫人伊美黛（Imelda Marcos）多不勝數的鞋子的其中一雙，用價位指明哪一雙，就會說 The pair of shoes that cost five thousand dollars was hideous（值五千元的那雙鞋子醜陋無比）。根據傳統規則，that 和 which 的選擇很簡單，非限定子句用 which；限定子句則用 that。

這項規則有一半是對的：that 用在非限定子句中總是怪怪的，譬如 The pair of shoes, that cost a thousand dollars, was hideous；因此實際上很少人這樣說，不管有沒有什麼規則。

這項規則的另一半卻是完全錯誤的。用 which 來引出限定子句完全沒有問題，譬如 The pair of shoes which cost five thousand dollars was hideous。事實上，在一些限定子句裡 which 是唯一選項，例如 That which doesn't kill you makes you stronger（那沒有把你殺掉的會令你更強壯）或 The book in which I scribbled my notes is worthless（我用來匆匆抄寫筆記的那本書是一文不值的）。即使非必須用 which 的情形下，多個世紀以來出色的作家還是會用上它，譬如莎士比亞所說的 Render therefore unto Caesar the things which are Caesar's（凱撒之物歸於凱撒）和

羅斯福（Franklin Roosevelt）所說的 a day which will live in infamy（將遺臭萬年的一天）。語言學家喬夫瑞‧普爾倫對狄更斯、約瑟夫‧康拉德（Joseph Conrad）、赫爾曼、梅爾維爾（Herman Melville）和艾蜜莉‧勃朗特（Emily Bronte）等的經典小說抽樣調查，發現一般在讀到小說約百分之三篇幅時，就會碰上用 which 的限定子句。[34] 再看二十一世紀經編輯處理的英文文章，他發現美國報紙裡五分之一的限定子句採用 which，英國報紙裡更有超過一半是這樣。即使語法保母也無法自保。在《寫作風格的要素》一書裡懷特主張獵殺錯用的 which，但在他的經典散文〈一隻豬的死亡〉（Death of a Pig）裡，他卻寫道：The premature expiration of a pig is, I soon discovered, a departure which the community marks solemnly on its calendar（我不久後發現，一隻豬的早夭會鄭重其事載入社區大事記）。

　　反對限定子句用 which 的偽規則，來自一九二六年出版的福勒《現代英語用法》的一個白日夢：「如果作者能共同認定 that 是限定關係代名詞，which 則是不限定關係代名詞，文章就會清晰得多，讀來舒服得多。有些作者現在就遵從這項原則；但妄稱這是最多或最好的作家所採納的做法，卻是毫無根據的。」詞典編纂家貝爾根‧艾文斯（Bergen Evans）一語戳破這個白日夢，他的說法應該印在小卡片上，發給那些語文學究：「假如那不是大部分或最好的作者的用法，那就不屬於一般語言。」[35]

　　那麼作者該怎麼做？真正要做決定的，不是在於用 that 還是 which，而在於關係子句是限定性還是非限定性。如果對名詞作出描述的詞組即使拿掉，也不會造成重大意義改變，同時這個詞組念出來時前後可稍作停頓，或有它本身的語氣起伏，那就應該用逗號（或破折號、

括弧）把它分隔開來，例如：The Cambridge restaurant, which had failed to clean its grease trap, was infested with roaches（那家劍橋市的餐廳——就是未能清潔油脂隔濾網那一家——蟑螂滋生為患）。踏出這一步後，就不用再擔憂該用 that 還是 which，因為如果你傾向用 that，就表示你是活在二百年前的人，又或你對英語的耳感那麼差勁，用 that 還是用 which 也不是你顧慮得來的了。

另一方面，如果一個詞組對名詞所提供的資訊在整句意義上具關鍵作用——譬如 Every Cambridge restaurant **which failed to clean its grease trap** was infested with roaches（橋劍市每家未能清潔油脂隔濾網的餐廳都蟑螂滋生為患），同時詞組念起來語氣跟所描述的名詞連成一氣，那就不要用標點把詞組分隔開來。至於用 that 還是 which，如果你不愛做決定，用 that 通常不會錯，對審稿編輯來說你也是個好孩子，同時你避開了 which 那個很多人覺得醜陋的絲絲作響的輔音。也有指導原則建議，如果關係子句跟它所修飾的名詞給隔開了，就宜用 which，例如：An application to renew a license **which had previously been rejected** must be resubmitted within thirty days（要求換發先前不獲批准的執照，必須在三十天內再提交申請），這裡粗體顯示的子句，所修飾的是前頭老遠的名詞 application（申請），而不是前面緊貼的 license（執照）。此外也可視乎限定性的程度而看看是否用 that，也就是看看多大程度上關係子句對整句意義具關鍵性。當被修飾的名詞前面有 every（每個）、only（只有）、all（所有）、some（有些）或 few（少數）等量詞，關係子句就會帶來徹底改變：Every iPad that has been dropped in the bathtub stops working（每個曾掉進浴缸的平板電腦都停止運作）跟 Every iPad stops working（每個平板電腦都停止運作）差別極大，that 用在這種名詞詞組

裡，聽起來就比較好。如果你信不過自己的耳朵，就擲硬幣做決定好了。這也跟不同風格無關：這不涉及偽規則所挑剔的口語非正式用法，that 或 which 沒有哪個較為正式的問題。

名詞作為動詞及其他新詞新義

很多語言愛好者對於名詞作為動詞這種鑄造新詞的做法十分反感：

Dilbert (c) 2001 Scott Adams. Universal Uclick 准予轉印。版權所有。

其他令人忐忑不安、深恐世界塌下來的動詞化名詞，還包括 author（作者—撰作）、conference（會議—召開會議）、contact（接觸、聯絡）、critique（評論）、demagogue（煽動家—煽動）、dialogue（對話）、funnel（漏斗作用）、gift（禮品—贈予）、guilt（罪咎）、impact（衝擊）、input（輸入）、journal（日誌）、leverage（槓桿作用）、mentor（導師）、message（訊息）、parent（父母）、premiere（首演）和 process（進程）等。

那些忐忑不安的人對所謂語言混亂狀態恐怕是誤診了，他們或許不滿這些名詞轉作動詞時，並未硬性規定加動詞化詞尾，像 -ize、-ify、en-或 be-。不過仔細想一想，其實他們對加了這些詞尾的動詞也很討厭，

例如 incentivize（給予誘因）、finalize（定案）、personalize（個人化）、prioritize（優先化）、empower（授權）。其實可能多達五分之一的英語動詞原是名詞或形容詞，你可以在任何一段文章找到不少例子[36]。我看了一下今天電郵中傳閱最廣的《紐約時報》報導，就找到不少新興動詞，譬如 biopsy（切片檢查）、channel（管道—傳送）、freebase（精煉毒品）、gear（齒輪—囓合）、headline（頭條新聞）、home（家）、level（水平—使平等）、mask（面具—掩飾）、moonlight（月光—做兼職）、outfit（裝備）、panic（恐慌）、post（崗位—派駐）、ramp（躍立）、scapegoat（替罪羊）、screen（屏、幕—掩蔽、篩）、sequence（序列）、showroom（展示廳）、sight（視線）、skyrocket（飆升）、stack up（堆起）和 tan（棕褐色—曬成棕褐色）等，還有由名詞和形容詞加詞尾變成的動詞，像 cannibalize（同類相食、拆取部件）、dramatize（戲劇化）、ensnarl（使纏繞）、envision（想像）、finalize、generalize（概括）、jeopardize（危及）、maximize（最大化）和 upend（倒置）等。

英語很喜歡往動詞轉化，千年來一直如此。很多令純粹主義者忐忑不安的新動詞，對他們的下一代就變得無可訾議。很多今天不可或缺的動詞，像 contact、finalize、funnel、host（主持）、personalize 和 prioritize，不再引起強烈反應。很多過去數十年確立下來的動詞化名詞，也都在英語詞彙中占有永久位置，因為它們傳達的意義，比任何替代用語清晰簡潔，例子包括 incentivize、leverage、mentor、monetize（定為貨幣）、guilt（例如 She guilted me into buying a bridesmaid's dress〔她誘使我買了一襲伴娘服〕）以及 demagogue（例如 Weiner tried to demagogue the mainly African-American crowd by playing the victim〔維納以受害者自居試圖煽動主要為非裔美國人的群眾〕）。

　　真正令一些人忐忑不安的，不是動詞化，而是來自社會某些階層的新詞。很多人對來自非人化辦公室環境的行話很反感，譬如 drill down（鑽取數據）、grow the company（致力公司成長）、new paradigm（新範式）、proactive（先發制人）和 synergy（同心協力）等。它們也厭惡來自心理互助小組和心理治療室的流行用語，像 conflicted（造成衝突）、dysfunctional（失常）、empower、facilitate（提供便利）、quality time（共享時光）、recover（恢復）、role model（模範）、survivor（脫離危難者）、journal 用作動詞、issues 解作「關切點」、process 解作「考慮」以及 share 解作「說話」。

　　對於新轉化而來的動詞及其他新詞，應以品味而非語法正誤來衡量。你不用全盤接受，尤其是一夜爆紅的潮語像 no-brainer（無需用腦的事）、game-changer（帶來徹底改變的事）和 think outside the box（跳出框框思考），或披上技術性外衣的陳腐流行用語，像 interface（界面）、synergy、paradigm、parameter（參數）和 metrics（權值）。

　　但很多新詞在語言中贏得一席位，因為它們所代表的概念若用其他方式表達便很累贅。二〇一一年出版的《美國傳統英語詞典》第五版，較十年前的版本增加了一萬個詞語或義項。很多新詞新義表達值得重視的新概念，包括 adverse selection（逆向選擇）、chaos（混沌〔物理學理論〕）、comorbid（併發症）、drama queen（過敏反應族）、false memory（偽記憶）、parallel universe（平行宇宙）、perfect storm（萬川匯流）、probability cloud（機率雲）、reverse-engineering（逆向工程）、short-sell（賣空）、sock puppet（假分身）和 swiftboating（政治抹黑）。在十分真實的意義上，這些新詞讓我們更容易思考。哲學家詹姆斯・傅琳（James Flynn）發現，二十世紀每十年智商分數就上升三點，他把這

方面的進步歸功於學術和科技的技術概念普及到一般民眾。[37] 普及進程的一種促進力量，就是抽象概念概括性術語的傳播，像 causation（因果關係）、circular argument（循環論證）、control group（對照組）、cost-benefit analysis（成本效益分析）、correlation（關聯）、empirical（經驗的）、false positive（假陽性）、percentage（百分率）、placebo（安慰劑）、post hoc（前後必然關係）、proportional（比例的）、statistical（統計上的）、tradeoff（此消彼長）和 variability（變率）等。要阻止新詞湧現而把英語詞彙凍結在現有狀況，是不可行並且愚蠢而不幸的，因為這樣會防礙人們獲得有效率的工具分享新意念。

新詞也可以彌補無可避免的詞語和意義流失，讓詞彙保持豐富多元。寫作的樂趣，很大程度上來自從英語數以十萬計的詞語中精挑細選。同時值得記住的是，每個詞語最初出現時都是新詞。《美國傳統英語詞典》第五版的詞目，就是英語世界近年文化史中語言繁茂滋長的大觀園：

Abrahamic（阿伯拉罕諸教的）、air rage（搭機怒火）、amuse-bouche（開胃小點）、backward-compatible（回溯兼容）、brain freeze（速吃冰品頭痛）、butterfly effect（蝴蝶效應）、carbon footprint（碳足跡）、camel toe（穿緊身褲而女性陰部顯現）、community policing（社區警政）、crowdsourcing（網路外包）、Disneyfication（庸俗化）、dispensationalism（釋經學時代論）、dream catcher（趨吉避凶網罩）、earbud（耳塞式耳機）、emo（煽情搖滾樂）、encephalization（腦體重比增加）、farklempt（哽咽無言）、fashionista（時尚達人）、fast-twitch（快縮肌）、Goldilocks zone（適居帶）、Grayscale（灰度）、Grinch（吝嗇鬼）、hall of mirrors（疑幻似真景況）、hat hair（蓬頭）、heterochrony（生物演化異時性）、infographics（資訊圖表）、interoperable（跨系統操作性）、Islamofacism（伊斯蘭法西斯主義）、jelly scandal（果凍涼鞋）、jiggy（激動的、做愛）、judicial activism（司法能動主義）、ka-ching（嘩啦啦的錢幣聲）、kegger（桶裝啤酒派對）、kerfuffle（騷動）、leet（網上替代字母）、liminal（閾限的）、lipstick lesbian（女性化女同性戀者）、manboob（男性女乳症）、McMansion（巨無霸豪宅）、metabolic syndrome（代謝症候群）、nanobot（納米機器人）、neuroethics（心理診療倫理學）、nonperforming（表現欠佳）、off the grid（非主流水電供應）、Onesie（寬鬆連身衣褲）、overdiagnosis（診斷過濫）、parkour（跑酷）、patriline（父系世系）、phish（網上或電話套取個資）、quantum entanglement（量子纏結）、queer theory（酷兒理論）、quilling（捲紙花）、race-bait（煽動種族歧視）、recursive（遞迴的）、rope-a-dope（以逸待勞伺機制勝）、scattergram（散布圖）、semifreddo（半凍冰糕）、sexting（性短訊）、tag-team（輪替作業）、time-suck（枉費時間之事）、tranche（份額）、ubuntu（樂於分享的精神）、unfunny（無趣）、universal Turing machine（通用杜林機）、vacuum energy（真空能量）、velociraptor（迅猛龍）、vocal percussion（人聲敲擊樂）、waterboard（水上滑板運動）、webmistress（網站女管理員）、wetware（電腦濕體〔人腦〕）、Xanax（佳靜安定〔藥名〕）、xenoestrogen（仿雌激素）、x-ray fish（玻璃彩旗魚）、yadda yadda yadda（諸如此類）、yellow dog（瑣屑小人、瑣屑之物）、yutz（呆

子）、Zelig（模仿周遭人物的「變色龍」）、zettabyte（澤字節）、zipline（溜索）

如果我流落傳說中的荒島而只准帶一本書，那可能就是一部詞典。

who 和 whom（「誰」／「……的人」）

當格勞喬‧馬克斯有次被問到一個又長又浮誇的問題，他回答說：Whom knows?（誰曉得）。喬治‧艾德（George Ade）一九二八年的一部短篇小說有這樣的一句："Whom are you?" he said, for he had been to night school（「你是誰？」他說，因為他剛才上夜校去）。二〇〇〇年的《鵝媽媽和格林》（*Mother Goose and Grimm*）漫畫裡一隻貓頭鷹在樹上喊：Whom，地下一隻浣熊回答：Show-off！（賣弄）。一幀名為〈語法外星族〉（Grammar Dalek）的漫畫顯示一個外星機器人在喊：I think you mean Doctor Whom！（我以為你是說超時空博士）。而《鹿兄鼠弟》（*Rocky and Bullwinkle*）漫畫中，兩個波茨文尼亞（Pottsylvanian）間諜——波里斯‧巴德諾夫（Boris Badenov）和那妲莎‧菲妲莉（Natasha Fatale）——有以下一段對話：

> 那妲莎：Ve need a safecracker!（我們需要一個保險箱爆破器！）
> 波里斯：Ve already got a safecracker!（我們已經有一個保簽箱爆破器！）
> 那妲莎：Ve do? Whom?（我們有嗎？誰？）
> 波里斯：Meem, dat's whom!（我——就是那人！）

有關 whom 的笑話那麼多，向我們顯示了 who 和 whom 兩方面的差異。[38] 第一，長期以來 whom 被視為太正式的、近乎浮誇的說法。第二，它的正確用法很多人都搞不清，只是想說得漂亮時就拿 whom 賣弄一番。

我們在第四章看過，who 和 whom 的分別應該是直接了當的。如果你重溫一下 wh- 類詞語移往句子開頭的衍生規則，who 和 whom 的分別就有如 he 和 him 或 she 和 her 的分別，這是誰都不會覺得困難的。敘述句 She tickled him（她逗他發笑）可以轉為問句 Who tickled him?（誰逗他發笑）；這裡 wh- 類詞語取代了主詞而以主格呈現──who。它也可以轉為另一問句 Whom did she tickle?（誰被她逗得發笑）；這裡 wh- 類詞語取代受詞而以受格呈現──whom。

但要在腦袋裡把移位規則逆轉，會有認知上的困難，加上英語在歷史上丟失了格位標記（除了人稱代名詞和屬格的 's），長久以來令人難以掌握這種分別。莎士比亞及同時代的人經常在該用 whom 的地方用了 who，又或反過來誤用；即使經過規範主義語言學家一個世紀以來在 who 和 whom 的差異上絮絮不休，不論口語還是書面語還是難以維持這種差異。只有最古板的人才會把 whom 用在短問句或關係子句開頭：

Whom are you going to believe, me or your own eyes?
你會相信誰：我還是你自己的眼睛？
It's not what you know; it's whom you know.
問題不是你認識什麼，而是你認識誰。
Do you know whom you're talking to?
你知道你在跟誰說話嗎？

當人們嘗試在寫作中用 whom，往往就弄錯了：

In 1983, Auerbach named former Celtics player K.C. Jones coach of the Celtics, whom starting in 1984 coached the Celtics to four straight appearance in the NBA Finals.

一九八三年奧爾巴赫任命前塞爾提克球員瓊斯為該隊教練，在他執教下從一九八四年起塞爾提克連續四屆挺進職籃冠軍戰。

Whomever installed the shutters originally did not consider proper build out, and the curtains were too close to your window and door frames.

最初安裝這些百葉窗的人沒有考慮預留恰當空位，那些窗簾太靠近你的窗框和門框。

第四章探索句法的樹狀結構時，發現了 whom 一種容易犯錯的用法。當 wh- 類詞語的深層結構位置是一個子句的主詞（要用 who），但它旁邊卻是接上這個子句作補語的動詞（whom 呼之欲出），作者就會對樹狀結構失察，目光被旁邊的動詞吸引過去，結果寫成：The French actor plays a man whom she suspects ＿（深層結構位置）is her husband（那個法國演員飾演的男人，她懷疑就是她的丈夫）。這些句子長期以來已經變得司空見慣，即使最用心的作者也不會挑剔。因此有些語言學家認為，這種用法不是錯誤；他們辯稱，在這些作者的方言裡，要用上 whom 的情況就是當它連繫到（深層結構）動詞後面的位置——即使它是子句的主詞。[39]

就像假設語氣，whom 這個代名詞普遍被認為快消失了。在紙本文

章中點算它出現的頻率，確實可認定近兩個世紀以來持續下降。這個詞語趨於式微或許不代表英語的語法轉變，而是英語世界的文化演變：寫作的非正式化，愈來愈接近口語。但要是預測下降曲線趨向於零，則是冒險之舉，事實上自一九八〇年代以來曲線已轉為持平。[40] 雖然 whom 在短問句或關係子句裡顯得浮誇，但在特定環境下──甚至在非正式風格的口語和書面語──它卻是自然的說法。我們仍然用 whom 的場合，包括雙疑問詞問句：Who's dating whom?（誰在跟誰約會）；還有慣用語如 To whom it may concern（致相關人士）和 With whom do you wish to speak?（你想跟誰談）；以及避免介系詞出現在句末而把它引向前方的句子。從我的電郵粗略點算，便發現 whom 的出現數以百計（即使我把函末套語排除在外── The information in this email is intended for the person to whom it is addressed〔本電郵的資訊只提供予致函對象〕）。以下幾個顯然非正式風格的句子用上了 whom，就十分自然，不著痕跡：

> I realize it's short notice, but are you around on Monday? Al Kim from Boulder (grad student friend of Jesse's and someone with whom I've worked a lot as well) will be in town.

我曉得這是匆促通知──你星期一在市內嗎？艾爾・奇姆會從波德到這裡來，他是傑西的研究生朋友，我和他也曾多次合作。

> Not sure if you remember me; I'm the fellow from Casasanto's lab with whom you had a hair showdown while at Hunter.

不確定你還記不記得我；我是從卡薩山托實驗室來的，在亨特學院曾跟你在髮型上較量一番。

> Hi Steven. We have some master's degree applicants for whom I need

to know whether they passed prosem with a B+ or better. Are those grades available?

嗨，史提芬。有些碩士課程入學申請者，要知道他們修讀的研討課程成績有沒有達到 B+ 或以上。你可以提供他們的成績嗎？

Reminder: I am the guy who sent you the Amy Winehouse CD. And the one for whom you wrote "kiss the cunt of a cow" at your book signing. [41]

提示：我是給你寄上艾美懷絲唱片的傢伙；還有，你曾在新書簽名會給我寫上「吻吻母牛那話兒」。

我能給作者的最佳忠告就是，是否用 whom，應該考慮句子結構有多複雜以及風格有多正式。在非正式風格中，whom 可以用作介系詞的受詞，以及用在 who 明顯不適用的位置上；用在所有其他地方都顯得浮誇。在正式風格中，應該把 wh- 類詞語推回樹狀圖原來位置，然後據此選用 who 或 whom。但即使在正式風格中，應該採用精簡直接而非繁褥花巧的用語，who 在這種簡單結構中應占一席位。在《紐約時報》撰寫「論語言」專欄、自命為「語言專家」的威廉·賽斐爾（William Safire）既然可以這樣寫：Let tomorrow's people decide who they want to be president（讓明天的人決定他們要誰當總統），那麼你也可以的[42]。

數量、品質與程度

我們剛看過的用法規則都圍繞著語法形式，像詞類差異以及時態和

語氣標記。但有關數量、品質和程度的其他規範性規則，比語法規則更接近邏輯和數學真理。純粹主義者聲稱，假如違反這些規則，就不是小瑕疵，而是對理性的攻擊。

這類宣言往往是可疑的。雖然語言肯定給我們提供所需工具來表達精細的邏輯差異，這些差異卻不是由個別詞語或結構機械性表達的。所有詞語都有多重意義，必須透過上下文釐清，而每一項意義都較純粹主義者所提出的更微妙。如果有人聲稱用法問題可透過邏輯和數學一致性解決，那就讓我們揭破這種詭辯吧。

絕對和具程度的品質（「非常獨特」的問題）

有人認為，不能說「結過了一下婚」或「有一點兒懷孕」，因此純粹主義者認為，對一些形容詞來說，這種說法也是不能接受的。對純粹主義觀感最常見的侮辱，就是「非常獨特」這類說法，這是對一個「絕對」或「無法比較」的形容詞，用程度副詞來修飾，像「更」、「沒那麼」、「有點」、「相當」、「相對」或「幾乎」。純粹主義者認為，「獨特性」就像結婚或懷孕：一樣事物要麼就是獨特的（同類事物中獨一無二），要麼就是不獨特，對獨特性表達某種程度是沒有意義的。同樣，也不能合理地修飾「絕對」、「肯定」、「完全」、「相等」、「永久」、「完美」或「相同」。譬如不能說一項陳述比另一項陳述「更肯定」，或庫存現在「更完整」，或一個公寓房是「相對完美」。

只要看一下實際用法，這種說法的問題就馬上浮現。出色的作家多個世紀以來都有對絕對形容詞作出修飾，包括美國憲法草擬者，他們說要尋求一個「更完美的聯盟」。很多這類例子都不會令用心的作家覺得有問題，也獲《美國傳統英語詞典》用法小組大部分成員認同，包

括「沒有比這更肯定的了」、「不可能有更完美的地點」和「資源的更均等分配」。雖然「非常獨特」的說法普遍受到唾棄，但對「獨特」的其他修飾卻非不可接受。馬丁・路德・金恩（Martin Luther King）曾寫道：「我作為傳道人的兒子、孫子和曾孫，處於頗為獨特的地位。」《紐約時報》科學副刊最近一篇文章寫道：「這種生物在類型和外表方面都那麼獨特，發現牠的生物學家不但給牠新的物種名稱……更宣稱牠是全新門類。」

甚至「非常獨特」也可能有派得上用場之處。昨晚當我走過普羅文斯敦鎮（Provincetown）一家夜總會，有人遞上一張用亮光紙印的明信片，請路過的人進去看表演。卡片上顯示一位肌肉男穿上鑲銀色金屬片的晚禮服，配上相襯的蝴蝶結和褲子前褶，此外就再沒穿什麼，包圍著他的是一群豐滿性感、髮型誇張的男男女女作秀伙伴，他腳下是一個雌雄莫辨的流浪兒，蓄著筆直小鬍子，穿著鑲藍綠色圓形金屬片的水手裝。卡片上說：「原子爆破彈。一場奇裝異服滑稽歌舞雜劇華麗表演！陰陽同體超級巨星傑特・阿多爾（Jett Adore）領銜演出！西雅圖首屈一指花俏女郎本・德拉荃（Ben DeLacreme）擔任主持！」遞上卡片的女侍信誓旦旦說，那是「非常獨特」的表演。試問誰能質疑？

純粹主義者的邏輯錯在這裡：獨特性跟懷孕和結婚並不一樣，它必須相對於某種尺度才能界定意義。有人告訴我，每一片雪花都是獨特的，儘管它們在顯微鏡下可能這樣，但坦白說對我而言它們看來都一樣。反過來說，比較一下豆莢裡的兩顆豆子，如果費盡眼力在放大鏡下看，它們都不一樣。那麼這表示沒有任何東西是獨特的嗎？還是所有東西都是獨特的？答案是兩者皆非：「獨特」這個概念，只有當你表明著眼於哪種品質，或採用哪種尺度，它才有意義。

　　有時我們會指明是哪種品質或尺度，譬如說「夏威夷四面環海，在美國各州中是獨特的」或「2、3、5 這獨特的一組質數構成 30 的質因數。」純粹主義者要讓「獨特」一詞的使用，限於沒有比較副詞的情況。但往往我們的目光被多方面的數量吸引，有些數量具連續性，而我們著眼的項目，可能在這個尺度上跟其他項目接近，或相去甚遠。指稱某事物「相當獨特」或「非常獨特」，暗示它跟其他事物有多方面品質差異及／或有很大程度差異。換句話說，不管你用什麼尺度或標準，那樣事物都是獨特的。這種「別具特色」的意義，跟「獨一無二」的意義，自英語裡 unique（獨特）這個詞語出現以來，一直普遍存在於實際用法中。其他被認為是絕對的形容詞，其實也有尺度的嚴寬，因此可以根據比較程度加以修飾。

　　這並不表示你應該勇往直前使用「非常獨特」──即使你是替「原子爆發彈」派發宣傳單的人。我們在第二章看過，「非常」即使在最佳情況下也是個平庸修飾語，而它跟「獨特」的結合惹惱很多讀者，因此最好避免使用。（如果你必須修飾「獨特」，不妨說「實在獨特」和「真的獨特」，這表示說話的信心程度，而不是特殊的程度，會碰上較少異議。）可是對所謂絕對形容詞作出比較並非不合邏輯，而且往往是無可避免的。

單數與複數（none is ／ none are〔沒有一個是……〕）

　　英語語法中單數與複數的簡單對立，令人在很多情況下不知所措。問題在於，語法裡簡單建構起來的數量觀念，跟數字在數學和邏輯上令人歎為觀止的本質，根本搭配不上來。假設我有一堆東西，要你分為兩組，一組的數量等於一，另一組的數量大於一。我們之間的對話就會是

這樣的，看看吧：

A cup. （一個杯子）	容易！等於一。
The potted plants. （那些盆栽）	容易！多於一。
A cup and a spoon. （一個杯子和一個茶匙）	還是容易！1+1=2，多於一。
A pair of gloves. （一雙手套）	這個，要看情況⋯⋯我看見兩件物體，但在購物發票中是一個項目，我考慮是否可用快速結帳櫃檯時也把它算一個項目。
The dining room set. （套裝餐桌椅）	唔，也得看情況。它是一套，但有四張椅子和一張桌子。
The gravel under the flowerpot. （花盆下的碎石）	喂，我要一顆顆的數嗎？還是當作一整個墊盤的碎石？
Nothing. （空無一物）	喔，我想⋯⋯兩樣都不是。我現在該怎麼做？
The desk or the chair. （那張桌子或那張椅子）	啊？
Each object in the room. （房間裡每樣東西）	等一下，你要我退後一步數算看見的所有東西（那就大於一），還是湊近一個個的看（每次看到的是一個）？

這些令人絞腦汁的問題，是英語使用者必須解決的，他們要把 none（沒有一個）和 every（每個）等各種量詞塞進單複數的二元對立架構中。

　　純粹主義者堅稱，none 表示「沒有一個」，因此必須是單數：該說 None of them was home（他們沒有一人在家），不說 None of them were home。這是不對的；你可以查閱一下。None 一直以來既可單數也可複數，視乎作者一次把整組算入，還是組內各項目逐一數算。單數的 None of the students was doing well（沒有一個學生情況良好）感覺上比較著眼於特定對象而語氣較強，往往在風格上優於複數的 None of the students were doing well。但當一個額外的量詞迫使我們著眼於組內某些成員，複數就不可避免了：Almost none of them are honest（他們幾乎沒有人是誠實的；用 are 不用 is）；None but his closest friends believe his alibi（除了最親密的朋友沒有人相信他的不在場證據；不用 believes）。Any（任何）也可以在單複數間搖擺：Are any of the children coming？（那些孩子有任何人來嗎？）；Any of the tools is fine（那些工具任何一件都行）。No 也是這樣，視乎它用來修飾什麼名詞：No man（單數）is an island ／ No men（複數）are islands（沒有人是個孤島）。

　　這三個詞語所指的純粹是「無」，並無固有數量，但與此不同，有些量詞逐一指出單件事物。Neither 表示「兩者都不是」，它是單數的：Neither book was（不用 were）any good（兩本書沒有一本是好的）。Either（兩者任何一個）也一樣：Either of the candidates is（不用 are）experienced enough to run the country（兩位候選人的任何一位都有足夠經驗治理國家）。同樣地，anyone（任何人）或 everyone（每人）、somebody（某人、有人）或 everybody（每個人）以及 nothing 都是在指一人或一物（儘管詞義包含所有個體），因此都是單數的：Anyone is welcome to try（歡迎任何人嘗試）；Everyone eats at my house（每個人都來我家用餐）；Everybody is a star（每個人都是明星）；Nothing is easy

（沒有什麼是容易的）。

當兩個單數名詞用 and（和）連接起來，這個詞組通常就是複數的，語言就像確認一加一等於二：A fool and his money are soon parted（一個傻子跟他的錢很快就會分開）；Frankie and Johnny were lovers（法蘭琪和強尼是愛侶）。但當兩者像包裹起來合而為一，就可以是單數：One and one and one is three（一加一加一等於三）；Macaroni and cheese is a good dinner for kids（通心麵配乾酪是小孩子很好的晚餐）。概括地說，這種現象屬於所謂概念性單複數關係：名詞詞組語法上的單複數，視乎作者把詞組指謂對象構想為單數還是複數，而不是看詞組的語法標記是單數還是複數。作者可以把連結起來的詞組構想成一個單位：Bobbing and weaving is an effective tactic（閃避和忽進忽退是一種有效戰略）。又可以反其道而行，從一個單數集合名詞往內望，著眼於整體中的個別成員，例如 The panel were informed of the new rules（小組告獲告知新的規則）。這種用法在英式英語裡較普遍，美國人要一讀再讀才恍然大悟：The government are listening at last（政府終於聆聽了）；The Guardian are giving you the chance to win books（《衛報》讓你有機會贏得書籍）；Microsoft are considering the offer（微軟公司在考慮這項出價）。

那麼其他把名詞結合起來的詞語又怎樣，像 with（帶有）、plus（加上）和 or（或）？With 是介系詞，因此 a man with his son（一個男人跟他的兒子）根本不屬於連接關係，而是一個普通詞組，中心詞是 a man，而 with his son 是修飾語。它承接了中心詞的單數性質，因此我們說 A man with his son is coming up the walk（一個男人跟他的兒子正走到人行道上）。Plus 原來也是介系詞，我們說 All that food plus the weight of the backpack is a lot to carry（所有那些食物加上背囊的重量，攜帶起

來很吃力）。但 plus 也愈來愈多用作連接詞，我們很自然會說 The hotel room charge plus the surcharge add up to a lot of money（飯店房租加上附加費是一大筆錢）。

我們還要找出怎樣對待 or（前面談 between you and I 曾提及）。這種結構把兩個單數名詞區隔開來，整體上也是單數：Either beer or wine is served（可獲供應啤酒或葡萄酒）。而區隔兩個複數名詞的結構就是複數的：Either nuts or pretzels are served（可獲供應堅果或蝴蝶餅）。如果結構裡包含一個單數名詞和一個複數名詞，傳統語法書說單複數應以最靠近動詞那個名詞為準：Either a burrito or nachos are served ／ Either nachos or a burrito is served（可獲供應一個麵餅捲或玉米片）。但這種做法令很多作者難以安心（《美國傳統英語詞典》用法小組贊成反對參半），為了避免讀者在語法規範上抓破頭皮，最好是把句子重寫，例如把被動式改為主動式：They serve either nachos or a burrito（他們供應⋯⋯）。

有些名詞指定一種尺度，然後用 of 起頭的詞組表明所量度的是什麼，譬如 a lot of peanuts（大量花生）、a pair of socks（一雙襪子）和 a majority of voters（大多數選民）。這些變色龍般的名詞單複數皆可，視乎 of 起頭的詞組是單數還是複數：A lot of work was done（做了大量工作）；A lot of errors were made（犯了很多錯誤）。（也有可能兩者的樹狀結構不一樣，在前面例句中 a lot 是詞組的中心詞，而後面例句中它卻只是中心詞 errors 的限定詞。）有時 of 開頭的詞組隱而不顯，作者只是暗自想到它，這個隱身詞組實際上是單複數的決定者：A lot [of people] were coming（很多〔人〕前來）；A lot [of money] was spent（花了很多〔錢〕）。其他變色龍般的量詞還有 couple（一對、幾

個）、majority（大多數）、more than one（不止一個）、pair（一對）、percentage（百分比）、plenty（很多）、remainder（餘下的）、rest（其他的）和 subset（其中一組）。

此外，還有謎樣結構 one of those who（其中一個……的人）。最近我推薦德格拉斯・霍夫斯達德（Douglas Hofstadter）和艾曼紐・桑德（Emmanuel Sander）的一本書，推介文章這樣開頭：I am one of those cognitive scientists who believes that analogy is a key to explaining human intelligence（我是其中一個這樣的認知科學家：相信類比是解釋人類理解力的一個關鍵）。霍夫斯達德向我致謝，但羞怯地問我，是否介意把 who believes（相信……的人）改正為 who believe。我比他更羞怯地同意了，因為他（就像他的讀者所期待的）從無懈可擊的樹狀結構作出思考。以 who 開頭的關係子句依附著複數的 cognitive scientists（認知科學家），而不是單數的 one（一個）：這是說有一組認知科學家（複數）看重類比，而我屬於這組人。因此動詞必須用複數的 believe。

雖然不能為原來的遣詞用字辯護，但在我耳中聽來那是沒有問題的，因此我對這種結構做了點研究。結果發現我不是唯一這樣說的人。一千多年以來，著眼於 one 而採單數的說法，凌駕於複數 those 的句法規則，一個又一個的作者都用單數。這包括了超級純粹主義者詹姆斯・克伯屈（James Kilpatrick），他懊惱地發現自己一直在使用這種結構，儘管反覆被指出「竟是你犯這樣的錯誤」（比方說，他寫道：In Washington, we encounter "to prioritize" all the time, it is one of those things that makes Washington unbearable."〔在華盛頓，我們經常碰上「優先化」這種說法，這是令華盛頓變得令人無法忍受的事情之一〕）技術上正確的版本聽起來怪怪的。《美國傳統英語詞典》用法小組逾四成成員拒絕

接受這種說法：The sports car turned out to be one of the most successful products that were ever manufactured in this country.（跑車結果成為本國製造的最成功產品之一）。有時把字句巧妙改一下就可以避免這種兩難情況（譬如在這個例句中刪掉 that were），但不一定行得通。譬如 Tina is one of the few students who turns to the jittery guidance conselor, Emma, for help with her feelings（蒂娜是為了感情問題而求助於那個神經過敏的輔導諮商員艾瑪的少數幾個學生之一）。如果把動詞變為複數的 turn，就相應要把 her feelings（她的感情問題）變成 their feelings（他們的感情問題），看起來像是每個女生為所有女生的感情問題而非個人感情問題尋求協助。

《劍橋英語語法》解釋說，這個結構造成兩個樹狀圖的混合體在讀者腦海出現：其中一個樹狀圖中關係子句附著於下層的名詞（cognitive scentists who believe〔相信……的認知科學家〕），這對意義起決定性作用；另一樹狀圖附著於上層的名詞（one……who believes），這對單複數起決定性作用。今天的用法指南一般建議在這個結構中單複數皆可，視乎 one 還是 those（那些）在作者心目中比較凸顯[43]。

兩項與多項複數。 這個問題涉及 between 和 among（之間）的分別，或兩個項目與多於兩個項目在用法上的分別

很多語言在數量系統中劃分三個層級：單一、兩個、多數（三個或以上）。比方說，希伯來文就分開 yom（一天）、yomayim（兩天）和 yamim（多天）。英語沒有兩個項目的語法標記，但表示兩個可以用 pair 和 couple，以及其他或多少引起爭議的量詞。

Between 和 among。 很多學生所接受的指導認為，between 只能用

於兩個項目之間──因為 tween 這個詞素跟 two（二）和 twain（二、一對）相關，而 among 只能用在多於二的情況。這只說對了一半。肯定正確的是，among 不能用在僅兩個項目之間：among you and me（你和我之間）是不能接受的。但說 between 只適用於兩個項目卻是不對的：沒有人會說 I've got sand among my toes（沙子跑進了我腳趾之間）、I never snack among meals（我從來不在各餐之間吃點心）或 Let's keep this among you, me and the lamppost（意謂絕對保密；字面意義為：這就保留在你、我和街燈之間好了）。不過，有些作者忠心耿耿地遵守這項偽規則而嘗到苦果，炮製出蹩腳的說法，像 sexual intercourse among two men and a woman（兩個男人和一個女人之間的性交）、a book that falls among many stools（一本各方不討好的書）和 The author alternates among mod slang, cliches, and quotes from literary giants（作者穿插於次文化俚語、陳腔濫調和文學巨匠引語之間）。其實真正的原則是，在把一個個體跟任何數量的其他個體比較時就用 between──只要是一直兩個兩個的比較；如果把一個個體跟一個渾然一體的事物或一個集合體比較，那就該用 among。Thistles grew between the roses（薊長在玫瑰之間）暗示這是在制式化花園裡成列整齊栽種；如果說 Thistles grew among the roses，那就是夾雜長在一起了。

each other 和 one another（彼此、互相）。傳統老規則同樣主張 each other 用於兩項之間，one another 則多於兩項。如果你不能信賴你的耳朵，那麼你遵守著規則就永遠不會碰上麻煩，這也是《美國傳統英語詞典》用法小組的主流意見。但實際一般用法是兩者交替使用：the teammates hugged each other ∕ the teammates hugged one another（隊友互相擁抱），主要的詞典和用法指南都認為這沒有問題。

alternatives（選項）。規範主義規則說這個詞語只適用於兩個選項，永遠不能多於兩個。這是老祖母的傳說，忘掉它好了。

either 和 **any**。限於兩項的規定，對 either 來說比較站得住腳——起碼當它用作名詞或限定詞時是這樣。像 Either of the three movies（三部電影其中之一）和 Either boy of the three（三個男孩的其中一人）確實是怪怪的，這裡 either 應該用 any 取代。但當 either 用於 either-or（任選其一）結構，三個項目就變得比較可以接受：Either Tom, Dick, or Harry can do the job（湯姆、狄克或哈利其中一人可做這工作）；Either lead, follow, or get out of the way（要麼領導，要麼跟從，要不就跑開）。

-er / more（比較級）和 **-est / most**（最高級）。形容詞可用詞尾表示程度，構成比較級（harder〔更難〕、better〔更佳〕、faster〔更快〕、stronger〔更強〕）以及最高級（hardest〔最難〕、best〔最佳〕、fastest〔最快〕、strongest〔最強〕）。傳統規則說比較級只限用於兩個項目，最高級則用於三個或以上的項目：你應該說 the faster of the two runners（兩個賽跑者中較快的一人），而不說 fastest；可是說 the fastest of the three runners（三個賽跑者中最快的一個）則是恰當的。同樣規則也適用於多音節形容詞，它們的比較級和最高級分別是 more 和 most 而不用詞尾：the more intelligent of the two（兩人中較聰明的一人）；the most intelligent of the three（三人中最聰明的一人）。但這項規則並非一成不變：我們說 May the best team win（但願最佳的隊伍獲勝）而不是 the better team（較佳的隊伍）；我們也說 Put your best foot forward（「最好的一隻腳踏向前」，意謂求取最佳表現）而不是 your better foot。這裡傳統規則也是太粗疏了。不能單憑數量多少決定選用哪個詞語，而要看各項目怎樣作出比較。如果兩個項目是一個一個直接對比，比較級

形容詞就是合適的；但當一個項目不光優於眼下另一選項，而是優於默示的一組更大選項，那麼用最高級就說得通了。如果尤塞恩・博爾特（Usain Bolt）和我競爭奧林匹克夢幻隊伍的一個席位，說他們挑選了「兩人中較快的一人」未免有點誤導，應該說他們挑選了「最快的人」才對。

物件與物質。這是關於可數名詞和不可數名詞的問題，包括 ten items or less（十項或更少）一類說法的問題

最後，我們要處理卵石和砂礫了，也就是英語怎樣把聚集起來的事物概念化：是個別分明的，可用複數可數名詞表達的，還是連成一氣的，只能用不可數名詞表達的。有些量詞對於配合什麼名詞相當挑剔。我們可以說 many pebbles（很多卵石），卻不能說 much pebbles；我們可以說 much gravel（很多砂礫），卻不能說 many gravel。有些量詞卻不挑剔：譬如 more（更多），可說 more pebbles，也可說 more gravel [44]。

你可能認為，既然 more 可同樣用於可數和不可數名詞，less（較少）也該一樣吧。實際並非如此：你可以說 less gravel，但大部分作者認為，你只能說 fewer pebbles，不能說 less pebbles。這是合理區別，可是純粹主義者卻無限引申，聲稱超級市場快速結帳櫃檯的標誌 Ten items or less 語法有誤；於是一些吹毛求疵的健康食品超市或其他超市就把標誌改為 Ten items or fewer（few〔少數幾個〕的比較級）。「腳踏車交通聯盟」大受歡迎的運動衫，因為印上 One Less Car（少一輛車）而要道歉，他們承認應該改為 One Fewer Car。按照這種邏輯，店家拒絕賣酒的對象應該是 fewer than twenty-one years old（低於二十一歲）、駕駛速限是 fewer than seventy miles an hour（時速低於七十哩），貧窮線界限是

年所得 fewer than eleven thousand five hundred dollars（少於一萬一千五百元）。掌握了這種區別，你要擔憂的事就少了一項（one fewer thing to worry about）[45]。

　　如果這一切你聽來覺得怪怪的，你不是唯一這樣想的人。下面的漫畫提醒我們，雖然語法錯誤令人抗拒，但把語法區別過度引申的迂腐做法同樣令人抗拒：

用 50 個或更少（less）的字描述自己⋯⋯⋯⋯

Less 應改為 *fewer* 才對。*Less* 用於不可數數量、集合體的量或程度。*Fewer* 表示「沒那麼多個」。這兩個用語不能互換。

〈婚友社找不到合適對象〉

　　這裡出了什麼問題？很多語言學家指出，純粹主義者把 less 和 fewer 的區別搞混了。不錯，把 less 用在個別分明的可數複數名詞確實笨拙：fewer pebbles 聽起來比 less pebbles 為佳，卻不表示 less 不能在其他地方用於可數名詞。Less 用於單數可數名詞是絕對自然的，譬如 one less car 和 one less thing to worry about。當量詞所修飾的名詞屬於延續的量，涉及度量衡單位，這時用 less 也是自然的。畢竟像「六吋」、「六個月」、「六哩」和「六塊錢」等說法，並不真的表示有六件東西；這些單位，像電影「搖滾萬萬歲」（This Is Spinal Tap）中尼傑・特夫內

（Nigel Tufnel）最愛的擴音器有十一個音量等級，只是隨意的劃分。在這些情況下 less 是自然的，fewer 則矯枉過正。當一個數量跟一種標準比較，也習慣用 less，譬如：He made no less than fifteen mistakes（他犯了不下於十五個錯誤）和 Describe yourself in fifty words or less（用五十個或更少的字描述自己）。這些慣用語不是近世的訛變：在英語歷史的大部分時間裡，less 可同樣用於可數和不可數名詞，就像今天的 more。

像很多可疑的用法規則，less 和 fewer 的區別對寫作風格來說也有點參考作用。如果兩者都可用，譬如 Less/fewer than twenty of the students voted（少於二十個學生投票），以古典風格來說 fewer 是較佳選擇，因為較生動具體，卻不表示 less 是語法錯誤。

同樣的判斷也適用於 over 和 more than 的選擇。當複數名詞是可數的，用 more than 較佳。He owns more than a hundred pairs of boots（他擁有超過一百雙靴子）比用 over 更具古典風格，因為它鼓勵讀者想像個別一雙雙的靴子，而不是把它們當作模糊不清的集合體。可是當複數名詞涉及量度尺度上的一點，像 These rocks are over five million years old（這些石頭存在超過五百萬年），堅持用 fewer 就不合常情了，因為沒有人一年一年的數算。用法指南都同意，在這兩個例句中，用 over 都不是錯誤。

作為上述評論的總結，我無法抗拒引用羅倫斯、布希（Lawrence Bush）一部短篇小說的一段（獲他允許轉載），其中談及傳統規則有助減少誤解，暗裡提及了很多我們看過的用法問題（看你能辨認多少）[46]：

我抵達俱樂部不久就碰上羅傑。說了幾句打趣話後，他低聲問

道：「你怎麼看瑪莎和我（Martha and I）可能組成的兩人世界？」

「那，」我答道：「恐怕是個錯誤。瑪莎和我（Martha and me）比較像話。」

「你對瑪莎有興趣？」

「我感興趣的是清晰的溝通。」

「好吧，我接受，」他同意。「但願最佳人選勝出。」接著歎息起來。「我原本以為我們可以順利成為一對非常獨特的夫婦。」

「你不可能成為非常獨特的夫婦吧，羅傑。」

「嗯？為什麼？」

「瑪莎不可能有一點兒懷孕吧，對嗎？」

「你說什麼？你以為瑪莎和我（Martha and me）⋯⋯」

「瑪莎和我（Martha and I）。」

「啊。」羅傑紅著臉放下飲料。「噢，我不知道。」

「你當然不知道，」我用肯定語氣附和。「大部分人都不知。」

「我感到難過（I feel badly）。」

「你不該這樣說：我感到難過（I feel bad）⋯⋯」

「請不要這樣，」羅傑說。「要是有人錯了，那該是我。」

I had only just arrived at the club when I bumped into Roger. After we had exchanged a few pleasantries, he lowered his voice and asked, "What do you think of Martha and I as a potential twosome?"

"That," I replied, "would be a mistake. Martha and me is more like it."

"You're interested in Martha?"

"I'm interested in clear communication."

"Fair enough," he agreed. "May the best man win." Then he sighed.

"Here I thought we had a clear path to becoming a very unique couple."

"You couldn't be a very unique couple, Roger."

"Oh? And why is that?"

"Martha couldn't be a little pregnant, could she?"

"Say what? You think that Martha and me . . ."

"Martha and I."

"Oh." Roger blushed and set down his drink. "Gee, I didn't know."

"Of course you didn't," I assured him. "Most people don't."

"I feel very badly about this."

"You shouldn't say that: I feel bad . . ."

"Please, don't," Roger said. "If anyone's at fault here, it's me."

男與女（無性別歧視的語言和單數 they〔他們〕）

在二〇一三年的一份新聞稿中，歐巴馬總統讚揚最高法院廢除一項歧視性法律的決定，他說：No American should ever live under a cloud of suspicion just because of what they look like（沒有一個美國人應該因為天生什麼模樣而活在疑懼之下。[47]）這種說法正好碰觸到過去四十年來語文用法的頭號棘手問題：使用第三人稱複數代名詞 they（主格）、them（受格）、their（屬格）和 themselves（自反格），來跟語法上單數的先行詞（上例中的 no American）搭配。為什麼總統先生不用 he（他）或 he or she（他或她）而要用 they ？

很多純粹主義者聲稱，單數 they 是「搞笑貓」網站那種水準的低級錯誤，人們容忍它存在，只為了逢迎女性主義。根據這種理論，he 是絕對行得通的中性代名詞，傳統語法教學也一直這樣說——「男性可以

涵蓋女性，在語法裡也不例外」；但女性主義對於以男性形式代表兩性這種虛泛性別歧視也無法忍受，因而發起語言改造運動，首先發起使用 he or she 這種笨拙說法，然後再往下沉淪採用單數 they。電腦科學家大衛・葛倫特（David Gelernter）解釋：「他們那八十噸重十六個輪胎的龐然大物猛撞向輕盈的英式跑車後還未滿意，〔女性主義權威〕還要在語法問題上雙腿橫飛，連主詞和代名詞間的一致性也宣告可有可無，終於一頭栽倒。」[48]（應說「先行詞和代名詞」，這個問題完全跟主詞無關。）

網路漫畫家萊恩・諾斯（Ryan North）以輕鬆筆調處理同一問題，沒有對女性主義表現出敵意。他其中一幀名為〈暴龍〉（T-Rex）的漫畫，對於英語實在有多「輕盈」，就比葛倫特更具懷疑精神，面對以第二人稱在漫畫出現的語言，牠促請對方接納過去多年來人們提倡的各種中性代名詞，像 hir、zhe 或 thon：

但在其後的畫面裡，這頭說話含糊其詞的恐龍，擔心「新發明的代名詞聽起來總是怪怪的」，於是改變立場，質疑應否讓自己對這種說法產生好感：There comes a time when thon must look thonself in the mirror（總會有一刻，渠〔thon〕必須看看鏡子裡渠自己〔thonself〕）。

且看問題何在。首先，暴龍是對的，純粹主義者錯了：英語沒有中性代名詞。起碼在語法上，男性並不涵蓋女性。實驗顯示，當人們讀到 he，就假設是男性[49]。但這些實驗根本不用做，因為這是赤裸的事實：英語的 he 代表男性，不是中性代名詞。如果你不相信，請讀一下這些句子[50]：

Is it your brother or your sister who can hold his breath for four minutes?

你的兄弟還是你的姊妹能屏住呼吸四分鐘？

The average American needs the small routines of getting ready for work. As he shaves or pulls on his pantyhose, he is easing himself by small stages into the demands of the day.

一個普通美國人準備上班要做些例行瑣事。當他刮鬍子或穿上他的褲襪，他就是慢慢逐步調適自己應付當天加諸他身上的要求。

She and Louis had a game—who could find the ugliest photograph of himself.

她和路易斯在玩一個遊戲——誰能找到他自己最醜的照片。

I support the liberty of every father or mother to educate his children as he desires.

我贊成每個父親或母親有自由隨著他的意願教育他的孩子。

你仍認為 he 是中性嗎？我們難以否定暴龍的指責——英語有一項缺陷。作者要在一個有數量表述的句子裡涵蓋兩性，就必須不惜在數量上犯錯，像歐巴馬總統在本節開頭所說的話，要不然就在性別上犯錯：

No American should ever live under a cloud of suspicion just because of what he looks like。就像暴龍解釋，其他選項像 it、one、he or she、s/he、his/her 以及新造代名詞 thon 都各有問題。

　　一個理論上的可能性已不再實際可行：不能再拋開性別包容而採用男性用語，讓讀者從字裡行間推知女性包括在內。今天沒有任何主要出版品容許這種「性別歧視用法」，實在也不該這樣。即使不考慮在談到全人類時竟有一半人被排除在外的道德原則，現在我們知道，對非性別歧視語言四十年前提出的主要反對理由，都已被否定了。用中性詞語代替男性詞語——例如用 humanity 取代 man（人類）、firefighter 取代 fireman（消防員）、chair 取代 chairman（主席），仍能寫出優雅英語，無礙表情達意，而且伴隨著這種新規範成長的新世代，已經令傳統主義者的震驚反應顛覆過來。今天倒是性別歧視用語令讀者怯步，妨礙他們解讀作者的訊息[51]。比方說，當讀到一位諾貝爾得獎者一九六七年一篇有名文章的這一句，難免令人難堪：In the good society a man should be free...of other men's limitations on his beliefs and actions（在一個理想社會裡一個人的信念和行動應該免受其他人限制）[52]。

　　這把我們帶回單數 they 這個解決辦法。對這種用法首先要知道的是，這不是一九七〇年代激進女性主義者強迫作者接受的新發明。葛倫特讚賞「莎士比亞至為完美的詞句」和珍・奧斯汀「純粹簡單的英語」，但事實上他在此事上狠狠捽了一跤，因為這兩位作家作品中大量出現的一種用法——你猜是什麼？——就是單數 they。莎士比亞起碼用了四次，而學者亨利・邱徹雅德（Henry Churchyard）在題為〈Everyone loves their Jane Austen〉（每個人都愛他們的珍・奧斯汀）的論文裡，數算出這位女作家在作品裡用上單數 they 八十七次，其中三

十七次還是作者本人所說而非出自角色之口（比方說，在《曼斯菲爾莊園》〔*Mansfield Park*〕中她說：Every body began to have their vexation〔每個人苦惱起來〕）[53]。喬叟（Geoffrey Chaucer）、《聖經》英王欽定本、綏夫特、拜倫（George Byron）、薩克萊、伊迪絲‧華頓（Edith Wharton）、蕭伯納和奧登（W.H. Auden）也用這種說法；還有羅伯特‧布徹菲爾德（Robert Burchfield），他是《牛津英語詞典增訂本》（*Supplement to the Oxford Dictionary*）的編輯，也是福勒《現代英語用法》最新版的編輯。

有關單數 they 第二點要了解的是，儘管它對中性代名詞提供了簡便解決法，這卻不是它的基本吸引力所在。很多作者在性別毫無疑問是男性或女性時也使用它。譬如蕭伯納曾這樣寫：“No man goes to battle to be killed.”“But they do get killed.”（「沒有男人上戰場是為了被殺」「但他們確會被殺」）。由於這裡說的是男人，作者不必迎合女性主義者，但他還是用了單數 they，因為如果採用被認為正確的 he 反倒弄得不知所云：“No man goes to battle to be killed.”“But he does get killed.”（同樣情況也出現在兩段前我所寫的句子：「今天沒有任何主要出版品〔no major publication〕容許這種「性別歧視用法」，它們〔they〕實在也不該這樣。」如果用 it 取代 they，聽起來就像我指一種特定出版品而引起疑問：他說的是哪種出版品？）用單數 they 來指一個毫無疑問是女性的對象，當代例子可見於西恩‧藍農（Sean Lennon）一次受訪對話，他談到他尋找的浪漫伴侶是哪類人：Any girl who is interested must simply be born female and between the ages of 18 and 45. They must have an IQ above 130 and they must be honest.（任何有興趣的女孩必須天生就是女性，18 至 45 歲之間。他們智商必須高於 130 而且必須誠實。[54]）同樣的，他

並不需要用 they 作為中性代名詞；他已表明期望的伴侶天生就是、現在也是女性（今天要兩方面都講清楚）。由於他不是在講個別女性，而是全體女性，they 是合適的。在這些例子裡 they 都遵從一種概念上的對應。No man 和 any girl 在語法上是單數，但心理上是複數：它們屬於包含眾多個體的集合體。這種表面上的錯配，就有如我們在這些句子所見的：None are coming（沒有人會來）；Are any of them coming?（他們有任何人會來嗎）。

　　事實上，所謂單數 they 是誤稱。在這些結構裡，they 不是用作單數代名詞，勉強跟單數先行詞「每頭恐龍」、「每人」、「沒有一個美國人」、「一個普通美國人」或「任何女孩」配對。還記得嗎，我們曾嘗試把所描述的物件分成「等於一」和「多於一」兩組？我們發現，像 nothing（無物）或 each object（每樣物件）等說法，在數量概念上是含糊的。「沒有一個美國人」是指一個美國人還是很多美國人？天曉得！零不等於一，也非大於一。這種不確定性迫使我們體認到，they 在我們探討的例句裡，跟一般代名詞和先行詞的語意關係是不一樣的——譬如不同於 The musicians are here and they expected to be fed（那些音樂家到這裡來，他們期待有東西裹腹）。代名詞 they 這裡的作用是個有界限的變項：它一直追蹤著一個個體，而這個個體可能有很多不同描述。所謂單數 they 實際意義是：「對所有 x 來說，如果 x 是美國人，那麼就不應該因為 x 天生什麼模樣，而要 x 活在疑懼之下。」又或「對所有 x 來說，如果西恩·列農打算跟 x 結婚，那麼 x 天生就是女孩而 x 的智商高於 130 而且 x 是誠實的。[55]」

　　因此單數 they 背後有歷史和邏輯支持。有實驗量度讀者理解時間至千分之一秒精確度，發現單數 they 只引起很小的延誤甚至全無延

誤，但有性別的 he 則造成顯著延誤[56]。甚至暴龍在後來一幀漫畫裡，也承認牠的純粹主義是錯的：

好的，顯然單數的、中性的 they 有悠久而值得驕傲的歷史。

顯然，甚至我們的莎士比亞也這樣用 they。

顯然，當我說 they 總是複數，那不是無可爭議的。好吧，每個人都會犯錯，這回終於發生在我身上，我想也是公平的。但這並不表示英語就可以免受指摘！我們仍然需要一個沒有爭議的中性代名詞。那 thon 怎麼了？要把句子喊出來嗎？──Thon 不知道為什麼沒有人喜歡 thon！

　　假設你不想展開一場為 thon 爭取認可的運動，這是否表示應該義無反顧使用單數 they？這得視乎風格的正式程度、先行詞的性質以及其他可行選項。顯然單數 they 在正式風格中沒有非正式風格那麼合適。如果句子前面是類似 a man（一個人）的不定名詞詞組，這個先行詞的單數格局，會令 they 看似複數的身分顯得突兀。但如果先行詞是 everyone（每個人）等全稱量詞問題就不大；如果先行司是 no（沒有）或 any（任何）等帶否定意味的量詞，更幾乎全無問題。

　　《美國傳統英語詞典》用法小組對這些差異的判斷十分敏銳。只有少數成員接納這樣的句子：A person at that level should not have to keep track of the hours they put in（在這個水平的一個人不用記錄他們花了多少小時）──儘管這些少數成員的人數在過去十年擴增了一倍，從 20% 增加到近 40%；這是眾多徵兆的其中之一：它們顯示目前正處於歷史性轉變歷程中，單數 they 經歷純粹主義者在十九世紀打壓後，正重新贏得接納。逾半稍多的成員則接納這樣的句子：If anyone calls, tell them I can't come to the phone（任何人打電話來，告訴他們我不能接聽電話）

和 Everyone returned to their seats（每個人回到他們的座位）。使用這些形式的最大危機，就是那些自詡比你懂語法的讀者會誤指你犯了錯。如果這樣，請告訴他們珍‧奧斯汀和我認為這並無不妥。

過去數十年，用法指南都對單數代名詞這個陷阱提供兩條逃生之路。最容易的做法是把數量描述改為複數，讓 they 這個代名詞變得名正言順。比方說，如果你想改善珍‧奧斯汀的文章，你可以把 Every body began to have their vexation 改為 They all began to have their vexations（他們全都苦惱起來）。這是有經驗的作者最常用的解決辦法，你會驚訝地發現，很多一般性或泛論式句子可以不知不覺地把主詞改為複數：Every writer should shorten their sentences（每個作者都應該縮短他們的句子）可輕易改為 All writers should shorten their sentences（所有作者應該……）或更簡單的 Writers should shorten their sentences（作者應該……）。

另一條出路，就是採用不定或泛指替代詞，讓讀者憑常識確定指謂對象：珍‧奧斯汀那句話就變成 Every body began to have a vexation（句末的 a vexation 是不定詞）；暴龍那句話就變成 Every dinosaur should look in the mirror（句末的 the mirror 是泛指）。

這些解決辦法都不是完美的。有時作者真的要聚焦於一個人，複數就不適當了。若歐巴馬總統的話全變成複數的 Americans must never live under a cloud of suspicion just because of what they look like，開頭複數泛指的「美國人」會被理解為「典型的美國人」或「大部分美國人」，那就不能凸顯原文所強調的，免於歧視的自由必須毫無例外體現在每個人身上。蕭伯納那段對話如果把主詞改為複數：Men never go to battle to be killed. But many of them get killed，會使焦點變得模糊，因為第一句話原

是要省思個人走上戰場的愚昧，而且原文是把特定個人被殺的低機率，與有些人被殺的高機率對比，替代說法也失卻這個焦點。再者，代名詞也不總是可以用不定或泛指名詞來替代：

During an emergency, every parent must pick up their child.	During an emergency, every parent must pick up a child.
在緊急狀況下，每個家長必須接走他們的孩子。	在緊急狀況下，每個家長必須接走一個孩子。

替代性說法像表示，每個家長可以隨意選擇一個孩子帶走，而不是負責帶走自己的孩子。

因為這些複雜狀況，作者經常要考慮英語裡傳達性別訊息的所有方法，每種方法都由於各種原因有不盡善之處，包括 he、she、he or she、they、複數先行詞、代名詞替代法，以及──誰曉得──或許終有一天是 thon。對一些純粹主義者來說，這些複雜狀況提供藉口，讓他們乾脆不管性別的全面涵蓋性，而堅持用 he 這個有瑕疵的選項。葛倫特抱怨說：「為什麼寫作時要顧慮女性主義者的意識形態……寫作本身就是棘手的事，要全神貫注。」這種反應卻是不智的。每個句子都要作者在清晰度、簡潔性、語調、收束方法、精確度和其他價值方面達成折衷。避免把女性排斥在外的這種價值觀，為什麼重要性要設定為零呢？

遣詞用字

即使對傳統語法規範表示懷疑的作者，也不致太輕視遣詞用字規

範。圍繞著用詞產生的迷思較語法為少，因為詞典編纂者像是四出覓食的鼠類，搜羅大量例句，透過經驗認知而下定義，不是坐在扶手椅上指手劃腳，編造一些所謂英語規則。因此，當代詞典裡的定義，通常都忠於有修養讀者的共識。作者要是不熟識一個詞語用法的共識，最好就是查查詞典，不要令自己尷尬，也不要讓讀者困惑地面對不當用法（malaprop）（此詞是 malapropism 的縮略，來自 Mrs. Malaprop〔馬拉普洛太太〕，是理查德・謝雷登（Richard Sheridan）一七七五年劇作《情敵》〔*The Rivals*〕的角色，她誤用字詞帶來搞笑效果，譬如把 apprehend〔領會〕誤說為 reprehend〔指摘〕，epithet〔稱號〕誤說為 epitaph〔碑文〕）。

雖然詞語意義並未充斥太多荒謬，但也不是完全沒有。我參考了《美國傳統英語詞典》用法小組（以下稱「用法小組」）的資料，以及好幾本詞典的詞義歷史分析，再加上自己的判斷，這裡先檢視幾項大可不理、無中生有的用法指南，然後再看一些應該尊重的實際詞義差異。

詞語	純粹主義者承認的唯一意義	一般常用意義	備註
aggravate	使惡化 例：aggravate the crisis（使危機惡化）	激怒 例：aggravate the teacher（激怒老師）	「激怒」的意義自十七世紀以來就採用，獲用法小組 83% 成員接納。
anticipate	預先處理或準備 例：We anticipated the shortage by stocking up on toilet paper.（我們儲備衛生紙預先應付短缺。）	期待 例：We anticipated a pleasant sabbatical year.（我們期待一個愉快的休假年。）	「期待」的意義獲用法小組 87% 成員接納。

（續下頁）

詞語	純粹主義者承認的唯一意義	一般常用意義	備註
anxious	焦慮 例：Flying makes me anxious（搭機令我焦慮。）	急切 例：I'm anxious to leave（我急著離開。）	「急切」的意義用法小組贊成反對各半，但這項意義由來已久，很多詞典都列出而不加註解。
comprise	包含 例：The US comprises 50 states.（美國包含 50 個州。）	組成 例：The US is comprised of 50 states.（美國由 50 個州組成。）	「組成」的意義經常使用而被愈來愈多人接受，尤其用於被動式。
convince	使相信 例：She convinced him that vaccines are harmless.（她使他相信疫苗是無害的。）	促使行動、說服 例：She convinced him to have his child vaccinated.（她說服他讓孩子接種疫苗。）	Convince 原有別於 persuade（說服、勸說），但很少人在意這種區別。
crescendo	逐漸增強 例：a long crescendo（慢慢逐漸增強）	高潮、高峰 例：reach a crescendo（達到高潮）	堅持限於「增強」的意義是犯了詞源謬誤，它原是義大利文，用作音樂術語。「高潮」的意義已確立，獲用法小組稍多於半數成員接納。
critique	名詞 例：a critique（一篇評論）	動詞 例：to critique（作出評論）	動詞的用法廣為人所厭惡，卻是值得尊重的，它跟 criticize（批評）有差異，可用以表示分析而非批判。

詞語	純粹主義者承認的唯一意義	一般常用意義	備註
decimate	毀滅十分之一	毀滅大部分	涉及詞源謬誤，原是古羅馬懲罰叛變軍團的措施
due to	形容詞 例：The plane crash was due to a storm.（撞機意外是風暴引致。）	介系詞 例：The plane crashed due to a storm.（飛機由於風暴而撞毀。）	事實上兩者都是介系詞，也都正確[57]。
Frankenstein	小說中的「科學怪人」	怪物	如果你堅持必須說「我們創造了一頭科學怪人的怪物」，就有如堅持在二〇〇一年元月一日開香檳慶祝千禧年，只是不見其他人跟你一起狂歡。（不錯，因為公元紀年沒有〇年，第三個千禧年確實是從二〇〇一年開始。）算了吧。
graduate	及物動詞，通常採被動式 例：She was graduated from Harvard.（她畢業於哈佛大學。）	不及物動詞 例：She graduated from Harvard.（她從哈佛大學畢業）	被動式的「正確」意義日趨式微，儘管仍殘存在主動式（譬如Harvard graduated more lawyers this year〔哈佛今年有更多律師畢業〕）。用法小組贊同採不及物用法，卻不苟同反過來的不及物用法（像She graduated Harvard）。

（續下頁）

詞語	純粹主義者承認的唯一意義	一般常用意義	備註
healthy	健康良好 例：Mabel is healthy.（美寶健康良好。）	有益健康 例：Carrot juice is a healthy drink.（胡蘿蔔汁是有益健康的飲料。）	Healthy 解作有益健康，較原來表達這個意義的詞語 healthful 更為常見，過去逾五百年都如此。
hopefully	用於動詞詞組的副詞：抱著希望 例：Hopefully, he invited her upstairs to see his etchings.（他抱著希望邀請她到樓上看他的蝕刻畫。）	用於全句的副詞：但願 例：Hopefully, it will stop hailing.（但願停止下雹。）	很多副詞，像 candidly（率直地）、frankly（坦白地）和 mercifully（寬厚地）都能同時修飾動詞詞組和句子。Hopefully 這種用法比較晚近才出現，在一九六〇年代遭純粹主義者炮轟而備受矚目。非理性的抗拒至今仍未絕跡，但愈來愈多詞典和報紙接納這種用法。
intrigue	名詞：陰謀 例：She got involved in another intrigue.（她涉入另一個陰謀。）	動詞：引起興趣 例：This really intrigues me.（這真的引起我的興趣。）	這個動詞無辜地成為兩個偽理論的攻擊目標：來自名詞的動詞是糟的；來自法語的外來語是糟的。
livid	遭打傷後呈青紫色的	大怒	查查詞典好了。
loan	名詞 例：a loan（一項借貸）	動詞 例：to loan（借出）	動詞的用法可追溯到西元 1200 年，十七世紀後在英國消聲匿跡，卻在美國保存下來；這就足以讓它遭汙名化了。

詞語	純粹主義者承認的唯一意義	一般常用意義	備註
masterful	橫專的 例：a masterful personality（專橫的個性）	熟練的、出色的 例：a masterful performance（出色的演出）	這是福勒淨化語言的輕率主張。少數純粹主義者盲從這項規則把它收進風格指南，但沒有作者理會它。
momentarily	短暫地 例：It rained momentarily.（短暫下過一陣雨。）	立刻 例：I'll be with you momentarily.（我馬上去你那邊。）	「立刻」的意義較為晚近，在英國也沒有美國那麼常用，卻是完全可接納的。兩種意義可從上下文區別。
nauseous	具噁心性質 例：a nauseous smell（噁心的氣味）	造成噁心後果 The smell made me nauseous.（那種氣味令我作嘔。）	儘管面對強烈反對，「造成噁心效果」的用法已確立下來。
presently	不久	即刻	「即刻」的意義已連續使用五百年，尤其在口語裡，在上下文中極少引起歧義。用法小組約半數成員不接納它，但沒有什麼好理由。
quote	動詞 例：to quote（引述）	名詞：quotation 的縮略 例：a quote（引文）	這是風格問題：作為名詞在口語和非正式寫作是可以的，在正式寫作中就未廣獲接受。
raise	飼養牲畜或種植莊稼 例：raise a lamb（飼養一隻小羊）；*raise corn*（種植玉米）	養育小孩 例：raise a child（養育一個小孩）	養育小孩的意義在英式英語裡消失，卻在美語保存下來；用法小組多達93%成員接納這種用法。

（續下頁）

詞語	純粹主義者承認的唯一意義	一般常用意義	備註
transpire	消息曝光 例：It transpired that he had been sleeping with his campaign manager.（有消息揭破他曾與選戰經理同眠。）	發生 例：A lot has transpired since we last spoke.（自從我們上次談話後發生了很多事。）	「消息曝光」的意義趨於式微，「發生」的意義則已確立，雖然很多人認為這種說法顯得造作。
while	正當 例：While Rome burned, Nero fiddled.（當羅馬在焚燒時，尼祿大帝正在拉提琴。）	儘管 例：While some rules make sense, others don't.（儘管有些規則言之有理，其他的卻不然。）	「儘管」的意義自一七四九年以來就成為標準語言，跟「正當」的意義一樣普遍；通常不會引起歧義，若有歧義可重寫句子。
whose	指屬於某人的 例：a man whose heart is in the right place（一個其心端正的人。）	指屬於某物的 例：an idea whose time has come（一個應運而興的意念）；trees whose trunks were coated with ice（樹幹被冰包覆的樹）	這個方便的代名詞可以挽救很多笨拙的語句（試想像有關樹的例句若把 whose 改為 of which）。要是說先行詞若非指人就該避而不用，並不見正當理由。

　　接下來是我期待已久的一刻：我要做個純粹主義者！我將嘗試勸告你，不要在非標準意義下使用下列詞語。（我會按照語言學的規矩用星號註明非標準用法。）這些非標準用法大部分是由於誤聽、誤解或故作高深而犯錯。避免這種誤用的一項規則，就是英語永遠不會容許兩個詞根相同而詞頭或詞尾不同的詞語，在意義上完全相同，譬如 amused

（被逗樂的）和 bemused（困惑的）、fortunate（幸運的）和 fortuitous
（偶然的）、full（滿的）和 fulsome（過分恭維的）、simple（簡單的）
和 simplistic（過分簡單化的）。如果你懂得一個詞語，然後碰上一個近
似詞語，卻帶有花俏的詞頭詞尾，那就要避免輕率地把它們當作同義。
要不然，讀者的反應就會像《公主新娘》（*The Princess Bride*）中的伊
尼哥‧蒙托亞（Inigo Montoya），他看著維辛尼（Vizzini）對眼前剛發
生的事一直在喊「不可思議」，便說道：「你一直在用這個詞語。我不
認為你用它來表達你所認定的意思。」

詞語	可取用法	可疑用法	備註
adverse	有害的 例：adverse effects（有害的影響）	嫌惡的、不願意的（averse） 例：*I'm not adverse to doing that（我不嫌惡那樣做。）	應該說 I'm not averse to doing that。
appraise	估價 例：I appraised the jewels.（我給那些珠寶做了估價。）	通知（*apprise*） 例：*I appraised him of the situation.（我告知他那個處境。）	應該說 I apprised him of the situation。
as far as	就……而言 例：As far as the money is concerned, we should apply for new funding.（就那些錢來說，我們應該申請新的經費。）	（同樣意思） 例：*As far as the money, we should apply for new funding.	…is concerned（也可以說 As far as the money goes）是累贅的，可是沒有了它，讀者就像在等待什麼。這種錯誤也因為與 As for 近似而造成（不需 is concerned 等後續語）。

（續下頁）

詞語	可取用法	可疑用法	備註
beg the question	迴避正題 例：When I asked the dealer why I should pay more for a German car, he said I would be getting "German quality,"but that just begs the question.（我問經銷商為什麼我要付更多錢買德國車，他說那就能買到「德國品質」，這只是迴避問題。）	引起問題（ralses the question） 例：*The store has cut its hours and laid off staff, which begs the question of whether it will soon be closing.（那家店縮短營業時間並裁員，這引起了它是否快倒閉的疑問。）	「引起問題」的意義較易看得透；尤其當問題是急迫的。這種解釋相當普遍，很多詞典都列出。但這個慣用語來自學術界，「循環論證」（circular reasoning）是標準解釋，因此如果解作「引起問題」會惹怒這些讀者。
bemused	困惑的	被逗樂的（amused）	詞典和用法小組都清楚指出兩者的區別。
cliché	名詞：陳腔濫調 例：Shakespeare used a lot of cliché（莎士比亞用很多陳腔濫調。）	形容詞 例：*"To be or not to be" is so cliché（「生存還是毀滅」實在很陳腔濫調。）	不要被法語詞尾 -é 騙倒——這通常用來表示形容詞（好比 passé 和 risqué）；但在這裡形容詞應該是 clichéd（顯得陳腔濫調），類似 talented（有才華的），having talent（具備才華）

詞語	可取用法	可疑用法	備註
credible	可信的 例：His sales pitch was not credible.（他的推銷並不可信。）	輕信的 例：*He was too credible when the salesman delivered his pitch.（他對推銷員的推銷太輕信了。）	-ible 和 -able 表示「能夠、可以」，在這裡表示可相信、可信賴。
criteria	criterion（準則）的複數 例：These are important criteria.（這些是重要準則。）	單數 例：*This is an important criteria.（這是個重要準則。）	很刺耳的錯誤。
data	複數可數名詞：數據、資料 例：This datum supports the theory, but many of the other data refute it.（這項數據支持該理論，但很多其他數據否定它。）	不可數名詞（同樣意思） 例：*This piece of data supports the theory, but much of the other data refutes it.	我喜歡用 data 作為 datum 的複數，但即使在科學界我是屬於挑剔的少數。今天 data 已很少用作複數，就像 candelabra（大枝形吊燈）和 agenda（議程）都已非複數。但我仍然喜愛複數的 data。
depreciate	貶值 例：My Volvo has depreciated a lot since I bought it（我的這輛「富豪」車自買入以後已貶值不少。）	貶低、輕視 例：*She depreciated his efforts.（她貶低他的努力。）	「貶低」的意義不是誤用，它在詞典中獲接納，但很多作者把這種意義保留讓 deprecate 一詞表達。

（續下頁）

詞語	可取用法	可疑用法	備註
dichotomy	二元劃分 例：the dichotomy between even and odd numbers（偶數和奇數和二元劃分）	差異、不一致 例：*There is a dichotomy between what we see and what is really there.（我們所見的跟那裡實際有些什麼，兩者之間有落差。）	這是低俗地故作高深。詞語裡的詞根 tom 表示「分割」，像見於 atom（原子；原意是不能分割）、anatomy（解剖）和 tomography（多切面電腦斷層掃描）。
disinterested	不偏不倚、不涉個人利益 例：The dispute should be resolved by a disinterested judge.（爭執應該由一個公正無私的裁判員定奪。）	不感興趣 例：*Why are you so disinterested when I tell you about my day?（為什麼我告訴你我的好日子時你那麼不感興趣？）	「不感興趣」的意義較古老並延續不衰，值得尊重。但由於有 uninterested 一詞可表達這個意思，「不偏不倚」的意義卻找不到同義詞，要是你把這個意義保留下來，讀者會感激你。
enervate	使失去活力 例：an enervate commute（令人耗盡活力的通勤）	令人活力充沛 例：*an enervating double espresso（令人活力充沛的雙份濃縮咖啡）	字面意義是「把神經拿掉」（原是「把肌腱拿掉」）
enormity	極度邪惡的	巨大的 （enormousness）	被指錯誤的用法其實既古老又普遍，但很多用心的作者保留這個詞語來表示「邪惡」。有些人用它表示混合的意義（巨大的可悲），譬如用來描述印度的人口壓力、貧民窟教師面對的艱巨任務以及核武儲備。

詞語	可取用法	可疑用法	備註
flaunt	炫耀 例：She flaunted her abs.（她炫耀她的腹肌。）	公然藐視（flout） 例：*She flaunted the rules.（她公然藐視規則。）	誤用是由於發音和拼法相近，此外還有「厚臉皮」的共同意義。
flounder	做事反覆錯亂 例：The indecisive chairman floundered.（那個猶豫不決的主席反覆無常。）	沉沒、垮掉（founder） 例：*The headstrong chairman floundered.（那個固執的主席垮掉了。）	實際使用時兩者往往可以互換，都代表不穩而慢慢垮掉的情況。若要把它們區別開來，可記住反覆的是 flounder（比目魚），而沉沒、垮掉跟其他含「底部」意義的詞相關，例如 foundation（根基）和 fundamental（基礎的）。
fortuitous	偶然的 例：Running into my ex-husband at the party was purely fortuitous.（在派對上碰上我的前夫純粹出於偶然。）	幸運的（fortunate） 例：*It was fortuitous that I worked overtime because I ended up needing the money.（幸而我加班工作，因為我正需要那筆錢。）	包括用法小組大部分成員在內的很多作者，都接納幸運的意義（尤其揉合兩方面的意義表示「好運氣」），大部分詞典也承認這種意義。但有些讀者仍覺得刺耳。

（續下頁）

詞語	可取用法	可疑用法	備註
fulsome	油腔滑調、過分恭維 例：She didn't believe his fulsome valentine for a second.（她一刻也不相信他油腔滑調的示愛。）	滿的、大量的 例：*a fulsome sound（豐滿的聲音）；*The contrite mayor offered a fulsome apology.（痛悔的市長連連道歉。）	「大量」的意思一直以來是恰當無誤的，但用法小組不喜歡它，它也很易帶來麻煩，因為讀者可能以為你用負面意義（油腔滑調）責難別人。
homogeneous	同質的；詞尾是 -eous；發音如 homogenius	詞尾是 -ous；發音如 homogenize	詞典裡有 homogenous 詞條，但那是全脂牛奶（homogenized milk）流行起來後比照 homogenize 而來的訛變。同樣，heterogeneous（異質的）也較 heterogenous 的拼法為佳。
hone	用磨刀石磨、磨練 例：hone the knife（磨刀）；hone her writing（磨練寫作）	導向、朝……走去 例：*I think we're honing in on a solution.（我認為我們正走向解決之路。）	用法小組接納「導向」的意義，但它來自把 to hone 誤作為 to home（回家；就像說 homing pigeons〔返家的鴿子〕）。兩種意義有重疊之處（慢慢在一點上或邊緣上匯聚），加上發音相近而誤認。
hot button	情緒性、兩極性爭議（字面意義：熱按鈕） 例：She tried to stay away from the hot button of abortion.（她嘗試避開墮胎的激烈爭議。）	熱門話題 例：*The hot button in the robotics industry is to get people and robots to work together.（機器人產業的熱門話題就是怎樣讓人和機器人攜手合作。）	俚語和潮語也會引起誤用（另參考 New Age、politically correct 和 urban legend 等詞條）。「按鈕」的隱喻是即時反射性反應，像 He tried to press my buttons（他試著惹毛我；字面意義：他試著按我的按鈕）。

詞語	可取用法	可疑用法	備註
hung	吊起來 例：hung the picture（把畫掛起來）	吊死 例：*hung the prisoner（把囚犯吊死）	Hung the prisoner 不算錯誤，但用法小組和其他用心的作者寧可說 hanged the prisoner。
intern（動詞）	拘留、囚禁 例：The rebels were interned in the palace basement for three weeks.（造反者被囚禁在皇宮地牢三星期。）	埋葬（inter） 例：*The good men do is oft interned with their bones.（人們做的好事往往隨著他們的屍骨被埋葬。）	應該是 interred with their bones（莎士比亞名句）。兩種意義有重疊之處；要區分它們可這樣想：inter 聯想到 terr（土地，如見於 terrestrial〔陸地的〕）而 intern 跟 internal〔內在的〕相關。
ironic	諷刺的、說反話的 例：It was ironic that I forgot my textbook on human memory.（諷刺的是，我忘了帶有關人類記憶那本教科書。）	不便的、不幸的 例：*It was ironic that I forgot my textbook on organic chemistry.（不幸地我忘了帶有機化學教科書。）	你若繼續這樣用這個詞語，我並不認為你明白何謂「不幸」。
irregardless	無此詞。	應為 regardless 或 irrespective（無論如何）	純粹主義者數十年來對這個雙重否定詞責罵不輟，但它其實並不常見，網上搜尋幾乎全都說並無此詞。純粹主義者應該宣布勝利向前邁進。

（續下頁）

詞語	可取用法	可疑用法	備註
literally	名副其實 例：I literally blushed.（我確實漲紅了臉。）	有如、恍如 例：*I literally exploded（我恍如爆炸。）	「恍如」是常見誇張說法，從上下文來說很少引起誤會。但它令用心的讀者不安。像其他強調用語，它通常是可有可無的，但「名副其實」意義卻是不可或缺的，也沒替代詞。而且「恍如」的意思會引起可笑想像（譬如說 The press has literally emasculated the president〔新聞界恍如給總統去勢了〕），會令人覺得沒想清楚。
luxuriant	豐富的、繁茂的 例：luxuriant hair（茂密的頭髮）、a luxuriant imagination（豐富的想像力）	奢華的（luxurious） 例：*a luxuriant car（一輛豪華車）	「奢華」的意義並非錯誤（所有詞典都列出這一項），但放棄原來好好的 luxurious 而採用這個浮誇的同義詞，顯示出差劣品味。
meretricious	俗麗的、浮誇的 例：a meretricious hotel lobby（俗麗的飯店大廳）；a meretricious speech（浮誇的演說）	值得稱讚的（meritorious） 例：*a meretricious public servant（一個值得稱讚的公務員）；*a meretricious benefactor（一位值得敬佩的捐助人）	詞語原用於妓女。我的忠告是：千萬不要用它來稱讚人。另參考 fulsome、opportunism 和 simplistic 等詞條。

詞語	可取用法	可疑用法	備註
mitigate	緩和 例：Setting out traps will mitigate the ant problem.（裝設誘捕器會緩和螞蟻為患的問題。）	起作用、提供理由（militate） 例：*The profusion of ants mitigated toward setting out traps.（螞蟻繁衍為患，就是裝設誘捕器的理由。）	一些好作者被抓到用這個詞語表示 militate 之意，但這普遍被認為是誤用。
New Age	講求靈性和整體性的（字面意義：新紀元） 例：He treated his lumbago with New Age remedies, like chanting and burning incense.（他採用靈性整體療法來治療他的腰痛，譬如誦經和焚香。）	現代的、未來主義的 例：*This countertop is made from a New Age plastic.（這個廚桌面是用現代塑膠質料造的。）	詞語裡包含「新」，並不一定指新事物。
noisome	惡臭的	吵鬧的（noisy）	詞語來自 annoy（惹人討厭）而非 noisy。
nonplussed	震驚、困惑 例：The market crash left the experts nonplussed.（市場的崩潰令專家震驚不已。）	乏味的、無動於衷 例：*His market pitch left the investors nonplussed.（他的推銷令投資者無動於衷。）	來自拉丁文 non plus（再沒什麼），表示沒什麼可做的。

（續下頁）

詞語	可取用法	可疑用法	備註
opportunism	機會主義 例：His opportunism helped him get to the top, but it makes me sick. （他的機會主義助他爬上頂層高位，卻令我厭惡。）	創造或促進機會 例：*The Republicans advocated economic opportunism and fiscal restraint.（共和黨主張開創經濟機會和財政節制。）	正確的意義可以是讚許（足智多謀），也可以是辱罵（不擇手段），以後者居多。像 fulsome 一樣，不小心使用會讓讚許變成辱罵。
parameter	變數 例：Our prediction depends on certain parameters, like inflation and interest rates.（我們的預測建基於特定變數，譬如通膨和利率。）	界限、限度 例：*We have to work within certain parameters, like our deadline and budget.（我們要在一定限度內辦理，譬如截止時限和預算。）	假裝技術性的解釋「限度」（跟 perimeter〔邊緣〕混淆而來），已進入標準語言而獲用法小組大部分成員接納。但就像 beg the question，這種隨意的用法會令熟識原意而又要用上那種技術性意義的有識之士十分惱火。
phenomena	phenomenon（現象）的複數 例：These are interesting phenomena.（這些是有趣現象。）	用作單數 例：*This is an interesting phenomena.（這是一個有趣現象。）	參考 criteria。

詞語	可取用法	可疑用法	備註
politically correct	教條式左傾自由主義 例：The theory that little boys fight because of the way they have been socialized is the politically correct one.（指稱小男孩打架是由社會教化方式引起，這是政治正確的理論。）	流行的、時尚的 例：*The Loft District is the new politically correct place to live.（費城洛夫特區是新興時尚居住地點。）	參考 hot button、New Age、urban legend。「政治正確」的所謂「正確」語帶諷刺，對於只接納一種政治觀點為正確加以譏諷。
practicable	容易付諸實行 例：Learning French would be practical, because he often goes to France on business, but because of his busy schedule it was not practicable.（學習法語是實用的，因為他經常去法國公幹，但以他忙碌日程來說，那不易付諸實行。）	實用的（practical） 例：*Learning French would be practicable, because he often goes to France on business.（學習法語是實用的，因為他經常去法國公幹。）	詞尾 -able 表示「能夠」，像見於 ability（能力）。另參考 credible、unexceptionable。

（續下頁）

詞語	可取用法	可疑用法	備註
proscribe	禁止 例：The policies proscribe amorous interactions between faculty and students.（政策禁止教員與學生之間的戀愛關係。）	規定、指定、建議（prescribe） 例：*The policies proscribe careful citation of all sources.（政策規定要清楚引述所有資料來源。）	醫生開的處方是prescription，不是proscription，那是指定你該怎樣做的。
protagonist	行動者、採取行動的角色 例：Vito Corleone was the protagonist in The Godfather.（維托·柯里昂尼是《教父》的角色。）	倡議者（proponent） 例：*Leo was a protagonist of nuclear power.（李歐是核武倡議者。）	「倡議者」的意義肯定是誤用。
refute	駁倒 例：She refuted the theory that the earth was flat.（她駁倒了地球是平坦的學說。）	指稱有誤、嘗試駁斥 例：*She refuted the theory that the earth was round.（她嘗試駁斥地圓說。）	Refute 這個動詞以事實為基礎，像 know（知道）和 remember（記得），表示成功駁倒，它預設所作陳述在客觀上是事實或謬誤。很多作者，包括用法小組略多於半數成員，都接受非事實的、「嘗試駁斥」用法，但兩者的區別值得保留。

詞語	可取用法	可疑用法	備註
reticent	羞怯的、抑制的 例：My son is too reticent to ask a girl out.（我的兒子太羞怯，不敢約會女孩。）	不情願的 （reluctant） 例：*When rain threatens, fans are reticent to buy tickets to the ballgame.（在可能下雨影響下，球迷都不願買票看球賽。）	用法小組憎惡「不情願」的用法。
shrunk, sprung, stunk, sunk	Shrunk 是 shrink（縮小）的過去分詞 例：Honey, I've shrunk the kids.（親愛的，我把孩子縮小了。）	用作 shrink 的過去式 例：*Honey, I shrunk the kids.（親愛的，我把孩子縮小了。）	誠然，Honey, I shrank the kids（shrank 是 shrink 的正式過去式）這個說法也許不能用作迪士尼那部電影的片名，而 shrunk 用作過去式（以及其他詞語的類似用法）也是古老而值得尊重的。但把過去式和過去分詞區別開來是較漂亮的做法，譬如：sink（下沉）和 stink（發惡臭）的過去式和過去分詞分別是 sank、sunk 和 stank、stunk；這種區別也讓其他不規則動詞的不同形式漂亮地保留下來，譬如：stride（大步走）和 strive（力爭）的過去式和過去分詞分別是 strode、stridden 和 strove、striven；還有 shine（照耀）和 slay（殺死）的不規則過去式 shone、slew。

（續下頁）

詞語	可取用法	可疑用法	備註
simplistic	幼稚、過分簡單化 例：His proposal to end war by having children sing Kumbaya was simplistic.（他主張藉著兒童唱靈歌〈盼主到我這裡來〉讓戰爭停止，未免幼稚。）	簡單、可喜地簡單 例：*We bought Danish furniture because we liked its simplistic look.（我們購買丹麥家具，因為喜愛它的簡單設計。）	雖然表示「簡單」的用法在藝術和設計的評論中並不少見，但這種用法惹惱很多讀者，也可能令讚賞變成侮辱。參考 fulsome 和 opportunism。
staunch	堅定不移 例：a staunch supporter（一個堅定支持者）	止住、使不流失（stanch） 例：*staunch the bleeding（止血）	詞典說兩種拼法在兩種意義下都行得通，但把它們區別開來較為漂亮。
tortuous	扭曲的 例：a tortuous road（迂迴的路）、tortuous reasoning（曲折的推論）	折磨人的（torturous） 例：*Watching Porky's Part VII was a tortuous experience.（看電影《留校察看》第七集是折磨人的經驗。）	兩者都來自拉丁文表示「扭曲」的詞語，就像英語裡其他詞語 torque（扭力）和 torsion（扭轉）一樣，因為在古代扭曲四肢是常見的刑罰。
unexceptionable	無可指摘的 例：No one protested her getting the prize, because she was an unexceptionable choice.（沒有人反對她獲獎，因為她是無可指摘的人選。）	普通的（unexceptional） 例：*They protested her getting the prize, because she was an unexceptionable actress.（他們反對她獲獎，因為她是個毫不突出的女演員。）	Unexceptional 表示「並非例外」；unexceptionable 則表示「沒有人能提出例外」。

詞語	可取用法	可疑用法	備註
untenable	站不住腳、無法維持 例：Flat-Earthism is an untenable theory.（地平說是站不住腳的理論）；Caring for quadruplets whiling running IBM was an untenable position.（在營運國際商業機器公司的同時又要照顧四胞胎，這是無法維持的事。）	痛苦、無法忍受 例：*an untenable tragedy（一個令人傷痛的悲劇）；*untenable sadness（無法忍受的悲傷）	「無法忍受因而無法維持」這個揉合兩種意義的用法獲用法小組接受，例如伊莎貝爾‧維克森（Isabel Wilkerson）所說的 when life became untenable（當生活變得無法忍受下去）。
urban legend	都市傳說（引人入勝而廣泛流傳的虛假故事） 例：Alligators in the sewers is an urban legend.（短吻鱷出現在下水道是個都市傳說。）	一個城市裡的傳奇人物 例：*Fiorello LaGuardia became a urban legend.（菲奧雷洛‧拉瓜迪亞成為了傳奇人物。）	另參考 hot button、New Age 和 politically correct。其中 legend 一詞應按本義理解，指「流傳後世的迷思」，而不是常見於新聞的意義指「名人」。
verbal	以語言表達的 例：Verbal memories fade more quickly than visual ones.（透過語言存留的記憶比視覺記憶更快淡忘。）	口語的 例：*A verbal contract isn't worth the paper it's written on.（口頭合約的價值還比不上把它記下來的紙張。）	「口語」的意義多個世紀以來是標準用法，絕非不正確——否則以語言笑話著稱的製片人高德溫（Samuel Goldwyn）便無所施其技了，但這種用法有時造成混淆。

　　要區別另外兩組近似詞語，可謂既迂迴（tortuous）又折磨人（torturous），而要多作解釋。

　　Affect 和 effect 這兩個詞語都可用作名詞和動詞。雖然容易混淆，但值得費力掌握它們的區別，因為左欄的錯誤會讓你看來像外行人。

詞語	正確用法及拼法	錯誤用法及拼法
an effect	一種影響 例：Strunk and White had a big effect on my writing style.（史壯克和懷特對我的寫作風格有很大影響。）	*Strunk and White had a big affect on my writing style.
to effect	付諸實行（put into effect） 例：I effected all the changes recommended by Strunk and White.（我把史壯克和懷特建議的所有改變付諸實行。）	*I affected all the changes recommended by Strunk and White.
to affect（第一種意義）	影響 例：Strunk and White affected my writing style.（史壯克和懷特影響我的寫作風格。）	*Strunk and White effected my writing style.
to affect（第二種意義）	假裝 例：He used big words to affect an air of sophistication.（他用誇張的言詞充作遣詞用字能手。）	*He used big words to effect an air of sophistication.

　　但英語詞彙裡最為扭曲的形似義近詞語，則非 lie 和 lay 莫屬。這是令人望而生畏的細節：

動詞	意義和句法	現在式	過去式	過去分詞
to lie	躺臥（不及物不規則動詞）	He lies on the couch all day.（他整天躺在長沙發上。）	He lay on the couch all day.	He has lain on the couch all day.
to lay	放下、使躺下（及物規則動詞）	He lays a book upon the table.（他把一本書放在桌上。）	He laid a book upon the table.	He has laid a book upon the table.
to lie	撒謊（不及物規則動詞）	He lies about what he does.（他對自己的所作所為撒謊。）	He lied about what he did.	He has lied about what he has done.

這種複雜情況的出現，是因為兩個不同的動詞爭相使用 *lay* 這個詞形：它是 lie 的過去式，又是 lay 的基本式，而進一步折磨你的是後者的意義——「使躺下」。難怪英語使用者往往會說 lay down（躺下）或 I'm going to lay on the couch（我要在長沙發上躺下來），把 lie 的及物和不及物版本搞混了；抑或把 lie 的現在式和過去式搞混了？兩者都帶來同樣結果：

*to lay	躺臥（不及物規則動詞）	He lays on the couch all day.	*He laid on the couch all day.	*He has laid on the couch all day.

不要怪罪於巴布・狄倫（Bob Dylan）的「躺下吧，女士」（Lay, Lady, Lay）或艾瑞克・克萊普頓（Eric Clapton）的「躺下來，莎莉」（Lay Down, Sally）；用心的英語作者自一三〇〇年就採用這種說法，今天的威廉・賽斐爾也在說 The dead hand of the present should not lay on the future（眼前死掉的手不應伸向未來）——毫無疑問惹來一大堆電

郵，指稱「竟然是你犯錯」。不及物的 lay 並非不正確，但對很多人來說 lie 比較好聽：

標點符號

在書面語裡，除了元音和輔音拼成的字詞以及字詞的間隔，還有標點，這種符號的主要任務，就是消除可能引起誤解的歧義[58]。書面語缺少口語的韻律（音調起伏、停頓和著重語氣），標點可以作出一些彌補。對於決定句子意義卻隱而不顯的句法樹狀結構，標點也能作出提示。T恤上印的文字也懂得標點如何重要：「快來吃，奶奶」跟「快來吃奶奶」意義是不一樣的。

　　作者面對的問題在於，標點在一些地方標示韻律，在另一些地方卻標示句法結構；而在何處標示什麼，沒有一定規律。經過多個世紀的混亂後，標點的規則稍趨穩定，但也不過比一個世紀前好了一點，即使到了今天，英、美之間以及不同出版品之間，規則也不一致。而且規則隨著潮流轉變，目前的趨勢是把標點減至最少。標點規則在寫作手冊中占了很大篇幅，除了專業審稿編輯，沒有人認識所有的規則。即使樂於嚴格遵守規則的人也無所適從。新聞工作者琳·特勒斯（Lynne Truss）二〇〇三年出版的一本有關標點的專著竟成為暢銷書（書名 *Eats, Shoots & Leaves* 是誤用標點的笑話，原是說熊貓吃的是嫩芽和葉子，但因為誤加了逗號，再加上 shoots〔嫩芽／開槍〕和 leaves〔葉子／離開〕兩個詞語的歧義，使得笑話中的熊貓在餐廳飽餐一頓後竟開槍然後溜掉）。特勒斯在書中對她在廣告、標誌和報紙上看到的標點錯誤大加撻伐（書的副題為「標點問題零容忍」）。評論家路易斯·梅南德（Louis Menand）二〇〇四年在《紐約客》雜誌發表的書評指摘特勒斯書中的標點有誤。英國學者約翰·穆倫（John Mullan）則在《衛報》指斥梅南德的評論文章有標點錯誤。[59]

　　可是，有幾個常見錯誤不那麼具爭議性，像連寫句（兩個主句間沒有連接詞或誤用標點）、用逗號連接兩個完整句子、複數名詞誤加撇號、主詞和述語之間誤加逗號，以及屬格誤加撇號（例如 it's〔它的〕），假如連這些都用錯了，恐怕就稱不上是個讀書識字的人，任何作者不容許在這裡犯錯。像我曾說的，犯上這種錯誤，問題不在於欠缺邏輯思考，而是對書面文字的歷史漠不關心。我期望能把標點的邏輯與非邏輯元素分開，讓讀者兩者都能掌握；我會談一下標點系統的設計，指出隱藏在系統中的一些缺失。

逗號及其他連接號（冒號、分號和破折號）

逗號兩種主要作用的第一種，就是把描述相關事件或狀態的插敘分開——例如關於時間、地點、情狀、目的、結果、含義、意見和其他順帶提及的評語，讓這些詞句不要跟界定事件或狀態的必須詞句混淆。我們討論限定關係子句和非限定關係子句時就曾觸及逗號的這種作用。限定關係子句如 Sticklers who don't understand the conventions of punctuation shouldn't criticize errors by others（不了解標點規則的老頑固不應該批評別人的錯誤），是不加逗號的，它特別指出某一類的老頑固——就是那些不了解標點規則的。同樣的子句如果用逗號區隔，變成 Sticklers, who don't understand the conventions of punctuation, shouldn't criticize errors by others 就是指所有老頑固，中間提到不了解標點規則，只是列舉典型老頑固的其中一種特質。

傳統術語「限定」和「非限定」其實是誤稱，因為不用逗號的版本（《橋劍英語語法》稱為「整合式關係子句」）不一定把指謂對象限定為某一類人或物。它只是表明特定資訊，使句子的陳述與事實相符。譬如 Barbara has two sons <u>whom she can rely</u> on and hence is not unduly worried（芭芭拉有兩個可倚靠的兒子，因此她沒有過分擔憂），下底線所顯示的關係子句，並不是要對芭芭拉的兩個兒子限定為誰，它只是表明，「因為」那兩個兒子是芭芭拉可以倚靠的，「因此」她不用擔憂[60]。

對於在其他結構裡怎樣擺放逗號，這也是個關鍵原則。逗號把句子的非必要陳述區隔開來，也就是說被區隔的成分對於理解句子的意義並非必要。譬如 Susan visited her friend Teresa（蘇珊探望她的朋友泰瑞莎）這句表示，我們應該知道，蘇珊要探望的人就是泰瑞莎。但在 Susan visited her friend, Teresa 這句中，關乎重要的只是蘇珊探望她的朋友，只

是順帶一提，那個朋友名叫泰瑞莎。至於新聞標題 National zoo panda gives birth to 2nd, stillborn cub（國家動物園的熊貓誕下第二胎、死產的寶寶），逗號把兩個修飾語隔開，表示誕下的寶寶是第二胎，再加上另一項資訊——那個寶寶是死產。沒有逗號的話，「死產」就會包含在「第二胎」樹狀結構之下，表示母熊貓是第二次誕下死產寶寶。沒有逗號的連串修飾語，會把指謂對象逐步收窄，就像范氏圖一個個圓圈往內包覆；而帶逗號的連串修飾語則只是不斷加入值得一提的資訊，像相交的圓圈。如果熊貓產子的詞組變成 2nd, stillborn, male cub，我們就對死產的幼仔多知道一項事實，就是牠是雄性的。如果詞組是 2nd stillborn male cub，則表示第二次誕下雄性死產幼仔。

這看來不那麼困難。為什麼有那麼多涉及逗號的錯誤，以致零容忍突擊隊怒不可遏？為什麼逗號誤用占了學生論文所有語言誤錯逾四分之一[61]？主要原因在於，逗號不光表示句法上的分隔（標示沒有融入更大詞組中的一個詞組）——連帶著語意上的分隔（標示對句子並非必要的意義），逗號也用來表示韻律上的分隔。這兩種分隔通常並行出現：用逗號區隔的補述詞組，典型上一前一後也稍停頓，但也有很多時候兩者不一起出現，這就成為缺乏經驗或粗心大意的作者的陷阱。

如果補述詞組較短一下子就溜過，現有規則容許作者跟隨這種說話情態省掉逗號（就像我現在所做的，「較短」後面省了逗號）。背後的理由就是，太多逗號湊得太近會令句子讀來顛簸不順。而且，由於句子可以有多層分枝，而英語只提供了小小的逗號作出所有區隔，作者可能選擇把逗號保留用於主要分枝，以免句子分割得支離破碎，要讀者重組。本段開頭第一句我在「較短」之後不加逗號，因為我想讓逗號出現在那個子句後面，下個子句的開頭，把整個句子整齊劃分兩半。如果第

一個子句裡面也加一個逗號，句中央的分割就變得模糊。以下是其他一些可省略逗號的句子，起碼在「輕盈」或「開放」風格中可以如此，因為後面的詞組既短又清晰，前面不需停頓：

> Man plans and God laughs.（人類一思考〔，〕上帝就發笑。）
>
> If you lived here you'd be home by now.（如果你住這裡〔，〕現在就到家了。）
>
> By the time I get to Phoenix she'll be rising.（當我抵達鳳凰城〔，〕她就該起床了。）
>
> Einstein he's not.（愛因斯坦〔，〕他倒談不上。）
>
> But it's all right now; in fact it's a gas!（但現在沒事了；事實上〔，〕那是一樁樂事！）
>
> Frankly my dear, I don't give a damn.（老實說〔，〕親愛的，我毫不在乎。）

這是特勒斯那本談標點的暢銷書的卷首獻辭：

> To the memory of the striking Bolshevik printers of St Petersburg who, in 1905, demanded to be paid the same rate for punctuation marks as for letters, and thereby directly precipitated the first Russian Revolution.
>
> 謹獻上本書紀念那些一九〇五年在聖彼得堡罷工的布爾什維克印刷工，他們要求標點符號跟字母同樣計算工錢，從而直接引發了第一次俄羅斯革命。

梅南德取笑她，指出以 who 開頭的子句是非限定關係子句（這本書是獻給所有罷工的印刷工人，不光是要求標點付同樣工錢的其中一群印刷工），因此這個子句前面應該有逗號。特勒斯的辯護者指出，如果這樣做（To the striking Bolshevik printers of St Petersburg, who, in 1905, demanded...），句子就會變得很彆腳，滿是逗號，讀者每讀幾個字就要停頓一下。也有人指出，梅南德是把他撰文主要陣地《紐約客》那些以古怪著稱的規則加以普遍推行，他們的規則就是所有補述詞組都用逗號隔開，不管從上下文來說如何毫無必要，或念起來多麼不流暢。二〇一二年《紐約客》一篇談論共和黨選舉策略的文章有這樣一句話[62]：

> Before [Lee] Atwater died, of brain cancer, in 1991, he expressed regret over the "naked cruelty" he had shown to [Michael] Dukakis in making "Willie Horton his running mate."
>
> 阿特瓦特在一九九一年因腦癌過世之前，對加諸杜凱吉斯身上的「赤裸裸的殘暴」，也就是「讓威利·霍爾頓成為他的競選伙伴」，表示懊悔。

詞組 of brain cancer 前後的逗號，表明只是順帶提及他的死因，並不是說他曾因其他原因死過不止一次，而他的懊悔只發生在這次腦癌死亡。這種謹小慎微的做法即使《紐約客》的一些審稿編輯也嫌過分，其中一位編輯在桌上放了一個像撒鹽器的「撒逗號器」，提醒同事少撒些逗號[63]。

今天逗號的用法有部分基於韻律考量，而直到不久之前，那還是逗號的主要功能。寫作者把它放在自然的停頓地方，不管句子的句法如何：

It is a truth universally acknowledged, that a single man in possession of a good fortune, must be in want of a wife.

這是舉世公認的真理：一個擁有可觀財富的單身男人，必然渴望有個妻子。

A well-regulated militia, being necessary to the security of a free state, the right of the people to keep and bear arms, shall not be infringed.

良好規管的民兵部隊對一個自由國家的安全來說是必需的，人民持有和攜帶武器的權利不應受到侵犯。

從這兩段引文來看，珍・奧斯汀和美國憲法的草擬者會從今天的作文教師那裡得到差劣評分，因為逗號在今天的用法裡較少建基於韻律而較多以句法為根據（這是《紐約客》推衍到極端的趨勢）。上述珍奧斯汀的句子（第一句），兩個逗號都會被拿掉；而憲法第二修正案（第二句），只能保留 free state 後面的逗號。

雖然念起來一下就溜過的補述詞組，可把分隔的逗號省略，反過來的做法卻是不容許的：逗號不能分隔一個整合式詞組的各元素（譬如主詞和述語），不管說話人在那個連接點上如何亟需喘一口氣。由於逗號的使用規則在句法和韻律之間這樣混雜難解，難怪作文導師對學生誤用標點的抱怨，跟讀者寫信給專欄作家安妮・蘭德斯（Ann Landers）談及性和婚姻時的抱怨一樣，可分為兩大類：一、太多了；二、太少了。[64]

在「太多」的類別下，學生的錯誤是把逗號放在一個整合式詞組的前面，通常是因為他們念到這裡會稍作停頓：

在主詞和述語之間

His brilliant mind and curiosity, have left.

他的聰敏思維和好奇心，已離他而去。

在動詞和補語之間

He mentions, that not knowing how to bring someone back can be a deadly problem.

他表示，不懂得怎樣把人帶回現實可以是個嚴重的問題。

在代表一個概念的名詞和說明意念內容的子句之間

I believe the theory, that burning fossil fuels has caused global warming.

我相信那個理論：燃燒化石燃料導致地球暖化。

在名詞和整合式詞組之間

The ethnocentric view, that many Americans have, leads to much conflict in the world.

很多美國人所秉持的族裔中心觀點，引致世界上很多衝突。

在從屬連接詞和子句之間

There was a woman taking care of her husband because, an accident left him unable to work.

有一個女人在照顧丈夫，他因為一次意外而無法工作。

在兩個詞組的連接處

This conclusion also applies to the United States, and the rest of the world.

這個結論也適用於美國，以及世界其他地方。

在限定泛指名詞和表明指謂對象的名字之間（例句裡出現兩次）

I went to see the movie, "Midnight in Paris" with my friend, Jessie. 。

我跟我的朋友傑西一起去看那部名為《午夜·巴黎》的電影。

在「太少」的類別下，學生忘記加逗號分隔補述詞語或詞組：

在一個用於整句的副詞前後（however 前後應加逗號）

In many ways however life in a small town is much more pleasant.

可是，在很多方面小鎮生活舒適愉快得多。

在前置附加語和主要子句之間（motion 後應加逗號）

Using a scooping motion toss it in the air.

用舀挖動作把它在半空拋來拋去。

在表達結果的附加語之前（generating 前應加逗號）

The molecule has one double bond between carbons generating a monounsaturated fat.

那個分子在碳之間有一個雙鍵，形成單不飽和脂肪。

在一個對比附加語之前（yet 前應加逗號）

Their religion is all for equal rights yet they have no freedom.

他們的宗教堅信平等權利卻不講求自由。

在一個補充關係子句之前（which 前應加逗號）

There are monounsaturated fatty acids which lack two hydrogen atoms.

還有單不飽和脂肪酸，那是少了兩個氫原子的。

在直接引述之前（said 後應加逗號）—可跟間接引述誤加逗號

比較：**She said that, she didn't want to go.**

She said "I don't want to go."

她說：「我不想去。」

　　粗心的作者也會在補充語加到句子中間時忘掉逗號——那需要前後都用逗號分隔（像一對括弧），而不光在補充語前面：

Tsui's poem "A Chinese Banquet," on the other hand partly focuses on Asian culture.（hand 後面應加逗號）

　　另一方面，崔氏的詩作〈中華盛宴〉部分聚焦於亞洲文化。

One of the women, Esra Naama stated her case.（*Naama* 後面應加逗號）

　　其中一位婦女——艾絲拉‧那瑪——陳述了她的個案。

Philip Roth, author of "Portnoy's Complaint" and many other books is a perennial contender for the Nobel Prize.（books 後面應加逗號）

　　菲利浦‧羅斯——《波特洛伊的怨訴》和很多其他書籍的作者——是長期榜上有名的諾貝爾獎競逐者。

My father, who gave new meaning to the expression "hard working" never took a vacation.（working 後面應加逗號）

　　我的父親給「勤奮工作」賦予了新意義——他從沒請過一次假。

　　另一種逗號錯誤是那麼常見，作文教師給它取了很多個代表濫用的名字，包括「逗號接合」（comma splice）、「逗號錯誤」（comma error / comma fault）和「逗號大錯」（comma blunder）等。它就是用逗號來連

接兩個完整句子——每個都可獨立成句的：

> There isn't much variety, everything looks kind of the same.
>
> 沒有什麼多樣性，所有的看來都像一樣。
>
> I am going to try and outline the logic again briefly here, please let me know if this is still unclear.
>
> 我將再嘗試把那種邏輯簡單勾勒出來，請讓我知道那是否仍然不清晰。
>
> Your lecture is scheduled for 5:00pm on Tuesday, it is preceded by a meeting with our seminar hosts.
>
> 你的講課安排在星期二下午五點整，在此之前我們的研討班主持人先開會。
>
> There is no trail, visitors must hike up the creek bed.
>
> 這裡沒有步道，訪客必須從小河河床攀上去。

　　不熟練的作者遇上如第五章談過的那種在概念上具有一致性的兩個句子，就會傾向用逗號把它們隔開。但有兩個原因令用心的讀者對這種「逗號接合」大感困惑。（我不容忍這種寫法出現在學生的寫作中，甚至電郵裡也不行。）它會造成解讀困擾，並會令讀者分神和惱火。而它其實很容易避免，只要能辨別怎樣算作一個句子就行了。

　　有幾種方式可以把兩個句子恰當接起來，視乎把句子連繫起來的是哪種一致性關係。當兩個句子在概念上相當獨立，第一個句子就應該以句號收束，而第二個句子的開頭應該用大寫，就像在小學三年級所學習的。當兩個句子在概念上有聯繫，但作者覺得沒有需要把它們的一致性

關係凸顯出來，就可用分號連接；分號是消除「逗號接合」謬誤的萬靈丹。當兩句的一致性關係是解釋或闡述（這時往往會說「就是、換句話說、也就是說、比方說、我的意思是、你看」），那就可用冒號連接：就像我在這裡用的冒號。當第二個句子刻意讓討論步伐停下，讓讀者頭腦清醒過來，重新思考，或腦筋急轉彎，那就可以用破折號——破折號讓寫作增添活力，但要珍惜善用不宜過度。而當作者要透過明顯可見的連結凸顯一致性關係，譬如採用連接用語（像 and〔而且〕、or〔或者〕、but〔但是〕、yet〔然而〕、so〔於是〕、nor〔也不是〕）或介系詞（像 although〔雖然〕、except〔除了〕、if〔如果〕、before〔之前〕、after〔之後〕、because〔因為〕、for〔因為〕），那就可以用逗號，**因為這個詞組只作補充**（就像粗體印出的這個詞組，我也是用逗號把它跟前面的句子連接）。要注意的是，不要把這些連繫用詞跟作用於整句的副詞混淆了，譬如 however（可是）、nonetheless（但是、仍然）、consequently（因此）或 therefore（所以），這些副詞本身就是它們所接上的子句的補充語。包含這個副詞的子句是個獨立句子；**因此**（consequently），**不能用逗號把它跟前面的句子接合起來**（譬如這個粗體印出的句子，前面就用分號接合）。以下顯示各種接合可能（加星號的是錯誤接合）：

*Your lecture is scheduled for 5 PM, it is preceded by a meeting.

Your lecture is scheduled for 5 PM；it is preceded by a meeting.

Your lecture is scheduled for 5 PM--it is preceded by a meeting.

Your lecture is scheduled for 5 PM, but it is preceded by a meeting.

Your lecture is scheduled for 5 PM; however, it is preceded by a meeting.

*Your lecture is scheduled for 5 PM, however, it is preceded by a meeting.

（你的講課安排在下午五時正，之前是一個會議。）

另一個在編輯界以外也聲名遠播的逗號難題就是所謂「系列逗號」（serial comma），又稱「牛津逗號」（Oxford comma）。這涉及逗號的第二項主要功用：把一系列詞語分開。誰都知道，當兩個詞語用連接詞連起來，就不能再加逗號，譬如：Simon and Garfunkel（賽門與葛芬柯），不能寫作 Simon, and Garfunkel。可是當三個或更多的詞語連接起來，從第二個起每個詞語前面都要加逗號——但最後一個詞語前面不加（這是例外，也是爭議所在），譬如：Crosby, Stills and Nash（克羅斯比、史提爾斯與那許）或 Crosby, Stills, Nash and Young（……與楊格）。爭議就在於，要不要在最後一項前面加逗號，譬如變成 Crosby, Stills, and Nash。這裡所加的就是「系列逗號」，大部分英國出版社（除了牛津大學出版社〔Oxford University Press〕）、大部分美國報紙，以及那個搖滾樂團本身，都不用序列逗號：Crosby, Stills and Nash。他們的論點是，連串的詞語每個應該用 and 或逗號引出，卻不能架床疊屋兩者皆用。採用系列逗號的，則包括牛津大學出版社，大部分美國出版社，以及其他很多聰明人——他們發見把最後一項前的逗號省掉會引起歧義[65]：

Among those interviewed were Merle Haggard's two ex-wives, Kris Kristofferson and Robert Duvall.

受訪者包括梅爾・哈格德的兩位前妻，以及克里斯・克里斯托

佛森和羅伯特‧杜瓦爾。〔可能誤以為後面兩人是哈格德的前妻〕

This book is dedicated to my parents, Ayn Rand and God.

謹以本書獻給我的父母、艾因‧藍德和上帝。〔可能誤以為他父母就叫艾因和上帝〕

Highlights of Peter Ustinov's global tour include encounters with Nelson Mandela, an 800-year-old demigod and a dildo collector.

彼得‧烏斯提諾夫環球之旅的亮點,包括走訪尼爾森‧曼德拉、一個有八百年歷史的半神半人以及一個假陽具收集者。〔可能誤以為曼德拉就是半神半人和假陽具收集者〕

缺少了系列逗號,也可能引來解讀困擾,例如:He enjoyed his farm, conversation with his wife and his horse（給他帶來享樂的包括他的農場、與妻子聊天和他的馬匹〔可能解讀為與他的妻子和馬匹聊天〕）,這馬上令人想起電視影集「艾德先生」（Mister Ed）那匹會說話的馬;此外,對一九七〇年代流行音樂不熟識的讀者,可能被左欄的句子難倒,把 Nash and Young 解讀為子虛烏有的二人組合,而最後四個名字之間穿插著三個 and 也令人摸不著頭腦:

無系列逗號

My favorite performers of the 1970s are Simon and Garfunkel, Crosby, Stills, Nash and Young, Emerson, Lake and Palmer and Seals and Crofts.

有系列逗號

My favorite performers of the 1970s are Simon and Garfunkel, Crosby, Stills, Nash, and Young, Emerson, Lake, and Palmer, and Seals and Crofts.

　　我最喜愛的一九七〇年代表演者是賽門與葛芬柯，克羅斯比、史提爾斯、那許與楊格，艾默森、萊克與帕爾馬，以及史爾斯與克羅夫茲。

　　我建議你採用系列逗號，除非出版社或報社的社規禁用它。如果你要羅列的是「系列的系列」而希望能消除所有歧義，那就可以採用英語裡罕見地標明樹狀結構的標點用法——用分號來分開一系列包含逗號的詞組：

> My favorite performers of the 1970s are Simon and Garfunkel；Crosby, Stills, Nash, and Young；Emerson, Lake, and Palmer；and Seals and Crofts.

撇號（apostrophes）

　　「系列逗號」不是唯一會在你生命中留下傷痛的標點過失：

我願意對他濫用逗號視而不見，可是當他開始
放錯了撇號，我知道一切完蛋了。

　　這位對男友不再抱幻想的女孩，我猜想她所指的是撇號的三種常見

錯誤。如果我是在旁聆聽的朋友，我會建議她考慮一下，她對心靈知己哪方面的品質比較注重：邏輯還是讀書識字能力；因為那些撇號錯誤，儘管跟通行規則相悖，卻是有邏輯的系統性錯誤。

第一項錯誤是所謂「雜貨店撇號」（grocer's apostrophe），譬如：Apple's $0.99 each（蘋果 0.99 元一個）。這個錯誤又豈限於雜貨店；英國的新聞界就曾有一個愉快頂透的日子，他們抓到一個抗議學生的標語牌寫著：Down with fee's（滾蛋吧學費）。這項規則其實很簡單：複數 s 不能用撇號連到名詞，而必須緊貼在名詞後面，不加任何標點，像 apples、fees。

雜貨店主和學生是因為三方面的誘惑而犯錯。第一就是很容易把複數 s 跟屬格的 's 以及縮略的 's（is 或 has 縮略而成）混淆，後兩者都要加撇號：例如 the apple's color（蘋果的顏色）是完全正確的，This apple's sweet（這個蘋果很甜）亦然。第二，如果可以這樣說的話，雜貨店主對語法結構太在意了：他們似乎要表明，屬於一個詞語固有部分的音素 s，跟附在詞語後面表示複數的詞素 s 是不一樣的，例如 lens（鏡片；s 為詞語原有的一部分）和 pens（筆；s 為附加以表示複數），或 species（種類；s 為固有）和 genies（精靈；複數）。以元音結尾的詞語尤其會誘使人在複數 s 前面加撇號，因為如果不加，看起來就很易跟其他以 s 收尾的詞語相混，譬如 radios（收音機；複數）跟 adios（再見）兩者結尾近似；avocados（酪梨；複數）跟 asbestos（石棉）兩者結尾相近。假如雜貨店主的做法成為普遍規則，複數全都加撇號（radio's、avocado's、potato's〔馬鈴薯；正確複數應加 -es：potatoes〕），那就不會有人誤寫成 kudo（應為 kudos，是單數名詞，來自希臘語，表示「讚揚」），前副總統奎爾（Dan Quayle）也不會當眾出醜，把學童所寫的

potato 誤改為 potatoe。而最易引人誤墮陷阱的是，複數不加撇號的規則不是我先前說的那麼簡單。有些名詞加撇號是合乎規則的（起碼過去如此）。譬如字母的複數就必須加撇號（p's and q's）；當引述一個詞語時複數往往也加撇號，例如說「這段裡 however 一詞用得太多了」，就要寫成：there are too many however's in this paragraph，除非所引述的是十分尋常的詞語，像 dos（助動詞）、don't（do 的否定式）、ifs（如果）、ands（和）、buts（但是）。在近年把標點減至最少的趨勢盛行起來之前，複數在好幾種情況下會用上撇號，包括年份（例如 1970's）、縮寫（例如 CPU's〔電腦中央處理器〕）和符號（例如 @'s），現在有些報紙（例如《紐約時報》）還採用這種方式[66]。

這些規則不一定合乎邏輯，但如果希望有文化修養的愛侶不要離你而去，那就不要給複數加撇號。懂得什麼時候把撇號跟代名詞分開來也總是好事。戴夫‧巴里（Dave Barry）筆下的分身語言達人先生（Mr. Language Person）巧妙地回答了以下一個問題：

問：像數以百萬計的美國人，我不能掌握 your（你的）和 you're（你是）這兩個詞語之間極度微妙的區別。

答：……區別它們的最佳辦法，就是記著 you're 是縮略語，它是生孩子時會用的詞語，譬如：「堅持一下，瑪琳，你的小寶寶出來了（here comes you're baby）。」而 your 是一種文法上創造出來的東西，讓你在網路聊天室的辯論裡占上風，譬如說：「你是魯蛇，你這個笨蛋！」（Your a looser, you morron!——應為 You're a loser, you moron!）

　　語言達人先生答案的第一部分是對的：代名詞連上助動詞的縮略，必須加撇號，例如 you're（you are）、he's（he is）和 we'd（we would）。他舉的第一個例子也是對的（當然你得看穿他在這裡說笑而故意把 your baby 誤加標點變成 you're baby）：代名詞的屬格永遠不加撇號，不管這樣做怎樣合乎邏輯。雖然我們會寫成 the cat's pajamas（那隻貓的睡衣）和 Dylan's dream（狄倫的夢想），可是一旦用代名詞取代名詞，就馬上把撇號扔掉：你必須寫成 its pajamas 而不是 it's pajamas；your baby 而不是 you're baby；their car（他們的車）而不是 they're car；Those hats are hers, ours, and theirs（那些帽子是她的、我們的和他們的）而不是 Those hats are her's, our's and their's。在迷茫的久遠時日，曾有人決定屬格代名詞不加撇號，我們只能跟從習慣。

　　撇號最後一種主要錯誤在這幅漫畫中有所解釋，那位男孩的寫法顯示，一個非常規家庭不一定帶來非常規標點：

我有兩個媽媽。我知道撇號放哪裡。

　　單數名詞的屬格拼作 's：He is his mother's son（他是他媽媽的兒子）。複數名詞屬格的常規拼法是 s'：He is his parents' son（他是他父母的兒子）；如果是同性配偶，就寫成 He is his mothers' son。至於以 s 結尾的詞語，像 Charles（查爾斯）和 Jones（瓊斯），則依循語法邏輯，像處理一般單數名詞一樣：Charles's son 而不是 Charles' son。有些風格手冊把 Moses（摩西）和 Jesus（耶穌）列為例外，但語法學家不應該從宗教考量訂立規則，事實上這種例外也適用於其他古代人物，像 Achilles' heel（阿基里斯之腫；指致命弱點）、Sophocles' play（索福克里斯的戲劇）[67]。

引號

　　對慎用標點符號的另一種侮辱，就是用引號表示強調，常見用於標示上，譬如：We sell "ice"（我們售賣「冰塊」）、Cell phones may "not" be used in this area（本區域內「不得」使用行動電話），以及令人難堪的 "Fresh" Seafood Platter（「新鮮」海鮮拼盤），還有更令人難堪的 Employees must "wash hands"（雇員必須「洗手」）。這種錯誤那麼常見，以至於在漫畫中也成為話題：

　　為什麼那麼多製作標誌的人犯錯？他們所做的，就是我們在文字處理器石器時代習慣做的事。那時的終端機和印表機都欠缺斜體字和劃底線的功能（現在很多人在純文字格式下寫電郵還是這樣），那就是用某些符號把詞語括起來表示著重，譬如要強調「這個」，就寫成 *this* 或 _this_ 或 <this>。但總不該寫成 "this"。就像小鬼菲在漫畫裡解釋，引號本就有它的標準功能：它標誌著引號中的詞語不是表達一般意義，只是提到這個詞語。如果你用引號表示著重，讀者會認為你沒受過恰當教育或更糟。

　　要完整地討論標點的非邏輯問題，不能不談及引號和逗號或句號的放置孰先孰後這個有名的惱人問題。根據美國出版界的規則（這方面英國就比較合理），當引號出現在詞組或句子的結尾，逗號或句號就應該放在引號之內（像 "this," 而不是 "this",）。這顯然是不合邏輯的：引號所涵括的只是組詞或句子的一部分，但逗號或句號所標誌的卻是整個詞組或句子的終結；把逗號或句號放在引號內，就像超人（Superman）那種人盡皆知的穿衣不當情況：把內褲穿在褲子外面。但很久以前有些美國印刷商認為這樣看起來比較漂亮：逗號或句號的上方和左方不會出現難看的空白；自此我們就只能接納這種處理法。

　　這種美式標點法對電腦科學家、邏輯學家和語言學家來說，就像骨鯁在喉，因為要是排字方式所呈現的界限，不能正確反映內容的邏輯涵括範圍，就會令他們的著作看來很彆腳。這種標點法除了惱人的非邏輯性質，還會令作者無法表達某些思想。普爾倫一九八四年所寫的一篇半開玩笑的文章〈標點與人類自由〉（Punctuation and Human Freedom），討論到莎士比亞《理查三世》（*King Richard III*）經常被錯誤引述的首兩行："Now is the winter of our discontent / Made glorious summer by this sun of York."（承載著我們滿腹牢騷的冬天，在約克紅日照耀下已成為光榮的夏日）[68] 很多人錯誤把第一行解讀為完整句子。好了，假設有人評論這個錯誤而寫道：

Shakespeare's *King Richard III* contains the line "Now is the winter of our discontent".（莎士比亞的《理查三世》其中一行說「承載著我們滿腹牢騷的冬天」。）

這是一個真實的句子。可是美國的審稿編輯會把它改成：

Shakespeare's *King Richard III* contains the line "Now is the winter of our discontent."

這是一個虛假的句子，或起碼可以說，作者無法把它變成無歧義地真確或虛假。普爾倫呼籲人們投入違抗美式標點法的抗命運動，隨著網路勃興，他的願望已經實現。很多注重邏輯和懂電腦的作者，利用網上不受審稿編輯制肘的自由，公然違抗美式引號用法，最顯著可見於認同「邏輯標點法」[69] 的《維基百科》。對標點執著的讀者會注意到，我在講引號這一節裡好幾個地方都沒有遵守美式用法，譬如列舉標誌誤用引號的例子時，逗號和句號都放在引號外：

The final insult to punctuational punctiliousness is the use of apostrophes for emphasis, commonly seen in signs like We Sell "Ice", Cell Phones May "Not" Be Used in This Area, and the disconcerting "Fresh"

Seafood Platter and even more disconcerting Employees Must "Wash Hands".

But not like "this".

Many people misremember it as "Now is the winter of our discontent", full stop.

這些違規做法是必須的，這樣才能顯示在我引述的例子裡，標點符號實際上放在哪裡。有時你也得這樣，譬如你要討論引號和其他標點，或在《維基百科》和其他科技友善網上平台撰稿，又或你的性情兼具邏輯性和反叛性。這種抗命運動可能有一天會令排印慣例改變，就像一九七〇年代女性主義運動成功推動以 Ms.（女士）取代 Miss（小姐）和 Mrs.（太太）。但在那一天來臨之前，如果你為要經編輯之手的美國出版品撰稿，就要準備接受不合邏輯的標點法，把逗號或句號放在引號內。

我希望已經說服你，處理用法問題並不像弈棋、論證定理或解決教科書式物理學難題，在這些範疇裡，規則是清晰的，違規就是錯誤。用法問題卻更像研究、新聞、評論和其他講求洞察力的活動。在考量用法問題時，必須對聲稱正確的做法持批判態度，對可疑說法有所保留，而所作判斷要在對立價值觀之間尋求平衡。

任何人檢視規範式語法的歷史，都無可避免要面對爭議引起的感情宣洩。自亨利・希根斯（Henry Higgins）譴責別人「冷血地謀殺英語」以來，自稱捍衛語言高水準的人那些欠缺品味的謾罵變本加厲[70]。大衛・佛斯特・華里斯（David Foster Wallace）對「時髦的語言瘴氣」所包含的「邪惡」表示「絕望」。葛倫特把單數 they 的倡議者斥為「語言

強姦者」，而約翰·賽蒙（John Simon）把譴詞用字跟他主張不合的人比作奴隸販子、性侵兒童狂魔和納粹集中營守衛。這些誇張說法往往淪為惡恨他人的言辭，譬如特勒斯表示誤用撇號的人「活該遭雷殛，屍身不全，給丟到亂葬崗」。羅伯特·赫特威爾·費斯克（Robert Hartwell Fiske）指稱 humongous（巨大無比的）是個「可怕的、醜陋的詞語」，然後補上一句：「如果說用這個詞語的人是可怕而醜陋的，未免有欠公道，但到了某個節骨眼，我們終究就是──或起碼被認為是──我們怎樣說怎樣寫，就是個怎樣的人。」

當然十分諷刺的是，那些被罵的人往往是忠於歷史和實際用法，咒罵者反而是一派胡言。普爾倫在《語言誌》中分析語言使用和誤用的種種斷言，發現抓錯者的一種傾向，就是「一躍而上大發雷霆，跳過了中間一步，沒有翻查參考書，以確定大動肝火事出有因。……在語言問題上人們就是不看參考書；他們認為自己的作家身分加上一腔忿怒之情，就讓他們有了所需的立足點。[71]」

雖然正確用法值得費力追求，我們也要看清全局。即使最令人惱恨的錯誤，也不是語言即將死亡的預兆，更不要說文化的滅絕了，就像網上漫畫 XKCD 提醒我們：

　　不錯，今天的作者有時作出不智選擇。但往日的作者和他們之前的作者也一樣。倒是今天不少小孩，儘管面對純粹主義者不斷向他們宣洩臭脾氣，卻能寫作出色文章，也能作出一針見血的評論，甚至發展出他們本身的純粹主義──譬如「消除錯字進步聯盟」（Typo Eradication Advancement League），他們偷偷地用修正液和麥克筆把雜貨店的標誌改正過來[72]。

　　儘管用法問題帶來那麼多辛辣批評，它們只是良好寫作的一小部分，跟一致性、古典風格和克服知識詛咒比較起來頓時失色，更不要說智性良知的標準。如果你真的想改善自己的寫作，或想對其他人的寫作過失痛斥一番，你最應該關注的原則，不是融合分詞和屬格先行詞方面的，而是批判思考和追尋事實的原則。以下是幾項常被忽略的原則──起碼在純粹主義者誇誇其談時被忽略了，你每次下筆或打字時要牢記在心。

　　首先，要翻查資料。人類極易犯錯的記憶，加上對自己所知過分自信，兩者合起來成為致命的詛咒[73]。我們的社交網絡──傳統的和電子的──容易造成以訛傳訛，因此我們的傳統智慧，很多都是朋友的朋友的傳聞或似是而非的陳述。就像馬克‧吐溫所說，「世間的困擾不是來自人們認識的太少，而是所認識的大多是假象」。事實上，我查過，這不是馬克‧吐溫說的[74]。但不管誰說的（可能是喬許‧比靈斯〔Josh Billings〕），它帶出了重要的一點。我們幸而活在這個時代，沒有一個課題是未經學者、科學家和新聞工作者研究過的。他們的研究結果，對於具備手提電腦或手機的人來說，只消幾秒就能找出來，任何可以去圖書館的人，也不需多少分鐘就能找到。那為什麼不善用這些你有幸擁有的條件，把你的認識範疇（或你的寫作範圍）限於那些你知道是正確的

事？

第二，確保你的論據站得住腳。如果你要陳述事實，那應該可在經編審的資料中求證，也就是經過公正的人把關，像編輯、事實查證者或同儕評審。如果要作推論，應該從講理的人已然肯定的前提出發，採用「如果……則……」的合乎規矩的步驟，推論出你的新論點或值得爭議的論點。你果你要做道德推論，也就是別人應該怎樣做，就要證明這樣做符合某種原則，或能令講道理的人所認定的益處增多。

第三，不要把軼事式或個人的經驗跟世間實況混淆。有些事發生在你身上，或你今天早上在報紙或網上讀到，並不表示這就是一個趨勢。在數十億人的世界裡，幾乎任何事都可以在某人身上或某地發生，只有極不尋常的事會成為新聞或朋友間的傳聞。而只有當事件的發生次數相對於發生機率相當可觀，那才是顯著現象，而要成為趨勢，還要看它的發生頻率是否隨著時間改變。

第四，當心虛假的二元對立。雖然把複雜的問題還原為兩個口號、兩個陣營或兩個學派之間的爭鬥十分過癮，但這鮮少是邁向理解之路。好的意念罕能以什麼主義之類的詞語掌握要領，而我們大部分的意念都很粗糙，與其把它們塞進一個非勝即負的對立框框，倒不如對它們作出分析或更精準的陳述，帶來理解的進步。

最後，論辯必須建基於理據，而不是個人因素。譬如你不苟同某人是因為對方的主張出於金錢、名譽、政治或躲懶等動機，又或辱罵對方頭腦簡單、幼稚或粗鄙，都不能證明對方是錯的。而你提出異議或批評，也不是為了證實自己比對方聰敏或高尚。心理學家證明了，爭辯的雙方都認為自己是合理而正直的，對方則是頑固而虛偽[75]。不可能兩方都對，起碼不可能任何時間雙方皆對。記住語言學家安妮·法爾默

（Ann Farmer）這句話的智慧：「那不是為了誰對誰錯，而是為了找出對錯。」

　　所有這些原則把我們帶回起步點：為什麼風格值得關注？描述人們怎樣使用語言，以及規範語言的使用以致達有效溝通，兩者並無對立。與人分享怎樣寫作才最好，沒有必要瞧不起對方。嘗試彌補語言缺陷的同時，也不必慨歎語言的墮落。我們可以時刻提醒自己，追求良好寫作風格的原因在這裡：促進意念的傳播，展現對細節的用心，以及增添世界的美麗。

1. Macdonald, 1962.

2. 布希（George W. Bush）2001 年 3 月 29 日在廣播電視記者協會 57 週年晚宴上的演講。

3. Skinner, 2012.

4. Hitchings, 2011; *Merriam-Webster's Dictionary of English Usage,* 1994.

5. Lindgren, 1990.

6. *American Heritage Dictionary*, 2011; Copperud, 1980; Huddleston & Pullum, 2002; Huddleston & Pullum, 2005; Liberman & Pullum, 2006; *Merriam-Webster's Dictionary of English Usage*, 1994; Soukhanov, 1999.Online dictionaries: *The American Heritage Dictionary of the English Language* (http://www.ahdictionary.com/); *Dictionary. com* (http://dictionary.reference.com); *Merrian-Webster Unabridged* (http://unabridged.merriam-webster.com/); *Merriam-Webster Online*

(http://www.merriam-webster.com/); *Oxford English Dictionary* (http://www.oed. com); *Oxford Dictionary Online* (http://www.oxforddictionaries.com). *Language Log:* http://languagelog.ldc.upenn.edu/nll. Other sources consulted in thisdiscussion include Bernstein, 1965; Fowler, 1965; Haussaman, 1993; Lunsford, 2006; Lunsford & Lunsford, 2008; *Oxford English Dictionary,* 1991; Siegal & Connolly, 1999; Williams, 1990.

7. M. Liberman, "Prescribing terribly," *Language Log,* 2009, http://languagelog. ldc.upenn.edu/nll/?p=1360. M. Liberman, 2007, "Amid this vagueuncertainty, who walks safe?" *Language Log,* http://itre.cis.upenn.edu/~myl/languagelog/ archives/004231.html.

8. E. Bakovic, "Think this," *Language Log,* 2006, http://itre.cis.upenn.edu/~myl/ languagelog/archives/003144.html.

9. 這些錯誤取材自 Lunsford, 2006, and Lunsford & Lunsford, 2008.

10. Haussaman, 1993; Huddleston & Pullum, 2002.

11. *Merriam-Webster's Dictionary of English Usage,* 1994, p. 218.

12. Nunnally, 1991.

13. 此項分析是基於 Huddleston & Pullum, 2002.

14. G. K. Pullum, "Menand's acumen deserts him," in Liberman & Pullum, 2006, and Language Log, 2003, http://itre.cis.upenn.edu/~myl/languagelog/archives/000027. html.

15. B. Zimmer, "A misattribution no longer to be put up with," *Language Log,* 2004, http://itre.cis.upenn.edu/~myl/languagelog/archives/001715.html.

16. M. Liberman, "Hot Dryden-on-Jonson action," *Language Log,* 2007, http://itre. cis.upenn.edu/~myl/languagelog/archives/004454.html.

17. 這些學生論文中的錯誤取材自 Lunsford, 2006, and Lunsford & Lunsford, 2008. 關於時態與其時間關係的解釋,見 Pinker, 2007, chap. 4.

18. 此項錯誤由 *New York Times* "After Deadline" column, (May 14, 2013.) 指出。

19. Huddleston & Pullum, 2002.

20. Huddleston & Pullum, 2002, pp. 152–154.

21. Pinker, 2007, chap. 4.

22. G. K. Pullum, "Irrational terror over adverb placement at Harvard," *Language Log,* 2008, http://languagelog.ldc.upenn.edu/nll/?p=100.

23. Huddleston & Pullum, 2002, pp. 1185–1187.

24. M. Liberman, "Heaping of catmummies considered harmful," *Language Log,* 2008, http://languagelog.ldc.upenn.edu/nll/?p=514.

25. G. K. Pullum, "Obligatorily split infinitives in real life," *Language Log,* 2005, http://itre.cis.upenn.edu/~myl/languagelog/archives/002180.html

26. A. M. Zwicky, "Not to or to not," *Language Log,* 2005, http://itre.cis.upenn.edu/~myl/languagelog/archives/002139.html.

27. A. M. Zwicky, "Obligatorily split infinitives," *Language Log,* 2004, http://itre.cis.upenn.edu/~myl/languagelog/archives/000901.html.

28. 來自邱吉爾。

29. 此項分析是基於 Huddleston & Pullum, 2002, 特別是 pp. 999–1000.

30. Huddleston & Pullum, 2002, p. 87.

31. Huddleston & Pullum, 2002; Huddleston & Pullum, 2005.

32. *Merriam-Webster's Dictionary of English Usage,* 1994, p. 343.

33. G. K. Pullum, "A rule which will live in infamy," *Chronicle of Higher Education,* Dec. 7, 2012; M. Liberman, "A decline in *which*-hunting?"*Language Log,* 2013, http://languagelog.ldc.upenn.edu/nll/?p=5479#more-5479.

34. G. K. Pullum, "More timewasting garbage, another copy-editing moron,"*Language Log,* 2004, http://itre.cis.upenn.edu/~myl/languagelog/archives/000918.html; G. K. Pullum, "*Which vs that?* I have numbers!" *Language Log,* 2004, http://itre.cis.upenn.edu/~myl/languagelog/archives/001464.html.

35. *Merriam-Webster's Dictionary of English Usage,* 1994, p. 895.

36. Pinker, 1999/ 2011.

37. Flynn, 2007; 亦請見 Pinker, 2011, chap. 9.

38. M. Liberman, "Whom humor," *Language Log,* 2004, http://itre.cis.upenn.edu/~myl/languagelog/archives/000779.html.

39. *Merriam-Webster's Dictionary of English Usage,* 1994, p.958; G. Pullum, "One rule to ring them all," *Chronicle of Higher Education,* Nov. 30, 2012,

http://chronicle.com/blogs/linguafranca/2012/11/30/one-rule-to-ring-them-all/;
Huddleston & Pullum, 2002.

40. 根據 google 的詞句頻率搜索器（ngram viewer）。

41. 我在 *The stuff of thought* 一書中討論過的一項十五世紀的咒語。

42. 引自 *Merriam-Webster's Dictionary of English Usage,* 1994, p. 959.

43. *Merriam-Webster's Dictionary of English Usage,* 1994, pp. 689–690; Huddleston & Pullum, 2002, p. 506; *American Heritage Dictionary,* 2011, Usage Note for *one.*

44. 有關物質和物件的討論，見 Pinker, 2007, chap. 4.

45. J. Freeman, "One less thing to worry about," Boston Globe, May 24, 2009.

46. Originally published as "Ships in the night," New York Times, April 5, 1994.

47. 白宮新聞祕書，"Statement by the President on the Supreme Court's Ruling on Arizona v. the United States," June 25, 2012.

48. D. Gelernter, "Feminism and the English language," Weekly Standard, March 3, 2008; G. K. Pullum, "Lying feminist ideologues wreck English language, says Yale prof," *Language Log,* 2008, http://itre.cis.upenn.edu/~myl/languagelog/archives/005423.html.

49. Foertsch & Gernsbacher, 1997

50. 來自 G. K. Pullum, "Lying feminist ideologues wreck English language, says Yale prof," *Language Log*, 2008, http://itre.cis.upenn.edu/~myl/languagelog/archives/005423.html, and Merriam-Webster's Dictionary of English Usage, 1994.

51. Foertsch & Gernsbacher, 1997.

52. 來自 G. J. Stigler, "The intellectual and the market place," Selected Papers No. 3, Graduate School of Business, University of Chicago, 1967.

53. H. Churchyard, "Everyone loves their Jane Austen," http://www.crossmyt.com/hc/linghebr/austheir.html.

54. G. K. Pullum, "Singular they with known sex," *Language Log*, 2006, http://itre.cis.upenn.edu/~myl/anguagelog/archives/002742.html.

55. Pinker, 1994, chap. 12.

56. Foertsch & Gernsbacher, 1997; Sanforth & Filik, 2007; M. Liberman, "Prescriptivist

science," *Language Log*, 2008, http://languagelog.ldc.upenn.edu/nll/?p=199.

57. Huddleston & Pullum, 2002, pp. 608–609.

58. Nunberg, 1990; Nunberg, Briscoe, & Huddleston, 2002.

59. Truss, 2003; L. Menand, "Bad comma," *New Yorker,* June 28, 2004; Crystal, 2006; J. Mullan, "The war of the commas," *The Guardian,* July 1, 2004, http://www.theguardian.com/books/2004/jul/02/referenceandlanguages.johnmullan.

60. Huddleston & Pullum, 2002; Huddleston & Pullum, 2005, p. 188.

61. Lunsford, 2006; Lunsford & Lunsford, 2008; B. Yagoda, "The most comma mistakes," *New York Times,* May 21, 2012; B. Yagoda, "Fanfare for the comma man," *New York Times,* April 9, 2012.

62. B. Yagoda, "Fanfare for the comma man," *New York Times,* April 9, 2012.

63. M. Norris, "In defense of 'nutty' commas," *New Yorker,* April 12, 2010.

64. Lunsford, 2006; Lunsford & Lunsford, 2008; B. Yagoda, "The most comma mistakes," *New York Times,* May 21, 2012.

65. 以下例句取自 Wikipedia, "Serial comma."

66. Siegal & Connolly, 1999.

67.《紐約時報風格與慣用法手冊》（Siegal & Connolly, 1999）就採用這樣的規則；其他風格手冊則把 –as 或 –us 收尾的古代名字列為這項規則的例外（要加 's），但 Jesus（耶穌）又另作別論——由於這個名字獨特的發音，它不需要加 's。

68. Pullum, 1984.

69. B. Yagoda, "The rise of 'logical punctuation,' " *Slate*, May 12, 2011.

70. D. F. Wallace, "Tense present: Democracy, English, and the wars over usage," *Harper's,* April 2001; D. Gelernter, "Feminism and the English language," *Weekly Standard,* March 3, 2008; J. Simon, *Paradigms lost (New York: Clarkson Potter, 1980),* p. 97; J. Simon, "First foreword," in Fiske, 2011, p. ix; Fiske, 2011, p. 213; Truss, 2003.

71. G. K. Pullum, "Lying feminist ideologues wreck English, says Yale prof," *Language Log,* 2008, http://itre.cis.upenn.edu/~myl/languagelog/archives/005423.html. 亦請

見 M. Liberman, "At a loss for lexicons," *Language Log,* 2004, http://itre.cis.upenn.edu/~myl/languagelog/archives/000437.html.

72. Deck & Herson, 2010.

73. Kahneman, Slovic, & Tversky, 1982; Schacter, 2001.

74. K. A. McDonald, "Many of Mark Twain's famed humorous sayings are found to have been misattributed to him," *Chronicle of Higher Education,* Sept. 4, 1991, A8.

75. Haidt, 2012; Pinker, 2011, chap. 8.

致謝

　　我要感謝很多人，他們改善了我的寫作風格意識，也改善了《寫作風格的意識》一書。

　　三十年來，凱提雅‧賴斯（Katya Rice）為我的六本書擔任審稿編輯，她是那麼精準、用心而別具品味，我對風格的很多認知，都來自她的誘導。在展開編輯之前，她就從專家的角度讀過了本書，揭示問題並提供明智的忠告。

　　我有幸跟我最喜愛的作家結為夫婦。除了以她自身的風格給我帶來啟迪，麗蓓嘉‧葛德斯坦也鼓勵我投入本書的撰寫，對草稿提出精闢見解，並給我取了書名。

　　很多學者都有一種令人不禁搖頭的習慣，愛用「我的母親」來代表不成熟的讀者。我的母親羅絲琳‧平克（Roslyn Pinker）是個成熟的讀者，我從她那裡獲益匪淺，包括她對語文用法的敏銳觀察，她數十年來傳給我的很多有關語言的文章，以及她對本書草稿的精審批評。

　　我在麻省理工學院（MIT）任教的二十年間，李斯‧裴瑞曼（Les Perelman）是該校跨課程寫作訓練計畫的主任，在教導大學生寫作方面，他給我提供可貴的支持和忠告。哈佛大學寫作中心主任珍‧羅森斯威格（Jane Rosenzweig）同樣給我鼓勵。兩位也都對本書的草稿提供有用的批評。同時我要感謝哈佛學習與教學計畫的艾林‧特萊佛—琳（Erin Driver-Linn）和塞繆爾‧莫爾頓（Samuel Moulton）。

　　《劍橋英語語法》和《美國傳統英語詞典》第五版，是二十一世紀兩項重大學術成就，我有幸從它們的編纂者獲得忠告與批評，包括《橋劍英語語法》共同作者羅德尼・赫德斯頓（Rodney Huddleston）和喬夫瑞・普爾倫（Geoffrey Pullum），以及《美國傳統英語詞典》的執行編輯史提芬・克萊內德勒（Steven Kleinedler）。我也要感謝該詞典前任執行編輯約瑟夫・皮克特（Joseph Pickett），他邀請我擔任用法小組主席，讓我能以局內人身分觀察詞典如何編纂，我同時感謝該詞典現任編輯彼得・齊普曼（Peter Chipman）和路易絲・羅賓斯（Louise Robbins）。

　　彷彿這樣的專業支援還不足夠，我也從很多具睿知和識見的同事獲益。給初稿提供深刻洞見的，有厄尼斯特・戴維斯（Ernest Davis）、詹姆斯・多納德森（James Donaldson）、艾德華・吉布森（Edward Gibson）、珍・葛林蕭（Jane Grimshaw）、John R. Hayes（約翰・赫斯）、歐利佛・卡姆（Oliver Kamm）、蓋瑞・馬可斯（Gary Marcus）和傑夫瑞・華圖穆爾（Jeffrey Watumull）。解答疑難並引導我找尋相關研究的，有保羅・亞當斯（Paul Adams）、克里斯托佛・查布里斯（Christopher Chabris）、菲利浦・柯爾貝特（Philip Corbett）、詹姆斯・恩格爾（James Engell）、尼可拉斯・艾普利（Nicholas Epley）、彼得・哥頓（Peter C. Gordan）、麥可・哈爾斯沃斯（Michael Hallsworth）、大衛・哈爾潘（David Halpern）、喬書亞・哈特蕭恩（Joshua Hartshorne）、塞繆爾・傑・凱瑟（Samuel Jay Keyser）、史提芬・柯斯琳（Stephen Kosslyn）、安崔・倫斯福德（Andrea Lunsford）、莉絲・魯特根多夫（Liz Lutgendorff）、約翰・馬奎（John Maguire）、尚—巴迪斯特・米舍（Jean-Baptiste Michel）、黛博拉・普爾（Debra Poole）、傑西・史內德克（Jesse Snedeker）和丹尼爾・維格納（Daniel Wegner）。

給書中例句提供建議的,有本・巴克斯(Ben Backus)、利拉・葛萊特曼(Lila Gleitman)、凱瑟琳・霍布斯(Katherine Hobbs)、雅爾・葛德斯坦・勒夫(Yael Goldstein Love)、伊拉弗妮・瑟拜(Ilavenil Subbiah)和多得無法盡錄的電郵通訊者。特別感謝伊拉弗妮多年來提醒我注意用法的微妙變化,並設計本書的圖表和樹狀圖。

本書寫作計畫的每個階段,都獲得企鵝(Penguin)出版社的編輯支持,包括美國的溫蒂・沃爾夫(Wendy Wolf)以及英國的湯瑪斯・潘(Thomas Penn)和史提芬・麥格拉斯(Stefan McGrath),支援也來自我的版權代理人約翰・布洛克曼(John Brockman);溫蒂對本書初稿提供了仔細的批評和忠告。

我也感謝來自家庭的愛顧和支持,包括我的父親哈利・平克(Harry Pinker)、我的繼女雅爾・葛德斯坦・勒夫和丹尼爾・布勞(Danielle Blau)、我的甥姪、我的岳父馬丁(Martin)和岳母克莉絲(Kris),還有我的妹妹蘇珊・平克(Susan Pinker)和弟弟羅伯特・平克(Robert Pinker),謹以本書獻給弟妹二人。

本書第六章有部分改寫自我的其他著作,包括《美國傳統英語詞典》第五版討論用法的文章,以及二〇一二年發表於《石板》雜誌(*Slate*)的文章〈語言戰爭的虛假戰線〉(False Fronts in the Language Wars)。

術語彙編

active voice（主動語態）

這是句法的標準形式，句子的主詞是行動者或事件起因：A rabbit bit him（一隻兔子咬了他）；比較被動式：He was bitten by a rabbit（他被一隻兔子咬了）。

adjective（形容詞）

詞類的一種，典型地描述一種性質或狀態：big（大的）、round（圓的）、green（綠色的）、afraid（害怕的）、gratuitous（免費的）、hesitant（猶豫的）。

adjunct（附加語）

修飾語的一種，對句中所述事件或狀態提供時間、地點、情態、目的、結果等資訊：She opened the bottle with her teeth（她用牙齒打開瓶子）；He teased the starving wolves, which was foolish（他戲弄那些餓狼，那樣做很愚蠢）；Hank slept in the doghouse（漢克在犬屋裡睡覺）。

adverb（副詞）

詞類的一種，修飾動詞、形容詞、介系詞和其他副詞：tenderly（溫柔地）、cleverly（聰明地）、hopefully（抱有希望地）、very（非常）、

almost（幾乎）。

affix（詞綴）

指詞頭（prefix）或詞尾（suffix）：en<u>rich</u>（使豐富）、<u>re</u>state（重述）、black<u>en</u>（使變黑）、slipp<u>ed</u>（滑動；過去式詞尾）、squirrel<u>s</u>（松鼠；複數詞尾）、cancell<u>ation</u>（取消；名詞化詞尾）、Dave<u>'s</u>（戴夫的；屬格詞尾）。

agreement（一致）

指句中語詞語法上（人稱、性別、數、格等）的一致。在英語裡現在式動詞必須跟主詞維持人稱和數的一致：I snicker（我竊笑；第一人稱單數）；He snickers（第三人稱單數）；They snicker（第三人稱複數）。

AHD

《美國傳統英語詞典》（*The American Heritage Dictionary of the English Language*）的縮寫。

anapest（抑抑揚格）

「弱—弱—強」音步，用於詩歌等的格律（粗體為強音節）：Anna **Lee** should get a **life**（安娜‧李應該更有意義地過活；Anna **Lee** 和 get a **life** 分別是兩個抑抑揚音步）；badda-**Bing**!（搞定）、to the **door**（往門去）。

antecedent（先行詞）

確定代名詞指謂對象的名詞詞組（粗體）：**Biff** forgot his hat（比夫忘了他的帽子）；Before **Jan** left, she sharpened her pencils（澤恩離開前削尖了她的鉛筆）。

article（冠詞）

詞類的一種（只有少數幾個詞語），表明名詞是特指或泛指，包括定冠詞 the 和不定冠詞 a、an、some。《劍橋英語語法》把冠詞納入更大的詞類「限定詞」（determinative），那包括量詞（quantifier）和指示詞（demonstrative；像 this 和 that）。

auxiliary（助動詞）

一種特別的動詞，它傳達的訊息會影響句子所述景況，包括時態（tense）、情態（mood）和否定助動詞：She doesn't love you（她不愛你）；I am resting（我在休息）；Bob was criticized（鮑勃被批評）；The train has left the station（火車已離站）；You should call（你應該打電話）；I will survive（我會活下去）。

backshift（時態後移）

改變動詞的時態，通常出現在間接引述，使它跟「說」、「認為」等動詞的時態一致；傳統上稱為「時態序列」（sequences of tenses）：Lisa said that she was tired（麗莎說她累了；比較：Lisa said, "I am tired."）

Cambridge Grammar（《劍橋語法》）

《劍橋英語語法》（*The Cambridge Grammar of the English Language*）的簡稱，二〇〇二年出版，由語言學家羅德尼·赫德斯頓（Rodney Huddleston）、喬夫瑞·普爾倫（Geoffrey Pullum）和其他十三位語言學家共同撰寫，以現代語言學全面對英語語法提供系統分析。本書的術語和分析都以它為依據。

case（格）

名詞的一種標記，標示語法功能，包括主格（nominative case）、屬格（genitive case；用於限定詞，包括傳統所謂「所有格」）和受格（accusative case；用於受詞及主詞以外各種關係）。在英語裡，只有代名詞具格位標記（主格 I〔我〕、he〔他〕、she〔她〕、we〔我們〕、they〔他們〕）；受格 me、him、her、us、them；屬格 my、his、her、our、their）；唯一例外是屬格，可在名詞上加標記（單數名詞加 's，複數名詞加 s'）。

classic prose（古典散文）

文學學者法蘭西斯－諾爾·湯瑪斯（Francis-Noel Thomas）和馬克·特納（Mark Turner）一九九四年出版的《清晰簡單是為真》（*Clear and Simple as the Truth*）一書提出的用語。這種散文風格把讀者的注意力引向客觀、具體真相，並有如跟讀者對話。它有別於實用的、自覺的、沉思的和晦澀的風格。

clause（子句）

　　相當於句子的詞組，可獨立成句，也可能包含在更大的句子裡：Ethan likes figs（伊森喜愛無花果）；I wonder whether Ethan likes figs（我懷疑伊森是否愛無花果）；The boy who likes figs is here（喜愛無花果那個男孩在這裡）；The claim that Ethan likes figs is false（指稱伊森愛無花果的說法是錯的）。

coherence connective（一致性連接語）

　　可以是一個詞語、一個詞組或一個標點，用來表示一個子句或段落跟先前的子句或段落有語意連繫：Anna eats a lot of broccoli, because she likes the taste. Moreover, She thinks it's healthy. In contrast, Emile never touches the stuff. And neither does Anna's son.（安娜吃很多青花菜，因為她喜愛它的味道。而且，她認為它有益健康。相此相反，艾咪從來不碰這種東西。而安娜的兒子也一樣。）

complement（補語）

　　中心語可接上或須接上的詞組，用以補充意義：smell the glove（嗅一下那手套）；scoot into the cave（飛奔到洞穴裡去）；I thought you were dead（我以為你死了）；a picture of Mabel（美寶的一幅肖像）；proud of his daughter（為他的女兒感到驕傲）。

conjunction（連接詞）

　　詞類的一種，連接兩個詞組，包括對等連接詞（coordinating conjunction，例如：和、或、也不、但是、不過、因此）和從屬連

接詞（subordinating conjunction，例如：是否……、如果……、以便……）；這是傳統術語，我跟隨《劍橋語法》把兩者稱為 coordinator 和 subordinator。

coordinate（連接項）

連接結構的其中一個項目。

coordination（連接結構）

這種結構由兩個或更多功能相同的詞組組成，通常由對等連接詞連起來：parsley, sage, rosemary, and thyme（歐芹、鼠尾草、迷迭香和百里香）；She's poor but honest（她貧窮卻誠實）；To live and die in LA（生與死俱在洛城）；Should I stay or should I go?（我應該留下還是離開）；I came, I saw, I conquer（我來到，我看見，我征服）。

coordinator（對等連接詞）

詞類的一種，連接兩個或更多功能相同的詞組，例如：和、或、也不、但是、不過、因此。

definiteness（特指）

一種語意的區別，以名詞詞組中的限定詞標示，表明詞組的中心名詞是否指稱特定對象。如果我說 I bought that car（我買了那輛車；特指），我假定你知道所說的是哪輛車；如果我說 I bought a car（我買了一輛車），就是首次跟談到買車的事。

denominal verb（動詞化名詞）

由名詞轉化而來的動詞：He elbowed his way in（他弓起手肘擠進去）；She demonized him（她把他妖魔化）。

determinative（限定詞）

《劍橋語法》中的一種詞類，發揮限定語（determiner）功能，包括冠詞和量詞。

determiner（限定語）

在名詞詞組中確定中心語的指謂對象，有如回答「哪個？」、「多少？」等問題。發揮限定語功能的包括冠詞（a、an〔均為「一個」〕、the、that〔均為「那」〕、this〔這；單數〕、those〔那；複數〕、these〔這；複數〕）；量詞（some〔有些〕、any〔任何〕、many〔很多〕、few〔幾個〕、one〔一〕、two〔二〕、three〔三〕）以及屬格詞（my mother〔我的媽媽〕；Sara's iPhone〔莎拉的蘋果手機〕）。注意「限定語」代表一種語法功能，「限定詞」則是詞類。

diction（措詞）

字詞的選擇。在本書中並不用來指稱清晰的發音。

direct object（直接受詞）

動詞的受詞（如果動詞緊接著兩個受詞，就是指第二個），通常是在動作下移動或受直接影響的事物：spank the monkey〔打那隻猴子的屁股〕；If you give a moose a muffin / If you give a muffin to a moose〔如果

你給駝鹿一個鬆餅〕；cry me a river（給我淚流成河）。

discourse（話語）

一系列連貫的句子，譬如一段對話、文章的一段、一封信、網上一則貼文或一篇散文。

ellipsis（省略）

句子省掉一個必需的詞組，通常可由上下文推知是什麼（例句中劃底線的部分為省略）：Yes, we can __! Abe flossed, and I did __ too（對，我們可以！艾布用牙線潔牙，我也這樣做了）；Where did you go? __ To the lighthouse（你去哪裡？去那個燈塔）。

factual remoteness（事實上的遠距離）

指所表述的是一種遙遠的可能性，是不真實的、高度假設性的，或極不可能發生的。比較這兩者的分別：If my grandmother is free, she'll come over（如果我的奶奶有空，她就會來）──這是開放式可能性；If my grandmother had wheels, she'd be a trolley（如果我的奶奶有輪子，她就是一輛電車了）──這是遙遠的可能性。

foot（音步）

自成單位的一系列音節，帶有特定節律（粗體代表強音節）：The **sun** / did not **shine**.（太陽並未照耀；斜線前面是抑 音步，後面是抑抑揚音步）；It was **too** / wet to **play**.（太濕了，不宜玩；前後都是抑抑揚音步）。

genitive（屬格）

傳統叫「所有格」，名詞用以指明所屬，譬如 Ed's head（艾德的頭）或 my theory（我的理論）。在英語裡可用特定代名詞表示：my（我的）、your（你的）、his（他的）、her（她的）、their（他們的）等；其他名詞詞組可加詞尾 's 或 s' 來表示：John's guitar（約翰的吉他）；The Troggs' drummer（穴居人樂團的鼓手）。

gerund（動名詞）

動詞帶 -ing 詞尾，通常發揮名詞作用：His drinking got out of hand（他喝酒到了失控地步）。

government（管轄作用）

傳統語法術語，表示詞組的中心語決定其他詞語的特性，包括一致性、格和補語的選擇。

grammatical category（詞類）

同一類的詞語，在特定句法位置上可互換，詞尾變化也相同，例如：名詞、動詞、形容詞、副詞、介系詞、限定詞（包括冠詞）、對等連接詞、從屬連接詞、感歎詞。也稱為 part of speech。

grammatical function（語法功能）

一個詞組在另一較大詞組中發揮的功能，包括主詞、受詞、述語、限定語、中心語、補語、修飾語和附加語。

head（中心語）

詞組中決定整個詞組意義和特性的詞語：the <u>man</u> who knew too much（知得太多的那個人）；<u>give</u> a moose a muffin（給駝鹿一個鬆餅）；<u>afraid</u> of his own shadow（害怕他自己的影子）、<u>under</u> the boardwalk（在木板路下面）。

hypercorrection（矯枉過正）

把規範性規則延伸用到不適用的地方，譬如：I feel <u>terribly</u>（我感到很糟）；They planned a party for <u>she</u> and her husband（他們為她和她丈夫安排了一個慶生會）；one <u>fewer</u> car（少一輛車）；<u>Whomever</u> did this should be punished（誰幹這事的就該受罰）。

iambic（抑揚格）

「弱─強」式格律（粗體為強音節）：**Michelle**（密雪兒）；**away**（離開）；To **bed**!（去睡吧）。

indicative（直述）

傳統語法術語，指直接敘述事實，相對於虛擬、祈使、疑問等其他情態。

indirect object（間接受詞）

動詞後面若緊接著兩個受詞，第一個就是間接受詞，通常代表某事物的接受者或受惠者：If you give <u>a moose</u> a muffin（如果你給駝鹿一個鬆餅）；Cry <u>me</u> a river（給我淚流成河）。

infinitive（不定詞）

動詞的基本、無時態形式，有時（但不一定）與從屬連接詞 to 一起使用：I want to be alone（我想一人獨處）；She helped him pack（她幫助他收拾行李）；You must go（你得走了）。

infection（詞形變化）

根據詞語在句中的作用而改變詞形，包括名詞的詞尾變化，如 duck（鴨子；基本式）、ducks（複數）、duck's（屬格，單數）、ducks'（屬格；複數），以及動詞的詞形變化，如 quack（鴨叫；基本式）、quacks（第三人稱單數現在式）、quacked（過去式）、quacking（現在進行式）。不要跟語調或韻律混淆。

intonation（語調）

說話音調的高低起伏。

intransitive（不及物動詞）

指動詞不能加直接受詞：Martha fainted（瑪莎昏倒了）；The chipmunk darted under the car（那隻花栗鼠在車底橫衝直撞）。

irrealis（非現實語氣）

字面意義是「不真實」，指動詞顯示事實上的遙遠距離。在英語裡，只有動詞 be（是）才具可見標記，例如：If I were a rich man（假如我是個富翁的話；were 平常是 be 的複數過去式），比較：If I was sick, I'd have a fever（如果我當時是生病的話，那就是患上感冒吧；這是真正

的過去式，不是非現實語氣）。傳統語法傾向把非現實語氣併入虛擬情態。

main clause（主要子句）

在句子中作主要表述的子句，裡面可能包含附屬子句：She thinks [I'm crazy]（她認為**我瘋了**）；Peter repeated the gossip [that Melissa was pregnant] to Sherry（彼得向雪莉複述了**梅麗莎懷了孕**的傳聞）。

metadiscourse（後設語）

談及目前話語內容或狀況的詞語，例如：To sum up（總括來說）；In this essay I will make the following seventeen points（我在本文裡會提出下列十七點）；But I digress（但我說題外話了）。

meter（格律）

詞語或詞組的節律，由強、弱音節構成的模式。

modal auxiliary（情態助動詞）

這種助動詞包括 will 和 shall（將會，現在式）、would 和 should（將會，過去式；should 也解作應該）、can / could（能夠，現在和過去式）、may / might（可能，現在和過去式）、must（必須）、ought（應該）。

modality（情態質性）

意義的一種面向，表明陳述與事實之間的關係，譬如陳述是否認定

事實，抑或提出可能性或疑問，又或提出命令、請求或要求，可透過語法體系而表達。

modifier（修飾語）

　　句中的非必要詞組，對中心語作註解，或添加相關資訊：a nice boy（一個給人好感的男孩）、See you in the morning（早上跟你見面）、The house that everyone tiptoes past（每個人躡起腳走過的房子）。

mood（情態）

　　動詞或子句透過語法顯示的語意差異，這些差異包括直述（He ate〔他吃了〕）、疑問（Did he eat?〔他吃了嗎〕）、祈使（Eat!〔吃吧〕）、假設（It's important that he eat〔他進食是很重要的〕），還有用動詞 be 表達非現實情態（If I were you〔假如我是你的話〕）。

morpheme（詞素）

　　詞語分割至最小的具意義的單位（斜線代表分割界線）：walk/s（行走／第三人稱單數現在式標記）；in/divis/ibil/ity（不可分割性：不／分割／可能／性）；crowd/sourc/ing（網路外包：群眾／獲取〔服務〕／名詞化標記）

nominal（名詞性）

　　具名詞性質的，包括名詞、代名詞、專有名詞和名詞詞組。

nominalization（名詞化）

動詞或形容詞轉化為名詞：cancellation（取消；來自動詞 cancel）；a fail（一次不及格；來自動詞 fail）；an enactment（一項法律、法令；來自動詞 enact〔制定法律〕）；protectiveness（保護、防護；來自動詞 protect）；a fatality（一項死亡、一個死者）。

noun（名詞）

詞類的一種，指謂對象是物件、人、有名字可叫喚或可想像為一事物的東西，例如 lily（百合花）、joist（托樑）、telephone（電話）、bargain（交易）、grace（優雅質性）、prostitute（娼妓）、terror（恐懼）、Joshua（約書亞）、consciousness（意識）。

noun phrase（名詞詞組）

以名詞為中心語的詞組：Jeff（傑夫）；the muskrat（那隻麝鼠）；the man who would be king（將成為帝王的那個男子）；anything you want（你想要的任何東西）。

object（受詞）

動詞或介系詞後面的補語，所指事物通常對界定所述行動、狀況或處境是必需的：spank the monkey（打那隻猴子的屁股）；prove the theorem（證明那個定理）；into the cave（往那個洞裡去）；before the party（在那個派對之前）。可分為直接、間接和斜格受詞。

oblique object（斜格受詞）

介系詞後面的受詞：under the door（在門下）。

open conditional（開方條件式結構）

一種 if-then（要是……那就……）結構，陳述開放的可能性，說話人並不知道陳述的真偽：If it rains, we'll cancel the game（要是下雨，我們就會取消比賽）。

participle（分詞）

動詞的一種無時態形式，通常跟助動詞或其他動詞一併使用。英語有兩種分詞：一、過去分詞，用於被動式（It was eaten〔它給吃掉了〕）和完成式（He has eaten〔他吃過了〕）；二、帶 -ing 的分詞，用於現在進行式（He is running〔他在奔跑〕）以及用作動名詞（Getting there is half the fun〔到達那裡就是一半的樂趣〕）。大部分動詞的過去分詞都是合規律的，加詞尾 -ed 而構成（I have stopped〔我停了下來〕；It was stopped〔它給停了下來〕），但約有一百六十五個動詞的過去分詞是不規則的（I have given it away〔我把它送了出去〕；It was given to me〔它送給了我〕；I have brought it〔我把它帶來了〕；It was brought here〔它給帶到這裡來〕）。

part of speech（詞類）

傳統語法術語，即今天所說的 grammatical category。

passive voice（被動語態）

　　英語分為主動／被動兩種動作模式。在被動式裡，一般意義下的受詞變成了句子的語法主詞，而一般意義下的主詞則變成了語法受詞，緊接在 by（被）後面或根本被省略：He <u>was bitten</u> by a rabbit（他被一隻兔子咬了；比較主動式：A rabbit bit him〔一隻兔子咬了他〕）；We <u>got screwed</u>（我們給害慘了）；<u>Attacked by his own supporters</u>, he had nowhere else to turn（遭到自己的支持者攻擊，他走投無路）。

past tense（過去式）

　　也稱為 preterite，動詞的一種形式，表示過去時態、事實上的遙遠距離，以及間接引述的時態轉換：She <u>left</u> yesterday（她昨天離開了）；If you <u>left</u> tomorrow, you'd save money（如果你明天離開的話，就能省點錢）；She said she <u>left</u>（她說她離開了）。大部分動詞都有規則的過去式，加詞尾 -ed 而構成（I <u>stopped</u>〔我停下了〕），但約有一百六十五個動詞的過去式是不規則的（I <u>gave</u> it away〔我把它送了出去〕；She <u>brought</u> it〔她把它帶來了〕）。

person（人稱）

　　語法上用以區別說話人（第一人稱）、說話對象（第二人稱）以及不參與對話的人（第三人稱）。只有代名詞才具標記，包括：第一人稱的 I（我；主格）、me（我；受格）、we（我們；主格）、us（我們；受格）、my（我的）、our（我們的）；第二人稱的 you（你、你們）、your（你的、你們的）；第三人稱的 he（他；主格）、him（他；受格）、she（她；主格）、her（她；受格）、they（他們）、their（他／她們的）、it

（它）、its（它的）。

phoneme（音素）

語音的最小單位，可以是元音（vowel）或輔音（consonant）。

phrase（詞組）

構成句中一個單位的一組詞語，具意義的一致性：in the dark（在黑暗中）；the man in the gray suit（穿灰色西裝那個男人）；dancing in the dark（在黑暗中跳舞）；afraid of the wolf（害怕那隻狼）。

predicate（述語）

動詞的一種語法功能，表述主詞的情狀、事態或關係：The boys are back in town（那些男孩返回市內了）；Tex is tall（泰克斯很高）；The baby ate a slug（那個嬰孩吃了一條鼻涕蟲）。有時也指述語中作中心語的動詞（例如 ate〔吃了〕）；又或如果動詞是 be（是）的話，指補語中作中心語的動詞、名詞、形容詞或介系詞（例如 tall〔高〕）。

preposition（介系詞）

詞類的一種，典型上表示時間和空間關係：in（在裡面）、on（在上面）、at（在一點上）、near（靠近）、by（在旁）、for（為了）、under（在下面）、before（之前）、after（之後）、up（往上）。

pronoun（代名詞）

名詞的一種，包括人稱代名詞（例子見 person〔人稱〕條目）以及

疑問或關係代名詞（who〔誰；主格〕、whom〔誰；受格〕、whose〔誰的〕、what〔什麼〕、which〔哪個〕、where〔哪裡〕、why〔為什麼〕、when〔什麼時候〕）。

prosody（韻律）

說話的語調起伏、徐疾和節律。

quantifier（量詞）

通常是限定詞的一種，指明詞組中心名詞的數量或分量：all（所有）、some（有些）、no（沒有）、none（沒有一個）、any（任何）、every（每個、一切）、each（各個、每個）、many（很多）、most（大部分）、few（幾個）。

relative clause（關係子句）

修飾名詞的子句，通常（在深層結構裡）包含一個間隙，代表名詞在詞組裡的作用：five fat guys who __ rock（五個玩搖滾樂的胖傢伙）；a clause that __ modifies a noun（修飾名詞的子句）；women we love __ （我們所愛的女人）；violet eyes to die for __ （令人渴慕的紫眼睛）；fruits for the crows to pluck __ （待烏鴉採摘的水果）。

remote conditional（假想條件式結構）

一種 if-then（要是……那就……）結構，陳述遠離現實的可能性，說話人相信那並非真實，是純粹假想的或極不可能的：If wishes were horses, beggars would ride（願望不如行動；字面意義：如果願望是馬

兒，叫化也可騎牠）；If pigs had wings, they could fly（對假定說法表懷疑；字面意義：假如豬有翅膀，牠們就能飛了）。

semantics（語義學）

詞語、詞組或句子意義的分析。在本書中並不用來指對精確定義吹毛求疵。

sequence of tenses（時態序列）

見 backshift（時態後移）條目。

subject（主詞）

語組的一種語法功能，是述語談及的對象。在帶行動動詞的主動句裡，它相當於行動者或動作起因：The boys are back in town（那些男孩返回市內了）；Tex is tall（泰克斯很高）；The baby ate a slug（那個嬰孩吃了一條鼻涕蟲）；Debbie broke the violin（黛比打破了小提琴）。在被動句裡它通常是受影響的對象：A slug was eaten（一條鼻涕蟲被吃掉了）。

subjective（假設情態）

一種是語法情態，通常在關係子句加標記──使用動詞基本形式，顯示一種假設的、要求的或需要的情況：It is essential that I be kept in the loop（必須向我告知相關情況）；He bought insurance lest someone sue him（他買了保險，以防有人控告他求償）。

subordinate clause（從屬子句）

包含在較大詞組裡的子句，有別於句子的主要子句：She thinks I'm crazy（她認為我瘋了）；Peter repeated the gossip that Melissa was pregnant to Sherry（彼得向雪莉莎複述了梅麗莎懷了孕的傳聞）。

subordinator（從屬連接詞）

傳統稱為 subordinating conjunction，詞類的一種，包含少數用以引出從屬子句的詞語：She said that it will work（她說那是行得通的）；I wonder whether he knows about the party（我懷疑他知不知道有這個派對）；For her to stay home is unusual（她留在家裡是不尋常的）。

supplement（補敘）

一個隨意的附加語或修飾語，透過說話中的停頓或書面上的標點跟句子其他部分區隔開來：Fortunately, he got his job back（幸而他重新獲得那份工作）；My point—and I do have one—is this（我的論點——不錯我有我的論點——就是這樣）；Let's eat, Grandma（我們吃吧，奶奶）；The shoes, which cost $5,000, was hideous（那雙值五千元的鞋子很醜陋）。

syntax（句法）

規定詞語和詞組怎組成句子的語法規則。

tense（時態）

動詞的一種標記，表明相對於說話的一刻，所述事件或情況發生在什麼時間，包括現在時態（He mows the lawn every week〔他每週給草坪

割草〕）和過去時態（He mowed the lawn last week〔他上週給草坪割草了〕）。時態也可以有時間以外的其他意義；見 past tense（過去時態）。

topic（主題）

句子的主題就是表明句子在談什麼的詞組；在英語裡它通常就是主詞，但也可以用附加語來表示，例如 As for fish, I like scrod（說到了魚，我喜愛小鱈魚）。一段話語的主題，則是該段對話或文字談及的話題；它可能在整段話語中反覆提及，有時用不同詞語表達。

transitive（及物動詞）

動詞的一種，要帶受詞：Biff fixed the lamp（比夫把燈修好了）。

verb（動詞）

詞類的一種，通常代表一種動作或狀態，因應時態而有詞形變化：He kicked the football（他踢那個足球）；I thought I saw a pussycat（我認為我看見一隻貓咪）；I am strong（我是強壯的）。

verb phrase（動詞詞組）

以動詞為中心語的詞組，包括動詞和它的補語或附加語：He tried to kick the football but missed（他試著踢那個足球卻沒有命中）；I thought I saw a pussycat（我認為我看見一隻貓咪）；I am strong（我是強壯的）。

voice（語態）

指句子屬主動式（Beavers build dams〔河狸築水壩〕）還是被動式（Dams are built by beavers（水壩由河狸築起來）。

word-formation（構詞法）

也稱為 morphology，是語法的一部分，規定詞語的變化方式（例如 rip〔撕開〕過去式變成 ripped），或從原有詞語創製新詞，例如 demagogue（煽動者）變成動詞（煽動）、priority（優先次序）變成動詞 prioritize（優先化）、crowd（群眾）與 source（獲取〔服務等〕）拼合成 crowdsource（網路外包）。

zombie noun（殭屍名詞）

這是海倫・索德（Helen Sword）對沒有必要的名詞化的戲稱，這使得動作者給隱藏了。她的例子：The proliferation of nominalizations in a discursive formation may be an indication of a tendency toward pomposity and abstraction（在話語構建中名詞化的繁衍可能是一種傾向的徵象，顯示出浮誇和抽象化）；可比較：Writers who overload their sentences with nouns derived from verbs and adjectives tend to sound pompous and abstract（作者要是讓句子裡出現太多轉化自動詞和形容詞的名詞，聽起來就流於浮誇和抽象）。

參考書目

Adams, P., & Hunt, S. 2013. *Encouraging consumers to claim redress: Evidence from a field trial.* London: Financial Conduct Authority.

American Heritage Dictionary of the English Language (5th ed.). 2011. Boston: Houghton Mifflin Harcourt.

Bernstein, T. M. 1965. *The careful writer: A modern guide to English usage.* New York: Atheneum.

Bever, T. G. 1970. The cognitive basis for linguistic structures. In J. R. Hayes (ed.), *Cognition and the development of language.* New York: Wiley.

Birch, S. A. J., & Bloom, P. 2007. The curse of knowledge in reasoning about false beliefs. *Psychological Science, 18*, 382–386.

Bock, K., & Miller, C. A. 1991. Broken agreement. *Cognitive Psychology, 23*, 45–93.

Bransford, J. D., & Johnson, M. K. 1972. Contextual prerequisites for understanding: Some investigations of comprehension and recall. *Journal of Verbal Learning and Verbal Behavior, 11*, 717–726.

Cabinet Office Behavioural Insights Team. 2012. *Applying behavioural insights to reduce fraud, error and debt.* London: Cabinet Office Behavioural Insights Team.

Camerer, C., Lowenstein, G., & Weber, M. 1989. The curse of knowledge in economic settings: An experimental analysis. *Journal of Political Economy, 97*, 1232–1254.

Chomsky, N. 1965. *Aspects of the theory of syntax.* Cambridge, Mass.: MIT Press.

Clark, H. H., & Chase, W. G. 1972. On the process of comparing sentences against pictures. *Cognitive Psychology, 3*, 472–517.

Clark, H. H., & Clark, E. V. 1968. Semantic distinctions and memory for com-

Clark, H. H., & Clark, E. V. 1968. Semantic distinctions and memory for complex sentences. *Quarterly Journal of Experimental Psychology, 20,* 129–138.

Connors, R. J., & Lunsford, A. A. 1988. Frequency of formal errors in current college writing, or Ma and Pa Kettle do research. *College Composition and Communication, 39,* 395–409.

Cooper, W. E., & Ross, J. R. 1975. World order. In R. E. Grossman, L. J. San, & T. J. Vance (eds.), *Papers from the parasession on functionalism of the Chicago Linguistics Society.* Chicago: University of Chicago Press.

Copperud, R. H. 1980. *American usage and style: The consensus.* New York: Van Nostrand Reinhold.

Crystal, D. 2006. *The fight for English: How language pundits ate, shot, and left.* New York: Oxford University Press.

Cushing, S. 1994. *Fatal words: Communication clashes and aircraft crashes.* Chicago: University of Chicago Press.

Daniels, H. A. 1983. *Famous last words: The American language crisis reconsidered.* Carbondale: Southern Illinois University Press.

Deck, J., & Herson, B. D. 2010. *The great typo hunt: Two friends changing the world, one correction at a time.* New York: Crown.

Duncker, K. 1945. On problem solving. *Psychological Monographs, 58.*

Eibach, R. P., & Libby, L. K. 2009. Ideology of the good old days: Exaggerated perceptions of moral decline and conservative politics. In J. T. Jost, A. Kay, & H. Thorisdottir (eds.), *Social and psychological bases of ideology and system justification.* Oxford: Oxford University Press.

Epley, N. 2014. *Mindwise: (Mis)understanding what others think, believe, feel, and want.* New York: Random House.

Fischhoff, B. 1975. Hindsight ≠ foresight: The effect of outcome knowledge on judgment under uncertainty. *Journal of Experimental Psychology: Human Perception and Performance, 1,* 288–299.

Fiske, R. H. 2011. *Robert Hartwell Fiske's dictionary of unendurable English.* New York: Scribner.

Florey, K. B. 2006. *Sister Bernadette's barking dog: The quirky history and lost art of diagramming sentences.* New York: Harcourt.

Flynn, J. R. 2007. *What is intelligence?* New York: Cambridge University Press.

Fodor, J. D. 2002a. Prosodic disambiguation in silent reading. Paper presented at the North East Linguistic Society.

Fodor, J. D. 2002b. Psycholinguistics cannot escape prosody. https://gc.cuny.edu/CUNY_GC/media/CUNY-Graduate-Center/PDF/Programs/Linguistics/Psycholinguistics-Cannot-Escape-Prosody.pdf.

Foertsch, J., & Gernsbacher, M. A. 1997. In search of gender neutrality: Is singular *they* a cognitively efficient substitute for generic *he*? *Psychological Science, 8*, 106–111.

Fowler, H. W. 1965. *Fowler's Modern English usage* (2nd ed.). New York: Oxford University Press.

Freedman, A. 2007. *The party of the first part: The curious world of legalese.* New York: Henry Holt.

Garrod, S., & Sanford, A. 1977. Interpreting anaphoric relations: The integration of semantic information while reading. *Journal of Verbal Learning and Verbal Behavior, 16*, 77–90.

Garvey, M. 2009. *Stylized: A slightly obsessive history of Strunk and White's "The Elements of Style."* New York: Simon & Schuster.

Gibson, E. 1998. Linguistic complexity: Locality of syntactic dependencies. *Cognition, 68*, 1–76.

Gilbert, D. T. 1991. How mental systems believe. *American Psychologist, 46*, 107–119.

Goldstein, R. N. 2006. *Betraying Spinoza: The renegade Jew who gave us modernity.* New York: Nextbook/Schocken.

Gordon, P. C., & Hendrick, R. 1998. The representation and processing of coreference in discourse. *Cognitive Science, 22*, 389–424.

Gordon, P. C., & Lowder, M. W. 2012. Complex sentence processing: A review of theoretical perspectives on the comprehension of relative clauses. *Language and Linguistics Compass, 6/7*, 403–415.

Grice, H. P. 1975. Logic and conversation. In P. Cole & J. L. Morgan (eds.), *Syntax & semantics* (Vol. 3, *Speech acts*). New York: Academic Press.

Grosz, B. J., Joshi, A. K., & Weinstein, S. 1995. Centering: A framework for modeling the local coherence of discourse. *Computational Linguistics, 21*, 203–225.

Haidt, J. 2012. *The righteous mind: Why good people are divided by politics and religion.* New York: Pantheon.

Haussaman, B. 1993. *Revising the rules: Traditional grammar and modern linguistics.* Dubuque, Iowa: Kendall/Hunt.

Hayes, J. R., & Bajzek, D. 2008. Understanding and reducing the knowledge effect: Implications for writers. *Written Communication, 25,* 104–118.

Herring, S. C. 2007. Questioning the generational divide: Technological exoticism and adult construction of online youth identity. In D. Buckingham (ed.), *Youth, identity, and digital media.* Cambridge, Mass.: MIT Press.

Hinds, P. J. 1999. The curse of expertise: The effects of expertise and debiasing methods on predictions of novel performance. *Journal of Experimental Psychology: Applied, 5,* 205–221.

Hitchings, H. 2011. *The language wars: A history of proper English.* London: John Murray.

Hobbs, J. R. 1979. Coherence and coreference. *Cognitive Science, 3,* 67–90.

Horn, L. R. 2001. *A natural history of negation.* Stanford, Calif.: Center for the Study of Language and Information.

Huddleston, R., & Pullum, G. K. 2002. *The Cambridge Grammar of the English Language.* New York: Cambridge University Press.

Huddleston, R., & Pullum, G. K. 2005. *A student's introduction to English grammar.* New York: Cambridge University Press.

Hume, D. 1748/1999. *An enquiry concerning human understanding.* New York: Oxford University Press.

Kahneman, D., Slovic, P., & Tversky, A. 1982. *Judgment under uncertainty: Heuristics and biases.* New York: Cambridge University Press.

Kamalski, J., Sanders, T., & Lentz, L. 2008. Coherence marking, prior knowledge, and comprehension of informative and persuasive texts: Sorting things out. *Discourse Processes, 45,* 323–345.

Keegan, J. 1993. *A history of warfare.* New York: Vintage.

Kehler, A. 2002. *Coherence, reference, and the theory of grammar.* Stanford, Calif.: Center for the Study of Language and Information.

Kelley, C. M., & Jacoby, L. L. 1996. Adult egocentrism: Subjective experience versus analytic bases for judgment. *Journal of Memory and Language, 35,*

157–175.

Keysar, B. 1994. The illusory transparency of intention: Linguistic perspective taking in text. *Cognitive Psychology, 26,* 165–208.

Keysar, B., Shen, Y., Glucksberg, S., & Horton, W. S. 2000. Conventional language: How metaphorical is it? *Journal of Memory and Language, 43,* 576–593.

Kosslyn, S. M., Thompson, W. L., & Ganis, G. 2006. *The case for mental imagery.* New York: Oxford University Press.

Lanham, R. 2007. *Style: An Anti-textbook.* Philadelphia: Paul Dry.

Lederer, R. 1987. *Anguished English.* Charleston, S.C.: Wyrick.

Levy, R. 2008. Expectation-based syntactic comprehension. *Cognition, 106,* 1126–1177.

Liberman, M., & Pullum, G. K. 2006. *Far from the madding gerund: And other dispatches from Language Log.* Wilsonville, Ore.: William, James & Co.

Lindgren, J. 1990. Fear of writing (review of *Texas Law Review Manual of Style,* 6th ed., and *Webster's Dictionary of English Usage*). *California Law Review, 78,* 1677–1702.

Lloyd-Jones, R. 1976. Is writing worse nowadays? *University of Iowa Spectator,* April.

Lunsford, A. A. 2006. Error examples. Unpublished document, Program in Writing and Rhetoric, Stanford University.

Lunsford, A. A. 2013. Our semi-literate youth? Not so fast. Unpublished manuscript, Dept. of English, Stanford University.

Lunsford, A. A., & Lunsford, K. J. 2008. "Mistakes are a fact of life": A national comparative study. *College Composition and Communication, 59,* 781–806.

Macdonald, D. 1962. The string untuned: A review of *Webster's New International Dictionary* (3rd ed.). *New Yorker,* March 10.

McNamara, D. S., Crossley, S. A., & McCarthy, P. M. 2010. Linguistic features of writing quality. *Written Communication, 27,* 57–86.

Merriam-Webster's Dictionary of English Usage. 1994. Springfield, Mass.: Merriam-Webster.

Miller, G. A. 1956. The magical number seven, plus or minus two: Some limits on our capacity for processing information. *Psychological Review, 63,*

81–96.

Miller, G. A., & Johnson-Laird, P. N. 1976. *Language and perception.* Cambridge, Mass.: Harvard University Press.

Miller, H. 2004–2005. Image into word: Glimpses of mental images in writers writing. *Journal of the Assembly for Expanded Perspectives on Learning, 10,* 62–72.

Mueller, J. 2004. *The remnants of war.* Ithaca, N.Y.: Cornell University Press.

Nickerson, R. S., Baddeley, A., & Freeman, B. 1986. Are people's estimates of what other people know influenced by what they themselves know? *Acta Psychologica, 64,* 245–259.

Nunberg, G. 1990. *The linguistics of punctuation.* Stanford, Calif.: Center for the Study of Language and Information.

Nunberg, G., Briscoe, T., & Huddleston, R. 2002. Punctuation. In R. Huddleston & G. K. Pullum, *The Cambridge Grammar of the English Language.* New York: Cambridge University Press.

Nunnally, T. 1991. The possessive with gerunds: What the handbooks say, and what they should say. *American Speech, 66,* 359–370.

Oxford English Dictionary. 1991. *The Compact Edition of the Oxford English Dictionary, Complete Text.* New York: Oxford English Dictionary.

Piaget, J., & Inhelder, B. 1956. *The child's conception of space.* London: Routledge.

Pickering, M. J., & Ferreira, V. S. 2008. Structural priming: A critical review. *Psychological Bulletin, 134,* 427–459.

Pickering, M. J., & van Gompel, R. P. G. 2006. Syntactic parsing. In M. Traxler & M. A. Gernsbacher (eds.), *Handbook of Psycholinguistics* (2nd ed.). Amsterdam: Elsevier.

Pinker, S. 1994. *The language instinct.* New York: HarperCollins.

Pinker, S. 1997. *How the mind works.* New York: Norton.

Pinker, S. 1999/2011. *Words and rules: The ingredients of language.* New York: HarperCollins.

Pinker, S. (ed.). 2004. *Best American science and nature writing 2004.* Boston: Houghton Mifflin.

Pinker, S. 2007. *The stuff of thought: Language as a window into human nature.*

New York: Viking.

Pinker, S. 2011. *The better angels of our nature: Why violence has declined.* New York: Viking.

Pinker, S. 2013. George A. Miller (1920–2012). *American Psychologist, 68,* 467–468.

Pinker, S., & Birdsong, D. 1979. Speakers' sensitivity to rules of frozen word order. *Journal of Verbal Learning and Verbal Behavior, 18,* 497–508.

Poole, D. A., Nelson, L. D., McIntyre, M. M., VanBergen, N. T., Scharphorn, J. R., & Kastely, S. M. 2011. The writing styles of admired psychologists. Unpublished manuscript, Dept. of Psychology, Central Michigan University.

Pullum, G. K. 1984. Punctuation and human freedom. *Natural Language and Linguistic Theory, 2,* 419–425.

Pullum, G. K. 2009. 50 years of stupid grammar advice. *Chronicle of Higher Education,* Dec. 22.

Pullum, G. K. 2010. The land of the free and "The Elements of Style." *English Today, 26,* 34–44.

Pullum, G. K. 2013. Elimination of the fittest. *Chronicle of Higher Education,* April 11.

Rayner, K., & Pollatsek, A. 1989. *The psychology of reading.* Englewood Cliffs, N.J.: Prentice Hall.

Ross, L., Greene, D., & House, P. 1977. The "false consensus effect": An egocentric bias in social perception and attribution processes. *Journal of Experimental Social Psychology, 13,* 279–301.

Sadoski, M. 1998. Mental imagery in reading: A sampler of some significant studies. *Reading Online.* www.readingonline.org/researchSadoski.html.

Sadoski, M., Goetz, E. T., & Fritz, J. B. 1993. Impact of concreteness on comprehensibility, interest, and memory for text: Implications for dual coding theory and text design. *Journal of Educational Psychology, 85,* 291–304.

Sanforth, A. J., & Filik, R. 2007. 'They' as a gender-unspecified singular pronoun: Eye tracking reveals a processing cost. *Quarterly Journal of Experimental Psychology, 60,* 171–178.

Schacter, D. L. 2001. *The seven sins of memory: How the mind forgets and remembers.* Boston: Houghton Mifflin.

00

Schriver, K. A. 2012. What we know about expertise in professional communication. In V. Berninger (ed.), *Past, present, and future contributions of cognitive writing research to cognitive psychology* (pp. 275–312). New York: Psychology Press.

Shepard, R. N. 1978. The mental image. *American Psychologist, 33,* 125–137.

Siegal, A. M., & Connolly, W. G. 1999. *The New York Times Manual of Style and Usage.* New York: Three Rivers Press.

Skinner, D. 2012. *The story of ain't: America, its language, and the most controversial dictionary ever published.* New York: HarperCollins.

Smith, K. 2001. *Junk English.* New York: Blast Books.

Soukhanov, A. 1999. *Encarta World English Dictionary.* New York: St. Martin's Press.

Spinoza, B. 1677/2000. *Ethics* (G. H. R. Parkinson, trans.). New York: Oxford University Press.

Strunk, W., & White, E. B. 1999. *The elements of style* (4th ed.). New York: Longman.

Sunstein, C. R. 2013. *Simpler: The future of government.* New York: Simon & Schuster.

Sword, H. 2012. *Stylish academic writing.* Cambridge, Mass.: Harvard University Press.

Thurlow, C. 2006. From statistical panic to moral panic: The metadiscursive construction and popular exaggeration of new media language in the print media. *Journal of Computer-Mediated Communication, 11.*

Truss, L. 2003. *Eats, shoots & leaves: The zero tolerance approach to punctuation.* London: Profile Books.

Van Orden, G. C., Johnston, J. C., & Hale, B. L. 1988. Word identification in reading proceeds from spelling to sound to meaning. *Journal of Experimental Psychology: Learning, Memory, and Cognition, 14,* 371–386.

Wason, P. C. 1965. The contexts of plausible denial. *Journal of Verbal Learning and Verbal Behavior, 4,* 7–11.

Wegner, D., Schneider, D. J., Carter, S. R. I., & White, T. L. 1987. Paradoxical effects of thought suppression. *Journal of Personality and Social Psychology, 53,* 5–13.

Williams, J. M. 1981. The phenomenology of error. *College Composition and Communication, 32,* 152–168.

Williams, J. M. 1990. *Style: Toward clarity and grace.* Chicago: University of Chicago Press.

Wimmer, H., & Perner, J. 1983. Beliefs about beliefs: Representation and constraining function of wrong beliefs in young children's understanding of deception. *Cognition, 13,* 103–128.

Wolf, F., & Gibson, E. 2003. Parsing: An overview. In L. Nadel (ed.), *Encyclopedia of Cognitive Science* (pp. 465–476). New York: Macmillan.

Wolf, F., & Gibson, E. 2006. *Coherence in natural language: Data structures and applications.* Cambridge, Mass.: MIT Press.

Zwicky, A. M., Salus, P. H., Binnick, R. I., & Vanek, A. L. (eds.). 1971/1992. *Studies out in left field: Defamatory essays presented to James D. McCawley on the occasion of his 33rd or 34th birthday.* Philadelphia: John Benjamins.

國家圖書館出版品預行編目資料

寫作風格的意識：好的英語寫作怎麼寫/史迪芬・平克（Steven
　Pinker）著；江先聲譯. -- 初版. -- 臺北市：商周，城邦文化
　出版：家庭傳媒城邦分公司發行, 2016.03
　　面；　公分.
　譯自：The sense of style : the thinking person's guide to writing in
the 21st century
　ISBN 978-986-92880-0-2（平裝）

1.英語　2.寫作法

805.17　　　　　　　　　　　　　　　105002721

寫作風格的意識：好的英語寫作怎麼寫

原 文 書 名/The Sense of Style: The Thinking Person's Guide to Writing in the 21st Century
作　　　　者/史迪芬・平克（Steven Pinker）
譯　　　　者/江先聲
責 任 編 輯/夏君佩、陳玳妮
版　　　　權/林心紅

行 銷 業 務/周丹蘋、黃崇華
總　編　輯/楊如玉
總　經　理/彭之琬
發　行　人/何飛鵬
法 律 顧 問/元禾法律事務所 王子文律師
出　　　版/商周出版　城邦文化事業股份有限公司
　　　　　　台北市中山區民生東路二段141號4樓
　　　　　　電話：(02) 25007008　傳真：(02)25007759
　　　　　　E-mail：bwp.service@cite.com.tw
　　　　　　Blog：http://bwp25007008.pixnet.net/blog
發　　　行/英屬蓋曼群島商家庭傳媒股份有限公司城邦分公司
　　　　　　台北市中山區民生東路二段141號2樓
　　　　　　書虫客服服務專線：(02)25007718；(02)25007719
　　　　　　服務時間：週一至週五上午09:30-12:00；下午13:30-17:00
　　　　　　24小時傳真專線：(02)25001990；(02)25001991
　　　　　　劃撥帳號：19863813；戶名：書虫股份有限公司
　　　　　　讀者服務信箱：service@readingclub.com.tw
　　　　　　歡迎光臨城邦讀書花園　網址：www.cite.com.tw
香港發行所/城邦（香港）出版集團有限公司
　　　　　　香港灣仔駱克道193號東超商業中心1樓
　　　　　　E-mail：hkcite@biznetvigator.com
　　　　　　電話：(852) 25086231　傳真：(852) 25789337
馬新發行所/城邦（馬新）出版集團【Cite (M) Sdn. Bhd.】
　　　　　　41, Jalan Radin Anum, Bandar Baru Sri Petaling,
　　　　　　57000 Kuala Lumpur, Malaysia.
　　　　　　Tel: (603) 90578822　Fax: (603) 90576622
　　　　　　Email: cite@cite.com.my

cover photo © Rose Lincoln Harvard University
封　　　面/李東記
排　　　版/極翔企業有限公司
印　　　刷/韋懋實業有限公司

經　銷　商/聯合發行股份有限公司
　　　　　　電話：(02)2917-8022　傳真：(02)2911-0053
　　　　　　地址：新北市231新店區寶橋路235巷6弄6號2樓

■2016年3月初版
■2020年3月二版
定價580元

Printed in Taiwan

城邦讀書花園
www.cite.com.tw

廣　告　回　函
北區郵政管理登記證
北臺字第000791號
郵資已付，免貼郵票

104　台北市民生東路二段141號9樓

英屬蓋曼群島商家庭傳媒股份有限公司城邦分公司　收

書號：BK5112X　　書名：寫作風格的意識　　　　編碼：

 商周出版

讀者回函卡

感謝您購買我們出版的書籍！請費心填寫此回函卡，我們將不定期寄上城邦集團最新的出版訊息。

不定期好禮相贈！
立即加入：商周出
Facebook 粉絲團

姓名：＿＿＿＿＿＿＿＿＿＿＿＿＿＿＿＿＿＿＿＿＿＿＿＿ 性別：□男　□女

生日：西元＿＿＿＿＿＿年＿＿＿＿＿＿月＿＿＿＿＿＿日

地址：＿＿＿＿＿＿＿＿＿＿＿＿＿＿＿＿＿＿＿＿＿＿＿＿＿＿＿＿＿

聯絡電話：＿＿＿＿＿＿＿＿＿＿＿＿＿　傳真：＿＿＿＿＿＿＿＿＿＿＿＿

E-mail：

學歷：□ 1. 小學 □ 2. 國中 □ 3. 高中 □ 4. 大學 □ 5. 研究所以上

職業：□ 1. 學生 □ 2. 軍公教 □ 3. 服務 □ 4. 金融 □ 5. 製造 □ 6. 資訊

　　　□ 7. 傳播 □ 8. 自由業 □ 9. 農漁牧 □ 10. 家管 □ 11. 退休

　　　□ 12. 其他＿＿＿＿＿＿＿＿＿＿＿＿＿＿＿＿＿＿＿＿＿＿＿

您從何種方式得知本書消息？

　　　□ 1. 書店 □ 2. 網路 □ 3. 報紙 □ 4. 雜誌 □ 5. 廣播 □ 6. 電視

　　　□ 7. 親友推薦 □ 8. 其他＿＿＿＿＿＿＿＿＿＿＿＿＿＿＿

您通常以何種方式購書？

　　　□ 1. 書店 □ 2. 網路 □ 3. 傳真訂購 □ 4. 郵局劃撥 □ 5. 其他＿＿＿＿

您喜歡閱讀那些類別的書籍？

　　　□ 1. 財經商業 □ 2. 自然科學 □ 3. 歷史 □ 4. 法律 □ 5. 文學

　　　□ 6. 休閒旅遊 □ 7. 小說 □ 8. 人物傳記 □ 9. 生活、勵志 □ 10. 其他

對我們的建議：＿＿＿＿＿＿＿＿＿＿＿＿＿＿＿＿＿＿＿＿＿＿＿＿＿

＿＿＿＿＿＿＿＿＿＿＿＿＿＿＿＿＿＿＿＿＿＿＿＿＿＿＿＿＿＿＿＿＿

＿＿＿＿＿＿＿＿＿＿＿＿＿＿＿＿＿＿＿＿＿＿＿＿＿＿＿＿＿＿＿＿＿